SANGUE RARO

SANGUE RARO

LUCAS SANTANA

Diretor-presidente:
Jorge Yunes
Gerente editorial:
Claudio Varela
Editora:
Bárbara Reis
Editorial:
Julianne Gouvea
Lui Navarro
Maria Beatriz Avanso
Suporte editorial:
Nádila Sousa
William Sousa
Marketing:
Alexandre Poletto
Bruna Borges
Daniel Moraes
Vitória Costa
Direitos autorais:
Leila Andrade
Coordenadora comercial:
Vivian Pessoa
Preparação de texto:
Gabriela Araujo

Sangue raro
© Lucas Santana, 2025
© Companhia Editora Nacional, 2025

Todos os direitos reservados. Nenhuma parte desta obra pode ser reproduzida ou transmitida por qualquer forma ou meio eletrônico, inclusive fotocópia, gravação ou sistema de armazenagem e recuperação de informação sem o prévio e expresso consentimento da editora.

1ª edição — São Paulo

Revisão:
Emanoelle Veloso
Design de capa e ilustração:
Andressa Dantas
Projeto gráfico e diagramação:
Tamires Mazzo

DADOS INTERNACIONAIS DE CATALOGAÇÃO NA
PUBLICAÇÃO (CIP) DE ACORDO COM ISBD

S232s Santana, Lucas

Sangue Raro / Lucas Santana; ilustrado por Andressa Dantas. - 1. ed. São Paulo:
Editora Nacional, 2025.
352 p.: il.; 16cm x 23cm.
ISBN: 978-65-5881-250-0

1. Literatura brasileira. 2. Romance.
I. Dantas, Andressa. II. Título.

22025-933

CDD 869.89923
CDU 821.134.3(81)-31

Elaborado por Odilio Hilario Moreira Junior - CRB-8/9949

Índice para catálogo sistemático:
1. Literatura brasileira: Romance 869.89923
2. Literatura brasileira: Romance 821.134.3(81)-31

NACIONAL

Rua Gomes de Carvalho, 1306 - 11º andar - Vila Olímpia
São Paulo - SP - 04547-005 - Brasil - Tel.: (11) 2799-7799
editoranacional.com.br - atendimento@grupoibep.com.br

CAPÍTULO I

Acordei com o barulho dos tambores e ganzás fazendo meu peito vibrar. Achei que fosse um sonho. Só que eu já estava sonhando com alguma coisa antes. Uma serpente lambuzada de sangue deslizando pelas raízes aéreas de um manguezal. Nossa Senhora da Conceição toda suja de lama, correndo da cobra. De novo o barulho. Há quanto tempo eu não escutava nada? Ainda mais uma banda de maracatu. Fiquei em silêncio, paralisado por alguns segundos. Uma presa alerta, imóvel, esperando um mínimo movimento do predador. Um folião esperando o bloco chegar. Não era bloco. Não havia carnaval ali.

Mais barulho lá fora. Eu já percebia que não era música. Abafado, distante, mas forte o suficiente para fazer a parede de pedra tremer. Depois, pequenos barulhos rápidos e consecutivos, algo estourando, pipocando. *Tum. Tum. Tum.* Não atabaques, mas tiros. Uma luz vermelha se acendeu, e fechei os olhos (nem percebi que os tinha aberto). Alguns batimentos do coração depois, voltei a abri-los, tentando me acostumar à claridade. A luz era fraca, então não foi muito difícil. O coração, antes calmo, quase inerte, por um fio da morte, disparou. Esperei alguma coisa acontecer. Aquela luz vermelha era uma novidade. Uma emergência?

Ouvi o barulho dos coturnos dos soldados correndo lá fora, depois da porta de ferro que me trancava.

Outro estrondo. Daquela vez, até a maca tremeu. A luz piscou, pedacinhos de rocha caíram do teto. Poeira e pedregulhos atingiram meus olhos, meu nariz.

CAPÍTULO I

Pisquei, ensaiei espirrar.

Tentei me levantar, mas estava fraco, tremia. Fazia frio. Sempre fazia frio dentro de mim. Trinquei os dentes, respirei fundo e me levantei. Deixei a raiva que alimentara por anos me esquentar. Olhei para o chão, perguntando-me se conseguiria ficar de pé. Pelo menos não estava mais amarrado. A maca de inox estava gelada contra minha pele nua — eu vestia apenas uma fralda. Não me davam mais cobertores havia algum tempo. Um clique na porta de ferro. As travas. Arregalei os olhos, senti o mijo esquentar entre as pernas. Esperei. Ninguém entrou.

O coração acelerado me deu forças para sair da maca. Os joelhos fraquejaram; demorou para os músculos lembrarem como se andava. O sangue carregado de adrenalina se espalhava pelo corpo; eu sentia uma descarga elétrica ouriçando as veias. Havia chegado a hora, então. Dei um passo e senti uma dor horrível no braço. Lembrei do tubo de borracha que me ligava à parede. Puxei o tubo, arrancando a grossa agulha enfiada na dobra do braço, o líquido preto e viscoso escorreu e pingou no chão. Não. Não era preto. Era vermelho. Sangue. Àquela luz, o vermelho ficava preto.

Apoiei-me na parede úmida para conseguir andar. *Eu vou sair daqui, eu vou sair daqui, eu vou sair daqui*, repeti o mantra que não saía de minha cabeça havia anos. Lá fora, o barulho parecia ter se intensificado. Precisava me apressar, havia esperado muito por aquele momento. Talvez não tivesse outra chance de fugir, fosse lá o que estivesse acontecendo do lado fora. Tive que jogar todo o peso contra a porta de ferro. Era pequena, mas pesada, e eu já quase não tinha mais carne no corpo para conseguir fazer força.

Caí no chão do corredor, feito uma planta esquecida pelo dono, murcha, minguada. O chão em que meus cotovelos se chocaram era liso, de cerâmica, diferente da cela, que era toda de pedra, escavada no subsolo. As luzes também estavam apagadas; apenas as lâmpadas de emergência, vermelhas, iluminavam o caminho. Não vi nenhum guarda. O que estava acontecendo? Arrastei-me até a porta vizinha, do lado direito. Tinha que tentar.

Tom era meu vizinho de cela; a gente se comunicava de madrugada, quando o prédio estava silencioso e vazio, e nossas palavras transpassavam a parede de pedra que nos separava. Eu já estava ali havia muitos anos quando ele chegou. E era Tom que não nutria esperanças de sair. Ele me chamava de iludido. Falávamos de solidão, medo, religião e música. Ele tocava em uma banda de forró pé-de-serra e me achava um tolo por eu acreditar que um dia fôssemos sair dali. Eu *precisava* acreditar. "Não há nada lá fora", respondia

Tom quando eu dizia que tinha sido a esperança que me mantivera vivo todo aquele tempo. Eu acreditava que um dia sairia dali, reencontraria familiares, teria uma vida normal. "Não há nada lá fora, não tem ninguém pra vir nos buscar. Nós somos tudo, menos normais."

Depois, quando não tínhamos mais forças para falar, arrumávamos pedras soltas e as batíamos contra a parede para comunicar que estávamos vivos. Cada um inventando os próprios sinais, o próprio código Morse, com as próprias regras de decodificação. O coração que interpretava, pois como eu saberia o que as três batidas que meu vizinho dava, duas lentas, uma curta, significavam. "Estou bem e vou dormir agora", decidi que era isso que ele queria dizer. Havia outro vizinho, também, no lado esquerdo, mas fazia um ano que eu não o escutava mais. Eu já nem me lembrava do nome dele.

Algumas semanas antes Tom havia parado de bater na parede, mas eu também não conseguia mais me levantar da maca para bater a pedra. Talvez ele estivesse tão fraco quanto eu. Talvez tivesse ido dormir e nunca acordado. Morrido de desnutrição, hipotermia, infecção, desidratação; era uma roleta russa ali entre nós. Sonhei que isso acontecia comigo várias vezes. Nos sonhos, uma cobra se rastejava por debaixo da porta e falava, com a voz de Tom: "Nós somos tudo, menos normais". E eu acordava chorando e começava a rezar, a pedir para quem fosse que tivesse me escutando que me fizesse normal, comum, ordinário, e que me tirasse dali.

Abri a porta e entrei.

Eu vou sair daqui, eu vou sair daqui, nós vamos sair daqui.

No fim do corredor, do lado de fora, ouvi um grito e mais estouros. Os tiros ressoavam naquela gruta tão bem quanto uma orquestra num teatro. Arrastei-me até a maca de Tom. Eu nunca o tinha visto. Era um rapaz muito mais novo que eu, pálido, restavam-lhe apenas pele e osso. Arranquei o tubo que drenava o sangue dele e tentei levantá-lo. Ele estava pouco responsivo. Coloquei seu braço em cima de meus ombros e o levantei da maca. Ele abriu os olhos e sorriu com os lábios murchos e feridos, mas não falou nada, não conseguiria. Andamos alguns centímetros com muito esforço. Tive medo, comecei a achar que jamais conseguiríamos sair dali.

Nós vamos sair...

A enfermeira entrou na cela de supetão. Eu não sabia o nome dela, apesar de vê-la quase todos os dias havia muitos anos. Ela ofegava, com o rosto pálido e suor escorrendo pela testa. Estava sem o uniforme, sem

CAPÍTULO I

a braçadeira e sem o quepe. Não performava a frieza apática de sempre. Eu estava vendo o cabelo dela pela primeira vez. Era grande, cacheado e grisalho. Despenteado e ressecado. Perguntei-me como o meu estaria. Um dia tive cachos, macios e brilhosos. Um dia me disseram que era bom afagá-los.

Ela correu até a gente e verificou meu braço, para ver se eu sangrava. Sempre se arretava quando eu perdia sangue. Só que eu tinha sido um bom moço, tirando a agulha com cuidado, sem nenhuma gota perdida — afinal, não restava muito. A mulher deu uma palmadinha em meu ombro e sorriu. Um sorriso falso, eu sabia; aqueles dentes arreganhados escondiam medo. Medo era uma coisa que eu também conhecia bem.

— Vamos sair daqui, meu anjo — disse ela, então tirou uma faca do cós da calça jeans e enfiou no pescoço de Tom.

Bem rápido, um movimento preciso, de quem tinha aquilo como corriqueiro, um *chef* cortando os legumes ligeiro, sem nem precisar olhar. Ela enfiou na jugular, e o sangue jorrou. Fez barulho, o líquido esguichando. Suprimi um grito.

— Que desperdício — comentou.

Não tive forças para segurar o corpo de meu vizinho, tive que deixá-lo cair. Ele caiu leve, feito a última folha de uma planta moribunda. A enfermeira limpou o sangue da faca na calça e a guardou. Depois, arrodeou o cadáver e segurou meu pulso. Fazia tanta força que parecia que arrebentaria pele e osso.

— Um helicóptero tá vindo pra tirar a gente daqui — declarou ela. — O coronel já tá esperando.

Voltei a me tremer ao ouvir aquela patente. Coronel Fagner. O pastor do rebanho que éramos nós. Por quê? O que ele fazia ali? Olhei para trás, para o cadáver de Tom caído no chão. Já tinha parado de sangrar; naquele corpo mesmo antes não houvera mais muito sangue. Comecei a chorar. Fiquei surpreso por ainda ter lágrimas.

A mulher deu um tapa em minha cara.

— Seja homem — ordenou, e engoli o choro.

Pois eu era um bom garoto. Obediente. Serviente. Homem.

Ela me puxou pelo pulso ao longo do corredor cheio de celas vazias, e tremi de frio quando subimos a escada que dava para o pátio. Chovia muito. Respirei fundo, inalando a brisa fresca. Tinha cheiro de fuligem e fumaça, mas eu não me importava. Era ar livre, enfim. *Eu vou sair daqui.*

O helicóptero estava lá no meio do gramado, dois soldados com armas muito grandes vigiando a porta aberta e lá dentro... ele.

O coronel Fagner.

Olhando bem dentro de meus olhos. Esperançoso, desejoso, sedento. Ele queria meu sangue.

Então me toquei, por fim; a esperança se dissolvendo na lama daquele pátio chuvoso. Eu sairia dali, mas iria para outro lugar igual àquele.

Olhei para o cós da calça da enfermeira e vi o cabo da faca: preto, brilhante, sedutor. *Meu Deus, não.* Tom estava certo. Eu nunca sairia dali. Nunca seria normal. O que tinha de ruim dentro de mim permaneceria assim até o fim de meus dias.

A enfermeira me empurrou para dentro do helicóptero. Os soldados entraram e me forçaram a me sentar ao lado dele. Do coronel. Ele era pequeno, careca, com olhos astutos. Estava mais velho do que a última vez que o vira. Tinha o mesmo sorriso maníaco.

Então, a enfermeira apoiou a perna em uma barra para entrar na aeronave. Primeiro achei graça da cara dela quando um soldado empurrou seu peito para que ela caísse. Depois, senti-me mal quando ela caiu para trás e o helicóptero descolou do chão. Ela ainda tentou voltar, o rosto cheio de um terror específico: quando se percebe que o buraco que veio cavando nos dez anos anteriores era a própria cova. Senti pena dela, afinal, ela era humana também. Também seguia ordens. Também fazia o melhor que podia.

Inclinei-me para fora do helicóptero e a ajudei a subir. Apoiou uma perna, apertou com as duas mãos o banco no qual eu estava sentado, e segurei a bunda dela para que ela conseguisse dar um impulso e entrar. Então senti.

Senti o cabo de plástico da faca. Liso, molhado pela chuva, com ranhuras retas e paralelas.

O soldado ergueu uma arma e atirou. Acertou o ombro da enfermeira, que soltou o banco e caiu, com as costas estateladas na grama. Ela só gritou e girou para o lado, apertando o ombro atingido. Estava viva. O helicóptero ainda não estava muito alto. Então também pulei.

Quem me segurou foi o próprio coronel. Vi as sobrancelhas de taturana dele, pretas, diferente da barba raspada, que crescia em tufos grisalhos, arqueadas. Ele gritou para os soldados alguma coisa que não entendi. O soldado apontou a arma lá para baixo, eu não sabia para quem, mas antes

CAPÍTULO 1

que pudesse agir, um tiro o acertou no peito. Um buraco foi aberto no uniforme azul-escuro perfeito, a marca registrada daqueles militares. O coronel não estava de uniforme. Vestia um terno preto e elegante. A camisa de botão, branca, saiu de dentro da calça quando ele se inclinou para me segurar.

A mão dele era forte e pequena. Com muitos pelos pretos no dorso. Foi lá que acertei, bem no meio, a lâmina atravessando carne e tendões e a ponta tocando minha própria mão, que estava embaixo da dele. Senti o gelado do aço me pinicar, mas não cortou. Não sangrei. Seria um desperdício.

Coronel Fagner me soltou, e despenquei. Foi menos de um segundo para eu sentir o baque da grama e da lama nas costas.

Tentei me levantar, mas doía demais. As costas, as pernas, tudo. Só que eu precisava me levantar. Precisava fugir antes que eles voltassem.

Eles não estavam voltando.

O helicóptero se distanciava mais e mais. Fogos de artifício explodindo em comemoração. Uma banda de maracatu entrava, abrindo o carnaval.

Não. Nada disso. Alguém atirava no helicóptero, a lataria estourando em faíscas, um soldado morto lá em cima, o outro agora caindo de uma altura de mais de dez metros, o coronel escondido.

A enfermeira puxou meu braço e me colocou de pé. Ela praticamente me abraçou, colocando minhas costas coladas a ela, seus seios pressionados em mim.

— Você vai me tirar daqui, coisa ruim — grunhiu ela em meu ouvido, começando a andar para trás.

Aí entendi que ela me usava de escudo.

Em um dos arcos que circundava o pátio apareceu uma sombra. Então senti cheiro de mijo vindo da enfermeira. Ri; depois de todos aqueles anos trocando minhas fraldas, era ela que no momento se mijava inteira. E se tremia. *Muito*, mais do que eu.

—Atire —disse ela para a sombra no arco —, e você perde o rapaz.

Por favor, atire, quis dizer.

O homem suspendeu um braço e apontou a arma em nossa direção.

Quem era ele, e por que causava tanto medo na torturadora? Estava atrás *de mim*? Estreitei os olhos, tentando distingui-lo entre a grossa chuva, à escuridão da noite. Poucas luzes estavam acesas, a maioria estava estraçalhada no assoalho.

— Ótimo — respondeu a sombra, a voz um trovão reverberando na chuva.

O homem era magro e bem alto, sua cabeça quase encostava no topo do arco. Parecia um gigante — ou era eu e a enfermeira que éramos miúdos? Ela encolhida pela idade avançada, e eu minguado pelas sangrias e pelo cativeiro. O homem permaneceu um segundo parado, olhando para nós. A pele preta dele brilhava na luz como se fosse feita de brasa. Estava todo sujo de sangue, as roupas encharcadas. *Quanto sangue*. O líquido vermelho pingava do queixo dele, viscoso, a gota formando-se na ponta da barba e então caindo no chão. Ele não usava uniforme. Estava com uma camisa de malha, uma calça preta e... uma faca presa no elástico da calça.

Lembrei da faca que ainda estava em minha mão. Eu tinha esfaqueado o coronel Fagner. Que Deus me perdoasse. Apertei o plástico entre os dedos e apunhalei a coxa da enfermeira.

Ela gritou e me abraçou, como que por instinto. Senti o hálito dela bem ao lado de meu nariz. Tinha cheiro de álcool 70% e Leite de Rosas. Puxei a faca e enfiei outra vez na coxa dela. Era mais mole do que eu esperava. A mão de Fagner tinha sido mais dura.

Ela caiu para trás, e fui junto, pois ela ainda me segurava. Despenquei no chão em cima da lama fria.

A enfermeira do cão agonizava a meu lado. Tentava falar, ou gritar, eu não saberia dizer, e nem muito menos queria saber. O furo em sua coxa jorrava como bica. Peguei a faca caída no chão e enfiei no peito dela. Senti a carne grossa se abrir sob o fio da lâmina. Puxei, vendo o sangue minar. Lembrei do sorriso de meu pai quando eu era criança e ele escavava nosso quintal para fazer o poço. Ele gritou e gargalhou quando a água minou no fundo e corri para a beira do buraco, porém, lá no fundo, só vi lama. Enfiei de novo. E de novo. E de novo, feito a pá de meu pai. Gargalhei que nem ele. Queria ver se além de sangue havia algo mais ali dentro: lama, esgoto, algo podre. Queria também que ela sentisse cada facada. Porém, não sentia, já estava morta.

Morta.

Eu a tinha matado.

Meu Deus.

O homem enfim se aproximou. Ouvi os passos dele, firmes e ligeiros, chapinhando no pátio. Ele estava de coturno, como os militares, e carregava uma mochila. Colocou uma máscara na cabeça. Uma máscara de La Ursa, preta, ensanguentada. Boca escancarada, mostrando os dentes

CAPÍTULO I

brancos e falsos, contornada de vermelho. Eu me tremi inteiro, assombrado por um fantasma do passado. Ele me segurou pelos tornozelos e puxou, arrastando-me pelo gramado ensopado pela chuva e pelo sangue, as gotas grossas caindo do céu e lavando meu rosto.

CAPÍTULO 2

Comecei a sentir a coisa estranha dentro de mim por volta dos dezesseis anos. Não sabia explicar o que era, faltavam palavras para entender e nomear, mas era algo que fervia, espalhando-se por debaixo da pele, pelos músculos, dentro dos ossos. Era feito leite derramado no cuscuz, buscando caminho entre os flocos, encharcando tudo, o gosto se alastrando por toda parte. Eram gavinhas, que se alinhavam entre os vasos sanguíneos. Borbulhava, pinicava, expandia. Parecia ruim, perigoso. Não falei para ninguém, tive medo. Naqueles dias, a gente tinha medo de tudo.

Ir para a escola era uma tortura. Sentava-me no canto da sala e abraçava as pernas, tentando fundi-las ao corpo, diminuir de tamanho até ser minúsculo e invisível, pois não sentia que pertencia àquele lugar, como se nadasse no sentido contrário à corrente que levava meus colegas de turma. Eu não suportava mexer no celular (as redes estavam infestadas de notícias sobre o caos político que assolava o país), não conseguia prestar atenção às aulas (do que me importava o conteúdo do ENEM se eu não conseguia entender nem minha própria vida?) e muito menos engajar nas conversas com colegas. Eu não me interessava por nada daquilo.

Quando voltava para casa, com as canelas ainda ardendo de subir as ladeiras e escadarias intermináveis do Morro, corria para o quarto e me trancava. Não queria que meus pais notassem que havia algo estranho dentro de mim, algo que se metamorfoseava debaixo de minha pele, intuiado em minhas entranhas, querendo sair, explodir. Naquela época,

CAPÍTULO 2

os dois viviam brigando por conta de política, e mal prestavam atenção a mim. Não perceberam o pânico que senti quando tive que doar sangue em uma ação de caridade da igreja. No formulário que tive que assinar estavam expostas as restrições. Não podia tatuagem, não podia piercing, não podia ser homossexual. E se eles testassem aquilo? Se conseguissem detectar minhas mentiras? Quando a enfermeira levou a bolsa com meu sangue, tive medo de ser descoberto.

Eu passava horas no quarto analisando meu corpo, mufino, baixinho, sem graça; olhava para os braços e perguntava o que havia de estranho ali; olhava para a barriga, para a perna, mas não percebia nada diferente. Só que *sentia* algo diferente. Por que eu não era como meus colegas?

— Tu tá estranho, Caetano — afirmou Paulinho.

Foi o primeiro a notar. Ele era gringo, chamava-se Paul, e perguntou com aquele sotaque engraçado, e a mania de repetir meu nome em toda frase, como se gostasse de como soava na própria língua.

Paulinho era meu único amigo. Morava em um casarão no final da rua, uma mansão no ponto mais alto do Morro da Conceição. Antigamente, aquela casa tinha sido de um traficante, quando o tráfico dominava aquelas bandas. Depois, passou para um pastor. Aí o pastor foi eleito vereador e se mudou para a beira-mar de Boa Viagem. Aquela casa ficou não se sabe quantos meses com uma placa para alugar, até que o casal de estadunidenses excêntricos chegou. Eles tinham se mudado para lá havia alguns meses e a gente se conheceu graças à minha curiosidade.

Antes de eles se mudarem, eu gostava de passear com a cachorra, Lulu, a pinscher de minha mãe, perto daquela propriedade cercada por um grande muro, sobretudo porque tinha várias árvores ao longo da calçada, com sombras refrescantes que não existiam em lugar algum naqueles arredores áridos. A propriedade estava desabitada havia muitos anos, largada às ruínas depois que o pastor tinha sido preso por ter assassinado a esposa a facadas, e ninguém nunca ousava entrar. Tinham medo, diziam que era mal-assombrada, que o casarão decadente e as árvores retorcidas nos arredores eram banhados de sangue de gente torturada pelos traficantes que moraram ali antes do pastor, e que as almas dos viciados em crack devedores rondavam a propriedade e amaldiçoavam quem pisasse naquele chão. As pessoas evitavam até passar pela calçada, e as crianças brincavam de desafios que envolviam jogar pedras por cima do muro ou apostar quem tinha coragem de chegar mais perto e tocar em alguma árvore ou no portão. Não faltavam histórias de gente que vira um vulto preto na calçada, chamando quem passasse por perto para fumar crack no além.

Quando Paulinho e os pais se mudaram para lá, as histórias só aumentaram. Diziam que os novos proprietários eram bruxos. Gringos de olhos azuis e pele tão branca que parecia papel, o homem cheio de tatuagens e a mulher com dreads vermelhos que iam até quase os pés, vindo dos Estados Unidos e se metendo na periferia de Recife sabia-se lá por quê. Falavam que tinham ido para ali roubar crianças pobres para fazerem rituais e oferendas de sangue a Satanás.

Senti-me atraído pela propriedade e os novos moradores. Queria vê-los, nunca tinha visto gringos ali em cima. Só no carnaval ou, às vezes, no centro histórico da cidade e em Olinda. Eu não acreditava nas histórias de bruxaria, fantasmas, maldições. Ainda assim, quando eu me aproximava da casa, não resistia ao impulso de segurar o escapulário que escondia debaixo da blusa e murmurar: *O Senhor é meu pastor...* Se eu me comportasse, seria bem recompensado. Não era isso que mainha dizia? Que o padre dizia? Eu estava me comportando, então não tinha a que temer.

Passei algumas vezes pela calçada sem ver ninguém. A casa era distante do portão, separada da rua por muitas árvores, então quase não dava para ver nada.

Na primeira vez que vi Paulinho ali, ele usava uma máscara assustadora. De madeira preta, como se fosse casca de coco, com penas na parte de baixo fazendo as vezes de barba e chifres que pareciam feitos de osso. Ao longo de toda a superfície tinha símbolos esquisitos pintados de branco. A máscara o deixava com o rosto alongado e olhos arregalados. Senti o impulso de ir embora, mas algum tipo de curiosidade mórbida manteve meus pés parados.

O menino filho dos bruxos estava dentro do terreno amaldiçoado olhando o movimento da rua por entre as grades, depois eu soube que ele brincava de assustar quem ousava chegar perto. Achava divertido ser uma assombração, um demônio ou qualquer heresia daquelas. Ele era absurdo, fazia a base de meu crânio pinicar e me dava vontade de fugir. Era encantador, também.

— Oi — cumprimentou bem animado, antes que eu me virasse e saísse correndo dali.

Meu coração disparou. Senti as gavinhas crescendo dentro de mim. Por que parecia tão errado falar com aquele menino? Resolvi arriscar.

CAPÍTULO 2

— Oi — respondi. — E tu fala português, é?

Ele tirou a máscara e abriu um sorriso enorme, com as bochechas vermelhas.

Ele falava português com perfeição. Logo descobri que ele não tinha sotaque de filmes e sim de novelas das nove, pois aos dois anos tinha ido morar em São Paulo, e vivera lá até então. Paulinho era um pouco tímido, mas solitário, e gostava de minhas visitas. Gostava de alguém se interessando por ele, fazendo perguntas. Gostava de falar. Com idades semelhantes e um reconhecendo a solidão do outro, acabamos nos aproximando.

Paulinho estudava em casa e não tinha amigos. Não ia para a igreja, também. Era muito afeminado e não parecia ter vergonha daquilo. Eu me perguntava como ele tinha coragem de ser daquele jeito. Os pais dele não o repreendiam? Ele teria coragem de andar daquele jeito na rua? Teria coragem de andar na escola, na frente de todos aqueles caras que estudavam comigo e que já tinham barba e músculo, além de estarem em maior número? Na frente dos soldados que começaram a frequentar a escola, primeiro apenas estacionando o carro na frente do prédio, depois passeando no corredor ou nas salas, observando as aulas, dizendo que era uma espécie de operação de pacificação (como se ali fosse o Rio de Janeiro que eu via nas novelas, sendo que no nosso Morro nunca teve aquelas coisas!), ele teria coragem de cantar o hino nacional com *aquela voz*? De mostrar as unhas para a inspeção? Ele *pintava* as unhas de preto. Ele teria coragem de entrar em minha casa e se apresentar para meus pais?

Contudo, nada daquilo importava. Porque ele não saía de casa. E aqueles medos eram todos meus.

— Vocês vieram fazer o que aqui neste fim de mundo? — perguntei, um dia, a Paulinho.

— Meus pais viajam muito. E agora tão com uns negócios por aqui.

Quando perguntei que negócios, ele deu de ombros. Parecia não se importar muito com o trabalho dos pais. Ou fingia não se importar. Cheguei a pensar que eram traficantes. Aqueles chiques, internacionais, de cocaína e LSD. Depois, eu descobriria que era algo muito pior que isso.

Eu usava os passeios com Lulu para ver Paulinho. Até pegava um atalho que cortava a longa ladeira: precisava subir uma escadaria com a cachorra nos braços, mas andava menos e chegava lá mais rápido. Gostava da companhia dele, apesar de não termos muito em comum. Paulinho dizia que estudava em casa, com um professor particular, mas sempre que eu comentava sobre algum assunto que tinha visto na escola, ele parecia de todo ignorante, alheio a qualquer conhecimento escolar. Parei de falar daquelas coisas com ele, para não o constranger. Por outro lado, ele parecia muito conhecedor da natureza: sabia o nome científico de todas as árvores e pássaros, o nome de cada erva que nascia no pé do muro. Quando brincávamos de correr com Lulu e tropecei em uma pedra, arrancando um samboque do joelho, Paulinho fez uma mistura pastosa de ervas (que na época eu não sabia identificar) e aplicou no ferimento, que se curou em poucas horas. Mainha nem chegou a ver.

Não contei a meus pais sobre meu novo amigo pelo mesmo motivo de não o ter convidado para ir lá em casa. Ficar entre quatro paredes com meus pais estava cada vez pior: eu precisava ficar quieto, tentando acalmar o fogo que parecia queimar dentro de mim, um monstro que estendia as garras por minhas entranhas, aquela coisa que queria ficar solta, e só se acalmava quando eu estava livre, perto de Paulinho, sem precisar me preocupar se meus pais perceberiam que eu escondia algo.

Mainha estava cada vez mais religiosa, obrigando-nos a rezar em todas as refeições, ao acordar, antes de dormir, indo à missa duas, três vezes por semana, ansiosa e aterrorizada com histórias de bruxos e demônios que rondavam as famílias cristãs. *Livrai-nos de todo o mal*. Na igreja, então, só se falava disso. Fofocas corriam pelos corredores dos bancos sobre o filho de ciclano ou a irmã de beltrano que havia feito um pacto com o mal. Que mal, porém? Ninguém ousava pronunciar.

Enquanto isso, painho estava obcecado com notícias de política: não parava de criticar o governo e dizer que o exército devia deixar de ser trouxa e intervir logo, pois o país estava indo por água abaixo. Que o coronel Fagner era nosso salvador, um homem forte, corajoso, determinado. Meu pai parecia apaixonado por ele.

Vivíamos em uma crise. Tudo estava caro; no supermercado todo dia as coisas mudavam de preço. Lá em casa, além de comida, muitas vezes faltava água e luz. O jornal não parava de criticar o governo. Perguntei a meu pai sobre a ditadura (na época, ele era criança), falei do que aprendi na escola: das pessoas desaparecidas, das celas clandestinas, dos torturados e mortos. Ele riu, disse que ali no Morro da Conceição não tinha nada daquilo. Eram coisas que só aconteciam com criminosos, lá embaixo, em *Recife*, como se estivéssemos em outro lugar. Bons cidadãos estavam seguros. "A palavra ditadura", disse ele, "só fui ouvir depois de adulto.

CAPÍTULO 2

Coisa inventada por essa nova geração. Nós, de bem, estávamos a salvo. Já os maus... Livrai-nos de todo o mal".

Na maioria das vezes que eu e Paulinho nos víamos, ficávamos deitados lado a lado no gramado, de barriga para cima, Lulu correndo ao redor, a quentura do sol da tarde nos impedindo de nos mexer, acomodados na sombra de uma mangueira, observando o sol que passava por entre as folhas abundantes, em silêncio, uma frase solta aqui ou ali, uma risadinha, uma troca de olhar, o sino da igreja que batia ali perto, mas que parecia distante demais. Parecia que nada fora dali existia: nem minha casa, pequena e abafada; nem meus pais, paranoicos e medrosos; nem as notícias do jornal sobre o exército que invadira Brasília me importavam mais. Meus medos, preocupações, culpa, tudo ali era desimportante. Nossos braços ficavam estendidos ao longo do corpo, suados, e nossos mindinhos se tocavam com suavidade, e eu pouco me importava com terem ateado fogo no congresso e cancelado as eleições, não me interessava que o tal coronel Fagner em pessoa tivesse assassinado o presidente. Eu tinha meu próprio incêndio para conter; meu coração queimava, e eu começava a entender o que era a coisa que se metamorfoseava dentro de mim.

***

No dia em que conheci os pais de Paulinho, andei ligeiro até lá. A rua estava vazia, apesar de ser início da tarde. Às vezes, ficava um carro do exército na esquina e os soldados perguntavam a quem estava passando para onde iam. Por sorte, não encontrei ninguém. Naqueles dias, as pessoas evitavam sair de casa para afazeres não essenciais. Só saíamos para a igreja e meu pai, para o trabalho. O silêncio era cada vez mais comum em nossa casa. À noite, ouvíamos a vizinha chorar. O marido dela não voltara do trabalho: havia sido levado pelos militares.

Naquele dia, ao chegar lá, perguntei a Paulinho da máscara que ele usava quando o conheci. Ele se empertigou todo, tenso, como se eu o tivesse acusado de um crime. Talvez eu tivesse, mesmo. A máscara parecia algo que minha mãe diria ser do *demônio*. E, por meio da culpa que eu sentia por gostar de estar com Paulinho, eu tentava a todo custo fazê-lo parecer bem aos olhos de... Aos olhos de *quem*?

Paulinho é educado. Paulinho é bondoso. Paulinho é... Era difícil continuar. Paulinho não parecia ter pais, não ia para a escola, não ia para a Igreja, falava palavrões, usava máscaras demoníacas, fazia minha barriga borbulhar de um jeito que não era normal. Que Deus me perdoasse.

— Meus pais têm uma coleção — contou ele.

— Coleção de máscaras?

Eu já tinha visto coleção de cartões telefônicos, de tampas de garrafa, de moedas antigas e de bonequinhos de biscuit.

— Mais ou menos. Várias coisas, coletam pelo mundo — explicou. E, ao ver que eu tinha me interessado, acrescentou: — É chato, você não ia querer ver. Melhor ficar aqui jogando algo.

Só que eu quis ver, e esse foi o maior erro da minha vida.

***

Eles eram muito altos, sobretudo o pai dele, cheio de tatuagens e careca, com uma barba loira enorme, comprida e amarrada em uma única trança que pendia do queixo, loiro, parecia um viking; a mãe estava com os dreads enrolados no topo da cabeça com um nó, as orelhas dela eram cobertas por argolas, e os dois sorriram muito para mim, mostrando todos os dentes amarelados. Eram assustadores. Pior, eram tudo o que minha mãe me alertava: tinham cara de maconheiros, bandidos, drogados, de gente que não temia a Deus e não seguia regras. Gente ruim, do mal, de quem eu deveria manter distância para não ser influenciado.

A mulher correu até mim e me abraçou.

— Finalmente conheci o amiguinho do nosso garoto! — comemorou ela, com um sotaque carregado, meio paulista, meio gringo.

Era tão simpática e doce, e a abracei de volta.

Ela fez um cafuné em minha cabeça, como se eu fosse uma criancinha, segurou meu queixo e ergueu meu rosto, para ver meus olhos. Encarou-me por alguns minutos, os olhos fixos, congelados, como se tentasse ler minha mente. Eu, desconcertado, olhei para Paulinho, que estava parado ao lado do pai, e meu amigo parecia em completo pânico.

— Mãe, eu e o Caetano vamo ver um filme! — interpôs ele, afobado, dando um salto para a frente e puxando meu braço.

Ela apenas sorriu e soltou meu queixo. O pai, quando passávamos a seu lado, segurou meu ombro e apertou.

— Muito bom te conhecer, garoto. Muito bom mesmo — afirmou, o sorriso tão fixo na boca que vi suas gengivas (inchadas, inflamadas) e

CAPÍTULO 2

sangue ao redor dos dentes, e senti um arrepio gelado, terrível, subir por minha espinha.

— Vamos sair, querido — informou a mãe de Paulinho, por fim. — Eu e seu pai temos uma reunião com o coronel. Cuide bem do Ca. Faça o menino se sentir em casa.

Paulinho apertou meu braço, e o senti estremecer, mas meu amigo não disse nada. Observamos os adultos contornarem o terraço da casa até uma van estacionada ali ao lado e saírem. Quando passaram pelo portão, ele me soltou e me chamou para entrar.

A casa era silenciosa. Escura também, tinha cheiro de mofo e de incenso, com uma grande escadaria diante da porta de entrada, como nas mansões de filmes estadunidenses. Nos cantos havia vários vasos com espadas de São Jorge. O chão de mármore brilhava e, por todos os lados, tinha armários e estantes cheias de coisas esquisitas. Paulinho olhou para mim quando ofeguei, puxando ar pela boca aberta.

Esculturas de demônios, coisas que pareciam santos, mas que eu nunca tinha visto: santos assustadores, com rostos raivosos, com cara de dragão, com roupa preta, com duas cabeças. Santos que escorriam sangue pelos olhos e ouvidos. Santos nus. Santas com os peitos de fora, com a pele pintada de vermelho. Santos de pau duro, também, e santos que eram metade humano e metade bicho. Havia muitas velas pretas, ainda, outras vermelhas, e muitos ramalhetes de ervas secas. Lembrei dos despachos que encontrávamos na esquina perto de casa, e que mainha dizia que era macumba do diabo. Ela chutava aqueles troços como se fossem o puro mal, e eu acreditava, pois os vizinhos de minha rua se juntaram, com o padre, para expulsar o terreiro que uma senhora tinha aberto ali perto. Destruíram tudo, queimaram aquelas coisas, e oraram muito por várias noites no portão do lugar. Contudo, as semelhanças paravam na vela e nas ervas. As estátuas que eles haviam queimado no terreiro não se pareciam nada com aquilo.

Ali também tinha potes com coisas dentro que pareciam carne ou fetos de animais em conserva. Havia esculturas de animais, também, mas animais que não existiam, como se fossem híbridos de várias espécies diferentes. Achei tudo medonho, e tive medo, mas lembrei que minha mãe também espalhava coisas assustadoras pela casa: santas que seguravam olhos, santos com flechas atravessando o peito, o Senhor crucificado cheio de pregos. Quando eu era criança, ficava impressionado com aquelas figuras tão fatídicas. Entretanto, eu não era mais criança. Respirei fundo, tentando me tranquilizar.

Passei os olhos pelas pedras espalhadas pelos cantos, como amuletos. Roxas, rosas, vermelhas, cinzentas. Algumas emitiam um brilho fraco, vermelho. Vi o livro de São Cipriano; minha avó tinha um, escondia em uma gaveta da cômoda, dizia que era um livro de rezas brabas e não me deixava mexer. Era motivo de briga entre ela e minha mãe, que dizia que aquilo era coisa do diabo. Eu tinha medo, e às vezes sonhava com bruxas flutuando no meio de um manguezal, ao redor do livro do diabo, lendo feitiços incompreensíveis e invocando uma fonte vermelha que brotava do meio das páginas. Acordava aterrorizado, encolhendo os pés, e rezava até adormecer de novo.

Porém, o livro da casa de Paulinho parecia pintado a mão, diferente do de minha avó, que era pequeno e havia sido comprado em banca de revista. Tinha um livro com desenhos muito bonitos aberto em uma mesa, e Paulinho disse que era o manuscrito de Voynich e que só podia tocar nele usando luvas de couro. Perguntei o que era, ele deu de ombros, disse que era coisa de ocultismo, e fiquei com medo e parei de olhar aquelas coisas. Nem sabia o que era ocultismo, mas o nome me assustava. O que havia oculto naquelas coisas? O que havia oculto em mim? Paulinho segurou minha mão e me puxou para uma porta lateral, e lá ficava a sala da TV, com um grande sofá aconchegante, cheio de almofadas com capa de renda e crochê. Ele colocou um filme de terror para a gente assistir, e eu não lembraria o nome, pois morria de medo daquele tipo de filme e tive vergonha de admitir, então não prestei atenção a nada, concentrei todo o foco na perna de Paulinho, que de vez em quando se encostava na minha.

Concentrei-me nos pelos dele, que eram ralos e finos, bem loirinhos, roçando nos meus, até que ouvi um barulho. Levei um susto e, no sobressalto, afastei a perna. Os pais dele tinham voltado? Ou não tinham saído? Na verdade, parecia que o barulho vinha *do chão*, como se tivesse um porão ali, mas eu sabia que estava impressionado pelo filme, afinal não se construía porões em Recife. Era um ruído abafado, como um miado, ou um gemido. Senti o chão vibrar, como se algo tivesse se arrastando por ele. Em minha imaginação fértil, parecia som de correntes batendo contra madeira. *Misericórdia, Senhor*.

— O que foi isso? — perguntei.

CAPÍTULO 2

Eu achava que estávamos sozinhos. Imaginei os pais de Paulinho, altos e estadunidenses, com dentes afiados e amarelos, vampiros, com hálito de cheddar e sangue, e minha boca ficou seca.

— Nada — respondeu ele, franzindo o cenho como se não tivesse escutado nada, e aumentou o volume da TV.

Fiquei assustado durante o filme. Era sobre canibais, muito *gore* e *trash*. Fiquei sensibilizado, não gostava de ver aquelas coisas e, percebendo meu desconforto, Paulinho pausou o filme e me abraçou. Quando viu que eu estava mais à vontade, ele olhou para mim e beijou minha boca.

Na hora, algo explodiu dentro de mim. As gavinhas subiram geladas por minhas mãos, percorrendo o braço, arrepiando-me por inteiro, encontrando meu coração descompassado e então queimando na brasa que se acendia ali. Na cabeça, pensamentos se embaralhavam e se confundiam. Era aquilo, então, o que eu queria o tempo todo? Era aquela a sensação de magnetismo de estar sendo puxado cada vez mais para perto de Paulinho, de querer ficar mais e mais perto dele, até tocá-lo? Meu Deus, como eu queria tocá-lo! Tinha sido uma tortura, aqueles dias todos: eu sem entender que espécie de desejo era aquele, a vontade de tocar, não, *beijar* um menino. E como era bom. E como me deixava nervoso. E como era assustador. E como era errado!

Afastei-me dele de supetão. Se o beijo tivesse sido rápido, talvez eu fosse perdoado. Um selinho não matava ninguém, certo? *Certo?* Eu estava confuso. Assustado pelo filme. Não foi nada demais. Éramos só amigos. Só que quando Paulinho se afastou de mim, tinha um fio de baba entre nossas bocas. E meu queixo estava molhado. E lá *embaixo* também. Meu Deus. *Me perdoa me perdoa me perdoa me perdoa.* Eu estava excitado e queria mais. Queria beijá-lo mais, mas não podia. Eu precisava me acalmar, aplacar o sangue, aquietar tudo aquilo que se remexia dentro de mim.

Paulinho segurou minhas mãos e exclamou:

— Não tenha vergonha do que você é. Não tenha medo.

Eu tinha muito medo. O medo era tanto que comecei a chorar. Quando ele voltou a me abraçar e enfiou meu rosto em seu pescoço, o choro evoluiu para soluços e, enquanto afagava meu cabelo cacheado, ele prometeu:

— Eu vou te proteger.

Quando nos despedimos, ele me deu um selinho. Senti vontade de amá-lo, de abraçá-lo, de chorar e de morrer.

Fui embora correndo.

***

Quando cheguei à casa já era noite, e levei uma surra de meu pai por ter desaparecido por tanto tempo. Mainha gritava e chorava, pensou que eu tinha sido levado pelo exército. Quando eu disse que tinha feito amizade com o menino que morava no casarão do alto do Morro e tinha passado a tarde lá, eles arregalaram os olhos e gritaram comigo. Para os dois, aquilo era bem pior do que arriscar ser levado pelos soldados. Achei que eles diriam outra coisa. Que sabiam o que tinha ocorrido, que Paulinho tinha me beijado, que ele gostava de meninos, e que eu gostava também. Gelei.

O que eles falaram foi que eu não podia chegar perto daquele lugar, pois aquele povo fazia bruxaria.

Enquanto eu tentava disfarçar o alívio, mainha contou a história do bruxo conhecido na cidade natal dela, Ouricuri, que andava pelo comércio com o dedo indicador pintado de sangue, fazendo feitiços de cura. As pessoas davam-lhe dinheiro e ele as tocava no peito com o dedo sujo, e assim curava doenças, medos, maldições. "É verdade", ela garantiu, vendo minha expressão cética, e disse que ela fora infértil, e que foi o feitiço de sangue que a fez engravidar de mim.

— E a senhora acredita nessas coisas? — perguntei.

Minha mãe era religiosa fervorosa. Acreditava nos santos dela, nas rezas, no padre, em Deus. Para ela, o resto era crendice. Lendas. Mentiras. Foi um choque ouvi-la falar de bruxaria.

— Sim, porque vi. Um tempo depois, descobriram que o sangue no dedo do bruxo era de Neuzinha, uma menina da minha turma do segundo grau que tava desaparecida fazia dois anos. Acharam a garota amarrada num quartinho da casa do bruxo; tinha sido sequestrada quando voltava do colégio. Ele abusava dela, fazendo-a engravidar, depois a fazia abortar e com o sangue das partes dela fazia os feitiços de cura. Foi o maior escândalo na época. O povo da cidade linchou o homem, queimaram a casa com a menina dentro. Queimaram tudo o que tinham ganhado com os feitiços, dinheiro, joias, lojas, gente que tinha curado doença teve que fugir da cidade pra não ser queimado junto. Eu tava buchuda na época, e tive que meter o pé com teu pai pra cá, pois o povo sabia que embuchei por conta do sangue de Neuzinha. — Ao terminar de falar, mainha tocou o crucifixo que repousava no colo.

CAPÍTULO 2

Acordei de um pesadelo naquela noite. Sonhei com Neuzinha amarrada no porão da mansão de Paulinho. Ela chorava lágrimas vermelhas e gritava. Gritava meu nome, chamando-me, pedindo ajuda. Os pais de meu amigo dançavam ao redor da menina, nus, a pele branca molhada de suor, enquanto Paulinho, que usava uniforme militar, tirava um feto apodrecido de dentro dela e o devorava, rasgando a carne do natimorto com dentes afiados. Depois corria em minha direção, os dentes à mostra, um pedaço de intestino pendurado da boca dele. Pulei da cama ensopado de suor. Meu sangue fervilhava nas veias. Estava prestes a explodir, senti vontade de enfiar as unhas no braço e deixar sair aquilo que parecia crescer em minhas entranhas. Chorei que só naquela noite, sentindo pena de mim mesmo. Talvez tenha sido ali que comecei a me odiar. Eu não queria ser diferente, não queria ser uma maldição de Neuzinha, queria ser normal, nada que fosse ruim aos olhos de meus pais.

Também comecei a ter insônia. Pegava o celular e ficava rolando o *feed* de notícias madrugada adentro. Foi assim que vi a história de uma mulher acusada de sequestrar crianças para fazer rituais satânicos. Tinha sido espancada, torturada e amarrada em um carro pelos vizinhos, sendo arrastada pelo bairro enquanto gritava e agonizava, sendo aplaudida pelos pais, mães e crianças que assistiam a tudo das calçadas. Vi casos de bruxaria e sacrifícios de bebês, notícias falando que tais ocorrências estavam crescendo, e que o governo militar estava empenhado em erradicar o satanismo do Brasil. Vi uma foto do coronel Fagner segurando a cabeça decapitada do presidente. Larguei o celular com o coração acelerado.

Meus pais me proibiram de sair com Lulu, dizendo que as ruas estavam perigosas, por mais que eu não visse nada demais. Disseram que a cidade estava cheia de gente má e de bruxos, e que deveríamos permanecer em casa até que o exército limpasse tudo. Meu pai havia perdido o emprego: o chefe dele fora levado pelos militares. "Era raça ruim", disse meu pai, e achei que ele estivesse apenas falando que era um comunista. Ou gay. Militares prendiam e torturavam gays na ditadura, não?

Eu só podia ir para a escola e para a igreja. O que me deixava nervoso, pois meu aniversário estava chegando e seria bem no carnaval. Na televisão, os novos âncoras do jornal falavam que o governo considerava proibir o evento, mas vários blocos anunciaram que desfilariam nas ruas estreitas de qualquer jeito. No Morro, para minha desgraça, não haveria festa naquele ano. Os pequenos blocos do bairro, que eram os únicos aos quais minha mãe me deixava ir, já tinham anunciado que não subiriam a ladeira, e lá se foram meus planos.

***

Na véspera do carnaval, a escola nos liberou mais cedo, pois se prepariam para alguma coisa que não se deram o trabalho nos informar, e cancelaram as últimas aulas. Aproveitei a hora extra para desviar do caminho de casa e visitar Paulinho. Sentia falta da única pessoa em quem podia confiar para ser eu mesmo, sem precisar o tempo todo estar me contendo, regrando, fiscalizando. Quando apareceu no portão, ele estava abatido. Triste, cansado, como se estivesse doente. A pele branca estava ainda mais pálida, os olhos fundos, o cabelo desgrenhado.

— Você sumiu — apontou ele, enquanto abria o cadeado e me deixava entrar.

Ele fedia a suor e a algo mais. Eu não sabia dizer a quê, mas era algo que só anos mais tarde eu entenderia.

— Meus pais não tão me deixando sair, mas tu sumisse também. Não podia ligar?

— Não — retrucou. Ergui a sobrancelha frente à grosseria. Paulinho foi até a mangueira sob a qual costumávamos nos deitar. Ele se sentou e fiquei em pé ao lado dele. — A gente não pode mais se ver. Por conta do que a gente é.

— O que a gente é? — perguntei, surpreso. A palavra surgiu lá no fundo, pesada. Ela subiu devagar, rasgando, causando náuseas. Senti-a no sangue, espalhando-se no corpo. Era difícil dizer em voz alta, colocava como fato algo que me assustava e eu negava. — Gays?

Paulinho riu e o som daquilo doeu em mim.

— Amanhã é seu aniversário — declarou. Eu não sabia como ele sabia daquilo, mas era a única pessoa que parecia lembrar, então aquilo aqueceu meu coração. — Vai fazer o quê?

Irritado, respondi:

— Ir pra missa de manhã. Ficar em casa depois.

— Não. Tá maluco? Ficar em casa no aniversário? Vamo pro carnaval.

— Não vai ter, cancelaram os blocos — informei.

Meu aniversário seria chorar o dia inteiro trancado no quarto, e eu queria ir embora dali logo.

CAPÍTULO 2

Ele arregalou os olhos. Além de lágrimas, os olhos estavam cheios de medo. Levantou-se e segurou meu braço.

— Vamo pra Olinda. Lá vai ter.

Puxei o braço, mas ele não me soltou.

— Meus pais não vão deixar. — Eu me dei o trabalho de contrapor, como se eu considerasse ir... — E é perigoso.

— Já falei que vou te proteger, Caetano. Olha, quando vocês forem pra missa eu te encontro nos fundos da igreja, antes da missa começar. Você sai sem ser visto e vamo. Só que precisa ser *antes* da missa.

Era tudo tão absurdo, mas ele enfatizou o momento "antes da missa" com tanta veemência que precisei perguntar:

— Por quê?

Por um segundo achei que ele fosse dizer que queria chegar cedo à Olinda. Em vez disso, revelou:

— Porque não é mais seguro pra você, agora que eles tão com o exército.

— Eles quem? Me solta, Paulinho, tá machucando — reclamei, puxando o braço com mais força.

Ele ficou mais agitado, os olhos arregalados, as palavras balbuciadas, os pelos do pescoço eriçados.

— Os bruxos! — exclamou, daquela vez sussurrando, como se os pássaros pudessem nos ouvir. — Essa história de limpar o país da bruxaria é mentira. Tão juntos, os bruxos, o exército e a igreja, *as igrejas*, todo mundo, todos eles, tão procurando gente de sangue raro, Caetano. Primeiro os adultos, depois os jovens. Começaram em hospitais e repartições públicas, agora igrejas e templos e terreiros, depois escolas e festas e qualquer esquina desta porra de cidade!

Balbuciei qualquer coisa, com vontade de chorar. Parecia que ele tinha sofrido a mesma lavagem cerebral de meus pais, e passado a acreditar naquelas teorias da conspiração que passavam na televisão. Só que pior. Nada fazia sentido.

— Você sabe. Você sabe bem o que é. Você sente aí, dentro do peito — afirmou, cutucando meu peito com o indicador. Doeu, como se o dedo fosse uma lança. — Seu lugar não é junto deles.

Ele olhou para a casa. A enorme construção parecia vazia. Senti a mão dele tremer em meu braço e, quando olhei para baixo, reparei em suas unhas. Estavam grandes e imundas, sujas de algo escuro, avermelhado. Sangue. Lembrei das unhas de minha avó, quando depenava as galinhas e as sangrava para fazer cabidela. Um arrepio horrível percorreu minha espinha. Um pressentimento ruim, um desejo de fugir dali o mais depressa possível, de correr para casa e abraçar meus pais. Senti como se houvesse a mão velha e enrugada de alguém em meu pescoço, prestes a torcê-lo, como a uma galinha. Dei um puxão no braço, soltando-me, e corri.

— Me encontra antes da missa! — gritou ele. — Algo ruim vai acontecer!

Abri o portão apressado e saí correndo pela rua, só então percebendo que meu braço sangrava, rasgado pelas unhas de Paulinho.

CAPÍTULO 3

Quando abri os olhos, vi o homem sentado em uma cadeira, no canto da sala, de costas para mim. Estava com a postura bem rígida, reto, tenso, mexendo em alguma coisa que eu não via na mesa, mas conseguia distinguir pelo ruído: vidro, embalagem de plástico, tesoura. Ele usava óculos, e neles tinha um cordão cheio de miçangas coloridas, caindo na nuca dele.

Tonto e desorientado, tentei recompor a memória e entender o que tinha acontecido, mas as lembranças surgiam em ondas, minha mente uma praia em maré crescente. A cada onda eu as via em flashes, e logo depois sumiam para dar lugar a outra lembrança sobreposta: os coturnos, os gritos, a parede de pedra, o tubo enfiado em meu braço, meu sangue roubado, a luz vermelha, Tom (meu vizinho de cela), Fagner no helicóptero (o cheiro dele amadeirado, suor, perfume), o homem aparecendo no pátio, a faca rasgando o peito da enfermeira, uma outra porta se abrindo onde antes não havia nada.

A faca rasgando o peito da enfermeira.

Que horror! Que coisa horrível eu tinha feito. Eles estavam certos, afinal, em me manterem naquele lugar. Eu era uma peste, uma raça ruim, tinha que ficar isolado da sociedade, e talvez, só talvez, servindo para um propósito maior. Só que o que eles faziam era pior. Se eu era um monstro, eles eram o quê, então?

Perguntei-me se o homem que havia me arrastado para fora daquele lugar e que agora estava bem ali, sentado de costas para mim, era um militar. Tinha o porte. Era magro, mas tinha ombros largos e os músculos se destacavam nos braços e nas costas. Entretanto, seu cabelo estava amarrado em longas e várias tranças que desciam até a cintura, então muito difícil que fosse do exército. Pairando entre ele e uma cômoda de madeira escura havia uma sombra.

Era disforme, oval, quase translúcida, de cerca de um metro e meio de altura. Fiquei olhando, confuso, certo de que era um sintoma da enxaqueca cataclísmica que bombardeava minhas têmporas. Quando a sombra emitiu uma projeção, parecendo tocar o homem, que não a havia notado, fechei os olhos, arrebatado por náuseas e temor.

***

Quando voltei a abrir os olhos, a luz do sol entrava por uma janela entreaberta. O teto era altíssimo, de madeira, cheio de teias de aranha. O quarto era enorme, com paredes pintadas de branco havia muito tempo, agora cheias de marcas de infiltração. Além da cama e da cômoda, móveis muito antigos, coloniais. Onde antes o homem estivera sentado no momento havia apenas uma cadeira, uma mesa de madeira e um ventilador de teto desligado.

Olhei para meu corpo para ver se estava amarrado. Um hábito que eu havia normalizado muitos anos atrás. Para minha surpresa, eu estava livre, o corpo enfim coberto por roupas limpas. Senti um alívio na parte de baixo, uma sensação de liberdade muito superior àquela de me perceber sem as correntes: não estava de fralda, aquela peça abafada e desconfortável que me fizeram usar durante anos de prisão.

Também tinha um cateter enfiado no braço direito, mas não tirava meu sangue. Em vez disso, suspensa por um suporte metálico ao lado da cama, uma bolsa de soro já estava pela metade, o líquido descendo pelo equipo até minha veia. Agora, na dobra do braço esquerdo, o ponto de que tiravam meu sangue na cela, o ponto em que a carne permanecia constantemente ferida e inflamada, havia um curativo.

Arranquei o acesso e me sentei. Há quanto tempo eu estava ali? Vi meu reflexo em um espelho de moldura grossa com desenhos elaborados entalhados na madeira escura e pendurado na parede oposta. Eu tinha dezoito anos quando fui preso; na época era um jovem saudável. Agora, parecia decomposto: o cabelo raspado, crescendo em pequenos tufos, os lábios azulados e rachados, cheios de feridas, olheiras escuras e a pele, outrora bronzeada e viçosa, sempre exposta ao sol escaldante de Recife, estava quase transparente, acinzentada. Na última vez que havia visto meu reflexo, muitos anos atrás, lembrava de ter bochechas redondas. Agora a pele era chupada para dentro do crânio.

Consegui me levantar da cama. Apesar da dor de cabeça, náusea e visão escurecida. Devia ter recebido transfusão de sangue, além do soro fisiológico. Em minhas primeiras semanas de cativeiro, quando tiravam sangue demais, cheguei a quase morrer várias vezes. Quando isso acontecia, ficavam alguns dias sem me drenar, até que eu recuperasse as forças. Meu sangue era precioso, raro.

Afastei o pensamento da cabeça, nauseado. Pensar naquilo que corria dentro de mim me dava vontade de rasgar a pele com as unhas.

Fui até a mesa perto da qual tinha visto o homem sentado. Ao lado de uma máscara de La Ursa (feita de papel machê, percebi quando cheguei perto) tinha seringas, bolsas de soro, agulhas, garrotes, gazes, álcool, antibióticos e anti-inflamatórios. Ele estava me tratando? Perguntava-me por quê. Talvez fosse algum rebelde, alguma resistência, algum guerrilheiro que invadira o centro de operações do exército para me resgatar. Improvável, depois de todos aqueles anos. Queria saber o que Tom diria se me visse ali, longe da cela.

Engoli em seco, enfim me dando conta de que talvez não tivesse sido resgatado. Afinal, por que alguém arriscaria a vida para invadir uma instalação do exército e me libertar? E os demais prisioneiros? Se tivesse restado algum. Quanto tempo havia passado, afinal? Em que ano estávamos? Eu tinha perdido as contas.

Precisava fugir dali o quanto antes. Quando meu corpo se recuperasse, reestabelecesse o fluxo normal de sangue, seria usado outra vez. "Você não é gente", eles diziam. Como era mesmo que nos chamavam? "Invólucros do mal. Raça ruim." Foi isso que mainha disse do marido da vizinha: ele era um invólucro do mal, por isso fora levado. "Raça ruim desgraçada." Carregava magia no sangue, e Deus condenava todo tipo de feitiçaria. Salve o exército brasileiro por expurgar a bruxaria! Deus acima de todo feitiço!

Não podia deixá-los me usarem de novo.

Abri a janela, dando de cara com uma grade. Lá fora, via apenas um quintal, um monte de plantas e uma mata depois do muro. Meus olhos se encheram de lágrimas. Fazia quanto tempo que eu não via o céu? Peguei uma tesoura afiada na mesa e fui até a porta.

CAPÍTULO 3

A porta dava para um outro quarto. O homem estava dormindo em uma cama de solteiro. O móvel era pequeno demais para ele, então os braços e pernas do desconhecido pendiam para fora. As roupas que vestia também pareciam ser do tamanho errado. Ao lado, havia roupas molhadas secando em cima da cadeira. Ele tinha cortado o cabelo, e no lugar das longas tranças, agora havia um cabelo crespo com cachos de poucos centímetros. Algo nele me fazia pensar em Paulinho. De início, não sabia o motivo: eram o completo oposto. Paulinho era branco, com cabelo loiro e fino, baixinho e amedrontado, feito uma formiga em apuros. Aquele homem tinha a pele escura igual a de meu pai, com braços longos e mãos grandes, músculos que nada remetiam a Paulinho. Não, eles tinham alguma outra coisa em comum.

Eu me aproximei, empunhando a tesoura com ambas as mãos. Naquela distância, podia sentir o cheiro fresco do sabonete exalando da pele dele e ouvir sua respiração lenta e profunda, ressonando baixinho, como se no sono controlasse o ruído do próprio ronco. Mirei no pescoço. Tinha uma veia saltada, pulsando no ritmo lento do coração. Só tinha uma chance, e a jugular era o alvo mais provável de matá-lo de uma vez.

Era errado matar uma pessoa assim, mas... mas era por uma boa causa. Não era o que diziam? Tudo por uma boa causa. Eu me odiaria por aquilo, mas, como era que voinha dizia? "O que é um peido pra quem tá cagado?".

Prendi respiração e ergui os braços para o impulso fatal.

Alguém sussurrou em meu ouvido.

Virei-me assustado; não tinha percebido que havia outra pessoa ali. Atrás de mim tinha uma sombra, que logo se dissipou, como a lembrança de um sonho logo após o despertar. Restou apenas uma lembrança vaga e rápida de um sopro quente no ouvido, e duas palavras sussurradas, que não consegui entender. Ainda estava com a tesoura apontada para o ar quando um braço envolveu meu pescoço.

O homem segurou meu braço, entortando-o, fazendo-me soltar a tesoura no chão. Gritei, e ele logo tampou minha boca. A mão dele era firme e áspera, arranhava meus lábios.

Tentei fugir, mas ele tinha quase duas vezes meu tamanho. E, enquanto meu corpo minguara durante o cativeiro, amarrado em uma maca, tendo o sangue drenado, aquele que me segurava por trás tinha músculos fortes.

E assim eu me via mais uma vez preso, tendo meu corpo na posse de outra pessoa, e gritei, pois não aceitaria que me tirassem a chance de me livrar daquele destino que me foi imposto. Eu ainda nutria esperança de me libertar. Mesmo sem uso para aquela liberdade, pois eu não tinha para onde ir, nem ninguém para me receber nos braços. As pessoas que um dia conheci já estavam todas mortas, seus corpos descartados em qualquer vala, canal ou matagal, decompostos e esquecidos, feito eu. Só que eu não podia deixar que me usassem de novo. Não daquela forma. *De forma alguma.* O que tinha dentro de mim era ruim. "Nós somos tudo, menos normais", Tom tinha me dito. Porém, se ao menos eu tentasse fingir...

Fui jogado contra a parede, a lateral de meu rosto explodindo em ardor quando se chocou contra o tijolo cru. Gritei de dor. O homem segurou minha cabeça, pressionando-a. Sentia que explodiria a qualquer momento, meu crânio reduzido à fragilidade de uma casca de ovo.

— Para de gritar — falou o homem entre os dentes. Falava baixo, como se não quisesse que alguém nos ouvisse. — Quer morrer? Quer voltar pro batalhão?

Eu não sabia o que responder. Talvez *sim*. Morrer, voltar para o batalhão. Eu era um condenado que carregava dentro de si uma maldição. Estar ali, fora do controle do exército, tornava-me um perigo (para mim, para todos). Eu merecia estar preso, amarrado, drenado, longe de mãos erradas. Por que eu não conseguia dizer sim? Por que eu queria tanto me libertar, deixar a raiva se apoderar de mim, me armar, colocar uma bomba debaixo da roupa e voltar para o batalhão e explodir tudo? Não foi essa indisciplina que me colocou em problemas em primeiro lugar?

— Eu fiz uma pergunta. — O homem aumentou o tom de voz, mas ainda quase sussurrava. Apertou minha cabeça contra a parede, fazendo a pele fina da bochecha se rasgar no reboco. A mão dele me segurava com a técnica de quem já tinha feito aquilo muitas vezes. — Responde.

— Não — murmurei, trêmulo.

Uma lágrima descendo pelo rosto à medida que a humilhação subia pela garganta. Era sempre degradante ser tratado daquele jeito. O jeito pelo qual sempre fui tratado.

— Então cala essa boca — ralhou, soltando-me.

Virei-me, apoiando as costas na parede, e observei o homem pegar a tesoura no chão e se sentar na cama. Ele me encarou por alguns segundos, os olhos escuros cheios de raiva, então colocou a tesoura na mesinha de centro à frente dele.

Só aí percebi os outros objetos na mesa. Ao lado da tesoura, havia potes com ervas, pós, líquidos escuros, pedaços de coisas que não conseguia

CAPÍTULO 3

identificar daquela distância, poções, velas, ampolas de sangue. Aquilo me lembrava a mesa de trabalho de Paulinho. Era isso que tinham em comum, então. Engoli em seco, ao passo que meu coração pareceu afundar no peito. Eu me dei conta de que a primeira coisa que devia ter feito ao ter pegado aquela tesoura era ter enfiado em meu próprio pescoço.

Aquele homem era um manipulador de sangue. A porra de um bruxo.

CAPÍTULO 4

Fui para a missa.

Caminhei alguns passos atrás de meus pais, vez ou outra olhando para os lados, como se esperasse que Paulinho aparecesse do nada. Eu só queria sair dali.

Falei para meus pais que estava com calor e que me sentaria do lado de fora da igreja, e eles não questionaram. Eu já vinha fazendo isso havia algum tempo, desconfortável em pisar naquele lugar, incomodado com os olhares, os cochichos. Não queria saber o que pensavam de mim, muito menos o que falavam, pois já imaginava. "Lá vem a bicha." Meu lugar não era ali, e por mais que me esforçasse para fingir e tentar me encaixar, sempre notavam algo errado em mim.

Eu não queria estar ali. Era meu aniversário; queria fazer pipoca, assistir a algum filme, jogar alguma coisa no computador. Ir para Olinda com Paulinho. Minha mãe *odiava* carnaval. Antro de promiscuidade, vagabundagem, *homossexualismo*. Foi em um carnaval que entendi o significado da última palavra. Estávamos na janela vendo um bloco passar na rua, minha mãe falando das putas, dos bêbados, da libertinagem, quando vi dois homens seminus se beijando. Ela percebeu que fiquei olhando. Estava tentando assimilar o que via (*Que absurdo! Dois homens se beijando? Eles não têm vergonha, medo, como pode? Que tipo de liberdade é essa? E por que estou tão desejoso? Por que quero saber como é a sensação?*) quando ela fechou a janela em minha cara. Disse que no carnaval seguinte iríamos para um retiro. Só que não tivemos carnaval seguinte.

CAPÍTULO 4

Suspirei, incomodado. Por que eu era daquele jeito? Não podia ser apenas... normal?

Fiquei sentado em uma cadeira de plástico, que coloquei do lado de fora da igreja, na frente de um janelão que me permitia ver o púlpito, observando as pessoas chegarem. O clima estava diferente. As pessoas entravam de cabeça baixa, silenciosas, sem os costumeiros apertos de mãos, as fofocas, as risadas falsas, as crianças correndo. A mulher que distribuía o jornalzinho do dia parou na frente da janela e me disse:

— O padre disse que hoje é pra ficar todo mundo dentro.

Olhei para o céu, por impulso. Não tinha sinal de chuva. O céu estava claro, muito azul, sem uma nuvem sequer. Entrei devagar, controlando os movimentos. Era sempre assim: ombros rígidos, mandíbula retesada, passos coordenados, a respiração contida; tudo para não dar pinta.

Microfonia. Cordas. A banda afinava os instrumentos e o coral testava o microfone. As gavinhas dentro de mim se agitavam, fogo queimando lento. Olhei para trás, para fora. Três carros pretos chegaram cantando os pneus e pararam no meio do estacionamento.

"Me encontra antes da missa", Paulinho tinha me dito. "Algo ruim vai acontecer."

Coloquei a cadeira lá dentro, perto de uma porta que dava para a lateral. A igreja já estava bem cheia, a maioria das pessoas já ocupando os lugares. Em silêncio, esperavam o pároco. Vi meus pais sentados na primeira fileira de bancos, bem no meio.

Aquele não era meu lugar. E eu seria punido por estar ali. Seria punido por existir.

"Algo ruim vai acontecer."

Um monte de homens saiu de dentro dos carros pretos. Eram veículos grandes, que comportavam oito pessoas. E os homens vestiam uniformes que pareciam militares, mas não eram do exército. Coturnos brilhosos, roupas azul-escuras, quase pretas, que cobriam os corpos por inteiro, capacetes, coletes. Armas bem longas. Fuzis.

Nos uniformes havia etiquetas (bandeiras?) bordadas perto do peito, pequenos retângulos amarelos com uma forma vermelha no centro, que eu não conseguia distinguir naquela distância.

Desviei o olhar. Ninguém mais olhava para eles, então talvez não fossem para ser vistos. Caminhei, apressado, para os fundos da igreja, onde ficava um prédio de dois andares: salas de reunião, de eventos, de encontros, da catequese. Lá tinha um bebedouro, e eu poderia ganhar tempo fingindo beber água, enquanto pensava no que fazer. Onde caralhos estava Paulinho? Antes que eu chegasse lá, vi o padre Arnaldo correndo na direção dos homens fardados, acompanhado do diácono e de um seminarista que eu sempre via por ali.

A última vez que eu tinha falado com o padre fora em uma confissão. No auge de minhas descobertas sexuais, eu explorava a internet em busca de vídeos pornográficos, tentando entender que prazer era aquele que adivinha dos corpos masculinos. Talvez eu tenha sido visto, talvez tenha sido meus trejeitos, ou minha voz afeminada, ou minhas olhadas para homens bonitos na rua, não saberia dizer, mas foi minha mãe que me obrigou a ir me confessar. De frente para o padre, não tive coragem de admitir, mas ele adivinhou e me mandou rezar muitas vezes para que Deus me fizesse normal e expurgasse os desejos ruins de minha carne. Eu era o mal encarnado, compreendi, com uma coisa terrível entranhada nas células. E como eu me livraria disso?

— Não, não, não — argumentou o padre. — No fim da missa! Foi o que combinamos.

Escondi-me na lateral do prédio anexo. O bebedouro ficava bem ao lado e, se eu fosse pego, aquela seria minha desculpa para estar ali. Eu deveria fugir. Talvez entrar na igreja e fingir ser um deles, ou arrodear a construção e sair pelo outro lado. Só que aquele estacionamento estava tão silencioso, aqueles homens ameaçadores falavam tão alto, o padre parecia tão assustado. Eu precisava entender o que acontecia.

— Recebemos ordens para fazer a testagem antes da missa. Para ninguém sair antes.

"Me encontra antes da missa."

Eu não sabia o que aqueles homens estavam ali para fazer. Contudo, ao que parecia, Paulinho soubera que eles o fariam antes da missa, diferente do padre. Fazer o quê, porém? Testagens?

"*Tão juntos, os bruxos, o exército e a igreja, as igrejas*, todo mundo, todos eles, tão procurando gente de sangue raro, Caetano."

Engoli em seco, as mãos começando a tremer. Achei que Paulinho tivesse sofrido lavagem cerebral, que estivesse paranoico, mas, não. Acontecia ali bem em minha frente.

Fosse lá o que fosse aquele teste, seria um em que eu não passaria.

— À esta altura já deve estar todo mundo sentado — argumentou o seminarista.

CAPÍTULO 4

Ele tinha uma voz aguda, com uma entonação engraçada. Os meninos do catecismo riam dele, diziam que ele era *afetado*.

— Fechem as saídas. — A voz grossa e autoritária do homem fardado (vigilante? Guarda?) soou no estacionamento.

— Na minha paróquia vocês não vão encontrar nenhum... — Não consegui entender o que o padre Arnaldo falou, pois eles começaram a se afastar.

Só que ouvi os passos apressados dele. O tecido esvoaçante da batina. O farfalhar da copa das árvores. O barulho das armas, dos coturnos. Brechei pelo canto da parede e os vi entrando pelos fundos e pela porta lateral onde eu estava. Agora os homens fardados estavam acompanhados por mulheres que eu não tinha visto antes: usavam roupas de enfermeira, brancas, e carregavam maletas metálicas.

"Me encontra antes da missa."

"Me encontra."

Corri pelo estacionamento, fiquei agachado atrás de um carro. Não vi sinal de Paulinho, mas eu não podia ficar ali. Não podia entrar de novo. Então atravessei o estacionamento e fugi da igreja.

CAPÍTULO 5

— Tu é um bruxo — acusei o desconhecido sentado na cama à frente.

Ele não olhou para mim, colocou no rosto um par de óculos de grau com lentes arredondadas e pequenas, com uma corda ridícula de miçangas coloridas jogada por trás do pescoço, e continuou fazendo suas coisas. Suas bruxarias. Pegou na mesinha que nos separava um punhado de três ervas diferentes (uma era seca, as outras frescas, bem cheirosas – manjericão, hortelã?), colocou em um pilão de madeira junto com algumas gotas de um óleo e as macerou, fazendo uma pasta escura. Mexeu aquilo tudo de forma hábil e delicada, os dedos calosos se movendo com uma precisão que não combinavam com aquele bruto.

A tesoura com a qual eu tentara matá-lo repousava na mesa, brilhando, afiada, a ponta voltada em minha direção. Olhei ao redor, avaliando o ambiente. Atrás de mim estava a porta do quarto de onde eu viera, ao lado da cama havia uma janela enorme, de madeira, trancada com uma barra de ferro, e no outro extremo do quarto havia outra porta. Já tinha visto casas assim, bem antigas, cujos cômodos se conectavam uns com os outros. Talvez estivéssemos em uma fazenda.

— Desculpa. Pela bochecha — falou o bruxo, referindo-se ao corte que ele abrira ao me imprensar na parede.

Toquei meu rosto, sentindo o ardor da ferida. Que sensação estranha era ouvir alguém pedindo desculpa por me machucar. E por que ele me pedia desculpa, afinal? Era algum tipo de piada cruel? Não me espantaria,

CAPÍTULO 5

vindo de um manipulador de sangue. O fato era que eu precisava fugir dali o quanto antes, ou conseguir pôr as mãos naquela tesoura, enfiá-la no pescoço dele ou em meu próprio. Já sabia por que eu estava sendo tratado. Nas celas dos militares, ao menos, minha chaga se resumia às correntes e ao tubo ligado à parede que chupava meu sangue e os levava para os bruxos da Confraria fazerem os rituais bem longe de mim. Ali, de maneira clandestina, que tipo de sacrifício medonho seria feito?

Eu já tinha ouvido falar de todo tipo de coisa horrível sobre os bruxos que manipulavam sangue. Ele me amarraria a uma cruz, ou a tábuas de madeira suspensas, formando um X, mãos e pés presos com correntes de espinhos, ou até com pregos; ele me torturaria pelo prazer do sangue; esfolaria minha pele, deixando meus músculos expostos, para que meu sangue borbulhasse da carne viva, cheio de cortisol e endorfina. Ouvi dizer que eles preferiam assim e faziam bruxaria com o sangue fresco, fervendo-o, inalando o vapor, lambendo as pontas dos dedos sujos de vermelho; ele lamberia minhas feridas abertas e convocaria conclaves satânicos; faria magias perversas ditas em línguas desconhecidas, banquetes canibalísticos e orgias carmim em homenagem a Satanás, trezentos bruxos transando com meu sangue pingando em cima de seus corpos monstruosos.

— Não quis te machucar. — Ele continuou me encarando. Os olhos pretos pareciam pequenos atrás das lentes dos óculos, ainda assim eram intensos, como se ardessem por dentro. — Mas tu tava fazendo barulho pra caralho.

Fiquei tonto, a vista escurecida, os ruídos abafados. Um desmaio estava vindo, eu sabia, uma consequência do pouco sangue que circulava dentro de mim. Ótimo, quanto menos daquilo, melhor. Minhas pernas fraquejaram, e o bruxo largou o pilão na mesinha e correu até mim, dando um salto por cima do móvel, e me segurou antes que eu despencasse. Ele colocou um braço nas minhas costas e meu peso se desmanchou sobre a força dele. O bruxo me carregou até a cama, deitando-me. Ali me deixou sozinho.

Enquanto ele não retornava, permaneci de olhos fechados, respirando fundo, tentando não apagar de vez. Aquela era minha chance, não sabia se teria oportunidade.

Tinha passado anos me preparando para aquilo, para matar, fugir, para ser uma pessoa normal, sem que ninguém me usasse, pois eu era algo ruim. Mentira. Não me preparando, fantasiando. Eu era um covarde, além de tudo.

Quando o homem voltou, a tesoura estava escondida às minhas costas. Ele colocou o copo em minha mão, e derrubei o objeto como que por acidente. Esperei que ele se abaixasse para o atingir.

Suas costas estavam bem expostas para mim. Um alvo muito fácil. Peguei a faca e enfiei nele. Só que eu estava tão fraco que a tesoura não cortou nem o tecido da blusa, quem dirá pele e músculo. Tentei jogar todo o peso contra a lâmina, mas a tesoura escapuliu de minha mão e caí da cama, por cima dele.

Sem dizer nada, ele se levantou, puxou-me pela gola e arrastou-me pelo chão até o outro quarto.

O bruxo me jogou de volta na cama em que eu acordara, daquela vez amarrou meus braços e pernas. Depois, amordaçou-me. Ficou me encarando por cima dos óculos, com os lábios comprimidos, meio pálidos. Percebi que ele estava cansado: bolsas debaixo dos olhos avermelhados, a testa franzida. Ele colocou o acesso de volta em minha veia e injetou alguma coisa. Ótimo. Enfim, domado. Como eu merecia. Adormeci enquanto ele passava a pasta de ervas por meus lábios, encarando-me com aqueles olhos demoníacos.

**

— Tu tá desidratado, desnutrido e anêmico. — Foi a primeira coisa que ouvi ao abrir os olhos. Ele estava sentado no outro lado do quarto, na cadeira, observando-me. Tinha as duas mãos apoiadas nas pernas cruzadas. — Também tá com uma ferida infeccionada no braço, depois de todos esses anos com um acesso aberto.

Fiquei calado olhando para ele. Sim, eu estava fodido, e estava assim havia muito tempo. E? O que ele queria dizer com aquilo? Eu tinha sede. Muita sede. A boca grudava, seca, a garganta arranhava. Só que estava acostumado.

Ele pegou um copo que estava na mesa. O vidro suava com a água gelada. Ele apoiou o copo em uma mesinha ao lado da cama e começou a soltar minhas amarras.

— Tô tentando cuidar de tu, caralho, então por favor tenta não me atacar. Tu não vai conseguir fugir de mim, e vou ser obrigado a te amarrar de novo. A gente não quer isso, né?

Ele entregou o copo em minhas mãos trêmulas, e deixei o líquido escorrer por minhas entranhas.

CAPÍTULO 5

— Bebe devagar — recomendou ele, dando um toque em minha mão.

Senti um arrepio ruim com aquela proximidade. Era um tipo de toque a que estava desacostumado.

Ele não pareceu notar meu desconforto. Ou apenas não se importou. Observei seus dedos: eram compridos e magros, cheios de marcas (cicatrizes, calos), e as unhas bem cortadas e limpas.

— Onde eu tô? — perguntei, quando minha garganta não estava seca demais para falar.

— Na casa de uma conhecida minha.

— Que dia é hoje?

Ele deu de ombros.

— Quanto tempo... quanto tempo eu fiquei lá, preso? — insisti.

Eu tinha medo da resposta, mas precisava saber. Pelos meus cálculos, eu tinha ficado mais de cinco anos naquela cela. Tinha medo de ter passado tempo demais, de as coisas terem mudado ali fora ao ponto de eu não saber mais como viver em liberdade.

Ele me encarou, sério, os olhos um pouco fechados, como se me analisasse. Então tirou os óculos, deixando-os pendurados no peito pela correntinha feita de miçangas coloridas.

— Acho que uns dez anos — revelou.

Senti-me tonto, a vista escurecendo aos poucos, o ar sumindo dos meus pulmões. *Dez anos.*

— E por que tu me tirou de lá?

Ele segurou meus ombros e me apoiou na parede. Deve ter percebido o pânico em meus olhos, deduzido que eu estava prestes a desmaiar.

— Quando tiver se sentindo melhor, explico tudo — disse ele, em uma voz amigável demais para um bruxo. *Melhor?* — Ah, meu nome é Jorge.

***

Jorge não estava no quarto dele quando me levantei da cama. A outra porta rangeu quando a abri e dava para um corredor enorme, largo, escuro. O chão era de madeira, e cada passo meu provocava um rangido que me deixava alerta, como se a qualquer momento algum soldado fosse aparecer e atirar em meus joelhos. Havia várias portas ao longo do corredor, e todas davam para um quarto vazio, com móveis empoeirados, janelas trancadas e silêncio absoluto. Era um casarão construído no período colonial, eu percebia pelas grandes janelas, pelos móveis de madeira maciça, pelo pé-direito alto. Na metade do corredor, senti cheiro de café.

Havia quanto tempo eu não sentia aquele cheiro? Fazia me lembrar manhãs sonolentas, gosto de pão francês com margarina, bolacha, cuscuz com ovo, minha mãe mal-humorada em um canto da mesa, meu pai reclamando com ela do outro, eu pensando na descida do morro para ir à escola.

Tinha uma senhora idosa coando café na cozinha. Entre mim e ela havia uma grande mesa de madeira e ela, parada de pé na frente de um balcão, olhou para mim e sorriu; na boca faltava todos os dentes. Era branca, a pele cheia de feridas e queimaduras de sol, cabelo branco e volumoso, cheios de nós e frizz, indo até a cintura. Na parede atrás dela, de azulejo português, havia ervas secas penduradas e nos armários de madeira eu via, pelas janelinhas de vidro, frascos e mais frascos de poções. Era uma bruxa, e dei um passo para trás. Duas mãos me seguraram pelos ombros, e quando me virei vi Jorge, mal encarado, olhando-me com fúria.

— Tá fazendo o que fora do quarto?

— Deixe o bichinho, Jorge! — reclamou a bruxa velha desdentada. Tinha uma tigela cheia de frutinhas amarelas ao lado dela. Pitomba. Ela descascou uma e enfiou a fruta na boca, fazendo uma cara de deleite. — Sente-se, meu querido. Caetano, não é?

Fiquei acuado, encurralado entre duas cobras. E, se a alternativa era ser levado de volta para o quarto por Jorge, preferi obedecer a ordem da velha para me sentar.

— Tome um cafezinho, meu querido. Aposto que faz décadas que não bebe nada.

— Ele bebeu água — interveio Jorge, fazendo menção de pegar a xícara que a velha colocou em minha frente.

A bruxa deu um tapa na mão dele e me entregou a xícara. Fiquei um tempo olhando para o objeto nas mãos. Por que ela fingia simpatia, sorrindo daquele jeito, chamando-me de querido? Só podia ser uma armadilha. Só que eu tinha mais medo do que aconteceria se não obedecesse.

Verti o café na boca. Não lembrava que era quente. Eu me queimei, a bebida escorreu pelo queixo, mas o sabor amargo, adoçado, invadiu minhas papilas e lembranças.

— Olhe a bagunça que tu fizesse — ralhou Jorge, puxando-me pelo braço e levantando-me da cadeira.

— O coitadinho se queimou. Deixa que eu pego uma pasta.

CAPÍTULO 5

A idosa foi até um armário e pegou um frasco de vidro.

— Não precisa, Rita — resmungou Jorge, arrastando-me.

Eu segurava o choro, o café derramado escorrendo pelo peito.

Quando já estávamos no corredor, indo em direção ao quarto, vi um rapaz brechando por uma das portas. Ele tinha a pele escura, cabelo curto e liso, e olhava-me com curiosidade. Aí Jorge me empurrou com mais afinco e entrou comigo no quarto.

O bruxo me colocou sentado na cama. Em pé, de frente para mim, tirou minha camisa. Eu estava tão arrebatado pelas lembranças que o café tinha trazido, que fiquei imóvel, passivo enquanto ele mexia em mim. Eu era um cãozinho adestrado, pronto para obedecer e deixar que me manipulassem. Resultado de muitos anos de coleira e focinheira.

Lembrei-me de quando tiraram minha roupa pela primeira vez lá no batalhão. Quando me vestiram com uma bata e uma fralda. Meu coração afundando no peito com a crescente certeza de que eu jamais sairia dali.

Com a parte seca da camisa, que não tinha sujado de café, Jorge limpou meu rosto e meu peito. Depois, segurou meu queixo, e me arrepiei com aquele toque quente, duro. Parecia um escultor, analisando com uma intensidade de artista a obra. Ele avaliou minha pele e abriu minha boca, para ver se eu tinha me queimado.

— Quem é aquele rapaz? — perguntei, as palavras saindo distorcidas, pois o polegar dele estava dentro de minha boca.

— A bica de Rita.

Arregalei os olhos. *Bica* era como os soldados nos chamavam. Éramos apenas uma fonte de sangue, uma bica, conectada à parede por um cano que nos drenava. Falavam *bica* como uma palavra asquerosa, que soava azeda na língua, um xingamento repulsivo. Funcionava, era transformador; afinal, palavras têm esse tipo de poder, como se fossem feitiços.

Na boca de Jorge, bica soou natural, como se ele apenas tivesse falado o amigo de Rita. O companheiro. O filho.

Mas... como assim, ele era o sangue-raro de Rita?

Já tinha ouvido falar de bruxos foragidos, que se escondiam nos confins do continente, e que tinham escravizados de sangue, como o curandeiro da cidade de minha mãe, que mantinha a menina Neusinha em cativeiro para usar o sangue dos fetos dela em feitiços. Era o caso? Eu não tinha visto corrente nos pulsos dele.

— Não se engane com os sorrisos de Rita — alertou Jorge, afastando-se e jogando uma camiseta limpa em mim. — Ela não te vê como pessoa.

E como tu me vê?, quis perguntar. Só que sabia a resposta.

Respirei fundo.

— E por que a gente tá aqui? — questionei.

Bicas não falavam, não questionavam. Entretanto, ele não pareceu incomodado com minha pergunta.

— Porque é o único lugar seguro. Por ora.

— Por que eu tô aqui?

Jorge puxou uma cadeira e se sentou de frente para mim. Cruzou as pernas e os braços, encarando-me como se me avaliasse. Tinha o cenho franzido e, com aqueles membros compridos, parecia um gigante sentado em uma cadeira de criança. Mesmo naquela posição, era intimidador, e prendi a respiração, tenso com a presença arrebatadora dele. O que ele pensava de mim? Eu ali, franzino, puído, sentado sem esperanças em uma cama estranha, o cabelo crescendo em tufos, a pele acinzentada, o braço cheio de curativos, com cheiro de emplastro de ervas. Ele poderia me matar com apenas uma das mãos, sem muito esforço, apertando meu pescoço fino. Senti ódio dele, sentado ali diante de mim, arrogante, encarando-me, exibindo o viço da pele, a força dos braços contraídos, a imponência do corpo. Era uma disputa, ali, de corpo e de sangue. Só que eu não devia sentir ódio. Ódio só trazia infortúnios, foi o que me ensinaram. Fui ensinado a amar, a respeitar, a *aceitar*. Aceitar minha condição de bica, subserviente, um mal incontornável. E sim, aquela ruindade que corria livre em meu sangue era inata, então só restava me esforçar para compensar aquilo. Ser um bom garoto.

— O que tu acha? Eu preciso do teu sangue — declarou, levantando-se, e me deixou sozinho mais uma vez.

CAPÍTULO 6

Carnaval. A rua estava deserta e eu, foragido da igreja, não sabia para onde ir. Não podia ir para casa. Eu nem tinha as chaves! Andei depressa para a casa de Paulinho, suado por conta do calor e do medo. Temia que meus pais aparecessem atrás de mim. Ou aqueles vigilantes. Ou soldados, patrulhando o bairro e querendo saber o que um adolescente assustado fazia sozinho na rua. Fui para a casa de meu amigo e encontrei o portão fechado e vazio, a casa silenciosa lá na frente, portas e janelas sem sinal de vida.

Por alguma razão, lembrei dos pais de Paulinho, de quando eles falaram que sairiam, pois tinham uma reunião com o *coronel*. O que tinham a ver com o exército? Não pareciam ser militares, mas explicaria Paulinho saber das testagens na igreja. "Tão juntos, os bruxos, o exército e a igreja", ele tinha dito. Eu tinha visto algumas notícias. O presidente agora era um general. Os governos e prefeituras haviam sido dissolvidos. Coronéis governavam as regiões, e um tal de coronel Fagner tinha ganhado o Nordeste para ele. Só que, para ser sincero, eu pouco me importava. Outras coisas pareciam mais urgentes para mim.

Olhei, alarmado, para o lado quando ouvi algo se aproximando, um estrondo quebrando o marasmo da manhã. Um ônibus, descendo a ladeira devagar, o motorista olhando para mim como se esperasse que eu dissesse se iria ou não com ele.

CAPÍTULO 6

Tinha uma parada de ônibus bem ali, na sombra de uma castanhola, uma parada que ninguém usava porque tinham medo dos bruxos daquela mansão.

Dei a mão, o ônibus parou e entrei.

***

Meu celular tocou quando estava descendo a avenida Norte. Eu estava amuado, chateado por Paulinho não ter aparecido, observando a cidade que passava depressa, a rua árida cheia de asfalto e concreto, o sol entrando pelas janelas sujas do ônibus que seguia em disparada, parando de vez em quando para deixar entrarem pessoas vestindo roupas coloridas (lantejoulas, tule, glitter) e carregando bebidas na mão ou em isopores. Era carnaval, afinal, e eu estava com a pior roupa possível, calça jeans, camisa polo preta. Depois de ignorar três chamadas de minha mãe, tentei ligar para Paulinho, sem sucesso.

À medida que me aproximava da cidade, minha mente se confundia em medos e arrependimentos. Eu tinha agido por impulso, e era tarde para voltar atrás, mas ter que lidar com as consequências de minha escolha me aterrorizava. E se alguém me visse ali? E se contassem a meus pais? Eu seria castigado. Por quem? Eu não estava fazendo nada errado, estava?

Quando desci do ônibus, a música me assustou. Ela me infectava. Não só a mim, mas todo mundo que descia dos veículos ao redor. A percussão do maracatu acelerando o coração, fazendo o sangue circular mais rápido. Eu sentia o sangue quente. O que faltava no morro — as bandeirolas que sempre penduravam nas ruas, mas que naquele ano ninguém ousara estirar, os confetes espalhados pelo chão, purpurina em todo buraco, ali em Olinda sobrava. A rua já estava cheia de gente, de vendedores ambulantes, de fantasias, de bêbados. Não vi nenhum policial ou soldado. Vi blocos carnavalescos. Era aterrorizante, então dei meia-volta, atravessaria a rua para pegar o ônibus para casa, aquele não era meu lugar. Porém, minha casa também não era. Antes que eu colocasse o pé no asfalto, para atravessar, uma mão gelada segurou meu braço.

Ele estava com uma túnica preta, com um capuz que fazia sombra no rosto todo pintado de branco, até os lábios. Nos olhos, uma lente de contato preta ocultava a parte branca. Segurando uma foice de plástico, Paulinho estava vestido de morte, mas, de alguma forma, senti que na verdade ele me puxava para bem longe da vida que eu conhecia.

— Bem-vindo ao inferno. — disse ele, condenando-me com um sorriso.

Não descemos para o inferno, mas subimos. Não reclamei enquanto Paulinho me puxava, muito menos quando ele me deu uma garrafinha gelada, com um líquido escuro e alcoólico, cheio de especiarias, para beber. A bebida doce, potente, junto com o calor e com as bandas de frevo, fez meu sangue ferver. Deixei Paulinho me guiar porque ele era minha desculpa: assim, eu não era agente do pecado. Era ele, meu amigo excêntrico, filho de bruxos, viado, que me levava para perdição e eu, um pobre coitado, sem escolhas, preso por bruxaria.

Se meus pais descobrissem que eu estava ali, eu estaria pronto para apontar o dedo para Paulinho e dizer: *Foi ele! Foi ele que me obrigou! Queimem o bruxo!*

— Paulinho, rolou uma coisa estranha na igreja. — Tentei falar em algum momento.

— Você tá comigo agora — respondeu ele, sem querer dar atenção ao assunto. — Num disse que ia te proteger?

E assim fui com ele. Percebi que as pessoas chegavam ali à cidade desconfiadas, com medo; os boatos haviam se infiltrado na mente de todos, e o clima de tensão que rondava o país era onipresente. Só que à medida que subíamos para a parte histórica e as ruas iam ficando cada vez mais estreitas e apinhadas de gente, o povo parecia esquecer dos problemas e se animar.

E esqueci também. Esqueci de meus pais, da sensação de estar fazendo alguma coisa terrivelmente errada. Naquela época, minha mente funcionava a base de conciliações, mentiras, escapismo. Então, ao entrar naquele antro de devassidão e libertinagem, falei para mim mesmo que apenas daria uma olhadinha. Depois voltaria para casa para ser o bom garoto que sempre tinha sido.

— Tem um lugar que você precisa conhecer — gritou Paulinho, tentando se fazer ouvir em meio a uma banda de frevo que passava.

O lugar era uma rua específica. E o que encontrei ali não foi como nada que eu já tinha visto na vida. Homens musculosos e sem camisa se beijando, mulheres se agarrando, drag queens enormes e suadas transitando sob o sol no meio da rua. No aperto da via, todo mundo estava se esfregando, se beijando, roçando. Em um canto, em uma escadaria

CAPÍTULO 6

na qual pessoas mijavam, vi dois caras fazendo boquete. Andei eufórico pelo lugar, olhando abestalhado para os lados, como se descobrisse um mundo novo. Assustado, também, e Paulinho se virava para rir da minha cara embasbacada. Era tudo horrível, parecia que eu estava vendo coisas para as quais eu não deveria olhar, mas ao mesmo tempo era maravilhoso. Pessoas fumavam maconha, cheiravam loló, gritavam, riam, cantavam, desconhecidos se amavam. Esqueci-me daquilo que crescia dentro de mim, das gavinhas que pareciam se enrolar por dentro de minha carne. Do mal que corria solto pelo carnaval. Contudo, durou pouco tempo.

"É a rua dos gays", disse Paulinho, e perguntei por que ele tinha me levado ali.

— Por que tem tanta coisa no mundo que você precisa ver antes de...
— Antes de quê? — questionei.

Só que ele não me respondeu. Tinha um cara meio baixinho e muito sarado, bastante queimado pelo sol, o peitoral enorme brilhando com o calor. Ele colocou chantilly no peito e Paulinho lambeu o mamilo dele. Eu estava em choque, e meu amigo aproveitou minha boca aberta para me beijar, e o doce do chantilly se misturou com o salgado do suor do desconhecido e o mentolado da saliva de Paulinho.

Ele comprou mais daquela bebida. Docinha, geladinha, vi o nome "Axé" na embalagem. Logo, ele me puxou e me beijou e cantamos juntos o refrão da música que a banda tocava. Já não me lembro mais a letra.

Aí uma menina se aproximou, perguntou nossa idade e disse que um amigo dela queria ficar com a gente.

Olhei, aterrorizado, para Paulinho. Ele deu de ombros, sorrindo. "Por que não?", perguntou com os lábios. Uau. Aquilo era novo para mim. A ousadia, a liberdade, o desejo livre, solto, voando por entre as pessoas sem impedimentos. Eu queria gritar, eu queria explodir. Era como se tivesse passado a vida inteira em uma cela, e agora enfim eu pudesse experimentar como era existir sem precisar fingir ser outra coisa.

O nome do amigo da menina era Jackson, também tinha dezessete anos, e ele me deu uma latinha de cerveja vazia, com loló, para eu cheirar, e cheirei após olhar para Paulinho e receber um aceno positivo de meu amigo. Jackson me beijou. Depois beijou Paulinho. Depois beijamos os três juntos, línguas entrelaçando. Beijei os dois com o sangue quase explodindo dentro de mim, bombeando tão forte que meus ouvidos zuniam, como se uma sirene tocasse dentro de minha cabeça, e o mundo inteiro girasse ao redor.

Não, eu girava. Girava, girava, girava e explodia lá no alto, igual fogos de artifício, e meus pedacinhos se espalhavam pela rua, feito glitter, e depois se grudavam em um só, pelo calor, pelo beijo de Jackson e de Paulinho.

Jackson me apresentou aos amigos dele, falei que era meu aniversário e me deram parabéns com abraços apertados como se me conhecessem havia anos. Cila (a que tinha falado com a gente primeiro), Ângela, Costa, Tetê. Eram todos gays e lésbicas, e era a primeira vez que eu conhecia tanta gente semelhante a mim. Passamos o dia em Olinda, e nunca me senti tão feliz, tão liberto; o dia inteiro rindo, bebendo, segurando a mão de Paulinho, beijando-o. Era a primeira vez que eu beijava um rapaz em público, e não sentia nenhum medo. Não me sentia errado, como até então vinham me ensinando: que aquilo era ruim. Uma vez, vendo novela, minha mãe comentou que *homossexualismo* era o pior dos pecados. Que se aquela *doença* corresse no sangue da família dela, ela faria questão de expurgar aquele mal — não ousei perguntar como. Agora, eu sentia raiva de todos aqueles que me haviam me impedido de viver aquilo tudo.

***

Já era noite, ou pelo menos o comecinho dela, quando decidimos ir embora de Olinda. Já estávamos muito bêbados e cansados, e percebemos as ruas esvaziando. Foi nesse cansaço que me dei conta da merda que tinha feito, passando o dia ali fazendo as safadezas mais absurdas. Meus pais já deviam ter chamado a polícia. Quando levei a mão ao bolso para pegar o celular e ligar o aparelho, vi que não estava lá. Eu tinha perdido, ou o tinham roubado.

— Vai ficar tudo bem — sussurrou Paulinho em meu ouvido e segurou minha mão com mais firmeza.

Até acreditei nele.

Seguimos o fluxo de gente em direção à saída da cidade alta, mas algo parecia estar bloqueando o caminho. As pessoas se acumulavam no alto da ladeira, sem conseguir passar, milhares de foliões exaustos espremidos em uma rua estreita, olhando de um lado ao outro, confusos, gritando para que andassem, perguntando o que estava acontecendo. Costa era um varapau, o mais alto de nós, e disse que conseguia ver lá no final da rua, bloqueando a passagem, um monte de carros da polícia.

Jackson se agachou em minha frente e deu duas palmadinhas no ombro, indicando que eu subisse. Lá no alto, olhei ao redor. Ninguém parecia

CAPÍTULO 6

saber o que estava rolando. Os policiais apenas bloqueavam a passagem, não revistavam ninguém, não havia detidos, apenas colocaram uma viatura atravessada na rua e permaneceram parados, como se esperassem algo. A maioria das pessoas já estava impaciente: naquele imprensado, mesmo sem sol, o calor estava ficando insuportável. Tinha gente nervosa, apreensiva, outras passando mal. Só que também tinha muita gente conversando, bebendo, rindo como se a festa não tivesse parado.

Mais abaixo da ladeira vi três grandes veículos pretos se aproximando. Pararam ao lado dos policiais. Deixaram os motores ligados, os faróis acesos, com vidros escuros que não permitiam a visão do interior. Dali desceram um monte de soldados (as roupas eram do exército, mas, em vez do tradicional verde-camuflado, os uniformes eram azul-escuro, com um detalhe amarelo no peito) portando armas enormes; eu não saberia dizer o nome delas, fuzis, metralhadoras, pouco importava. Tinha também umas mulheres com roupas brancas, jalecos, como as enfermeiras que eu tinha visto na igreja, segurando maletas. Lembrei do que Paulinho tinha me dito no dia anterior, sobre as testagens, que a partir dali iriam atrás dos jovens, como foram antes dos adultos, no trabalho de meu pai, no trabalho do marido de minha vizinha. Eram carros como aqueles, que paravam, sorrateiros, diante da casa ou do trabalho da pessoa antes de revirar por completo a vida dela. Tentei olhar para Paulinho, mas não consegui achá-lo, então dei duas batidinhas na cabeça de Jackson para que ele me descesse.

— Chegaram uns camburões ali — contei quando Jackson me abaixou, e apontei na direção com o nariz.

— Fodeu, fodeu, fodeu — exclamou Ângela, colocando as mãos na cabeça.

— Calma gente, vai dar tudo certo — afirmou Jackson —, não vão prender todo mundo. E a gente é de menor.

Aquilo não me tranquilizou. Imaginei os policiais ligando para meus pais. Que terror!

— Eles devem tá atrás de alguém — opinou Costa, na ponta do pé, tentando ver o que acontecia lá na frente.

Olhei ao redor procurando Paulinho, para que ele nos tranquilizasse, explicasse o que estava acontecendo, ou desse no mínimo uma pista, mas, para meu desespero, ele não estava mais ali.

Um fuzuê começou a vir da direção da barreira policial. Vozes agitadas, gritos, gente de olhos arregalados, pescoços nervosos, a multidão

começou a andar para trás, quase sem querer, a grande massa de gente quase fundida sendo repelida para longe dos soldados pela força do medo.
— Paulinho! — gritei. — Cadê Paulinho?
Cila balançou a cabeça, Tetê também. Ninguém o estava vendo.

Meu coração estava acelerado, uma banda de maracatu tocando dentro de meu peito, meu sangue fervendo como nunca antes; eu sentia que minha pele explodiria. Estava com medo, muito medo, tinha medo de ser preso, de ser pisoteado pela multidão, de ser denunciado para meus pais. Comecei a ficar com falta de ar; eu era baixo e estava claustrofóbico entre tantas pessoas mais altas que eu. Meu Deus, eu não devia ter deixado a igreja, eu não devia ter ido para o carnaval, eu não devia ter *desobedecido*.

Pedi a Jackson para subir nos ombros dele de novo, e ele me ajudou de bom grado. Lá em cima eu me sentia mais seguro, vendo o que acontecia e com mais ar para respirar. Tinha uma bandeira hasteada perto dos soldados, já. Era amarela, com um pentagrama vermelho no centro. Mas que porra? Olhei ao redor. Talvez eu achasse Paul...

Então ouvi os tiros. Os soldados avançaram a barricada dos policiais e atiraram para o alto, para afastar o povo. Vi as enfermeiras montando mesas ao lado das viaturas. Muita gente gritou naquela hora. Jackson quase se desequilibrou e me derrubou. Tinha gente tentando fugir, mas eram tantas pessoas que não dava mais para ir para a outra direção. Talvez até estivessem bloqueando todas as saídas. Eu vi uma drag queen lá na frente tentar peitar o soldado. Ela gritava alguma coisa, talvez exigindo direitos, só consegui ver as unhas enormes e a peruca colada no pescoço suado antes de ela cair no chão. Foi empurrada por um soldado, que arrancou a peruca dela e jogou para longe. As pessoas ficaram ainda mais agitadas, começando um empurra-empurra. Jackson me desceu antes que eu caísse, e bem na hora as pessoas começaram a tentar correr. A meu lado, Cila tropeçou e caiu no chão. Alguém pisou em seu braço. Ainda lembro do grito dela quando olhou para o ombro e o viu girado para o lado.

Um soldado falou por um megafone. Disseram que estávamos cercados e ordenaram que ficássemos quietos e em silêncio. Eles começaram a andar entre nós. Um ambulante que estava perto da gente deu um punhado de gelo para Cila colocar no braço. Dois soldados foram até ele e derrubaram o isopor enorme, jogando as bebidas no calçamento. As garrafas que restaram, destruíram com cassetetes. Voou vidro para todo lado, e tivemos que proteger o rosto. O ambulante gritou com eles, e um dos militares acertou

CAPÍTULO 6

o rosto dele com a ponta da arma, transformando o nariz e boca do homem em uma massaroca de sangue. O ambulante caiu amolecido por cima do gelo derramado e as garrafas quebradas, e os soldados o deixaram lá.

Os soldados falaram que havia mesas dobráveis no final da rua e que tinha enfermeiras com luvas e caixas de isopor atrás delas. Aos gritos, eles nos mandaram fazer filas diante das enfermeiras. A bandeira amarela com o pentagrama vermelho balançava no alto, agitada por um vento que não nos atingia.

— É uma testagem — sussurrou Costa, aterrorizado.

Jackson, vendo minha incompreensão, abraçou-me por trás e sussurrou em meu ouvido:

— Relaxa, bebê, não vai dar em nada, não. Só querem assustar a gente. É só ficar quieto.

Pensei em minha vizinha, assustada, gritando a noite inteira. Tinham a encontrado enforcada no terraço da própria casa naquela manhã de carnaval.

Eu não conseguia ver Paulinho em lugar nenhum.

— Tá sem sinal, cortaram o sinal do celular. — Ouvi alguém exclamar perto de mim.

Ficamos quietos, abraçados na fila, e um soldado deu uma coronhada no ombro de Jackson, fazendo-o me soltar. Em seguida, ele me deu um murro na barriga. Sem fôlego, caí no chão, tomado por dor.

— Levante-se, viado — ordenou o soldado.

Ele tinha uma bandeirinha amarela colada no uniforme, na altura do peito.

Não consegui me levantar. A dor do murro se espalhava pelo meu abdome em espasmos. Quando Jackson se aproximou para me ajudar, o soldado sacou a arma e apontou para ele.

— Vá para aquela fila — bradou o fardado, apontando para mais adiante na rua. As pessoas já estavam quase todas organizadas nas filas. Todo mundo estava calado. Hesitante, Jackson se afastou. Então o soldado voltou-se para mim, apontando a arma para minha cabeça. — Levante-se, que não estou nem aí para desperdício de sangue.

Levantei-me, e o soldado me deixou. Fiquei sozinho na fila, sem Jackson, abraçando meu corpo, tremendo-me inteiro, com vontade de vomitar e com a sensação de que tudo era um castigo orquestrado diretamente para mim.

Agora, com menos gente apinhada, eu via o que acontecia lá na frente. As enfermeiras coletavam sangue das pessoas e colocavam o líquido vermelho em vidrinhos contendo algum reagente que mudava de cor quando entrava em contato com a amostra.

A fila avançava lentamente enquanto as pessoas eram testadas e liberadas. As enfermeiras balançavam a cabeça em negativa e os soldados puxavam os testados pela roupa e os jogavam na rua. Escutava murmúrios aqui e ali, os rádios dos militares zumbindo, o tilintar dos vidrinhos das enfermeiras, até que ouvi uma delas falando "positivo", mostrando o vidrinho de sangue para um soldado que parecia estar no comando.

— Bicas para lá. — Foi a primeira vez que ouvi a palavra sendo usada daquela forma.

Ele gesticulou para um subordinado, que deu um chute atrás das pernas da menina, a *bica*, cujo reagente mudara de cor; ela caiu, gritando, e colocaram um saco de juta na cabeça dela. Observamos, horrorizados, a menina ser levada por dois soldados enquanto gritava pedindo socorro.

Um rapaz, devia ser amigo dela, saiu da fila e a seguiu, era pequeno e ligeiro, passou por entre os soldados, e estava quase furando o bloqueio quando um dos fardados deu um tiro na cabeça dele.

A maioria de nós gritou, tampou os ouvidos e se abaixou. Fiquei congelado, em choque, nunca tinha visto algo como aquilo. O homem que parecia estar no comando tomou a arma do soldado que atirou e vociferou para ele:

— Sem desperdício de sangue, porra! Ele não tinha sido testado ainda.

Enquanto os soldados restauravam a ordem e nos faziam andar na fila para a testagem, vi Tetê olhar para trás, para Costa, o namorado dele, os olhos cheios de lágrimas, e li os lábios dele, choramingando:

— Vou dar positivo.

A certeza dele ao afirmar aquilo me contaminou. Fosse lá o que fosse aquilo que estava sendo testado, eu tinha. O borbulhar nas veias, as gavinhas debaixo da pele, algo se expandindo dentro de mim, querendo explodir. Eles estavam atrás de gente como eu. Era verdade, então, que éramos ruins, uma ameaça, enviados de Satã. E eles estavam ali para nos exterminar. Comecei a suar frio, e logo o choro veio.

— A gente precisa correr — proferiu alguém em meu ouvido.

Virei para trás, sobressaltado, já sabendo a quem pertencia àquela voz. Com a mão fria, Paulinho me segurava pelo braço e me puxava.

CAPÍTULO 6

Olhei ao redor, incrédulo, sem saber como ele transitara livremente entre as filas e por que os soldados não reagiram à sua presença. Onde ele estava aquele tempo todo?

— Bora, Caetano, não tenho muito tempo — insistiu, puxando-me para fora da fila.

— Não vou deixar os outros — sussurrei, olhando para Jackson, que estava uma fila depois da minha, um pouco mais à frente.

Tentei me soltar de Paulinho, mas meu braço parecia colado a ele. A mão dele estava toda vermelha, pintada de sangue, como a de uma criança que imprime a palma da mão com tinta guache em uma cartolina.

— Eles não são como tu, Caetano, vão voltar pra casa. Se tu for testado, vai ser levado.

Engoli em seco. Pensei nas histórias que ouvira sobre os camburões, os centros clandestinos, as pessoas levadas que nunca voltavam, os desaparecidos.

Paulinho aproveitou minha hesitação para me puxar. Quando percebi, já estávamos saindo da rua. Quando arrodeamos a multidão, saindo daquele mormaço que envolvia os corpos, o sereno da noite me atingiu feito um balde de água fria. Eu me curvei na calçada de uma ruela vazia e vomitei. Meu vômito estava tingido de sangue. Provavelmente devido ao golpe que levei do soldado. Paulinho olhou para os lados, não assustado, como eu, mas alerta, atento. Aproximou-se do meio-fio e enfiou as mãos na lama misturada com esgoto que secava na sarjeta, tirou um punhado e jogou por cima de meu vômito, espalhando com o pé, como se para disfarçar o sangue. Antes que eu pudesse perguntar o que ele estava fazendo, ele olhou para mim e disse:

— Bora. E tenta não vomitar, por favor, Caetano. Eles não podem ter teu sangue. Depois eu cuido desse sangramento.

Olhei para a rua de onde viemos. Vazio, silêncio, se não fosse pelos confetes e latas de cerveja espalhados pelo chão, não parecia que era carnaval.

Ninguém havia nos seguido. Eu não conseguia entender.

— Como a gente conseguiu sair dali? — perguntei.

Ele me mostrou a mão ensanguentada, agora coberta de lama.

— Um feitiço — revelou ele, sério, os olhos atentos aos meus, para ver se eu acreditava.

Como eu podia negar os fatos diante de mim?

— Por que eles não podem ter meu sangue?

— Porque é... raro.

Ouvimos o barulho de um carro ligando, os passos pesados dos soldados e os grossos coturnos, alguém gritou e correu, provavelmente tinha fugido do camburão, eu o vi quando passou diante do beco, os braços amarrados atrás do corpo, a cabeça coberta por um saco. Reconheci as roupas de Tetê, e eu ia chamá-lo, "por aqui!" eu ia dizer, mas o soldado que atirou foi mais rápido. Acertou nos joelhos, nos dois, estouros duplos quase consecutivos, duas explosões de sangue na metade das pernas dele, e ele caiu de cara no asfalto. *Sem desperdício de sangue*. Depois eu ficaria sabendo que era o protocolo do exército para lidar com gente como eu, quando fugíamos. Sem tiro para matar, apenas para nos incapacitar e evitar que fugíssemos de novo.

Costa apareceu logo depois, correu e se jogou em cima do namorado ensanguentado. Tetê se contorcia e gemia, e Costa tentou levantá-lo, mas não conseguiu. Olhou para os lados, procurando ajuda, foi quando me viu parado no meio do beco escuro. Ele ia falar alguma coisa para mim, seus lábios se moveram, mas o tiro na cabeça o interrompeu. Era o protocolo do exército para gente que ficava no caminho deles.

— Tem alguém no beco! — gritou um soldado.

Paulinho me puxou e corremos sem olhar para trás pelas ruas escuras, estreitas e labirínticas da cidade alta. Eu já estava cansado e sem fôlego quando paramos, minhas pernas latejando como se tivessem enfiado pregos ali. Havia bons minutos que não escutávamos ninguém atrás de nós, então Paulinho tirou uma chave de dentro do bolso e abriu um carro estacionado.

Era um fusca branco todo enferrujado; eu não sabia onde ele tinha arranjado aquilo, não sabia nem que ele sabia dirigir. Ao dar partida, não parou mais de dirigir naquela noite. Seguimos pelo centro histórico de Olinda e atravessamos Recife, vimos caminhões do exército por todos os lados, soldados entrando em casas e estabelecimentos, gente ajoelhada na calçada, com as mãos atrás da cabeça, mas não paramos em nenhum semáforo, nenhuma barreira, e quando saímos da cidade, onde, na fronteira, uma barricada do exército tinha sido instalada para testar todo mundo que passava por ali, também não paramos, como se o carro em que estávamos fosse invisível. Eu quis perguntar daquilo, mas não tive coragem, pois temia a resposta de Paulinho, e naquela época eu tinha medo de muitas coisas, mas fosse lá o que ele tivesse feito para despistar

CAPÍTULO 6

o carro dos militares tinha sido a mesma coisa que ele tinha feito para me tirar da fila de testagens, com aquela mão vermelha dele.

Paulinho não falou nada durante todo o caminho. Ainda bem, porque eu não saberia o que dizer. Ele não tirou o olho da pista escura à frente, por sorte, vazia — naqueles dias, depois do golpe, pouca gente ousava sair de casa —, e segurava o volante como se sua vida dependesse daquilo, os dedos finos, trêmulos, as unhas quebradas e sujas. Paulinho colocou a mão em minha coxa e olhei para ele. Minha vista estava embaçada pelas lágrimas que começaram a rolar, e ele enfim tirou a mão do volante e levou a meu rosto, enxugando as lágrimas. O toque dele era suave e acalmava meu coração, mas seu dedo fedia à morte.

— Eles tão atrás de gente como você por causa do sangue. Nas mãos de quem sabe manipular, ele dá poder. Então vão fazer qualquer coisa pra achar vocês — explicou Paulinho, sem olhar para a pista, apenas para mim. — Então a partir de agora a gente precisa ter muito, muito cuidado, Caetano.

Olhei para trás, para ver se alguém nos seguia, e vi duas malas grandes no banco de passageiro. Foi quando me dei conta de que não voltaríamos. Pensei em Costa morrendo diante de meus olhos, nos joelhos estourados de Tetê, no braço quebrado de Cila, na moça levada pelos militares, em Jackson, em meus pais. Em Lulu. Quem passearia com ela?

E se minha mãe chorasse à noite, terminaria enforcada no terraço? Triste não por meu desaparecimento, mas pela decepção de ter parido um invólucro do mal?

CAPÍTULO 7

No silêncio daquele quarto, no tédio e mormaço da manhã, pensei em Paulinho. Senti falta dele e achei graça. Havia anos que eu não me dava o luxo de sentir saudade de alguém. Afinal, estavam todos mortos. Do que me servia a saudade? Do que me adiantaria desejar alguém? O desejo era o pior dos crimes para uma pessoa como eu. Levantei-me e comecei a andar em círculos. Eu estava ficando muito confortável ali, naquele colchão grosso, naquelas paredes aconchegantes. Como era mesmo que Paulinho dizia? "Nunca fique confortável demais. Nunca confie em bruxos. Nunca..." Tinha outra coisa. Eu não lembrava. Fazia tanto tempo. Eu não lembrava mais da voz de Paulinho, e já esquecia suas feições. Eu lembrava bem de sua última expressão, o rosto coberto de sangue. Sangue de bruxo.

— Rita quer que a gente vá almoçar com ela — anunciou Jorge, abrindo a porta do quarto de repente.

— Eu? — perguntei, surpreso.

Não fazia sentido para mim uma bruxa chamar alguém para almoçar. Ainda mais eu, um sangue-raro. Os únicos bruxos que eu tinha visto na vida foram Paulinho e os pais dele, do resto só ouvira falar. Coisas horríveis.

Jorge ergueu as sobrancelhas, como se dissesse: *Óbvio, tem mais alguém aqui?*

Fui em direção à porta, seguido pelos olhos desconfiados dele. Ele não abriu caminho para eu passar, em vez disso, segurou meu braço e

CAPÍTULO 7

aproximou o rosto do meu. Jorge se curvou, para alcançar meu ouvido, e a boca dele roçou em minha pele quando sussurrou:

— Cuidado. Rita pode ser hospitaleira, mas não é flor que se cheire.

Engraçado, pensei, mas apenas depois, pois, naquela hora, eu só tremia, um arrepio percorrendo meu corpo inteiro. Lá estava eu cheirando aquela flor que não se devia cheirar: Jorge tinha cheiro das ervas em que mexia: hortelã, camomila, louro. O hálito dele tinha algo apimentado. E quente, muito quente. Diziam que sangues-raros eram feitos para os bruxos, por isso muitos se atraíam, muitos eram escravizados, por isso nos separavam, por isso meu sangue era tirado por tubos e levado para longe, para onde sabia-se lá os bruxos ficavam fazendo os feitiços. Ouvi histórias de bruxos traidores. Bruxos traiçoeiros que quebraram a confiança da Confraria e do exército ao sequestrarem sangues-raros. Nunca escapavam por muito tempo, em algum momento eram capturados e mortos. E os sangues-raros devolvidos aonde pertenciam: às celas.

A mesa da cozinha estava toda posta. Uma toalha branca com bordados, louças antigas decoradas com arabescos dourados e desenhos de flores coloridas, uma jarra de suco, tigelas com comidas: feijão, arroz, farofa d'água, galinha de cabidela. Rita estava sentada na ponta da mesa, ao lado direito dela estava um rapaz magro, indígena: pele escura, cabelo preto liso, olhos castanhos. Era o rapaz que eu tinha visto no corredor, brechando por uma porta. Ele olhou para mim cheio de curiosidade.

— Fica à vontade, meu querido — disse Rita a mim, apontando para a cadeira no lado esquerdo dela. — Pode comer o que quiser. Tudo sou eu que produzo. — Então apontou para o rapaz. — Esse é Amaro, que me ajuda a manter a casa. Ele é como você, então acho que vão se dar bem.

"Ele é como você." Além do sangue raro, eu não poderia dizer que tínhamos algo a mais em comum. E como ela *achava* que nos daríamos bem? Ela nem me conhecia! E, além do mais... sangues-raros não deveriam ter contato entre si, pois isso sempre acabava mal. Eu sabia disso muito bem.

A mesa tinha seis lugares, e Jorge se sentou a meu lado. Percebi que ele olhava com desconfiança para Rita, e se manteve calado durante todo o almoço. A comida estava deliciosa: o arroz, a farofa, o feijão-verde. Não tive coragem de comer a galinha, repugnava-me pensar em comer um ser cujo sangue um dia circulou dentre dele, vivo, e agora, coagulado, banhava o cadáver como se fosse molho. Fazia-me lembrar as vozes dos soldados dizendo "sem desperdício de sangue".

Rita ficava puxando assunto, perguntando-me se eu estava gostando da comida, se achava a cama confortável, se não queria comer mais, perguntava se os passarinhos lá fora estavam muito barulhentos, ou se eu não estava com muito calor, pois ali naquela época a quentura era demais. Vez ou outra eu olhava com curiosidade para Amaro, que também não falou nada, parecia muito tímido, e comeu, calado, encarando o prato, eu me perguntava como era a relação deles dois. De sobremesa, tivemos fruta: caju e banana, que Jorge me incentivou a comer para fortalecer o sangue e os ossos, mamão e pitomba. Essa última Rita devorou todas.

Quando terminamos de comer, levantamo-nos. Quando Amaro começou a recolher os pratos sujos, ofereci-me para ajudá-lo, mas Rita disse para deixarmos os pratos lá e acompanhá-la. Tomaríamos um ar no terraço.

Fiquei empolgado com a possibilidade de me ver ao ar livre. Saindo da cozinha, passamos por uma sala. Era o cômodo mais luxuoso que eu tinha visto até aquele momento, parecia aqueles cenários de novela de época: um sofá enorme, poltronas, tapete, cristaleira, uma TV. Parei no meio do caminho quando vi a televisão, e meu coração acelerou. Eu não ouvia nem assistia a nada havia anos: notícias, música, programas.

— Não funciona — alertou Amaro, percebendo que eu encarava o aparelho.

Era a primeira vez que eu o escutava falar. Sua voz era doce e bem baixinha.

Rita, que ia na frente, se virou para ver do que Amaro falava, e quando viu que eu olhava para a televisão, arregalou os olhos e exclamou:

— Minha nossa, você não deve saber de nada, não é? Do mundo lá fora.

— Não — admiti.

— Meu deus, coitadinho dele, Jorge! — Ela se compadeceu. — Mas não tá perdendo nada, meu querido. Lá fora é um mundo horrível, cruel, perigoso demais, meu jovem. Tu tá seguro aqui. Agora vamo lá fora.

O terraço cercava a casa inteira, e vi que ela era rodeada por uma mata fechada. Fechei os olhos por causa da claridade, e deixei um sorriso escapulir quando senti a brisa fresca da vegetação atingir minha pele.

Abri os olhos devagar, para não ser engolido pela imensidão que me cercava. Por dez anos, meu mundo havia sido uma cela escavada no subsolo. O céu estava cheio de nuvens amarronzadas, mas ainda era possível

CAPÍTULO 7

ver o azul por trás delas. Na frente da casa tinha uma horta, depois um pomar. Bananeiras. Cana. Depois, uma mata densa. Mata Atlântica, supus. Dei um passo à frente. Eu só precisava correr. O que me impedia? Eu estava sem correntes, sem portas trancadas, sem soldados apontando fuzis para meus joelhos.

— Essas disgrama de nuvens — reclamou a bruxa, olhando para o céu. — São das fábricas, depois do rio. Tapam o sol das plantas.

Então havia fábricas ali perto. A mata não devia ser tão grande. Eu só precisava... eu só precisava correr. Porém, como a velha se mantinha ali, com um sangue-raro, escondida do exército? Como não tinha sido descoberta?

— Como a gente tá seguro aqui?

A bruxa riu, mas não falou nada.

— Jorge, vamo lá dentro, temos negócios a tratar — disse a bruxa, virando-se para o homem. — Vamo deixar os meninos se conhecerem.

Jorge deu uma longa olhada para mim (eu não saberia dizer o que o olhar significava), aí assentiu para Rita e os dois entraram na casa.

Fiquei estático. Dois sangues-raros juntos, ao ar livre, sem vigias? Foi Amaro que quebrou o silêncio.

— Ninguém entra aqui — explicou Amaro e me mostrou os braços dele. Suas veias eram cheias de marcas de perfuração. — Feitiço.

Não falei nada, estava atordoado. Ele falava aquilo com tanta naturalidade, como se sentisse *prazer* em dar o sangue para a bruxa.

— Como é lá no batalhão? — perguntou Amaro. Ele tirou duas frutinhas do galho baixo de uma árvore. Pitomba. Quebrou a casca, colocou uma na boca e me deu a outra. — É verdade que vocês ficam trancados em celas, sem nunca poder sair?

Olhei para ele, a franja toda bagunçada pelo vento. Ele não devia ter mais de vinte anos.

— Claro — respondi. Lembrei das paredes de pedra, do teto escavado como uma gruta, do escuro, das batidas na parede dos meus vizinhos de cela, dos tubos que saiam de meus braços e entravam em buracos na parede. Enfiei a fruta na boca. Doce, suculenta. Tinha algo que pinicava no fundo da língua, diferente. — Pra nossa segurança.

Amaro riu como se eu tivesse dito uma piada. Ele cuspiu a semente de pitomba e pegou outra.

— Parece até que gosta de ser bica.

Arregalei os olhos, ofendido. Aquela palavra era horrível, ainda mais dita por um sangue-raro.

— Não. Eu odeio. Odeio ser assim, mas não tenho culpa, Deus me fez assim pra que eu superasse isso. Ficar lá... no batalhão... foi pro meu bem.

— Tu sabe o que faziam com teu sangue no batalhão, né?

Olhei para o chão. Eu estava descalço, enterrei os dedos na terra escura, cheia de folhas secas e frutinhos podres.

— Sei — admiti.

— Então tu sabe que não foi pro bem de ninguém, muito menos o teu, *bica*.

— Para de me chamar disso. E tu não é diferente, dando sangue pra uma bru...

— Rita me mantém seguro — interrompeu, irritado. Cuspiu outro caroço, agora acertando meu pé. — Eu a mantenho segura aqui. Somos parceiros, amigos, meu sangue é o que mantém este lugar. A bruxaria dela é que mantém este lugar.

Bruxa e sangue-raro, amigos? Vivendo juntos, escondidos do governo militar, da Confraria, e de todas aquelas coisas que Paulinho me falava e eu mal entendia?

— Bruxos são da Confraria. Não vivem sozinhos — retruquei.

Era o que Paulinho tinha me ensinado. A Confraria era uma entidade antiga, milenar, que vinha de outro continente, que criava e cultivava linhagens de gente que podia manipular sangue. Era a linhagem dele. E de seus pais. Já nós, os sangues-raros, a Confraria caçava por aí, sob o radar, oculta por entre mitos e lendas, procurando sangue com poderes que eles desejavam. Até que o exército descobriu a sociedade secreta, matou os homens que a controlavam, e passaram a possuir os bruxos e sangues-raros para atender aos próprios desejos. Paulinho dizia que faziam por puro mal, para perpetuar a carnificina da ditadura, usando uma máscara religiosa, de combate à bruxaria, para enganar o povo. Não acreditei em Paulinho. Eu achava que eles estavam certos em tirarem os sangues-raros do mundo. Aquelas gavinhas que cresciam dentro de mim? O fogo ardendo, o desejo de explodir? Aquilo só me trouxera problemas. Era verdade: eu era puro mal.

— Come mais — ordenou ele, dando-me mais pitombas. Ia recusar, estava cheio do almoço, mas ele insistiu. — Sou eu que cuido. Escuta, garoto, a Confraria não existe mais. Acabou. — Depois de me assistir comer

CAPÍTULO 7

cinco pitombas, ele começou a andar. Parecia procurar algo. Eu o segui. — Rita fugiu quando viu os militares se infiltrando na Confraria. Conviviam bem, bruxos e sangues-raros, lá. Sabia? Até que o coronel Fagner mudou tudo. Expôs tudo, colocou o povo contra nós. Por isso Rita fugiu, me levou junto com ela, arranjou este canto pra gente se esconder. Alguns bruxos ficaram no exército, pegando sangue de bica. — Ele me olhou de soslaio ao dizer aquela palavra. — Foi por isso que eu te trouxe aqui.

— Aqui? — perguntei, olhando ao redor.

Ainda estávamos no jardim, cercados por arbustos, hortaliças, ervas. Vi uma sombra passando depressa entre as plantas, e olhei, sobressaltado. Amaro colocou a mão em meu ombro.

— Vocês tão transando? — perguntou ele, olhando para a casa.

Não pareceu notar o vulto, então concluí que eu estivesse imaginando coisas. Talvez fosse um gato. Um pássaro.

— Não! — exclamei, horrorizado, sentindo a bochecha arder.

Eu, com um homem? Com um bruxo? Como ele ousava perguntar aquilo sem nenhuma vergonha?

— Merda. — Ele parou por um segundo, pensando. — Vamo ter que fazer de outra forma, então.

— O quê? — Eu não estava entendendo nada.

— Matar o homem, ué. Eu e Rita vamo te resgatar.

Engraçado. Eu nunca tinha me visto como uma pessoa que precisava ser resgatada. Estava condenado por conta da maldição que corria em minhas veias. Um sangue amargo que me fazia ser um perigo se usado por pessoas erradas. E eu havia permitido muitas vezes que meu sangue fosse usado. Por isso, quando o exército me levou à força, foi um alívio. Era bom não ter controle, não ser agente da própria desgraça. Assim eu sempre tinha outro para culpar.

— Quem... quem é ele? — indaguei.

Ele tinha me resgatado do batalhão, matado soldados, cuidado de mim. Ele queria usar meu sangue, é claro. Só que, se ele quisesse, já podia ter pegado. Não me forçaria, aquilo estava óbvio para mim. Ele podia ter tirado meu sangue lá mesmo no batalhão, mas não. Parecia que ele se *importava* comigo. Por mais bizarro que isso parecesse. Eu estava acostumado a pessoas não se importando comigo. Talvez eu pudesse recusar. Como um dia eu recusara a dar o sangue para Paulinho usar. A não ser que... a não ser que Jorge achasse que eu devia algo a ele. Jorge me resgatou, cuidou de mim, e agora eu deveria dar um pouco do sangue. Merda. Merda. *Merda*. Eu odiava ser daquele jeito. Eu odiava o líquido vermelho correndo dentro de mim. Deus odeia o pecado, mas não o pecador, o padre me dissera aquilo quando fora me confessar. Porém, se o sangue era meu pecado, como eu me livraria daquilo?

Amaro deu uma risadinha. Tratava-me como se eu fosse uma criança ignorante fazendo perguntas bobas.

— Ele é conhecido como *o pirangueiro*.

Pensei no jeito que ele cuidava de mim. Dando-me água, alimento, e todos aqueles remédios, ervas, pastas, infusões. Não parecia economizar para me tratar. Não parecia uma pessoa pirangueira.

— Porque ele tira o sangue de bicas até a última gota. Por isso ele tá te tratando, pra te deixar bem hidratado, uma bolsa bem cheia de sangue. Ele deixa um rastro de cadáveres por onde passa, sabia? Só que sem desperdício de sangue. Deve ter aprendido isso no exército.

— Caetano, vamo. — Ouvi o bruxo me chamar. Virei-me, sobressaltado. Ele estava parado na porta da casa, no alto da escada que levava ao jardim. — Tu precisa descansar. Ainda não tá recuperado.

Rita estava ao lado dele, sorrindo para mim, e disse:

— Não se preocupa, Caetano, você ainda vai ter bastante tempo pra conversar com Amaro.

Assenti e comecei a andar na direção deles. Eu me tremia inteiro. Amaro sussurrou alguma coisa atrás de mim, mas não entendi, pois só conseguia escutar um zumbido dentro da cabeça. Depois de alguns passos, minha vista começou a escurecer, e a última coisa que vi antes de desmaiar foi Jorge correndo, os braços estendidos para me segurar.

CAPÍTULO 8

Paulinho suava mesmo com o ventilador apontado para a cara dele, as bochechas avermelhadas, o cabelo loiro empapado, três gotas de suor já tinham pingado naquela página do livro que roubara dos pais. Eu achava que ele não estava acostumado a viver em uma casa de pobre como aquela, sem ar-condicionado, no sertão de Pernambuco, e por isso vivia tão cansado. E eu não fazia ideia da quantidade de energia que ele estava gastando para desvendar meu sangue.

Passamos umas três semanas trancados naquela casa, comendo biscoito treloso e miojo, até ele descobrir. Dormíamos juntos, todas as noites; lá só tinha uma cama estreita de solteiro, mas eu ficava afastado dele o máximo possível, porque ele suava muito, vivia com calor. E porque eu estava com raiva dele. Raiva demais.

Tanta raiva que passei os três primeiros dias ali chorando. Depois que fugimos do carnaval, só paramos quando chegamos a Arco Verde e, quando ele começou a tirar as malas (duas malas cheias de roupas e comida, uma para mim e outra para ele) e colocá-las em uma pequena casa que ele tinha alugado em segredo havia semanas, a ficha caiu dentro de mim e comecei a chorar. Minha vida tinha acabado, e tudo porque eu tinha desobedecido meus pais, virado as costas para a igreja durante uma missa e... e... Meu Deus, aquilo era um castigo, só podia ser, então eu chorava e rezava implorando para ser perdoado.

CAPÍTULO 8

— Me leva de volta, me leva de volta, me leva de volta — pedia a Paulinho, ajoelhado, os olhos inchados, a boca do estômago doendo, entre soluços.

Ele nunca me levou de volta. E não me deixava sair da casa. Aquele era meu castigo, eu supus, merecia uma vida de merda a partir dali. Então fiquei calado e fui um bom garoto.

Só que não por muito tempo.

Às vezes, enquanto ele dormia, tinha pesadelos e se tremia inteiro, quando eu o tocava ele estava gelado, e eu o abraçava até ele se acalmar e voltar a ficar quente. Eu ficava calmo, também. Outras vezes, ele acordava e se virava para mim. Eu fingia que estava dormindo. Ele dormia só de cueca, pois sentia muito calor, e não podíamos abrir as janelas nem a porta, pois estávamos escondidos. Resisti até onde pude. Eu sabia que era errado, e pedia perdão por aquilo também, mas o desejo era forte demais, então passei a dormir de cueca, também. Dizia a mim mesmo que era por conta do calor. Aí certa noite senti o pau dele endurecer entre minhas pernas. Foi assim que fiz sexo pela primeira vez, em uma daquelas noites inquietas de Paulinho, tentando consolá-lo dos pesadelos de bruxo.

Tentei não pensar naquilo depois. Era mais fácil apagar da memória do que ficar relembrando o quanto eu tinha gostado. Pois Deus amava o pecador, não o pecado. Então eu pedia perdão e ficava de olhos arregalados durante a noite, com insônia, esperando o castigo que viria lá de cima, ouvindo os gritos de Paulinho dormindo.

Demorou muito para que ele me contasse o que sonhava. Eu estava agachado no chão do banheiro, tomando banho de cuia, lavando o gozo seco dele que havia grudado em meus pentelhos, e ele me contou das escolas de treinamento. Ele começaria a frequentar uma naquele ano, mas os pais já o haviam levado para conhecer o lugar algumas vezes.

— Era onde a gente ia pra aprender a mexer com sangue, nas instalações da Confraria — explicou. — A gente era enviado pra lá depois do ensino fundamental. Sempre foi assim, mas agora que eles se juntaram ao exército, tão colocando desde criancinha.

Ele estava agachado diante de mim, ajudando-me a lavar o cabelo, e começou a chorar.

Despencou no chão, soluçando, como às vezes fazia no meio de nossas transas insones. Ele tirava o pau amolecido de dentro de mim e se jogava para o lado, na cama, em prantos. Devia pensar no sangue raro que corria dentro de meu corpo. Eu pensava, também. E me odiava. Eu me odiava tanto. Ele chorava muito naquela época. Chorava e suava. Igual eu, que também chorava. Por isso emagrecemos tanto e tão rápido. Não nos hidratávamos muito, pois vivia faltando água na torneira e não podíamos sair para comprar.

— Os bruxos são criados, Caetano. Bruxaria é ciência, se aprende, se estuda, mas também é dom que se herda, por sangue. Meu pai é bruxo, minha mãe também, assim como os pais deles.

— E tu? — questionei.

Eu ainda não sabia o que eram os bruxos nem os feitiços de sangue. Desde que tínhamos fugido do carnaval em Olinda, apenas tentávamos sobreviver naquele esconderijo. Eu dormia, Paulinho lia aqueles livros enormes, à noite nos revirávamos na cama, e quando alguma hora eu perguntava algo a ele, Paulinho dizia que logo, logo, me contava. Naquele dia, agachados no banheiro, a hora de me contar havia chegado.

— Também. É a Confraria que controla tudo.

— Que danado é Confraria? — perguntei, vertendo a cuia de água no cabelo dele.

— É uma instituição muito antiga que rastreou todas as linhagens de bruxos milhares de anos atrás. Eles controlam as famílias, as concepções, desde sempre. Juntam os casais e comandam as procriações. Filhos de bruxos são bruxos também, somos levados pras escolas de treinamento pra aprender a manipular sangue.

— Sangue de quem?

Quando comecei a ensaboá-lo, ele segurou minha mão e a colocou no rosto. Fechou os olhos, tentando não chorar de novo.

— Alguns bruxos são chamados de farejadores. Eles são mais sensíveis ao sangue e conseguem farejar sangues-raros de longe. São atraídos por eles. Minha mãe é assim, e ela te farejou, Caetano. Eu também, mas não percebi tão rápido quanto ela, porque não fui treinado.

— Tu se aproximou de mim por causa do meu sangue?

Puxei a mão para me afastar dele. Ensaboado, escorreguei no chão do banheiro e bati a cabeça na quina da pia. Senti o sangue quente escorrer na nuca e, enquanto ele me carregava para a cama, os braços melados com meu sangue, perguntei-me qual seria meu cheiro. O cheiro de meu sangue. Onde será que estava a mãe dele, me farejando por aí, feito uma cachorra?

Naquele dia, Paulinho desvendou meu sangue.

CAPÍTULO 8

— Minha mãe tá morta. A gente tá seguro — revelou ele quando acordei. Ajudou-me a sentar na cama, e percebi que minha cabeça estava enfaixada com gaze. — A Confraria matou tanto ela quanto meu pai.

— Como tu sabe disso? — perguntei, assustado.

— Seu sangue, Caetano, descobri como funciona.

— Como?

Ele se endireitou, tenso. De repente, ficou pálido. Olhou para baixo e enxugou o suor que escorria da testa.

— Como, Paulinho? — insisti, com o cenho tão franzido que a testa doía.

— Você sabe que eu fiz de tudo esses dias, Caetano.

Sim, eu sabia. Desde que chegamos ali, ele não parara de estudar os livros de feitiçaria que roubara dos pais, tentando entender como meu sangue funcionava. Tentou misturas, incensos, preces, leu feitiços, mas nada acontecia. Ele não tinha ido para a escola da Confraria, afinal. Não tivera aulas de como desvendar sangue desconhecido. Quando os pais o levaram a uma escola, ele viu o que faziam lá: havia celas de sangues-raros sequestrados, nas quais os professores tiravam o sangue deles e davam para os alunos. Nas aulas práticas, precisavam desvendar qual poder havia naquele sangue e como utilizá-lo. Não eram gente, eram bolsas de sangue. Quando o exército tomou conta da Confraria, foi o coronel Fagner que criou a alcunha *bica*. Sangue-raro era bonito demais, muito lisonjeiro. Se fossem expor os sangues-raros, precisavam de um nome mais fácil de falar, de xingar, de desumanizar. Bica.

— Você desmaiou no banheiro — falou ele, enfim. Tinha vergonha do que diria. Fiquei nervoso, minha barriga doeu. — Eu tava enfaixando sua cabeça quando me lembrei de uma história. Sabe os vampiros?

Comecei a rir.

— Tu chupou meu sangue?

Ele ficou sério diante da pergunta, e seus olhos encheram de lágrimas.

— Não — respondeu. — Quando eu era criança eu achava que vampiros eram bruxos. Que chupavam o sangue das pessoas pra fazer feitiços. Contei isso pro meu pai um dia e ele riu de mim, disse que não era assim que funcionava. Não é o bruxo que escolhe como vai utilizar o sangue. É o sangue que só pode ser utilizado de uma maneira, pois cada um tem uma propriedade única. Um mesmo bruxo vai precisar fazer rituais diferentes pra sangues diferentes. Então, um vampiro não poderia ser um bruxo, pois ele faz a mesma coisa com todos os sangues que coleta: bebe.

Eu lembrei dessa história e senti vontade de... de provar seu sangue. Desculpa, Caetano.

— Como assim, provar?

— Minha mão tava suja, porque você sangrou muito. E eu... e eu lambi o dedo. Às vezes meus pais me ensinavam alguma coisa. Minha mãe dizia que a primeira coisa que se faz ao coletar um sangue é analisar a cor, sentir a temperatura, cheirar e *provar*. Então eu tava pensando na minha mãe na hora, e vi onde ela tava. Tive uma espécie de visão, não sei explicar direito, mas eu vi, como se tivesse lá. A cabeça dela arrancada, meu pai gritando logo antes de levar um tiro na cabeça. É assim que eles fazem, sabia? Dão um tiro, depois arrancam a cabeça. O teu sangue, Caetano, é um localizador por ingestão. O bruxo precisa ingerir o sangue e, ao pensar em alguém, se tem uma visão de onde a pessoa tá. Ele precisa tá quente, o sangue.

Como um vampiro, afinal.

Dei um pulo da cama, tremendo-me inteiro. Aquilo era surreal demais para eu assimilar. Paulinho veio até mim e me abraçou. Senti o peito ossudo dele no rosto, o esterno pressionando minha bochecha, e me acalmei com o ritmo acelerado de sua respiração.

— Se minha mãe tá morta, a gente tá mais seguro. Ela não vai mais te rastrear. Tá tudo bem agora, podemos sair. Ir na cidade, comprar uma coxinha. Coca-Cola.

Coxinha resolveria muitos problemas, mas a preocupação não deixara meu peito.

— E por que mataram seus pais?

Ele falava com tanta insensibilidade dos pais mortos. Ele não tinha coração? Não se arrependia de todas as coisas horríveis que havíamos feito?

— Provavelmente porque me deixaram escapar. Foi uma punição. Eles podem ter me concebido, mas eu não sou filho deles. Todos somos propriedade da Confraria. Do exército, também.

— Mas ela era uma farejadora, tu disse. Não era importante pra eles?

— Antigamente era. Era o único jeito de achar sangues-raros. A Confraria não era tão extensa, pelo menos não aqui, mas, recentemente, alguém do exército desenvolveu um teste. Foi o coronel Fagner. Ele não é o presidente, mas é o homem por trás de tudo. Ele é um monstro, Caetano. Se um dia você vir o homem, corre. Corre o mais longe possível. Ele usou muitas cobaias, sacrificou muita gente, e criou essa

CAPÍTULO 8

tecnologia que consegue detectar se o sangue de uma pessoa é especial. Basta uma gota.

— As testagens. Lá em Olinda... na igreja.

Eu não tinha como escapar. Se tivesse ficado com meus pais ou no carnaval, eu teria sido pego.

— Fagner se infiltrou na Confraria — continuou ele. — E no governo. Fizeram um grande esquema pra tomar o poder, um grande acordo. Com o Supremo, com tudo. Chamam de Aliança, essa nova Confraria militarizada. Agora caçam gente em qualquer lugar. Os bruxos farejadores se tornaram dispensáveis.

— Mas é uma coisa boa, não? Somos ruins, Paulinho. Não somos normais. Talvez fosse melhor... talvez fosse melhor a gente se entregar.

Ele arregalou os olhos e segurou meus pulsos com força, a unha furando minha pele.

— Nunca diga isso! Você não sabe o que vão fazer com a gente se nos capturarem. Somos todos peões da Confraria. Da *Aliança*. Não confie em ninguém, nem no governo, nem em bruxos. Bruxos são ensinados desde cedo que vocês são apenas...

— Ferramentas?

— Não. Menos que isso. Imagina uma obra. Vocês são o buraco na parede. Os bruxos são os pregos. A Aliança é o martelo e a Confraria é a mão que o segura.

— E que obra tá sendo feita?

Paulinho deu de ombros.

— Nada de bom. Esses discursos de erradicar o mal, curar o país? É tudo uma farsa pra colocar a população contra a gente. Não tem nada de errado contigo, Caetano.

Abaixei os olhos, sem querer falar mais. Eu não concordava com ele. Havia algo de errado comigo, sim. E eu só queria ser normal.

CAPÍTULO 9

Acordei com o barulho de tambores. Não, não tambores. A lembrança se confundia e se perdia na cabeça. Barulho de ronco. Jorge dormia no chão, ao lado de minha cama. Estava descalço, com a calça jeans. A braguilha aberta mostrando parte de uma cueca branca. De torso nu, peito subindo e descendo no ritmo da zoada que parecia um motor na garganta dele. Uma camisa estava jogada na cabeça, protegendo os olhos do sol do fim da tarde que entrava pela janela aberta.

Saí em silêncio da cama. Contornei o corpo dele pisando com a ponta do pé no taco. A porta que dava para o quarto dele estava aberta, graças a Deus, e fui até lá. Antes de abrir a porta para o corredor, olhei de novo para ele. Estava na mesma posição. Devia estar cansado, em um sono pesado.

Andei depressa pelo corredor, esperando o bruxo aparecer a qualquer momento e segurar meu braço. A cozinha estava vazia. Fui até a sala, depois para a varanda, onde prescrutei o jardim. O sol se punha depressa, e as nuvens de poluição escureciam ainda mais o fim da tarde, o que dificultava a vista pelo lugar amplo.

Voltei para o corredor.

— O que tá fazendo? — perguntou Jorge.

Estava de pé, vestindo a camisa, na frente da porta de nosso quarto.

— Cadê Rita e Amaro?

Ele puxou o zíper da calça, fechando-o.

CAPÍTULO 9

— Foram fazer o ritual de proteção. Fazem todo dia antes do pôr do sol, nos quatro cantos da propriedade.

— Tudo bem — respondi. Eu não sabia o que dizer, tive medo de que ele percebesse que eu omitia algo. — Como a gente chegou aqui?

Ele franziu o cenho. Achei que não fosse responder, mas disse:

— Fiz um feitiço de portal.

Então começou a andar em minha direção, passou por mim, lançou-me um olhar torto, e entrou na cozinha.

— Por que aqui?

— Era o único lugar seguro do caminho — respondeu, sem olhar para mim.

Procurava algo nos armários.

— E o que ela quer em troca? Rita.

Ele enfim me encarou.

— Por que tá perguntando isso?

— Por nada — respondi, mordendo o lábio. — É uma casa bonita. Não deve ser de graça a hospedagem.

— Ela ficou com algo meu, como garantia. E vou fazer um... *serviço* pra Rita.

"Ele é conhecido como o pirangueiro.
Ele deixa um rastro de cadáveres por onde passa.
Sabia?".

— Que tipo de serviço?

Jorge ergueu a sobrancelha. Era grossa e bagunçada, bem preta.

— Tu tá fazendo perguntas demais. Vai pro quarto. Vou preparar algo pra tu comer.

Eu fui. Era um rapaz obediente.

Só que não.

No caminho, parei diante da porta através da qual eu tinha visto Amaro pela primeira vez. Ficava entre a cozinha e meu quarto. Imaginei que fosse onde o sangue-raro dormia. Aconteceu algo muito estranho quando coloquei a mão na maçaneta. De primeira, a porta estava trancada. Girei, empurrei e nada. Aí, quando fui tirar a mão, ficou presa, como se estivesse colada ao globo dourado. Meu coração descompensou, a base da língua, lá perto da garganta, formigou, e senti um comichão nas veias. Então girei a mão e, em um estalo baixinho, a porta se abriu.

Era um quarto. Mal iluminado, não ventilado, tinha um cheiro azedo, de suor, e mofo. A cama estava bem amarrotada, os lençóis encardidos, tudo bem diferente do restante da casa, que era limpo, iluminado e bem cuidado. A cama era o único móvel do quarto inteiro. Fui até lá e levantei o colchão. Era assim que eu escondia coisas em casa quando era adolescente. Minha mãe, com problemas de coluna, não podia se curvar para levantar peso.

O *bica* tinha mentido para mim. Em nossa conversa no jardim ele tinha dito como a Confraria era harmoniosa para bruxos e sangues-raros. Era mentira, eu sabia, Paulinho me contara sobre as aulas de tortura, de tiro, de luta. Treinavam bruxos para matar, os ensinavam que sangues-raros não passavam de meras bolsas de sangue. Eles nos caçavam, nos manipulavam, nos drenavam e usavam nosso sangue para a feitiçaria. Enquanto nós, sangues-raros, éramos invólucros do mal, bruxos eram o mal encarnado.

Tinha algo de errado ali. Paulinho me ensinara que não se confiava em bruxos.

Em bicas também não se devia confiar. Ouvi o coronel Fagner dizer aquilo certa vez.

Peguei o caderninho puído que encontrei entre o colchão e o estrado da cama e afastei a lembrança da cabeça. Eu não queria me lembrar do dia que vi o coronel pela primeira vez. Amaro queria que eu matasse Jorge. Havia dito quão carniceiro o bruxo era. Garantira que Rita cuidaria de mim, mas também dissera uma mentira monumental: bruxos não conviviam em harmonia com sangues-raros. Era tudo mentira o que ele falava? Talvez ele tivesse se confundido. Talvez fosse uma armadilha.

O caderno fedia, como apodrecido. A capa, de papelão, estava se desfazendo, acometida por umidade, e as folhas eram amareladas e farelentas. De início, não entendi o que tinha desenhado ali.

A verdade era que eu estava sozinho. Eu era um sangue-raro, não devia estar confortável, andando por aí em uma mansão. Deveria estar enjaulado, doando o sangue para um bem maior, tentando aliviar o pecado mortal com o qual tinha nascido. Sem amizade com um sangue-raro, sem sentar-me à mesa com uma bruxa, sem deixar-me ser cuidado por um bruxo.

Na prisão, nos primeiros dias, encontrei um pedregulho solto no chão e passei a talhar a parede para contar quantos dias passaria ali.

CAPÍTULO 9

Isso foi quando achava que um dia seria perdoado e sairia dali. Antes de perder as contas. Antes de me amarrarem.

O caderno de Amaro tinha marcações parecidas, pauzinhos enfileirados, que viravam quadrados, inúmeros, páginas e mais páginas, até que ficavam espaçados até sumirem, perto do fim das folhas, como se tivesse desistido de contar. Não tinha caneta porque a tinta usada era vermelha, orgânica, com pontos de grumos apodrecidos. Era sangue.

Meu coração afundou no peito, e guardei o caderno de volta. No caminho para a saída, uma coisa chamou minha atenção, uma quebra do padrão branco desgastado das paredes: uma pequena foto, de tamanho 3x4, colocada no alto da porta. Precisei espremer os olhos e ficar de ponta de pé para enxergar. Era uma foto de Rita. Um pouco mais nova, cabelo penteado, um sorriso mostrando todos os dentes. Tinha uma coisa molhada no centro da foto, parecia que alguém tinha cuspido ali, e o cuspe permaneceu estático e, quando coloquei a mão na maçaneta, para sair dali, também senti algo molhado, pegajoso, nojento nas mãos.

Apressei-me para a cozinha, e lá ignorei o olhar questionador de Jorge e lavei as mãos.

Só então, esfregando compulsivamente os dedos com um sabão em barra, percebi o barulho de fritura. Um cheiro delicioso preenchia o ambiente. O ronco de meu estômago afastou minha mente da lavagem compulsiva e olhei para Jorge.

— O que tu tá fazendo? — perguntou Jorge.

Ele segurava uma frigideira pelo cabo. No ombro, um pano de prato bem branquinho.

— Lavando as mãos — respondi, desviando o olhar dele e fingindo que procurava algo para me enxugar. Na pia, uma tigela com as malditas pitombas de Amaro. De uma delas escapulia um verme vermelho, fininho, molenga, asqueroso. — Pra comer...

Ele jogou o pano de prato para mim, sem falar nada.

Comemos bolinho de feijão macassar, delicioso, em silêncio.

***

— Vou sair — anunciou Jorge ao entrar no quarto.

Eu estava sentado na beirada da cama, inquieto. Jorge tinha trocado de roupa: estava com calça preta e uma jaqueta da mesma cor, uma camisa bem justa, colada ao corpo. Na mão, a máscara de La Ursa. A visão dele ensanguentado, no batalhão, assistindo-me matar a enfermeira, escapuliu de meus compartimentos trancados da memória. Senti vontade de vomitar.

— Sim, senhor — respondi.

Era tudo o que eu tinha para dizer. Meu destino ali estava selado. Aliás, meu destino estava selado desde que nasci, só me restava aquiescer e responder como me mandavam os militares. *Sim, senhor.*

Ele franziu o cenho e balançou a cabeça, como se afastasse algum pensamento intrusivo.

— Eu vou fazer aquele serviço pra Rita — anunciou ele, como se eu soubesse que serviço era aquele. Provavelmente algo envolvendo uma chacina. — Tem algo estranho acontecendo aqui nesta casa, e imagino que tu saiba disso. — Ele me olhou por alguns segundos, esperando que eu reagisse àquilo. Sim, eu sabia que Amaro estava mentindo, que havia me dado aquelas pitombas por alguma razão, que a proposta para matar Jorge era alguma armadilha, apesar de eu não saber ainda se para mim ou para o bruxo. Porém, que diferença fazia? De uma forma ou de outra, eu continuava sendo um mero sangue-raro, um peão para eles. — Fica no quarto.

Jorge tirou algo do bolso, um papelzinho, e o lambeu. Quando ele o colou acima da porta, vi que era uma foto 3x4 dele mesmo.

— Isso aqui vai fazer com que só eu possa entrar — explicou.

Depois, escarrou na mão, passando uma grande quantidade de saliva na maçaneta antes de sair e me deixar trancado no quarto.

Levantei-me e fui até lá, analisar.

Era o mesmo feitiço que tinha no quarto de Amaro. A foto de Rita no alto da porta. Só ela podia abrir? Só que eu tinha aberto. Amaro tinha aberto. As pitombas. As frutas que Rita comia compulsivamente deviam quebrar o feitiço para quem também as comia. Então coloquei a mão na maçaneta, sentindo um arrepio desconfortável ao sentir a baba pegajosa de Jorge, e girei. Trancada. A fruta devia funcionar apenas contra o feitiço de quem também as comia.

Foi quando a sombra apareceu.

Era como se tivessem acendido um refletor atrás de mim, e minha silhueta se projetasse bem escura, quase preta, entre mim e a porta. Dei um passo para trás, aterrorizado, e caí no chão. Achei que ela fosse me atacar, ou algo do tipo. Fiz um sinal da cruz (um feitiço que me

CAPÍTULO 9

ensinaram quando eu era criança, mas que era ineficiente) e, antes que eu fechasse os olhos, a sombra atravessou a porta e sumiu. Em seguida, escutei um estalo vindo da maçaneta e a foto de Jorge despencou, fazendo um *ploft* quando o cuspe do bruxo se chocou contra o taco.

A sombra estava lá, parada no corredor, depois que abri a porta. Parecia uma estátua translúcida, feita de fumaça, apontando para a direita. Era lá que ficava a última porta do grande corredor do casarão, que eu sempre imaginei ser o quarto da bruxa. Ouvi um rangido no outro sentido e olhei a tempo de ver a perna de Jorge, calça preta, coturno militar, terminando de sair pela porta da entrada, e fechando-a em seguida. A sombra foi puxada, como se sugada por um aspirador fantasmagórico, e de repente eu estava sozinho, meu coração pulsando debaixo do peito, minhas veias inchadas de sangue.

Era naqueles momentos que eu tomava as piores decisões. Quando escutava aquele líquido amaldiçoado dentro de mim. Eu já deveria ter aprendido.

Eu nunca aprendia.

Eu tinha pegado algumas pitombas da cozinha quando almocei os bolinhos de feijão com Jorge. Tirei uma do bolso, quebrei a casca e enfiei o miolo gelatinoso na boca.

Só tinha um banheiro na casa. Estava fechado e, mesmo através das grossas paredes, ouvi o barulho de chuveiro. Também conseguia ouvir o som de louça sendo lavada vindo da cozinha. Eram ruídos de normalidade estonteantes. Parecia casa. Um lar.

Só que não o meu.

Era um quarto normal, o da bruxa. Uma cama de casal, com um grande mosquiteiro protegendo-a, uma cômoda, uma... Tinha uma porta estranha ao lado da cama. Chamou minha atenção porque não era como as demais, pesadas, antigas, com detalhes entalhados. Era uma porta de metal que não pertencia àquele lugar. Fechei a porta atrás de mim, e vi a foto de Rita no alto dela. Cuspi o caroço de pitomba na mão e guardei no bolso. Coloquei outra na boca e fui direto para a passagem ao lado da cama, ignorando todo o resto do cômodo.

Dava para uma escada descendente. Um porão.

Não, sussurrou uma voz no fundo da consciência. A última vez que eu estivera em um subsolo como aquele fora... Eu nem queria lembrar.

Só que eu precisava entrar ali. Queria saber o que a bruxa pretendia fazer comigo. Talvez eu até estivesse me preocupando à toa e, ao contrário do exército, ela me usasse para algo bom. Se isso fosse possível.

Enquanto descia a escada, ouvindo um crescendo zumbido elétrico, como vindo de algum tipo de motor, os pensamentos que injetaram em mim na igreja vinham à tona: abaixe a cabeça, cale-se, aceite, conforme-se com a vida que lhe foi dada. E lá estava eu: questionando tudo. Parei quando faltava um degrau para chegar ao solo. Considerei voltar, de cabeça baixa e rabo entre as pernas. Apertei o interruptor que tinha ali ao lado, na parede, lembrando da última vez que aceitei uma coisa sem questionar.

Luzes fosforescentes piscaram e se acenderam, iluminando o cômodo de teto baixo e parede de tijolo exposto. Havia uma dezena, talvez mais, de refrigeradores e congeladores (horizontais, com a porta em cima), os cabos percorrendo o solo de terra batida, unidos por adaptadores, extensões, cheios de remendos e gambiarras que deixavam tudo com a aparência de ter sido feito às pressas por uma pessoa sem conhecimento em elétrica. As celas no batalhão tinham sido daquele jeito, um dia, até que um dos presos provocou um curto-circuito intencional que tocou fogo na cela dele, matando-o e os vizinhos das celas adjacentes. Assim como ele me dissera que tinha planejado fazer, no dia anterior.

Primeiro abri uma geladeira. Estava empanturrada de bolsas de sangue. Nem todas as bolsas estavam cheias, muitas quase vazias. Eles queriam meu sangue, então. Era óbvio. Só que não havia outro sangue-raro ali, além de Amaro, o que significava que provavelmente me drenariam inteiro e armazenariam meu sangue, diferente do que o exército fazia, mantendo-me vivo como uma fonte quase inesgotável.

Então, abri um freezer.

Distraído com o que encontrei lá dentro, não ouvi a porta do porão abrindo e os passos apressados descendo.

Três corpos congelados. Boca entreaberta, azul, olhos arregalados, petrificados. O de cima era um homem idoso, tinha a pele muito branca, sem uma orelha. O de baixo não consegui ver direito, coberto por uma fina camada de gelo, mas os olhos faltavam. No lugar, apenas um buraco escuro. A terceira pessoa estava emborcada e, da posição que estava, no fundo do freezer e debaixo dos demais, não consegui vê-la direito. Também não queria. Fechei o eletrodoméstico rápido demais, provocando um ruído que me assustou.

— Um olho pra enxergar — disse Amaro. Ele estava parado na escada, no mesmo degrau em que hesitei antes de acender as luzes. — Uma orelha pra ouvir. Uma língua pra alertar. Um dedo pra puxar o gatilho.

CAPÍTULO 9

— São sangues-raros? — perguntei, tremendo-me inteiro.

Era ali que eu terminaria? Parecia mais agradável do que a cela. Contudo, Amaro negou com a cabeça.

— Não. Quatro pessoas diferentes, mas comuns. Cada órgão é banhado no meu sangue e vai pra um canto do terreno, é assim que protegemos a casa. A gente usava criança, antes, porque o feitiço dura mais tempo, mas agora tá difícil encontrar crianças, e Rita só traz esses velhos, por isso a gente precisa refazer quase toda noite. — Ele fez uma pausa. Sua expressão, até agora fria e distante, hesitou por um segundo, e vi uma centelha de medo. Arrependimento? Exaustão? — O resto do corpo, Rita guarda. Ela gosta de... Ela gosta de. — Ele não terminou a frase. Em vez disso, mordeu o lábio. Não conseguiria continuar. Eu também não queria ouvir, se o que ela gostava fosse o que eu estava pensando. — Mas não se preocupe. Ela não faz... *isso* com sangues-raros. Tem nojo.

— E ela faz o quê? — questionei, ignorando o medo, pois agora *precisava saber.*

Amaro respirou fundo, inflou o peito. O ar distante estava de volta.

— Desculpa — anunciou e subiu correndo a escada.

Corri atrás dele, e quando estava na metade dos degraus, escutei os trincos fechando a porta.

***

Fiquei bastante tempo ali sentado no chão, encostado a uma geladeira, sentindo a vibração do objeto. Era tão calmante aquele ruído elétrico. Estava em paz, até, como se tivesse conectado ao aparelho, zumbindo pelas peças metálicas, percorrendo o fio, entrando na parede por aquela tomada com uma mancha preta ao redor, espalhando-me pela parede, pela casa, percorrendo fiações e me difundindo pela terra.

Não tinha ventilação ali, e eu pingava de suor, com o calor de tantas máquinas ligadas. Eu merecia o desconforto. Tinha sido um mau garoto. Eu tentava obedecer, mas criavam novas regras e, enquanto tentava me adaptar, novas obrigações surgiam, e eu falhava e falhava e falhava porque nada daquilo era criado para mim. Eu estava sozinho naquele mundo, condenado às leis dos outros. Num quarto, numa igreja, numa sala de confissões, numa cela, num porão, no inferno: esses eram meus lugares. Não, eram os lugares onde me colocavam. O que eu tinha feito de tão ruim?

Era tão mal assim ter amado Paulinho? Ter me divertido no carnaval? Ter meu sangue roubado para... para...

Levantei-me e abri a geladeira atrás de mim. Duvidava de que tivesse água ali, mas pelo menos poderia me refrescar um pouco. Era uma geladeira bem antiga, o gelo se acumulava nas paredes, não deixando espaço para quase nada. Exceto por uma mochila, enfiada ali no pouco espaço. Franzi o cenho. Era uma mochila militar, preta, igual a que eu tinha visto com Jorge. "Ela ficou com algo meu, como garantia." Peguei-a e abri.

Dentro dela havia uma bolsa térmica pequena, que por sua vez continha duas bolsas de sangue. No bolso da frente da mochila encontrei um canivete.

Olhei para a tomada preta a qual eu estivera encarando, fingindo não ter pensado naquilo antes. Fui até lá e toquei com o dedo o conector ligado a ela. Estava quente, mas não muito. Respirei fundo. De um modo ou outro, aquilo daria certo. Recusei ser eletricidade, guiado por fios e tomadas, preso a eletrodomésticos. Queria ser fogo.

Saí desligando todos os refrigeradores e freezers. Encontrei um baú de madeira no fundo do cômodo repleto de roupas velhas. De criança, femininas, masculinas. Chapéus de palha, bolsas, óculos, pulseiras de couro. Eram as roupas daquelas pessoas mortas. Peguei as coisas de palha e de tecido sintético. Uni todos os conectores e extensões, ligando-os uns nos outros, criando um caminho único até a tomada escurecida. À medida que fui plugando os aparelhos no fio, as tomadas foram pipocando e a luz piscando. Tentei lembrar o que meu colega de prisão tinha dito. O que havia se incendiado. Qual era mesmo o nome dele? Beto? Roberto? Algo assim. Passara-se tempo demais.

Despluguei uma tomada e parti o fio com o canivete de Jorge, que tinha um "x" gravado na lâmina. Em seguida, desencapei-o. Hesitei por um instante antes de enfiar o fio desencapado no conector. Talvez levasse um choque, talvez morresse. Fazia diferença?

Joguei as roupas em cima da tomada.

Um pipoco. Fumaça, pouca. Eu não tinha tempo para fazer isso um por um, antes que desligassem o disjuntor. Eu precisava de uma explosão, de fogo. Fui até a geladeira, tirei a mochila de Jorge, coloquei-a nas costas e com o canivete, raspei o gelo.

Quando joguei gelo e água nas tomadas sobrecarregadas, tudo explodiu e pegou fogo. A palha virou uma fogueira, o poliéster derreteu, as luzes se apagaram e gritei e corri para a escada, pois os aparelhos zumbiam muito alto agora, estourando. Nos pontos em que o fio os ligava, acendia uma luz muito forte, vermelha, incandescente, como fogos de artifício. As chamas tomavam conta de tudo, o gelo derretia e a água já se acumulava no chão, água cheia de eletricidade, livre, mortal.

A fumaça era tanta que eu não enxergava quase mais nada, mesmo com a luz das chamas, e o cheiro era horrível, aos poucos fui sufocando, tossindo, a porta era lacrada, mesmo assim ouvi o grito de Rita, estarrecida, lá no quarto dela:

— Que porra tu fizesse, Amaro?!

— Eu não sei eu não sei eu não sei! — Havia desespero na voz dele, mas não muito.

A porta se abriu, e o sangue-raro deu de cara comigo. Olhos arregalados, boca estática.

Atrás dele, a bruxa, apontando-lhe um revólver.

— Desce e vai resolver — ordenou a Amaro.

A expressão dele voltou àquela de antes: de frieza e distanciamento, nada adequada a uma situação de incêndio e uma arma apontada na cabeça.

A bruxa tossiu e Amaro começou a descer a escadaria. Quando passou por mim, ele sussurrou:

— A mira dela é péssima.

— Ligeiro, Amaro! — gritou Rita, e quando abriu a boca deve ter aspirado fumaça demais, pois engatou em um acesso de tosse.

Então aproveitei a deixa e corri, pulando em cima dela.

Nós dois caímos no chão, e foi Amaro que me ajudou a levantar. Continuou segurando minha mão enquanto corríamos para fora do quarto e para o corredor. A casa estava toda escura, já tomada por fumaça, mas naquela correria nenhum de nós pensou em pegar a arma, e logo o tiro veio. Ela errou, claro; estava escuro demais mesmo para quem tivesse uma mira boa. Porém, naquele corredor comprido e não tão largo, as chances de ela acertar um de nós era alta demais, por isso Amaro me puxou para a primeira porta, e entramos no quarto em que eu e Jorge estávamos confortavelmente *hospedados*.

— Não tem chave! — exclamei, passando a mão pela porta.

— Não — disse Amaro, afastando-se da porta e me puxando com ele, para nos livrar dos tiros vindouros. Lá fora, Rita berrava. — Sai pela janela, depressa.

— E tu? — perguntei, enquanto ele me empurrava para o outro lado do quarto.

— Vou distrair a velha.

— Ela vai te matar.

— Ótimo — disse, enfim parando de me empurrar. — Não aguento mais. Não depois de tudo que ela me obrigou a fazer. — Ele terminou de abrir o janelão e fez um calço com a mão para eu subir. Um tiro na porta. — Vai. Obrigado.

Eu já estava com uma perna para fora, sentindo o vento frio da noite e ouvindo as cigarras do meio do mato quando a porta do quarto se abriu em um estrondo.

— Corre! — gritou Amaro e me empurrou.

Caí em cima de um mato, úmido, gelado por conta do orvalho. Era alto e eu não enxergava nada, apenas engatinhei pela frente e, quando ouvi outro disparo, olhei para trás e vi o corpo de Amaro na janela estremecendo e despencando. Agora, virando-me para cima, vi a lua, estava cheia, muito clara, brilhando logo acima de mim. Foi assim que a bruxa me viu, assim que ocupou o espaço de Amaro na janela.

Ela apontou a arma para mim, não para a cabeça, ou para o peito, mas para o joelho, bem segura de si (eram verdadeiros os filmes que falam que bruxas se fortalecem com a lua?), mas, antes que puxasse o gatilho, uma faca atingiu sua testa, entre os olhos.

Passos pesados faziam o chão vibrar, quebrando galhos e esmagando a vegetação. Um animal, uma criatura, algo muito grande corria em minha direção. E eu, ainda mal assimilando o tiro em Amaro e a facada na bruxa, levantei-me para correr. Vi um urso? Talvez, não saberia dizer. Algo muito grande, peludo, o prateado da lua refletindo na pelagem, enquanto o monstro corria pelo quintal, e me abaixei para me esconder no mato.

Fiquei deitado, esperando o animal ir embora, até que dois pés pararam diante de mim, bem perto de meu rosto. Dois coturnos, que eu conhecia bem. Militar. Sujos de lama.

Olhei para cima e vi o rosto de Jorge bloqueando a lua. Ele tinha aquela maldita máscara de carnaval em uma das mãos, e a outra estendia para me ajudar a me levantar.

Fui até o corpo de Amaro, jogado no chão ao lado da bruxa. Ignorei a velha e me abaixei, procurando algum sinal de vida, com dificuldade devido à escuridão. A lua iluminava o buraco no peito dele, a roupa

CAPÍTULO 9

encharcada de vermelho escuro, o cadáver sem nenhum movimento de respiração. Com o canto do olho, vi Jorge tirar a faca que havia enfiado na testa de Rita. Apenas uma gota de sangue escorreu quando ele puxou a lâmina da carne. Depois, limpou a arma na calça e guardou. "Ele é conhecido como o pirangueiro."

— Vamo — disse ele por fim.
— Espera.

Voltei a olhar para Amaro. Ele jazia com os olhos arregalados. Desci as pálpebras dele; a pele já estava gelada, sem esse negócio que nos mantém quente por dentro.

Ele tinha tentado me ajudar e terminou daquele jeito. Jogado no jardim como aquelas malditas pitombas apodrecidas. Ele tentou ser bom, mas o haviam transformado em um monstro. Eu me sentia um monstro, também.

A meu lado, Jorge tirou um punhado de pitombas do bolso e as jogou no chão.

— Não precisa mais, a bruxa tá morta — explicou, como que adivinhando meu pensamento.

Ele também sabia que a fruta anulava os feitiços da mulher, então.

Lá dentro, as chamas se alastravam, labaredas saindo pelo teto e pelas janelas.

— Por que ele apenas não usou essas frutas e saiu daqui? — perguntei.

Para mim, para Jorge, para o cadáver de Amaro, para o fogo.

Só que apenas Jorge respondeu:

— Porque ele não tinha pra onde ir.

Não tinha para onde ir e preferiu ficar na casa assombrada por histórias horríveis? Quando eu não tinha para onde ir, as coisas que eu fiz...

— As coisas que ele fez aqui... — bradei, insistindo para mim mesmo que matar pessoas para proteger uma casa era bem pior do que eu ter me entregado para o exército.

— Cada um faz o que é preciso pra sobreviver — comentou Jorge, dando as costas para mim, para os cadáveres e para o fogo, indo em direção à escuridão.

CAPÍTULO 10

De início, não quis que Paulinho usasse meu sangue. Era horrível, repugnante, uma blasfêmia. Eu tinha medo da coisa ruim que estava represada em meu corpo, e me apavoravam as consequências de liberar aquilo. Foi como o primeiro toque, o primeiro beijo, o primeiro sexo. Ensinaram-me durante a vida toda que aquilo era errado e que só podia terminar na pior forma possível. Nos filmes, nas novelas, na igreja, na rua. Aceitar o que eu era me faria ser morto, então só me restava rejeitar. Quando cedi ao desejo carnal, esperava o tempo inteiro que uma marreta gigantesca fosse despencar em minha cabeça, enfim me punindo.

Assim como no sexo, cedi aos pedidos de Paulinho para usar meu sangue. Assim como no sexo, eu me sentia culpado, arrependido e chorava a noite inteira depois que ele usava meu sangue. Assim como no sexo, eu culpava Paulinho por meus pecados. Eu queria transar, queria dar meu sangue, mas *ele* havia me convencido. *Ele* havia sido minha fraqueza.

E Paulinho me convenceu porque disse que se pudesse desvendar a magia de meu sangue, finalmente conseguiríamos sair daquela casa em Arco Verde.

No início, o processo foi difícil, pois havia muitas variáveis. Era mesmo uma ciência, como ele me dissera. De acordo com a temperatura, com meu humor, com minha alimentação, da região do corpo em que o sangue havia sido tirado, a quantidade que Paulinho ingeria, tudo isso afetava o modo que ele via as coisas. Na escola, ele me dissera, os bruxos jovens aprendiam como controlar, regular e catalogar as diferenças sanguíneas. Havia protocolos,

CAPÍTULO 10

como receitas de bolo. O feitiço de ocultamento que ele havia feito quando me resgatara de Olinda aprendera em um livro dos pais. Eles tinham uma geladeira com várias amostras de sangue-raro, acompanhados de instruções de como utilizá-los, e ele roubara alguns. De cura, ocultamento e de ilusão.

Paulinho não entendia o medo que eu tinha daquelas coisas, nem a repulsa que eu sentia por mim mesmo. Ele achava tudo aquilo exuberante e fabuloso, mas eu só queria ser comum e não exótico. Ele ficava com raiva de mim, brigava às vezes, até querer sexo ou sangue, e precisar fazer as pazes (para isso fazia gestos amorosos para me fazer sentir menos solitário, e eu caía).

No primeiro dia que saímos de casa, fomos a um mercadinho nos abastecer, comemos coxinha e caldo de cana, e pagamos com um pedaço de papel melado de sangue, que o fazia parecer dinheiro. Eu dava meu sangue para Paulinho localizar os bruxos que ele conhecia, os amigos dos pais dele, para ver se alguém nos procurava. Ao que parecia, não. Ele sempre acordava com a boca suja de sangue e eu, meio dormente. Eu desmaiava logo depois de transar, com pouco sangue, cansado, deprimido, e eu começara a chamá-lo de vampiro, pois tomara gosto por me morder e chupar meu sangue enquanto me comia. Demorei para ter coragem de pedir para ele localizar meus pais. No fundo, eu sabia. Tinha preferido viver na ilusão naqueles dias.

Tirou meu sangue em um sexo meio sem vontade, meio ansioso. Quando acordei, ele estava com uma cara que dizia tudo. Ele balançou a cabeça, os olhos encharcados.

— Que foi, Paulinho? — perguntei.

Eu queria os detalhes.

— Meus pais primeiro me procuraram lá na sua casa. Estavam desesperados, se não me encontrassem seriam punidos.

— Eles fizeram o quê?

— Mataram os dois, quando chegaram da missa. E os vizinhos.

Fechei os olhos e me deitei, sem falar nada. Permaneci assim por muitos dias. Paulinho saía para comprar comida e, quando eu estava sozinho, eu pensava em enfiar uma faca no peito e jogar todo o sangue pelo ralo. Tudo aquilo era culpa minha.

***

Um dia, acordamos no meio da noite com a porta da casa sendo arrombada.

Abracei Paulinho. Ele estava suado, nu, a boca suja de sangue. Eu nem lembrava dele ter me mordido. Pensei se, confortáveis como estávamos, ele havia se esquecido de renovar o feitiço de ocultamento na casa. Era uma região pobre de Arco Verde, longe do centro da cidade, estrada de terra, cercada de mato, paredes de barro e porta de madeira, o mais discreto possível, sem vizinhos, e naquele momento de pânico, sacudindo-o para que acordasse, perguntava-me como haviam nos descoberto.

Ele demorou para acordar. Ficava assim, capotado, como se tivesse embriagado, quando bebia sangue demais. Ele dizia que era como uma droga, o deixava enlouquecido, ficava duro só de sentir uma gota na ponta da língua, e dizia que às vezes via o mundo inteiro na cabeça, pessoas vivendo, morrendo, fodendo, bebês nascendo, gente sequestrada, torturada. Quanto mais bebia, mais via. "É viciante ser vampiro", dizia, e pedia para amarrá-lo na cama quando íamos transar, pois agora eu sempre sangrava, e ele temia passar dos limites e me drenar inteiro.

Eu tinha que ir embora, fugir dali, sair correndo até meus pais. Só que eles estavam mortos e eu não tinha mais para onde ir.

Ele acordou quando acenderam as luzes. Não tínhamos cobertor, naquele calor não era necessário, e me encolhi inteiro na cama. Quando minha vista se acostumou à luz, vi a dona do mercadinho onde fazíamos feira e o marido dela, que vendia coxinha e caldo de cana. Duas hipóteses passaram por minha cabeça: haviam descoberto que éramos um casal ou que éramos bruxo e sangue-raro, e, nas duas opções, terminávamos mortos.

Eles jogaram um punhado de pedaços de papel em cima da gente. Eram os papéis que usamos como dinheiro. Paulinho não sabia que o feitiço expirava.

— Vocês são bruxos — falou a mulher. — O que tão fazendo aqui? Se vieram arrumar confusão, saibam que somos pessoas do bem. Não há sangue-raro nesta cidade, o exército já veio aqui, vão embora. Aqui não é lugar pra essas safadezas.

Olhei para o homem, calado atrás dela, parecia com medo. Medo de mim. Medo de Paulinho. Nojo, talvez, o que era pior. Ele vestia uma camisa com o rosto de uma moça estampado. Eu já tinha visto aquele rosto antes, em um cartaz desbotado no mercadinho.

Paulinho não falou nada, devia estar aterrorizado, ou louco de sangue, mas eu sabia como agir para não ser descoberto e odiado. Eu só precisava agradar.

CAPÍTULO 10

— Espere. Podemos ajudar. Quem é essa? — disse, apontando para a camisa do homem.

— Não interessa — bradou a mulher.

— Nossa filha — respondeu o homem, quase ao mesmo tempo, recebendo um olhar furioso da esposa. — Maria, ela sumiu dois meses atrás.

— Reginaldo... — alertou a mulher.

— A gente num disse que ia fazer de tudo pra achar Maria, minha preta?

— A gente já fez de tudo, homem!

— Podemos localizar a Maria — intervi. — Há um feitiço!

A mulher pareceu horrorizada.

— Não. Bruxaria não — exclamou ela. — Isso é coisa do diabo. É enganação.

O homem colocou a mão no ombro da mulher. Então falou, bem calmo:

— Preta, tu viu o que eles fizeram com o dinheiro. Eles podem achar nossa menina.

— Caetano, não — advertiu Paulinho a meu lado.

Eu o ignorei e falei para o casal:

— Deixem esse camisa aqui e esperem lá fora. Daqui a dez minutos saímos com a localização dela.

***

Paulinho se sentou no chão em minha frente, pernas cruzadas, encarando a foto de Maria estampada na camisa do pai dela. Peguei o canivete e fiz um corte na altura da clavícula, deixando o sangue escorrer no peito. Ele se aproximou e lambeu meu mamilo. Gemi e logo depois ele também, sugando-me. Paulinho descobrira que funcionava melhor assim, quando sentíamos prazer. Eu o afastei quando percebi que ele só continuava a beber meu sangue por gosto. Desmaiei, como sempre acontecia. Quando acordei, vi no olhar dele que Maria estava morta.

Depois, os pais encontraram o corpo dela apodrecido em um açude seco, escondido entre grandes rochas, no terreno de uma fazenda que o exército havia utilizado como base quando passara ali para procurar sangues-raros na região dois meses antes. Disseram que aquilo aconteceu em outras cidades, pessoas de sangue comum sequestradas pelos soldados. Aproveitavam que muita gente estava desaparecendo para ocultarem sequestros, assassinatos e coisas piores. Nos dias seguintes, famílias começaram a bater em nossa porta. Levavam presentes, comida, dinheiro, joias. Procuravam queridos desaparecidos. Vinha gente das cidades vizinhas.

Era a primeira vez que eu me sentia bem em deixar Paulinho usar meu sangue. Era para um bem maior, ajudávamos muita gente, e eu me redimia por ser daquele jeito.

A maioria dos desaparecidos era de levados pelo exército. Quase todos já estavam mortos. Alguns eram sangues-raros, utilizados até o sangue secar. Naquela época, ainda não haviam aprendido a nos manter vivos por anos, sendo drenados aos poucos por máquinas.

— A gente tá confortável demais, Caetano — disse Paulinho certa noite. Bebíamos vinho sentados em cadeiras de balanço na frente da casa, vendo as estrelas. — A gente precisa ir pra outro lugar.

Fiz um bico, amuado. Enfim eu não estava me sentindo um lixo e ele vinha com aquilo?

— Não. Tamo ajudando esse povo. Eles precisam da gente.

Ganhamos uma televisão de Reginaldo. "Vocês deviam assistir o jornal", disse ele. Era uma televisão velha, bem pequena, com o sinal horrível, mas passamos a assistir os jornais todos os dias. A cada semana, as coisas pareciam piores. As notícias falavam das operações do exército pelo país inteiro, alertando a população sobre o perigo que se alastrara nas nossas terras e que agora estava sendo descoberto e combatido. O presidente apareceu em uma coletiva de imprensa e expôs a Confraria, os bruxos cruéis e os sangues-raros perigosos. O Coronel Fagner, governante do Nordeste, um homem branco e baixinho, de pescoço curto e cabelo ralo, um bigode preto e grosso cobrindo os lábios finos, tão magro que o uniforme militar ficava folgado como se ele fosse uma criança vestindo as roupas do pai, era um herói. Todos os dias, gabava-se diante das câmeras de como conseguira erradicar a Confraria e capturar todos os bruxos e *bicas* da região. Ele nunca dizia o que era feito com as pessoas.

Proibiram festas e aglomerações de rua pelo país inteiro. Era o fim do carnaval. Aos poucos, os vizinhos pararam de vir a nossa casa. Tinham medo.

Um dia, na programação local, apareceu na tela a foto de Paulinho. Bruxo perigoso, sodomita, foragido, acusado de degolar os pais para fazer um ritual satânico.

— Nunca fique confortável demais, Caetano — repetiu ele, como se já soubesse que não escaparia.

CAPÍTULO 10

Que meu destino seria continuar sozinho, sem meu vampiro.

Nem tivemos tempo de organizar as mochilas para fugirmos.

O exército chegou naquela mesma noite.

Não deram um tiro em Paulinho, deixaram-no vivo e me seguraram para que eu assistisse a cabeça dele sendo serrada e separada do corpo enquanto ele gritava e se debatia. O homem que fez aquilo tinha uma placa de identificação no uniforme: coronel Fagner.

— Caetano, nunca confie num bru... — Paulinho começou a dizer, mas a serra atingiu as cordas vocais e o sangue jorrou pela sala.

Quando terminou a decapitação, o coronel jogou a cabeça dele a meus pés.

Meu castigo, enfim.

Eu não tinha mais forças e me entreguei, deixei-me cair nas mãos dos soldados que me seguravam. Foi fácil para eles me levarem para o camburão e depois para as instalações do exército nas quais me manteriam trancafiado pelos dez anos seguintes, pois eu tinha aprendido a lição e seria um bom garoto.

CAPÍTULO 11

Quando o vômito subiu, tirei a venda que Jorge tinha colocado em meus olhos. Curvei-me sobre um chão de cimento todo rachado e despejei uma quantidade significativa de líquido com restos de comida.

— As primeiras vezes são mais difíceis — anunciou Jorge, encostado a uma parede em ruínas, com um olhar de quem achava graça.

Encostei-me a uma parede úmida. O teto estava cheio de telhas quebradas, chovia lá fora, e caía água em minha testa. Eu estava na ruína de uma casa, as paredes internas estavam quase todas derrubadas, e as que restavam eram cortadas por rachaduras que atravessavam as manchas de onde um dia quadros haviam estado pendurados. Eram cicatrizes sobre lembranças. Nas janelas, ripas de madeira impediam que eu me situasse.

Jorge tinha coberto meus olhos para o feitiço de portal. Havia me dito que seria muita informação para um cérebro que nunca tinha passado por aquilo antes interpretar o que acontecia. Desconfiei, mas vomitando daquele jeito pensei que náuseas eram uma boa opção frente a um colapso mental.

— A gente tem que comprar mantimentos pro resto da viagem — falou o bruxo, quando terminei de vomitar.

— Pra onde a gente tá indo? — indaguei.

Tinha medo de perguntar o que ele queria comigo, e por que não tinha feito nada ainda. Não sabia se deveria perguntar.

— Pra um lugar seguro — respondeu Jorge, colocando a mochila nas costas.

CAPÍTULO 11

— E por que não levou a gente logo pra lá?

— Não é assim que funciona. — Ele me olhou com impaciência, então se virou e começou a andar para a saída. — Vamo logo.

— Não — retruquei, batendo os pés e cruzando os braços. — Não vou com você.

Ele avançou em minha direção depressa, e dei um passo para trás, assustado. Jorge segurou meu pescoço, batendo minha cabeça na parede, pressionando-a. Seu rosto estava quase colado ao meu, de forma que eu conseguia sentir sua respiração quente. Os olhos estavam incendiados de fúria. O nariz dele era grande e largo, e, com aquele acesso de raiva, parecia ainda maior, as narinas se abrindo e fechando feito uma chaminé, à medida que ele tentava controlar a própria respiração. Ele apertava forte demais, os calos da mão arranhavam minha pele. Então cuspi na cara dele.

— Filha da puta ingrato — xingou, soltando meu pescoço e limpando o catarro que acertara seu olho com a manga da jaqueta.

— Ingrato? Eu devia te agradecer pelo quê, exatamente?

A adrenalina me fazia tremer inteiro. Um bruxo. Um manipulador de sangue, um nojento, alma sebosa. Como ele ousava me tocar daquele jeito? Nunca, nunca eu ia deixá-lo usar a magia de meu sangue.

— Eu matei mais de quinze soldados pra te tirar daquele batalhão. Eu matei a bruxa mais poderosa da zona da mata e...

— Eu não pedi nada disso.

Ele ergueu as sobrancelhas e cruzou os braços, com um sorriso irritante. Depois, tirou algo do bolso da jaqueta, um papel dobrado.

— Então vai embora, agora. Se tá tão ansioso pra voltar a ser putinha do exército. Ou coisa pior — cuspiu ele, empurrando o papel em meu peito.

Era um panfleto. Tinha escrito "compra-se sangue-raro" e, ao lado, um número enorme com um símbolo de dinheiro que eu não conhecia.

— Esse é o preço de um sangue-raro atualmente. Rita planejava te vender, depois que me matasse. Era o que ela fazia. Traficante de bicas. O serviço que ela me mandou fazer? Matar o rival dela. Eu podia só ter me livrado dela, mas resolvi fazer o serviço também. Sabe por quê?

— Porque gosta de cometer assassinatos.

Ele bufou. De costas para mim, indo para a saída, ele disse:

— Boa sorte saindo por aí sozinho.

E passou pela porta.

E caminhou até eu deixar de ouvir seus passos.

E fiquei sozinho. Com o panfleto na mão.

Meu coração acelerou. Lembrei das coisas que tinha ouvido no batalhão. Das coisas que tinha visto. Lembrei de como Paulinho usava meu sangue, e de todas as noites que fiquei sem dormir, na cela, pensando em meu sangue que saía em tubos e entrava na parede, imaginando o que deviam estar fazendo com ele.

"Cada um faz o que é preciso pra sobreviver."

— Espera! — gritei, correndo atrás dele no meio da rua.

Era uma rua cheia de casas abandonadas, casebres de madeira, apodrecidos, rachados, desabados. Ficava no alto de uma encosta, e subi no entulho de uma ruína para ver o rio correndo sujo lá embaixo, cheio de lixo, fedorento. Lá na frente tinha uma ponte caída, e percebi que a barreira estava colapsando aos poucos, com grandes rachaduras adentrando o barro, e no leito do rio tinha esqueletos de residências engolidas pela água havia muitos anos. Parecia o rio Capibaribe, mas me custava acreditar que dez anos trariam tanta destruição.

— Onde a gente tá? — perguntei, depois que ele me apressou para descer de lá.

— Várzea, Recife. O que restou dela.

Arregalei os olhos, sentindo um peso no peito. Era como se ele tivesse dito que alguma pessoa próxima falecera. E por quê? Aquela cidade não tinha sido nada para mim.

— O que aconteceu? — questionei, dando pequenas corridas para acompanhar os passos largos de Jorge.

Ele deu de ombros.

— O governo acabou com tudo, e quando não tinha mais nada pra eles, a água comeu o resto. Aqui ainda tá bom, no centro da cidade tá pior. Lá tem mais militares, também. É pra onde a gente vai, depois.

Se o centro da cidade estava pior do que aquilo que eu via, não queria ir para lá. A menção de ter mais militares me apavorou.

— Por quê... por que tu não pega meu sangue logo?

Havia outras coisas que eu não tinha coragem de perguntar, por temer a resposta. Por que ele estava cuidando de mim? Será que ele sabia o que precisava fazer para utilizar minha magia?

Ele parou de andar e me olhou por um instante. Depois baixou os olhos, avaliando meu corpo.

— Tu ainda tá muito fraco.

CAPÍTULO 11

— O exército usava meu sangue quando eu tava muito mais fraco que agora.

— Eles eram estúpidos. O feitiço fica mais forte com o sangue de uma pessoa saudável. Pegar o sangue à força mata a precisão. Não posso me contentar com isso, por isso que preciso que você me ofereça o sangue por conta própria.

Era por isso que ele estava cuidando de mim, então. Estava se aproveitando de mim. Queria que eu fosse grato, e me doasse...

— Não vou fazer isso por conta própria — ralhei, enojado. — Não quero que meu sangue seja usado.

— Tu vai mudar de ideia quando eu te der uma coisa em troca.

— O quê? Nada vai me...

— Vingança. Vou matar todo mundo. Esses desgraçados que te prenderam e te usaram. — Os olhos dele eram ferozes enquanto dizia isso. Escuros e abissais. Verdadeiros. — Me diz quem tu quer morto que eu te trago o sangue da pessoa.

Todos não tinham me usado? Me prendido? A vida inteira fui um refém dos outros. Se eu pedisse o sangue do mundo inteiro, ele traria?

— Não quero vingança. Eu só quero ser normal.

— Tu nunca vai ser normal, magrelo. Sempre vão querer algo de tu, por conta do que tu é.

Magrelo uma porra. Cruzei os braços, enfezado.

— E o que *tu* quer? — rebati.

— Eu? Eu quero encontrar minha filha.

Jorge levou as mãos para trás e puxou o capuz que estava pendurado nas costas da jaqueta. Então cobriu a cabeça, abaixou o rosto e apressou os passos.

***

Reconheci a avenida Caxangá assim que bati os olhos nela. Um dia fora uma das principais avenidas de Recife, no momento parecia apenas uma lembrança. A ponte caíra por cima do Capibaribe, os prédios altos ao redor pareciam desocupados, sem manutenção havia anos, cheios de rachaduras, alguns prédios comerciais haviam virado habitações precárias. Tinha pouca gente por ali, como se o lugar estivesse quase abandonado, possivelmente pelo perigo de morar perto do rio. Vi algumas pessoas caminhando ligeiramente, segurando sacolas, ansiosas para chegarem logo em casa. Também vi alguns homens parados em certos lugares, olhando para os lados. Vigias.

Fomos até a beira do barranco, ali onde deveria estar a ponte. Lá embaixo, na beira do rio, no ponto em que a maré deixara uma faixa de lama coberta por lixo, havia várias barraquinhas, tábuas e lonas no chão para as pessoas caminharem e diversas embarcações pequenas ancoradas, cheias de mercadoria.

— Não fala com ninguém — alertou Jorge, falando baixo.

Descemos por escadas de madeira escoradas no barranco.

Era uma feira de troca. Pela localização, supus que era ilegal. Porém, não vi armas, nem coisas que pareciam roubadas. Eram peças de arte, sobretudo arte popular, artesanato, peças de roupa e de decoração artesanais. Em algumas canoas vi comida, frutas e verduras frescas, o vento trazendo o cheiro de coentro até o nariz, por um segundo se sobrepondo à catinga de esgoto do rio.

— Fica aqui. — Ele me instruiu. Ergueu um pouco o capuz para que eu visse seus olhos. — Finja ser normal.

Ele apressou-se para as canoas que vendiam comida, equilibrando-se nas tábuas flutuantes que iam até elas.

O que danado era fingir ser normal? Eu não sabia, então olhei ao redor, observando o que as pessoas faziam. Sem querer encarar demais, aproximei-me de uma barraca que não tinha ninguém ao redor, pois tive medo das pessoas. Fazia tempo que eu não via tanta gente assim, e só o barulho daquelas centenas de vozes deixou meu coração apavorado. Então, tentei me distrair. O vendedor estava sentado sozinho em um tamborete, mexendo em alguma coisa. Quando cheguei perto, vi que era uma casinha esculpida em um pedaço de madeira. A mesa dele estava cheia de artesanato: pequenas esculturas de madeira e barro. Entre as peças, vi dois dançarinos de frevo, uma La Ursa e uma casinha de Olinda. Meus olhos se encheram de lágrimas. Lá do outro lado do rio, o lixo trazido pela maré alta, pendurado nos galhos, fazia os mangues parecerem árvores de Natal.

— Tem enriquecido com sangue, também — anunciou o vendedor.

Tentei manter o rosto neutro, relaxado, como se o que ele tinha acabado de falar fosse algo natural para mim.

— Lembra minha infância — disse, curvando-me sobre a mesa para ver as obras mais de perto. — É o senhor que faz?

CAPÍTULO 11

— Sim, mas o sangue não é meu, não. Pode pegar. E tu é daqui? Nunca vi.

— Sou, mas... me mudei faz tempo. Tô de passagem — menti, tentando parecer descompromissado, passando os objetos pelos dedos.

— E tá fazendo o que nesta cidade velha?

— Conhecendo. — Foi a primeira coisa em que pensei para dizer.

Olhei ao redor, fingindo uma curiosidade de turista. Era ridículo. Eu estava no meio de ruínas e lixo. Como se observasse monumentos históricos, olhei para o barranco, para a escada de madeira, para os escombros de casas lá na frente e as colunas derrubadas que um dia haviam sustentado a ponte Marechal Castelo Branco. Se não havia mais pontes, a que passaram dar os nomes de ditadores, colonizadores e genocidas?

— Os milicos derrubaram a ponte uns dois anos atrás — falou o homem como se me devesse explicações. — Eu apoiei. Lá no começo. Prometeram acabar com os coisa ruim e acreditei, mas aí deixaram a gente pra trás. Cadê o coronel Fagner, nosso herói? Ele é um frouxo, se me perguntar. A gente não pode nem fazer festa, fazer barulho, que eles vêm correndo acabar com tudo, com cassetete, metralhadora. Agora me pergunta o que os ricos tão fazendo sem que ninguém incomode.

— O quê?

O vendedor cruzou os braços e sorriu.

— Festa. Lá de casa escuto a música que vem daquele condomínio — reclamou.

Pelo que eu tinha entendido, o governo militar, ganancioso, esgotara as riquezas: sugara tudo para si, levara os sangues-raros, matara e torturara sabia-se lá quantas pessoas, deixando o resto ao léu, pobre, sem comida, sem nada. A cidade foi abandonada, e agora, sem dinheiro e governo, Recife ruía sob as enchentes frequentes. Só que eu não sabia até onde aquilo se estendia. Para o estado inteiro, para o país, para o mundo? Eu queria perguntar, mas se eu demonstrasse ignorância ou desse alguma informação que ele soubesse que era falsa, talvez ele associasse aquilo com eu estar sob cativeiro nos dez anos anteriores e anunciasse aos quatro ventos que havia um sangue-raro ali. Lembrei do cartaz que Jorge me mostrara, o preço de um sangue-raro. Se os outros lugares onde prendiam sangues-raros estavam tão vazios quanto meu batalhão, não havia mais muitos de nós por aí. Eles tinham conseguido, então. Livraram o mundo do mal. Contudo, o que havia restado?

— De onde eu venho tem muita poluição — arrisquei, lembrando das nuvens tóxicas que a bruxa Rita tinha mostrado.

Eu precisava transparecer que sabia de alguma coisa, que não era um completo ignorante.

— E é? — perguntou, surpreso. — Tu vem da zona da mata, então. *Ah, o progresso*. Me surpreende que as fábricas ainda funcionem. Eu lembro de uns anos atrás, quando falaram que a gente ia ser potência. Aqui já faliu tudo. O chão tá podre, mas o ar dá pra respirar.

Olhei para os vegetais na canoa. A água podre, o solo contaminado.

Espera.

Onde estava Jorge?

— A comida daqui é segura, viu — assegurou o vendedor, chamando minha atenção. — A água da torneira do bairro também. — Ele então se inclinou e falou, sussurrando: — A gente tem uma bruxa que purifica. Os milico não sabem.

— Ah — respondi, a boca de repente seca.

Assustei-me com a naturalidade que aquele homem falava que *uma bruxa* purificava a água que eles bebiam.

— Não se preocupe não, viu? Ela tá muito bem presa.

O homem me deu uma caneca de água, e a sede me fez segurar o objeto rápido demais. Ele se assustou, depois riu.

— Vocês têm muita sorte, então. Um sangue-raro que purifica água deve ser muito útil por aqui — eu disse.

Ele tinha mencionado apenas a bruxa. Então talvez o sangue-raro não estivesse preso. Talvez fosse tratado bem, afinal, ele purificava a água que dava vida àquele lugar. Queria conhecê-lo. Perguntar como era ajudar a população, qual a sensação de ser aceito apesar do que ele era, se não tinha peso na consciência. Aquilo era fascinante, o extremo oposto de tudo que eu já conhecera, e eu sentia o sangue borbulhar dentro de mim.

— E apois! Os desgraçados dos milicos fizeram os bruxos enlouquecerem por tudo que é lado, drenaram os sangue-raro tudinho, e agora não resta quase mais nenhum.

Paulinho uma vez me dissera que as escolas dos bruxos, nas quais eram doutrinados e treinados desde cedo, eram fábricas de assassinos loucos. Uma bomba-relógio, que demorara até demais para explodir. Olhei de novo para os barcos, sem ver Jorge. Só que tinha um fluxo constante de

CAPÍTULO 11

embarcações, então supus que ele tivesse ido pegar algo em outro lugar. Era aliviante não estar na presença dele. Um bruxo era sempre um perigo.

O vendedor se levantou e deu o braço para eu ajudá-lo a andar.

— Qual seu nome, rapaz?

— Caetano — falei.

Fazia muito tempo que eu não falava meu nome, e era reconfortante saber que eu não tinha esquecido.

— Hermeto — apresentou-se o homem.

Ele se locomovia com dificuldade e, com simpatia, passeou comigo mostrando as outras barracas. Apresentou-me aos vendedores e me enchia os olhos com as rendas, bijuterias, bonecas de palha, comidas típicas da região.

Se ele soubesse o que eu era, estaria me tratando daquele jeito?

Mesmo depois do caos, do exército, das perseguições, proibições, depois dos desastres, aquela gente continuava ali, sorrindo, produzindo artesanato, organizando feiras, encontrando razões para seguir vivendo, ignorando a cidade em ruínas ao redor deles. Era isso o que estavam fazendo enquanto eu era torturado em uma cela subterrânea por dez anos? Sentados em cadeiras de balanço fazendo bonecos de biscuit. Ninguém se importava. Ninguém foi buscar justiça, vingança, nem foram atrás dos mortos e desaparecidos. Não reconstruíram a cidade, nem resgataram os sangues-raros! Claro que não. Deviam estar melhor sem nós.

— Colar com gota de sangue-raro, afasta encosto! — berrou uma mulher.

— Carranca de sangue, expulsa visita indesejada de casa! — anunciou outro vendedor.

— Difusor de plasma, pra acabar insônia e ansiedade! — ofereceu-me um terceiro.

Havia coisas com sangue-raro por todos os lados. Se nos usavam tanto, talvez não nos odiassem mais. Parei em uma barraca que vendia xilogravuras. As imagens chamaram minha atenção, e eu queria me distrair daquelas coisas bizarras sendo vendidas. Eram cenários muito ricos, com personagens dançando, casinhas de Olinda, paisagens naturais. A tinta era vermelha, e me perguntei se era sangue também. A vendedora, uma mulher branca bem alta, de olhos verdes, ficou parada me encarando, como se eu fosse um fantasma. Ela não falou nada, nem me ofereceu o que vendia. Parecia me reconhecer de alguma forma. Saí de lá depressa, incomodado.

A música começou logo depois. Para minha surpresa, era coco de roda. A feira parou para festejar, e as pessoas foram logo formando um círculo ao redor da banda, que estava em um barquinho que mal comportava os cinco homens. Uma senhora negra de vestido azul cantava na beira do rio, na frente da banda, e tive que me segurar para não chorar diante de Hermeto. Até esqueci Jorge, minha angústia de ter que esperá-lo voltar (de onde quer que ele tivesse ido) sumindo por completo. Era a primeira vez que eu escutava música em dez anos.

Colocaram uma lona preta por cima da lama e as pessoas começaram a dançar. O ritmo do triângulo, do surdo, do ganzá e do pandeiro fez minha pele arrepiar e meu sangue ferver, e, vendo o povo entrar na roda, senti um desejo furioso por libertação. De repente, esqueci de tudo. Da raiva, do arrependimento, do medo.

— Vai lá, rapaz — disse Hermeto, incentivando-me a ir para a roda.

Eu não dançava desde os tempos de escola.

Dancei até meus pés doerem e minhas sandálias desgastarem. Dancei sozinho e dancei com um rapaz, também, sentindo uma proximidade carnal que me despertava um desejo colérico do qual eu fora privado durante os anos de cativeiro. O rapaz encostou as coxas suadas nas minhas, firmou os olhos ardentes nos meus, e senti o sangue ferver ao ponto de quase romper a carne. O nome dele era Marcelo, e uma hora ele me tirou da roda e me ofereceu uma lapada de cana. "É uma cachaça local", contou ele, faziam com a cana que ele ajudava a cortar, e ele, com os olhos meio tortos, e eu, com as pernas meio bambas, aproximamos as bocas que ardiam com a cachaça e com a vontade, mas fomos separados por duas mãos que me seguraram pelo ombro e me puxaram para trás.

— O que foi? — perguntou Marcelo, assustado. — Aqui eles não têm frescura com dois homens, não, fica tranquilo.

Achei que fosse Jorge, espumando de raiva por eu ter feito tudo, exceto o que ele me mandara fazer. A culpa foi imediata, e eu já sabia que tinha feito merda, afinal eu só fazia merda, e qualquer coisa que eu tocava dava terrivelmente errado. Só que quando olhei para trás apenas vi uma sombra flutuando diante de mim, dissipando-se como uma baforada de cigarro.

— Nada, tô esperando uma pessoa.

Ele riu como se não acreditasse em mim e disse:

— Bora lá pra casa. Já, já tem o toque de recolher.

Engoli em seco.

CAPÍTULO 11

— Toque de recolher?

— É, os milico tão dizendo que tem um bruxo solto por aí, matando todo mundo na beira do Capibaribe. São psicopatas esses bruxos, sabia? Fazem por diversão.

Mordi o lábio, tentando me acalmar e não tremer demais.

— É? E viram o bruxo por aqui?

— Relaxa, gato — falou Marcelo, dando um passo em minha direção e colocando um braço atrás das minhas costas, puxando-me para perto dele. — Tu tá seguro comigo. Vamo?

Olhei ao redor, o desespero escalando a garganta.

— E o sangue-raro? Me falaram que tem um por aqui. O bruxo... o bruxo pode ir atrás dele.

— Ele vive como um rei! — exclamou Marcelo, um sorrisão charmoso de um lado a outro do rosto. Os dentes bonitos, de quem comia alimentos sem contaminação, enfeitiçados. — Bruxo nenhum vai conseguir levar o sangue-raro. Vamo, eu apresento vocês dois! Tu vai gostar dele!

Marcelo me beijou e me puxou de volta para perto dele. Ele apertou minha bunda e me fez gemer. Porra, ele me fez feliz! Que o bruxo fosse preso! Era tudo culpa daqueles malditos! Agora eu tinha esperanças de não ser um erro. Eu queria ir com Marcelo, eu o queria, eu queria fingir que nada havia acontecido, eu queria fingir que o mundo não estava destroçado ao redor, queria rir, dançar, transar, queria ter uma chance de amar alguém, queria conhecer o sangue-raro, e queria viver como um rei, também.

— Vamo — respondi.

CAPÍTULO 12

Não saberia dizer quanto tempo fazia que eu estava naquela cela. Eu tinha dezoito anos e sentia que minha vida tinha acabado ali. Desde que me levaram de Arco Verde e arrancaram a cabeça de Paulinho, achei que nada de pior poderia acontecer comigo e aceitei o castigo. Não precisaram me dar nenhum tranquilizante, pois me entreguei. Nos primeiros dias também não me alimentaram, mantiveram-me naquela cela escura sem comunicação com ninguém, sem noção de tempo, de espaço, de realidade, talvez testando por quanto tempo eu resistiria.

Quando uma enfermeira apareceu pela primeira vez, eu a assisti em silêncio colocar em meus braços a agulha que me hidrataria com soro e a que tiraria meu sangue. Aprendi a diferenciar os dias quando ela entrava. Ela cheirava a sabonete, xampu no cabelo enrolado debaixo do quepe militar, os olhos inchados do início da manhã. Quando ela abria a porta de ferro, eu ouvia passos e vozes lá fora. Muito tempo depois, um soldado aparecia e verificava se eu estava vivo. Aprendi que aquilo era o turno noturno, quando ele abria a porta o silêncio era absoluto lá fora.

Foi na terceira noite que começaram a utilizar meu sangue. Acontecia quando eu estava dormindo, e eu nunca vivenciara aquilo com Paulinho porque quando ele usava meu sangue eu estava inconsciente, desmaiado de fraqueza. Não descansávamos muito naquela época, em Arco Verde. Com medo, com calor, com tesão. E ele dizia que se fizesse a magia comigo

CAPÍTULO 12

acordado poderia ser perturbador demais para mim. Que eu poderia não só ver tudo que ele via, mas também sentir. Porém, enfim, ali nas instalações subterrâneas do exército, aconteceu com frequência. De início, eu achava que eram sonhos. Sonhos vívidos, mas de certa forma nebulosos. Era como se eu pudesse tocar fragmentos de lembranças.

Vi um homem subindo em um balanço de criança, pendurado em uma árvore, e colocando uma corda no pescoço. Vi uma mulher entrando nos fundos de um restaurante, abrindo uma porta em uma estante falsa e levando comida para pessoas que a esperavam sentadas em camas improvisadas. Vi uma família assustada saindo de casa no meio da noite, abaixados para que os vizinhos não os vissem, a mãe chorando pedindo para os filhos fazerem silêncio, e entrando em um carro. Eram vários assim. Lembrava de todos quando acordava: eram angustiantes, eu conseguia sentir o que aquelas pessoas sentiam: a ansiedade, o desespero, o pavor. O pior era não saber quem eram as pessoas, por que eu estava sonhando com elas, por que os sonhos pareciam tão reais.

***

Certo dia, a enfermeira não apareceu e um soldado entrou na cela, barulhento e bruto, anunciou que eu seria levado para o banho de sol, segurou-me pelo braço e me guiou pelo corredor. Ele usava luvas. Enquanto eu lutava para fazer as pernas funcionarem, enquanto sofria com a dor do aperto no braço, ele gritava o tempo todo, mandando que eu me apressasse.

Minha cela era uma das últimas no corredor escuro, em formato de túnel, com um teto arredondado de pedra e algumas luminárias penduradas aqui e ali. Havia dezenas de grandes portas de metal em ambos os lados do estreito corredor, iguais à de minha cela, e a maioria estava aberta e vazia.

No fim do caminho, o soldado abriu uma grade e me puxou escada acima. Ao fim dos degraus, tinha uma porta de madeira enorme, entreaberta, e ele empurrou, deixando a luz do sol passar.

Fechei os olhos, desnorteado com a claridade, e continuei a andar, tropeçando, sendo puxado pelo milico. Eu estava descalço e comecei a sentir grama nos pés. Quando ele me soltou, abri os olhos.

— Você tem quinze minutos — informou ele.

Eu estava no meio de um grande pátio cercado por uma construção octogonal robusta. Era um forte militar colonial, com paredes pintadas de branco e grandes arcos, além de palmeiras imperiais plantadas no gramado central, lembrei de uma excursão da escola para um forte como aquele, no centro de Recife. Na época, era um museu sobre a história militar da cidade; agora, uma nova história tomava curso.

Perambulando no gramado, olhos cerrados, gotículas de suor na testa, seres como eu, espelhos ambulantes (os outros sangues-raros que também passaram a ter o direito de um banho de sol escaldante). Eram espelhos porque, por mais que eu não visse meu reflexo havia muito tempo, sabia que eles espelhavam meu estado físico: magreza extrema, cabelo raspado, lábios rachados, olhar vazio, feridas abertas nos braços. Como eu, usavam batas brancas, como de hospital, e pareciam não saber o que fazer. Perguntei-me se eles também tinham feito coisa errada, se tinham fugido do exército e se escondido com um amante por um ano.

Ao redor, abrigados na sombra, os soldados conversavam com as enfermeiras, que estavam todas reunidas sentadas em um banco de cimento, fumando e lanchando, rindo, contando piadas, ignorando-nos. Demorei para ver minha enfermeira. Um soldado estava em pé ao lado dela, tentando puxar assunto, e ela o ignorava e olhava para nós. Parecia a única preocupada.

— Tu sabe onde a gente tá? — sussurrou alguém a meu lado.

Não quis responder. Parecia errado falar. Falar com um sangue-raro. Só que fazia tanto tempo que eu não dizia uma palavra sequer...

— Num forte. Não sei onde — respondi, olhando, assustado, para os soldados.

Nenhum nos dava atenção.

— Meu nome é Glória — apresentou-se ela.

— Caetano.

— Aquele é Maia. E aquela é Adriana.

Olhei para as pessoas que ela apontou com o nariz, e elas acenaram com a cabeça, enquanto continuavam a andar devagar. Além delas e de Glória, havia mais dois sangues-raros, que não nos deram atenção.

— E eles? — perguntei.

— Não falam — respondeu Glória. — Acontece, com o tempo.

— Tem mais de nós? — questionei, caminhando ao lado de Glória, vez ou outra lançando um olhar aos soldados e enfermeiras. — Vi algumas celas fechadas.

— São os que tão mais tempo aqui. Não andam mais.

CAPÍTULO 12

— Quanto tempo tu tá aqui? — indaguei.

— Cinco meses. — Glória contou nos dedos. — Maia tá há mais tempo, Adriana chegou na mesma época que eu. Tu foi o último a chegar.

— A gente precisa sair daqui — interveio Maia, metendo-se na conversa.

Glória riu. Sentia pena dele, e tive a impressão de que ela já tivera essa conversa outras vezes.

— Ei! — gritou um soldado de longe, jogando uma bituca de cigarro em nossa direção.

Glória se afastou de mim depressa, e terminei o banho de sol sozinho, olhando para o chão, assistindo ao suor pingar no gramado e secar. Eu acreditava que havia uma razão para aquilo tudo.

***

O segundo banho de sol foi depois de quinze dias. Daquela vez, um dos silenciosos não estava lá. Maia e Adriana me cumprimentaram.

Sentamo-nos na grama; era um dia nublado e o sol não estava muito desconfortável. Os soldados estavam distraídos com as enfermeiras (eram quatro delas) e não se importaram com a rodinha de conversa.

— A gente tem que fugir — repetiu Maia naquele dia. — Só tem quatro enfermeiras, seis soldados.

Sua voz era baixa e áspera. O braço dele era o pior de todos nós, as feridas por onde enfiavam os tubos estavam infeccionadas, veias escuras subindo pelo braço.

Daquela vez, fui eu que ri. A risada foi dolorosa, cheia de catarro.

— E ir pra onde? Não temos pra onde ir. Este é nosso lugar — contrapus.

— Não tem como fugir, Maia — declarou Glória. Então, olhou para mim e explicou: — Já falei pra ele que é muito perigoso. Tem bruxos aqui. — Ela apontou com o nariz para um lado do octógono. — Eles ficam ali. Tiram o sangue da gente, levam pra eles testarem e fazerem bruxaria.

Franzi o cenho. Bruxos com sangues-raros? Paulinho não me dissera nada disso. Parecia errado. Era doloroso pensar em Paulinho.

— Eu acho que a gente tá mais seguro aqui do que lá fora — adicionou Adriana. — E não tem bruxos aqui dentro. Eles ficam em outro lugar, um lugar horrível.

Eu quase disse que aquele lugar também era horrível, mas talvez houvesse prisões piores.

— Como tu sabe? — perguntei.

— Adri ouviu histórias — explicou Glória.

Não tinha ironia em seu tom, mas percebi que ela não acreditava.

— Não ouvi. Eu *vi* — insistiu Adriana. — Os bruxos são demônios. De uma crueldade que só monstros conseguem ter. O que a gente tem dentro do corpo é ruim, nosso sangue é impuro, amaldiçoado. Os bruxos se alimentam desse mal. O exército tá nos ajudando, canalizando essa ruindade e usando o poder da bruxaria pra fazer o bem, pra nos salvar, salvar nossa família. A gente tá ajudando a fazer um país melhor, aqui. Tem bruxo solto por aí; eles capturam sangues-raros e fazem banquetes pra satanás, orgias, fazem sabá, sequestram criancinhas, torturam gente como a gente pra fazer o mal com o sangue. O exército acabou com isso. Eles são os verdadeiros heróis.

Trinquei os dentes, lembrando do herói que havia cortado a cabeça de Paulinho com um facão.

Glória estava com um sorriso irônico no canto da boca e a sobrancelha arqueada.

— Eu vou sair daqui — afirmou Maia, ignorando tudo que Adriana falara.

— Querido, é uma ditadura militar — salientou Glória com um tom paternalista que pareceu irritar Maia. — E é só o começo. Faz quanto tempo que começaram a capturar sangues-raros? Um, dois anos? A maioria de nós conseguiu se esconder até agora, mas quanto mais capturam, mais poder eles têm, e as coisas só vão piorar daqui pra frente.

— Ouvi falar de uma Aliança — cochichei. Queria tirar aquela ideia de fuga da cabeça deles. Nosso único jeito de sair dali era se comportando, obedecendo para que eles soubessem que não éramos um perigo. Não precisavam nos amarrar, e não teriam motivos para nos tratar mal. — Um acordo do exército com uma sociedade secreta, uma seita, que pratica bruxaria. Usam magia há muito tempo, e agora o exército os usa. Tão em todo lugar, agora.

— Isso não é verdade — contrapôs Adriana, bufando. Estava vermelha, eufórica. — Cristo e o Exército tão lado a lado. A bíblia é o verdadeiro poder. Deus tá em todo lugar. Essa história de seita é mentira, a Igreja tá no comando! — Ela se levantou, gritando. Enfiou os dedos nas próprias

CAPÍTULO 12

feridas do braço e começou a abri-las. — Jesus está voltando, Jesus vai acabar com todos os invólucros do mal, com toda feitiçaria! Senhor, usa meu sangue! Faz de mim tua ferramenta!

Os braços de Adriana começaram a jorrar sangue, respingando em nós, e ela caiu no chão, gritando e se debatendo. Quando os soldados e enfermeiras chegaram, correndo, a boca dela espumava e os olhos estavam revirados, brancos.

***

O banho de sol seguinte foi quinze dias depois. Enquanto era levado para fora, vi que no corredor da prisão havia ainda mais celas fechadas. No pátio, Adriana não estava, nem Maia. Glória sorriu quando me viu. Ela não tinha mais dentes, seus olhos estavam muito vermelhos e, a nosso lado, caminhavam cerca de seis pessoas novas.

Transitamos entre elas, apresentando-nos, ouvindo suas histórias. Em nenhum momento as lágrimas deixaram de escorrer por meu rosto, enquanto me contavam como se esconderam, como foram encontrados. Algumas das pessoas me pareceram familiares, e cheguei a me perguntar se era gente do bairro em que eu morara, até que percebi que eram fisionomias que eu recordava dos sonhos. Falavam das crueldades dos soldados, das torturas, das famílias mortas na frente deles. Nessas horas, eu olhava para os militares, e lá estavam eles, sorridentes, fumando com as enfermeiras.

Quando perguntei da Aliança, meus novos companheiros de prisão não sabiam responder, nunca ouviram falar. Lá fora, achavam que os bruxos estavam sendo mortos e os sangues-raros isolados da sociedade. Não sabiam que os militares estavam fazendo bruxaria. Talvez Paulinho estivesse errado. Ou tinha mentido. Talvez houvesse bruxaria para o bem. *Odeie o pecador, mas ame o pecado.*

***

— Caetano, eu descobri o que fazem com meu sangue — murmurou Glória em um dos nossos últimos encontros.

— O quê? — perguntei.

— Esterilizam pessoas. Fazem uma espécie de poção que apodrece o útero por dentro em poucos minutos. Algumas pessoas morrem de infecção, as que sobrevivem nunca poderão ter filho. Controle populacional. Eu sou responsável por isso.

Não respondi nada. Depois, eu me arrependeria. Só que também me sentia culpado pelo que faziam com meu sangue.

***

A enfermeira passou a tremer enquanto fazia o trabalho em minha cela. Quando vinha substituir o soro, limpar minhas feridas, trocar minha fralda, não mais cheirava a sabonete e xampu, tinha cheiro de cansaço e medo.

Eu já tinha parado de contar os dias e as noites, já tinha passado a odiar os banhos de sol, pois a cada vez que eu ia, havia mais sangues-raros, e aqueles com quem eu já tinha certa convivência apareciam cada vez piores até não aparecerem mais. Percebi que a enfermeira estava preocupada comigo. Antes, ela apenas entrava, fazia o que tinha que fazer e ia embora, sem contato visual. Daquela vez olhou para mim, permaneceu alguns segundos parada, e quando eu me virei para ela, a mulher logo foi embora, mas não antes de eu reparar sua sobrancelha franzida e curvada.

— Que foi? — questionei, na outra vez que a peguei olhando para mim com pena.

Ela não respondeu, foi embora sem trocar minha fralda, e fiquei sozinho de novo.

— Tu precisa dormir — declarou ela, alguns dias depois.

Eu não conseguia mais dormir, não queria mais ver aquelas pessoas. Pessoas fugindo, pessoas escondidas, pessoas morrendo. Todas com muito medo, com fome, com dor de perdas irreparáveis.

— São os sonhos — falei. — Não consigo.

Ela não respondeu. Foi embora. No outro dia, perguntei, com medo da resposta:

— O que são esses sonhos?

Só fui respondido dias depois. Era um dia de banho de sol, eu disse ao soldado que não queria ir e ele chamou a enfermeira.

Ela apareceu, desconfiada, olhando para a porta fechada atrás dela. Então se abaixou e tirou um pacote de debaixo do vestido. Estava embalado em um papel pardo. Quando abriu, vi que era um pão.

CAPÍTULO 12

Comi sem me questionar se eu deveria confiar nela. Era pão com mortadela, e meus olhos encheram de lágrimas quando senti a textura e o sabor. Eu não mastigava nada desde que chegara ali.

— Coma devagar — orientou ela. — Descobrimos o que fazem aqui.

Não respondi, não tinha forças, nem queria. Eu só queria comer o pão em silêncio. Ela continuou a falar:

— Não são sonhos. São vislumbres.

— De quê? — perguntei, com a boca cheia.

— Das pessoas que eles estão procurando.

Ela tirou um frasco de vidro de dentro do sutiã e pediu para eu abrir a boca. Pingou algumas gotas em minha língua. Era doce.

— Para te ajudar a dormir. É natural, não vai afetar o sangue.

A enfermeira tinha razão. Naquele dia fiquei mais calmo e dormi sem sonhos. Sem os vislumbres das pessoas que os militares procuravam. Era aquilo, então, que os bruxos viam quando usavam meu sangue: o último paradeiro dos inimigos políticos, dos gays, das travestis, das putas, dos professores, dos militantes, dos artistas, dos sangues-raros.

Ela continuou a levar pão e as gotinhas que ajudavam a dormir. Às vezes, levava biscoito ou um pedaço de bolo. Só que não era todo dia, e nos dias que ela não levava, eu tinha os vislumbres. Eram cada vez piores, e imaginava que era porque o cerco estava se fechando cada vez mais para as pessoas que iam contra o exército.

— Não aguento mais — clamei, antes de abrir a boca para ela pingar as gotinhas.

Era uma coisa que eu vinha guardando havia algum tempo, mas estava difícil. Eu não tinha sido castigado o suficiente? Quanto ainda queriam tirar de mim?

Ela assentiu. Não devia aguentar mais, também. Tinha os olhos inchados, olheiras cada vez mais fundas e pesadas.

— Caetano, me desculpe — disse. — Eu não sabia o que faziam aqui. Achava que era para teu bem, mas eles enganaram todo mundo.

— Eles quem?

— O exército, o governo, as igrejas, todo mundo. Enganaram o povo. Estão falando agora de uma Aliança. Exército e um grupo de poderosos que ninguém sabe quem é. Pegam o sangue de vocês e mandam bruxos fazerem feitiços. O que aconteceu com o país sem bruxaria, que tanto pregaram? Agora tomaram conta de tudo, estão destruindo tudo. Hoje era para ser carnaval, Caetano, mas não tem mais. Dizem que essas festas mundanas envenenam o sangue das pessoas.

Não prestei mais atenção ao que ela disse. Fiquei preso em uma informação: "Hoje era para ser carnaval". Já fazia dois anos que eu fora tirado de casa.

— Minha mãe me chamava de invólucro do mal. Foi o padre da igreja dela que disse isso. Ela não foi enganada, ela quis acreditar — rebati.

— Muita gente se arrependeu. Eles disseram que combateriam o mal, mas apenas estão usando o mal para o próprio proveito.

— Não é tarde demais pra se arrepender?

Para mim, era.

— Não — retrucou ela, e colocou um bisturi em minha mão. — Escute. O coronel Fagner está voltando. Ele vai ficar aqui; essa é a unidade mais importante da região. Não sei bem o motivo, mas imagino que seja por tua causa. Teu sangue é muito valioso para eles. O que eu quero dizer é que o coronel não é um homem bom. Contam histórias sobre ele. As coisas vão ficar bem mais difíceis por aqui. Provavelmente vão aumentar a segurança, também. Então, Caetano, preste atenção. Hoje vou esquecer a porta destrancada. Conte dez minutos e saia. Eu e as enfermeiras vamos cuidar dos soldados — sussurrou ela, perto de meu ouvido, colocando uma bata dobrada e um bisturi do lado de meu travesseiro. — Seja rápido.

Considerei não fazer nada, mas se aquela fosse minha chance de reparar as coisas?

Contei os segundos como em um filme que eu tinha visto havia muito tempo: *um mississipi, dois mississipi, três mississipi...*

Perto do seiscentos, arranquei as agulhas do braço e levantei-me. A porta estava destrancada, mas era pesada e a abri com dificuldade.

No corredor, encontrei outros prisioneiros saindo das celas. Também estavam de bata, segurando um bisturi, também tinham mãos trêmulas, olheiras, cabelos raspados e pele ressecada. Também tinham medo no olhar, e um fundo de esperança.

Éramos sete correndo na direção da escada, alguns ficaram para trás — por trás das portas fechadas devia ter gente sem forças para se levantar, à beira da morte. Talvez alguém que acreditasse merecer estar ali, por ser um invólucro do mal. Glória segurou minha mão, e abrimos juntos a porta.

Tinha uma enfermeira do lado de fora. Eu a tinha visto algumas vezes durante os banhos de sol. Ela disse, apontando para uma passagem em formato de arco alguns metros à frente:

CAPÍTULO 12

— Por ali, rápido.

— E os soldados, cadê os soldados? — perguntou Glória.

Ela estava agitada, eu sentia sua mão fria e trêmula.

— Cuidamos deles — contou a enfermeira, tirando uma seringa vazia do bolso do jaleco.

Ela não disse o que era, não tínhamos tempo para isso, mas imaginei que deviam tê-los drogado. Talvez fosse uma droga de curto efeito, por isso que precisávamos ser rápidos. Meu Deus, o que eu estava fazendo? Aquilo não daria certo.

Outra enfermeira nos aguardava no arco. Era a enfermeira que cuidava de mim. Percebi que não sabia o nome dela e me senti mal por não ter perguntado antes. Ela nos apontou o caminho.

— Por ali. Tem um caminhão esperando — sussurrou, nervosa. — Veio para buscar os galões de sangue, mas está vazio para caber todo mundo. Só temos alguns minutos.

"Os galões de sangue."

Começamos a correr, e Glória soltou minha mão. Quando me virei, vi que ela havia parado.

— Que foi? — perguntei, voltando para puxá-la comigo.

Os outros já tinham corrido com a enfermeira.

— É aqui. É aqui que eles ficam — exclamou Glória, referindo-se a um corredor escuro que partia ali do lado. — Os bruxos.

— Não tem nada disso aí. Vambora — insisti.

Olhei na direção do pessoal, e já tinham sumido de vista.

— Não. Vai você — vociferou Glória, erguendo o bisturi e entrando no corredor.

Eu não podia ir embora e deixá-la sozinha. O que ela esperava, afinal, indo enfrentar bruxos com um bisturi e músculos definhados?

O corredor era cheio de portas e janelas de vidro. Percebi que era uma construção nova, com paredes de gesso, diferente da estrutura de pedra do forte. Um anexo. As salas que davam para o corredor estavam com as luzes apagadas, mas ainda assim consegui ver que eram salas de aula: cadeiras enfileiradas, lousas, armários. Glória parou lá na frente, olhando para alguma janela, pela qual saía uma luz branca que iluminava seu rosto.

Corri até lá e segurei seu braço. Ela olhava para uma sala de aula, mas, ao contrário das outras, aquela estava cheia de estudantes. Era como Paulinho tinha me dito: os centros de treinamento pareciam escolas normais, com um professor na frente de uma lousa, carteiras, alunos sentados. Entretanto, em vez de livros, havia tubos de ensaio com sangue diante das crianças. Era ali que aprendiam a desvendar e utilizar o sangue, aprendiam os feitiços, as receitas, os protocolos. Era ali que eram ensinados a matar, roubar, mentir, odiar. Era ali que desumanizavam os sangues--raros, ensinando que éramos apenas uma bolsa de sangue, um bicho a ser caçado.

Eram crianças pequenas, de seis a oito anos, pareciam confusas e assustadas. Estavam sozinhas, as enfermeiras deviam ter *cuidado* do professor também. Do lado de fora da porta, tinha uma chave enfiada na fechadura.

— São crianças — argumentei com Glória. Não havia bruxos para matar ali. — Vambora.

Glória me empurrou, destrancou a porta, ergueu o bisturi e entrou na sala.

Eu ia segui-la, mas ela pegou a chave e fechou a porta por dentro.

Ela pegou uma criança da primeira fila pelo cabelo.

Quando ela ergueu o bisturi, fechei os olhos. Não queria ver, e o barulho dos gritos dos alunos me deixou horrorizado.

Corri, deixei-a para trás, talvez eu ainda tivesse chances de fugir dali, de alcançar os outros fugitivos, as enfermeiras, o caminhão. Ainda escutava os gritos das crianças quando saí do corredor e me dirigi à saída.

O coronel Fagner entrou pelo grande portão de ferro que selava a fortificação.

O uniforme dele era muito mais bem acabado e trabalhado do que o dos demais soldados, mas era folgado no corpo. Exibia uma careca brilhosa, lustrada como os coturnos, e um bigode preto que ocultava a boca. Estava escoltado por militares muito maiores que ele e, a seu lado, de quatro, estava um homem acorrentado pelo pescoço, sendo puxado pelo coronel como se fosse um cachorro. Os punhos dele estavam fechados e sangravam. Não trajava roupa, só a máscara de couro preta, a coleira do mesmo material e os coturnos iguais ao do homem que segurava sua corrente.

Atrás deles, aos tropeços, sendo empurrados por pontas de fuzis, meus colegas fugitivos e as enfermeiras cúmplices, traidoras da pátria.

Eu estava parado no meio do caminho, sem saber como reagir. O coronel olhou para mim e ordenou que um soldado me buscasse. Fui levado, junto aos outros de sangue raro, para o meio do pátio, onde antes era nosso lugar de confraternização. Enquanto eu era levado, olhei para o

CAPÍTULO 12

corredor que dava para as salas de aula e vi Glória. Ela estava morta, toda ensanguentada, sendo puxada pelos braços pelas crianças.

O coronel usava um cinto esquisito. Grande, cheio de compartimentos, como um cinto de utilidades. De um dos bolsinhos ele tirou uma ampola com um líquido vermelho, velas e entregou ao cachorro humano. O cão se levantou e, solto da coleira, andando com duas pernas, o pênis dele exposto sem pudor como se fosse um animal, pegou a ampola e foi até os soldados que tinham sido envenenados pelas enfermeiras.

O cão passou o líquido vermelho nos olhos dos soldados, acendeu uma vela preta e deixou a cera pingar na testa de cada um deles. Enquanto isso, eu e os outros prisioneiros tremíamos de medo; alguns choravam; as enfermeiras rezavam, pediam perdão, misericórdia; alguém me abraçou. A chama da vela ficou preta, e o cão assoprou, apagando-a. Na mesma hora, os soldados acordaram e se levantaram, e só então percebi que o homem de coleira era um bruxo.

Os soldados acordados pela magia, com a cera preta colada na testa e os olhos sujos de sangue fuzilaram as enfermeiras em nossa frente. Logo depois, a cera caiu dos olhos deles e eles tombaram no chão, mortos outra vez. Fomos levados de volta à cela, sujos com os respingos de sangue das mulheres que tentaram nos salvar, e com o eco dos tiros dos mortos-vivos que as alvejaram ressoando na memória.

***

A partir de então, permaneci acorrentado na cama. Uma nova enfermeira passou a vir todos os dias. Ela nunca falou comigo naqueles anos que fiquei lá. Eu não contava mais os dias, e sim os anos. Eu sabia que um novo ano havia passado porque era a única folga dela: naquele único dia a enfermeira não aparecia e, à noite, eu ouvia a queima de fogos. Contudo, uma hora isso também parou de acontecer: talvez não comemorassem mais o Réveillon.

Aquela enfermeira parecia um robô. Sem alma, sem personalidade, sem emoções. Provavelmente tinham tirado mais do que a folga de fim de ano dela. O carnaval, o verão, as festas, os amigos, a coragem de lutar por tudo aquilo. Talvez tivessem tirado a família dela também. Proibindo-a de ser quem era, de se expressar como queria, impedindo-a de ter desejos, esperança, alegria. Ela era como eu, apenas um casco, um invólucro, a serviço de armas e feitiços. Tentei cultivar algo dentro de mim, para que eu não sumisse, vazio, mas tudo o que restou foi raiva.

Até que ouvi bombas, e não eram fogos de artifício. eu não sumisse, vazio, mas tudo o que restou foi raiva.

Até que ouvi bombas, e não eram fogos de artifício.

CAPÍTULO 13

O sol começava a se por quando saímos da roda de coco, e Marcelo me fez andar mais rápido, antes que os milicos começassem as rondas. Quando subimos a escada para sair da feira, dei uma olhada à procura de Jorge. O bruxo tinha me abandonado. Ou tinha sido capturado.

Foi naquela hora, por conta da vertigem, que percebi que eu estava mesmo bêbado, *nós dois estávamos bêbados*, e corremos por ruas estreitas de mãos dadas, rindo, tropeçando nos próprios pés. Vez ou outra, Marcelo parava e me imprensava em uma parede. Eu sentia o pau dele duro contra o meu, e minha boca aberta buscava ar, buscava a língua dele, e meu sangue fervia em desespero, e eu esquecia de que era um sangue-raro, que tinha me teletransportado para ali com bruxaria, aí ele me puxava, dizia que era perigoso ficar na rua, e voltávamos a andar, suprimindo o riso. Ele morava em uma espécie de fazenda, que um dia fora um campo de golfe e, em troca de trabalho, o povo morava ali dentro, naquelas casinhas simples que haviam construído ao redor das pequenas plantações e dos pequenos lagos de água limpa.

Dentro da propriedade, ele disse que eu poderia relaxar.

— O exército não entra aqui?

Ele riu.

Claro que não. O proprietário tinha dinheiro demais para aquilo.

Marcelo apontou onde era a casa dele, mas passamos direto, tinha gente dormindo lá e ele não queria que eu acordasse ninguém com meus

CAPÍTULO 13

gemidos. Dei uma gargalhada — era a primeira vez que eu escutava meu próprio riso em dez anos —, e ele me agarrou e me beijou. Fomos para uma mata no fim do terreno, e ele me mostrou onde era a casa do proprietário, uma mansão no alto de uma pequena colina. Ele disse que a bruxa ficava lá, também.

— O sangue-raro fica por ali. — Ele apontou para outra direção. — É um ótimo lugar pra pegação, também.

Aquilo era errado, meu Deus, aquilo era tão errado. Só que eu não conseguia parar. Eu não queria parar. Enfim alguém me tratava como se eu fosse normal. Eu queria mandar todos se foderem, meus pais, o padre, os soldados, o bruxo.

Saímos do caminho que cortava as hortas e entramos em uma trilha cercada por mata.

Fui atrás de Marcelo, segurando a mão dele, sem enxergar absolutamente nada. Andamos por alguns minutos até que chegamos a um descampado. No centro havia uma pequena construção similar a um estábulo, com paredes de tijolo e um telhado cheio de lodo, e um homem sentado em uma cadeira, segurando uma espingarda, cochilando. Holofotes iluminavam tudo.

— Quero te comer do lado do sangue-raro — murmurou ele, gemendo em meu ouvido.

Por um segundo, não entendi o que ele quis dizer. Tentei soltar a mão dele, incomodado não pelas palavras sujas, mas pela menção ao sangue-raro como se ele fosse um objeto, mas Marcelo me segurou e me puxou para o estábulo.

O segurança acordou quando passávamos ao lado dele, e deu uma piscadela para Marcelo.

— Seja rápido — falou o homem armado. — Capturaram o bruxo; a noite vai ser movimentada.

Nem tive tempo de assimilar o que o guarda tinha dito, pois assim que entrei debaixo daquele teto, vi o sangue-raro.

Ele não tinha braços nem pernas, seus membros haviam sido serrados, as extremidades eram protuberâncias cheias de cicatrizes. Ele estava suspenso no teto por arreios que amarravam o torso nu. A boca e os olhos dele eram costurados, e eu só sabia que ele estava vivo por conta do tubo que saía do coração dele, bombeando sangue para um barril de inox embaixo do corpo. Ao redor havia latinhas de cerveja, bitucas de cigarro, camisinhas usadas, pinos de cocaína.

Caí de joelhos e vomitei. O vômito saiu rasgando, queimando feito aguardente.

— Oxe, viado, nunca visse uma bica, não? — comentou Marcelo, rindo.

Olhei de novo para a pessoa amarrada. O sangue pingando pelo tubo, feito uma bica.

Era aquilo que eu merecia? Virar um pedaço de carne pendurada num açougue? Mesmo tentando ser normal, eu merecia aquele escárnio, aquela risada debochada? Um viado, uma bica, um infeliz.

Gritei e pulei em cima de Marcelo.

Rugi feito um animal, segurando o pescoço dele, apertando-o contra o chão. Por um segundo, virei o monstro que todos achavam que eu era.

— O que é isso?! O que tão fazendo com ele? — gritei, chorando, soluçando, tentando evitar olhar para o sangue-raro.

Não deixei Marcelo responder, eu já sabia a resposta. Eles nos odiavam. Odiavam sangues-raros e bruxos, pois tínhamos destruído a vida normal deles.

— Saia de cima dele — falou uma voz lá da entrada.

Era o segurança, apontando a arma para mim. Devagar, soltei o pescoço de Marcelo, que agonizou em um acesso de tosse, e me levantei.

Havia sido pego, e agora só restava correr. E torcer para que o tiro me matasse.

Comecei a me mover e vi o segurança se preparar para atirar. Só que algo o atingiu na cabeça, e ele caiu, o tiro acertando o teto.

Eu me agachei quando os pedaços de telha caíram em cima de mim e corri.

Na entrada, ao lado do segurança caído no chão, estava Jorge, esperando-me. Ele segurava uma faca, e a mochila estava pendurada nas costas. O segurança sangrava na barriga, no ponto em que o bruxo o esfaqueara.

— Vamo logo — incitou Jorge, apressando-me.

— Onde tu tava esse tempo todo?

Jorge ergueu a sobrancelha, demonstrando que a pergunta o insultava.

— Eu fui capturado. Alguém... algo, me soltou. E você, tava fazendo o que esse tempo todo?

Olhei para Marcelo de relance. Depois, desviei rápido o olhar para meus pés.

— Eu... eu...

— Como imaginei.

CAPÍTULO 13

— Vamo logo embora — bradei.

Senti ódio, dele, dos outros, de mim. Quis gritar. Tudo que eu queria era gritar. Até minha garganta romper, até eu me desmanchar.

— Vai deixar o homem assim? — questionou Jorge.

Olhei para o sangue-raro. Era horrível, não conseguia encará-lo por muito tempo. O que o bruxo estava sugerindo? Matá-lo? Eu já tinha visto mortos demais. Semelhantes a mim, todos com finais trágicos. Era como nos filmes. Era nosso único final. Pensei em Glória, em Amaro, em mim mesmo. E se eu tivesse passado dez anos daquela forma?

Jorge estendeu a faca para mim.

— Não consigo — admiti, fechando os olhos e virando o rosto.

Eu não era um assassino. Eu não era um monstro. Eu precisava ser bom. Ser bom *o tempo todo*, para compensar minhas falhas.

— Uma hora tu vai ter que assumir o que tu é — declarou o bruxo.

Abri os olhos, sem compreender o que ele queria dizer com aquilo.

Sem hesitação, ele caminhou até o sangue-raro e abriu um corte perfeito no pescoço do cativo. O meu semelhante nem tremeu: aceitou em paz o destino, calmamente deixando-se ser esvaziado.

Ouvi a arma sendo carregada atrás de mim. Virei-me depressa, e vi o segurança de pé, apontando a arma em minha direção. Sua roupa estava toda empapada de sangue, porém ele ainda tinha forças.

— Não atira nele! — gritou Marcelo. Tinha recuperado o fôlego, mas ainda estava no chão. — É uma bica; o patrão vai querer.

O segurança pegou um rádio e falou com alguém. Marcelo estava com um sorriso prepotente. Havia quanto tempo que sabia que eu era um sangue-raro? Havia quanto tempo que estava me enganando? Se tinha tanto ódio de gente como eu, como fora capaz de enfiar a língua dentro de minha boca? O ódio era recíproco, senti o sangue ferver dentro de mim, lembrei do que Paulinho me dizia. "Nunca fique confortável." Por que tinha que ser assim? Por que eu não podia confiar em ninguém, não podia ficar confortável, por que eu não tinha direito a nada disso? Era cansativo demais. E graças a gente como aquele desgraçado.

Jorge estava parado feito uma estátua. Quando viu que eu olhava para ele, baixou os olhos para a mão. Segurava a faca.

— *Vai* — sussurrou alguém em meu ouvido.

Era aquela sombra, eu sabia. Não me virei para vê-la, mas a sentia. Estava ali, pairando a meu lado, assombrando-me. Lembrando-me que eu não era normal, que eu era uma aberração aterrorizando o mundo dos comuns.

Corri até Jorge e peguei a faca da mão dele. Com um movimento rápido, cortei o pescoço de Marcelo, que nem teve tempo de gritar. Então fui na direção do segurança, que estava morrendo de medo de mim, sem poder atirar, e ele saiu correndo, pois meu sangue era maldito, infectado, doente, e eu era o invólucro do mal. Senti-me muitíssimo bem. Poderoso. Pela primeira vez, ser temido salvara minha vida.

— Vamo — disse Jorge, segurando minha mão.

Ele tinha um sorriso orgulhoso, e aquela aprovação era tudo que eu precisava no momento.

Ele estendeu a outra mão para que eu devolvesse a faca e assim o fiz. Percebi o quanto eu tremia. Na verdade, chacoalhava, e estava coberto de sangue, meu e de Marcelo. Jorge havia criado um monstro ou apenas tirara minhas correntes?

O bruxo me puxou pelo descampado. Estávamos afastados do estábulo, quase chegando à margem da mata, quando um tiro rompeu o silêncio do lugar, o tronco de uma árvore à frente explodindo em lascas de madeira.

Joguei-me no chão e olhei para trás. Era o segurança. Havia voltado, provavelmente agora com novas ordens do patrão. *Mate os dois*. O homem parecia fraco, perdera sangue demais, e percebi seu andar vacilante e a postura instável.

Jorge estava me ajudando a me levantar quando um outro tiro explodiu ao redor e o bruxo me abraçou, protegendo-me com o corpo.

— Corre — comandou Jorge, soltando-me e me empurrando na direção da floresta.

Ele correu atrás de mim, usando-se como escudo para me proteger.

Eu já tinha passado da margem da mata, estava na escuridão úmida das árvores, quando o outro tiro veio e Jorge não apareceu em seguida.

Eu devia deixá-lo para lá; afinal, era um bruxo. Um surrupiador de sangue. Um vampiro, alguns diriam. E daí que ele me ajudara nos dias anteriores? O tanto de mal que ele já devia ter feito durante a vida devia ser o suficiente para me motivar a deixá-lo para trás. Porra, ele havia ficado *feliz* quando matei uma pessoa. Ele não queria meu bem.

Porém, algo fez minha consciência pesar. Eu me via nele mais do que gostaria. Tínhamos um inimigo em comum. Ambos éramos procurados. Ambos éramos vistos como monstros. Éramos solitários, sem mais

CAPÍTULO 13

ninguém. Exceto que ele tinha uma filha. Queria que meu pai tivesse feito aquilo tudo para me salvar.

Dei meia-volta para buscar o bruxo.

Ele estava caído no chão, bem perto da margem. Eu ainda estava oculto pelos arbustos, então olhei depressa para o guarda, a fim de ver se teria tempo de correr até Jorge. O atirador estava estendido no chão, a arma caída ao lado dele, os olhos arregalados. Morto. Mais um. Era fácil assim se acostumar com gente morta ao redor? Talvez eu já me visse como um deles.

Jorge tinha sido atingido na perna e precisou de minha ajuda para se levantar. Fui quase inútil: fraco e pequeno, em relação a ele, não tinha forças para sustentá-lo, e ele fez a maior parte do esforço sozinho. A bala havia perfurado a mochila que ele carregava em um ombro e entrado na coxa dele. Sua calça já estava escura, tingida por sangue, e, quando peguei a bolsa, para carregá-la, vi que pelo furo escorria líquido vermelho.

— Merda — murmurou ele, quando também viu o vazamento. Lembrei da bolsa térmica que tinha lá dentro, com as bolsas de sangue — Não temos tempo. Vai ter que ser aqui.

— O quê? — perguntei.

Ele não respondeu. Arrastou o pé na areia, como se limpasse o chão, e ali cuspiu. Agachou-se e me puxou para baixo, e me agachei ao lado dele. Jorge pegou a bolsa de minha mão e a abriu. Dentro dela tinha uma bolsa de sangue, furada, quase no final. Ele precisou espremê-la para tirar as últimas gotas, pingando-as em cima do cuspe. Em seguida, curvou-se sobre a areia e sussurrou alguma coisa para a terra. Não consegui entender. Foi como ele tinha feito lá na casa de Rita, mas agora eu não estava vendado. Usando ambas as mãos, ele misturou a areia, a saliva, o sangue, o feitiço sussurrado. Em seguida segurou minha mão, transferindo-me aquela sujeira, e entrelaçou os dedos nos meus.

— Cais — disse ele.

A terra debaixo de meus pés sumiu. As árvores também. Céu, estrelas, vento, estábulo, cadáveres, tudo girou. O mundo colapsou, tornou-se um risco, restavam apenas eu e Jorge, seus dedos grudados nos meus. Ele olhou para mim. Olhos escuros, que me engoliam, que me prendiam, feito cela, uma cela gigante e eterna, feita de trevas, feita de universo, senti gosto de sangue na boca, ferro, areia, cuspe, batimentos cardíacos que saíam dele e entravam em mim e vazavam de minha pele e se misturavam ao redor. Olhei para ele também, senti os próprios olhos devorando-o, o bruxo entrou em mim, capturei-o com minha fome de galáxias, e viramos um só. Ao redor, tudo girava, corpo, fluido, desejos, medos, tijolo, taco, rio, água suja com cheiro de ovo, tapete empoeirado. Uma porta, uma janela. Teto. Barulho de vento. Barulho de ondas. Um aperto em minha mão. Vi os dedos entrelaçados de Jorge. Era difícil respirar, mover os olhos. Mexi devagar, globo ocular acomodando-se no crânio. Eu estava vazio por dentro, Jorge havia escapado da cela, agora meus órgãos se acomodavam. Vi o braço dele. Uma veia no bíceps pulsava. A minha também. Minhas veias pulsavam, o corte vazando sangue. O tiro na perna dele. Cheiro de ácaro, móvel velho, ar antigo, sala fechada. Seus olhos agora eram normais, pretos, não mais gigantes, não mais cela. Ainda me prendiam, mas de forma diferente. Atrás dele havia um apartamento.

Só que aí o apartamento piscou. Ficou escuro, sumiu. Voltei a sentir o cheiro de mata, terra fresca, sangue. Estávamos de volta à fazenda.

— Não deu certo — constatou ele, com a voz estava fraca e rouca.

— O quê? — perguntei, desnorteado.

Eu estava tonto, impactado pelo que quer que tenha acontecido ali.

— O portal. Não consegui manter. Não sobrou muito sangue.

Olhei para o descampado. Alguém falava através do rádio do segurança morto. Não havia sinal de ninguém, então aproveitei para puxar Jorge para o interior da mata. Podíamos tentar nos esconder por um tempo, pensar no que fazer.

Jorge não tinha mais forças para andar. Precisei arrastá-lo o segurando pelos braços. Ele era pesado demais. Estava ficando cada vez mais pálido, os olhos baixos, tive medo de que o tiro tivesse acertado uma artéria, mas eu não entendia daquela merda.

Um feixe de luz da lua passava pelas copas das árvores e iluminava o tronco no qual apoiei Jorge sentado. Os olhos dele estavam quase fechados e a cabeça começava a tombar para o lado. Tirei a mochila das costas dele. Da perna, não parava de sair sangue. Muito sangue. Porra.

— Não morre agora — sussurrei, dando um tapa de leve no rosto dele.

Ele não podia morrer. Não naquele momento. Não ali, dentro daquela merda de fazenda, com gente nos caçando. Com gente *me* caçando.

Tremendo, tirei a camisa e improvisei um torniquete na perna dele. Contudo, apesar de ser magro, a coxa dele era grossa, e minha camisa pequena demais para dar um aperto decente.

CAPÍTULO 13

Considerei enfiar a mão no buraco do tiro e tentar estancar o sangue com os dedos, mas do que adiantaria? Por quanto tempo ele resistiria daquele jeito? Morreríamos os dois.

Eu não esperaria a morte.

Tirei a faca do cós da calça dele e abri a mochila para ver se encontrava algo útil. Ele não reagiu enquanto eu mexia nas coisas dele. Um monte de ervas velhas que eu não sabia usar. Roupas dobradas. Um canivete. Água. Dei a garrafa a ele. A máscara de La Ursa. Olhei para ele, questionando por que carregava aquilo. Ele não falou nada, bebeu a água. Guardei a máscara de volta. Uma caixinha com os óculos dele. No bolso da frente encontrei apenas um pequeno objeto. Eram duas fotos 3x4 numa capinha de plástico amarela. De um lado, uma mulher muito bonita: olhos castanhos, a pele negra clara, o rosto redondo emoldurado por cabelos pretos e encaracolados e um esboço de sorriso no canto dos lábios pintados de vermelho. A outra foto era de uma menina, os cabelos amarrados em tranças nagô, os dois dentes da frente faltando no sorriso aberto.

Jorge segurou meu pescoço.

Mesmo fraco daquele jeito, ele tinha forças para me tirar o ar. Engasguei-me e deixei as fotos caírem em cima dele.

Ele desviou os olhos de meu rosto e encarou meu torso desnudo, melado do sangue dele. Então falou, apertando-me ainda mais:

— O que tá fazendo, bica de merda?

De todas as pessoas, não esperava que ele fosse me chamar daquilo. Foi doloroso. Se a única pessoa que se deu o trabalho de me resgatar pensava em mim daquele jeito...

— Não me chama assim — rebati, sem ar, os olhos marejados.

— De quê? Tu é uma bica, oras. Bolsa de sangue, um reservatório, um invólucro do...

A faca ainda estava a meu alcance, e a peguei e a encostei em seu pescoço.

— Cala a boca. Me solta, bruxo. Me solta agora.

Ele me largou e pulei para longe dele. O bruxo olhou de novo para meu corpo, e só então deve ter percebido o que eu fizera, pois olhou para a própria perna e tocou no torniquete.

— Eu tava tentando ajudar — resmunguei, o ar ainda passando com dificuldade pela garganta.

— Ajudar só vai te fazer ser morto.

— Tu me ajudou.

— E olha só o que ganhei em troca — rebateu, olhando ao redor. Depois, deu um suspiro e me encarou. — Escuta, garoto. Não sei o que se passa nessa tua cabecinha fodida pelos militares, mas aqui não é lugar pra sentir pena de si mesmo. Não dá pra se arrepender, hesitar, ter medo, se sentir culpado. Esse lugar nos transformou em monstros, então temos que fazer jus ao título.

— Diga isso por você — retruquei, furioso. — Eu sou melhor que isso. Vá se foder, bruxo *de merda*.

Virei-me para ir embora dali. Ele me via como uma bolsa de sangue, e eu o via como um psicopata sanguinário. Ele me resgatou, ótimo, e agora eu aproveitaria a oportunidade de fugir dele. Se ele morresse, melhor ainda; provavelmente a filha que ele estava procurando me agradeceria. Quem ia querer ter um pai bruxo? O meu pelo menos não...

Ouvi passos vindo do interior da mata. Apertei a faca na mão, e Jorge se levantou, alarmado. Gemeu de dor, e colocou a mão no cós da calça, procurando a faca que eu segurava.

Merda merda merda, sussurrei enquanto procurava um lugar para me esconder. Tudo continuava dando errado da pior maneira possível. Quando eu ainda tinha esperanças, costumava rezar. Pedir a Deus que me ajudasse, que me perdoasse, que mudasse o jeito que eu era. Só que aquilo tinha sido fazia muito tempo, e quando comecei a desconfiar de que não havia ninguém do outro lado me ouvindo, calei-me. Calado, imóvel, quase morto, era o único modo de permanecer salvo, sem nada de ruim me atingindo. Se eu ao menos deixasse de existir...

Uma mulher saiu de detrás de um emaranhado de trepadeiras, segurando uma vela. Ouvi Jorge dar um suspiro. A mulher me era familiar: branca, olhos verdes, lábios bem vermelhos, devia ter quarenta e cinco ou cinquenta anos. Alta, com quadris bem largos.

Era a mulher da feira, a que vendia gravuras.

— Caetano? — perguntou, encarando-me.

Não tive coragem de responder.

— Clara — reconheceu Jorge.

A mulher olhou de relance para Jorge e cuspiu no chão. Então voltou-se para mim, dizendo:

— Venham comigo.

CAPÍTULO 14

Clara colocou alguma coisa na boca e na perna de Jorge que o deu forças para andar, mesmo que mancando atrás de nós. Ela apagou a vela e caminhamos em silêncio no completo escuro; fui guiado apenas pelo cheiro da fumaça que nunca deixou de sair do pavio. Por alguma razão, confiei nela. Talvez fosse seu ar materno, um cuidado ao me dirigir a palavra, o olhar de mãe preocupada. Era uma identificação, mas só fui perceber isso depois. Naquele momento, quando tentei perguntar o que estava acontecendo, ela me mandou fazer silêncio, e entendi que estava nos levando para algum lugar longe da fazenda. Torci para que fosse um lugar seguro.

Andávamos por alguns minutos quando o céu acima das árvores clareou e ouvi explosões. Joguei-me no chão e Jorge se agachou. A reação de Clara foi se virar para trás e falar:

— É a festa do morro.

— Que festa? — perguntou Jorge.

Embora sussurrasse, a voz dele estava mais ativa, não parecia mais prestes a desmaiar.

— Não é proibido? — indaguei, pensando no toque de recolher, na feira clandestina, no coco de roda que era feito às escondidas.

Como podiam fazer uma festa na comunidade, então?

— Só pra gente — respondeu Clara, ignorando Jorge. Exceto quando lhe dera as coisas que o fizeram melhorar, ela ignorara o bruxo sumariamente. Parecia odiá-lo. Porém, porque o levara junto? — Pros ricos do morro, não.

CAPÍTULO 14

— Ricos do morro? — Eu não conseguia entender. A única pessoa rica que eu conhecia que morava no morro era Paulinho. Clara desviou o olhar de mim para Jorge e franziu o cenho, como se o questionasse: "Quem é esse estúpido que não sabe de nada?". Aí nos deu as costas e continuou a andar.

— Quando a gente chegar conversa melhor — declarou.

***

Ela morava no meio da mata, em uma casa pequena de tijolos aparentes, telhado de Brasilit e janelas de alumínio. Na frente, uma horta, um poço e um vira-lata caramelo que não deu a mínima para a gente. No momento que Clara saiu da mata e pisou no terreno da casa, uma mulher baixinha e gorda, com uma camisola azul e uma touca cobrindo o cabelo volumoso irrompeu porta afora e apalpou Clara inteira, como se verificasse que não faltava nenhum pedaço.

— Louca, louca, tu é louca — berrou a mulher baixinha, e depois me encarou por dois segundos antes de arregalar os olhos e exclamar: — É ele! Meu deus, Clara, é ele mesmo! Merminho!

Clara deu de ombros e falou:

— Eu disse.

Ouvi um barulho atrás de mim; era Jorge se arrastando pelo mato. O efeito da droga (ou fosse lá o que) que Clara tinha dado a ele estava passando. A mulher baixa focou o olhar no bruxo e gritou.

— Oi, Amelinha — cumprimentou Jorge.

Amelinha arregalou os olhos ainda mais; parecia inconcebível para ela ver aquele homem ali. Antes que pudesse falar alguma coisa, Clara interveio:

— Ele levou um tiro na coxa, sangrou muito. Interrompi por um tempo, mas é melhor tu cuidar dele.

— Não precisa — declarou Jorge.

— Eu posso ser uma bruxa, mas não sou uma assassina — retrucou Clara, olhando de soslaio para Jorge. Eu me sobressaltei: uma bruxa não assassina? Como isso seria possível? Ela se virou para mim, colocou a mão em meu ombro e completou: — Caetano, temos muito o que conversar. Enquanto Amelinha cuida do teu... acompanhante, vamo dar uma volta no quintal. Fuma?

— Não — respondi.

Clara acendeu um cigarro de maconha e me pediu para segui-la. Drogas, viadagem, feitiçaria. Se minha mãe me visse... Enquanto nos dirigíamos aos fundos da casa, olhei para trás e vi Amelinha segurando Jorge pelo braço, levando-o para dentro da residência. O cachorro caramelo foi com a gente, cheirando onde eu pisava.

Nos fundos da casa passava um córrego fedido, cercado por um monte de bananeiras, e Clara se sentou em um tronco caído, iluminado por uma lâmpada que pendia do galho de uma grande mangueira cheia de frutos verdes.

Não me aproximei, fiquei na penumbra, ignorando o convite dela de me sentar a seu lado.

— Como tu sabe meu nome? — perguntei. — Eu te vi lá na feira. Parecia que tu me conhecia. Tu é uma bruxa. Do batalhão?

Clara pareceu horrorizada com minha pergunta.

— Ah. Por isso que tu parece tão perdido. Foi capturado. Foi de lá que Jorge te tirou? — A bruxa deu uma baforada no beck. — Eu não sou esse tipo de bruxa.

— Não sabia que tinha tipos — ironizei.

Para mim, ou a pessoa era bruxa, ou não era. Ou era bica, ou não era. Ela riu, a fumaça saindo pelo nariz. O cheiro era bem forte, floral, frutado.

— Eu faço gravuras que preveem o futuro.

— Com sangue, aquelas da feira — supus.

Quem ela torturava e drenava para fazer aquilo?

— Com sangue — concordou a bruxa. Abominável. — Mas aquelas da feira eram tinta. Eu não banalizo a magia de minha esposa assim.

Fiquei sem palavras. Aquela frase sequer fazia sentido para mim.

Amelinha saiu pelas portas do fundo da casa segurando uma bandeja com uma jarra de água de coco e dois copos. Colocou em um banquinho na frente de Clara e a beijou na boca.

A esposa deveria ser Amelinha, então. Um casal de bruxa e sangue-raro? Como eu e Paulinho? Então viviam escondidas da Confraria, do exército, da sociedade, talvez por isso ela dissera que não era *aquele tipo de bruxa*.

Eu estava faminto, sedento, e arrisquei beber a água de coco mesmo que fosse enfeitiçada. A bruxa também bebeu. Amelinha, que tinha tirado

CAPÍTULO 14

a touca, deixando os cachos formarem uma coroa ao redor da cabeça, sentou-se no tronco. Estava abatida, suada e desabafou:

— Que inferno. Ele me deu trabalho, mas vai ficar bem. Tá dormindo. — Ela fez uma pausa e engoliu em seco. Depois, tirou algo de dentro do bolso da calça. Com a mão tremendo, entregou as fotos 3x4 de Jorge à Clara. — Encontrei isso com ele.

A bruxa levou a mão à boca. Os olhos se encheram de lágrimas. Era a primeira vez que eu a via expressar uma emoção daquele jeito.

— O que Jorge quer contigo? — perguntou ela.

A mulher me lançou um olhar duro, de repente parecia com raiva de mim.

Dei um passo para trás.

Amelinha pegou de volta as fotos e alisou com carinho os rostos impressos.

— Tu tá assustando o menino — alertou ela.

A bruxa se levantou e apagou o cigarro. Em seguida, começou a falar:

— Muito tempo atrás eu fiz uma gravura que nunca entendi. Geralmente, o que eu gravo no papel são previsões simples, imediatas, de coisas que logo acontecem e que são familiares a mim. Essa sempre foi um enigma pra gente...

— Um rapaz magricela e careca coberto de sangue — interrompeu Amelinha, descrevendo a gravura. Segurei o impulso de passar a mão na própria cabeça que começava a deixar de ser careca. — Segurando uma cabeça de La Ursa, dançando ao lado de personagens do carnaval pernambucano em meio a raízes gigantes de um manguezal. Uma menina negra de tranças atrás das raízes, como presa em uma jaula — desembuchou Amelinha. Aí se remexeu, atingida por um arrepio. — E uns seres estranhos, vermelhos, parados entre todo mundo.

— A gente não sabia quem era o rapaz — explicou Clara. — Eu nunca tinha o visto. Até hoje. Lá na feira, quando tu parou na frente da minha barraca, eu te reconheci da gravura na mesma hora. Depois, perguntei a Hermeto qual era o nome do turista e ele fofocou. Foi mais ou menos na hora que emboscaram Jorge. Eu não sabia que tu tava com ele. Fui eu que... fui eu que dei a dica. A gente precisa de favores por aqui, sabe? Levaram o homem num barco. Eu não concordo com o que fazem com gente como nós naquela fazenda desgraçada. Se eles soubessem que sou bruxa... — Clara balançou a cabeça. Olhei depressa para Amelinha; a sangue-raro fazia carinho no cachorro, parecia não prestar atenção, ou apenas fingia.

— Mas Jorge. Jorge é uma praga, rapaz. Aí eu vi tu dançando, saindo com um rapaz, indo praquela fazenda... Amelinha disse que eu devia ficar na minha. É perigoso gente como a gente entrar lá, mas era a minha chance de entender o que era a gravura. Eu sabia que tu tava em perigo. E agora eu que te pergunto, Caetano, o que é que tu tá fazendo aqui?

As duas mulheres me encaravam com expectativa. Como se eu soubesse de alguma coisa.

— Jorge me tirou do batalhão e quer que eu encontre alguém. Acredito que essas duas pessoas da foto.

Amelinha deu um soluço e se levantou. Lágrimas corriam soltas pelas bochechas dela.

— Vou ver como tá ele — exclamou a sangue-raro antes de correr para dentro da casa.

Clara voltou a se sentar no banco e soltou um longo suspiro, apertando com o polegar e o indicador o ossinho do nariz.

— Amelinha é enfermeira. — Clara achou necessário explicar. — *Era*, antes de proibirem gente como vocês de trabalharem.

— Quem são essas pessoas das fotos? — perguntei.

— Marina e a filha dela, Luíza — contou Clara.

— Jorge disse que estava atrás da filha dele.

Clara bufou, e soltou uma risada cheia de escárnio.

— Marina era nossa melhor amiga. Uma sangue-raro, como tu e Amelinha. Ela foi morta cruelmente. Jorge, o bruxo que te tirou do batalhão, a matou. É o que ele faz. É um matador. Luíza não é filha dele. Nunca foi, nem nunca será.

— Jorge disse que alguém o soltou lá na fazenda. Não foi tu?

— Claro que não.

O cachorro veio até mim e empurrou minha perna com o focinho. Fiz carinho na cabeça dele, depois no pescoço, e vi que no pingente pendurado na coleira tinha escrito "Chico". Ele se deitou a meus pés. Era tão calmo ali. Parecia até... normal. Exceto que eu estava no meio de uma mata na casa de lésbicas feiticeiras clandestinas, com um bruxo assassino e mentiroso. E, no meio de tudo, uma criança desaparecida. Qual era meu papel naquilo?

— O que aconteceu com Luíza?

A bruxa se endireitou.

— No dia da morte da mãe, Luíza foi sequestrada pelo exército. Vê, ela era uma menina muito especial. O sangue dela era mais do que raro.

CAPÍTULO 14

Faz muito tempo isso, não achávamos que ela estivesse viva, mas se Jorge tá procurando ela...

— Como assim o sangue dela é mais do que raro? — interrompi. — O que isso quer dizer?

— Ela é filha de dois sangues-raros. O sangue dela carrega um poder muito mais forte do que a gente já viu.

Inclinei-me na direção da bruxa. Nunca tinha ouvido nada como aquilo.

— E qual é o poder do sangue dela?

— Não sei. Marina nunca nos disse. Às vezes eu sentia que ela ficava com um pouco de medo da filha. E se Marina tinha medo, então deveria ser algo *muito* poderoso e perigoso.

— Por isso ela foi capturada?

Clara deu de ombros.

— É possível. Eles não precisavam de muitos motivos pra capturar alguém. Um mínimo desvio da norma te leva pra prisão. Um completo desvio do que se considera normal... — Ela passou um polegar no pescoço, traçando uma linha horizontal. — Você sabe.

Pensei na gravura da bruxa, tentando ligar os pontos. A menina atrás das raízes. Luíza, em uma cela. Eu no meio de um carnaval, segurando a máscara de La Ursa. Parecia um propósito. Eu *queria* um propósito. Salvar uma criança inocente talvez fosse a redenção de que eu precisava.

— E os seres vermelhos da gravura, que Amelinha falou, o que são?

— Não faço a menor ideia. Não eram humanos, nem animais. Pra ser sincera, não sei se quero saber o que são.

Um silêncio soturno se assentou entre nós e colocou as asas em nossos ombros. Senti o peso e curvei-me para a frente, cansado. Exausto. Aterrorizado.

— Vou querer aquela maconha agora — admiti.

***

Estava ouvindo os sons da noite, afagando a cabeça de Chico e observando o vento agitar as folhas das bananeiras quando o céu voltou a ser iluminado por fogos de artifício. O cachorro latiu e saiu correndo.

— Lá na mata tu falou algo dos ricos do morro — comentei.

— Verdade. Tu não viu isso tudo acontecer, né? — respondeu, gesticulando para o arredor. — Depois que a água subiu e os ricos saíram da beira do mar e do rio, eles subiram pro morro.

— Eu morava no morro da Conceição — contei.

Clara levantou a sobrancelha e assoviou.

— O metro quadrado mais caro agora.

— E esse córrego aí, não enche? — indaguei.

— Não, as bananeiras são enfeitiçadas. Puxam a água, mas as bananas são podres, não dá pra comer. Falando nisso, vamo jantar. Amelinha sempre faz muita comida quando tá triste.

— Vocês parecem ser bem resolvidas — desembuchei.

Eu estava matutando aquilo havia bons minutos.

— O que tu quer dizer com isso? — questionou ela, meio irritada.

— Vocês duas. São um casal. Fazem magia com sangue, e parecem de boas com isso.

— E?

— Nada. — Eu queria retirar o que disse e me enterrar. Eu a tinha ofendido, mas ficar calado agora parecia pior. — É só que... eu nunca tinha visto isso. Parece errado. Não, desculpa, não é isso. Me falaram muitas vezes que é errado, e ficou na minha cabeça.

— Tu escolhe o que faz com o que dizem pra tu, moleque. Ou tu engole, ou tu mastiga e cospe.

O cheiro da sopa de feijão que Amelinha preparara lá dentro nos interrompeu. Logo depois, como se tivesse sido anunciada pelo perfume da comida, a cozinheira apareceu e nos chamou. No caminho, Clara fez um cafuné em minha cabeça, e encarei aquilo como uma trégua. Eu me sentia um ignorante vergonhoso.

Lá dentro, por uma cortina aberta, vi Jorge desacordado em uma cama, os pés descalços passando pelo colchão curto demais para ele, um grande curativo avermelhado ao redor da coxa. A sopa era rala, mas muito saborosa. Eu pensava no que ela dissera, o engolir ou mastigar, quando Clara anunciou:

— Vou resgatar Luíza, Amelinha. Ela pode ser a chave pra gente destruir o exército.

Engolir tudo que haviam me feito passar era tão mais fácil. Eu não estava acostumado a renunciar, a dizer não, a cuspir o que não me agradava.

— Eu também. Vou ajudar — anunciei.

A sangue-raro pareceu preocupada, mas assentiu de forma discreta.

— Como? — questionou, colocando as mãos na mesa.

Aquilo seria difícil de dizer, então reuni muita coragem. Seria preciso aceitar algo que eu rejeitara em mim durante muitos anos. Ir contra o que

CAPÍTULO 14

eu tinha aprendido e admitir que eu não era um erro, uma maldição, algo intrinsecamente ruim.

— Eu posso doar sangue pra que a localizem — sugeri, entre uma colherada e outra, sem desviar os olhos da cumbuca.

— Eu não quero teu sangue — exclamou Clara, ofendida, fazendo com que eu me sentisse despido e obsceno. — Eu falei que não sou esse tipo de bruxa.

Amelinha colocou a mão no braço da esposa, acalmando-a.

— Clara só usa meu sangue — explicou ela, com a educação de quem rejeitava uma comida que lhe causava repulsa. Tirou um pitó do pulso e amarrou o cabelo. Um filete de suor descia pela testa. — Somos um casal. Nossa relação de sangue e feitiçaria é sagrada.

— Desculpa! — exclamei, levantando-me e erguendo as mãos. — Desculpa, eu não sabia. Eu... — O choro que subia entalou as palavras na garganta. — Eu não deveria ter oferecido. Meu sangue é ruim. É sujo. É uma maldição, só foi usado pro mal. Eu sou... uma praga.

Amelinha olhou para a esposa. A sangue-raro parecia prestes a chorar também.

A bruxa suspirou fundo, colocou a colher de lado e me encarou.

— Cospe fora essas palavras. Esse discurso eu não admito na minha casa — declarou Clara, levantando-se. Amelinha colocou a mão no quadril dela. — Essa ideia de sangue-raro como raça inferior foi criada pela Confraria pra criar bruxos sem empatia, e foi apropriada pelo governo militar pra manipular a população. — Clara fez uma pausa e olhou em direção ao quarto no qual Jorge estava. — O bruxo ali foi criado pela Confraria. Foi um bruxo lacaio deles a vida toda. Talvez ele tenha dito isso a tu, que tu é uma praga. Talvez os militares tenham dito, talvez tu tenha ouvido o coronel Fagner falando na televisão. Agora me diz: por que tu escutaria eles? Olha, moleque, eu fugi da Confraria quando era adolescente, porque não tolerei esse discurso de merda. Encontrei refúgio esse tempo inteiro. Conheci um grupo que me acolheu, que me amava por eu ser bruxa, e não *apesar* de ser assim. Parei de me sentir rejeitada e sozinha. Foi onde conheci Amelinha.

Daquela vez, foi a sangue-raro que se levantou, envolvendo a esposa em um abraço.

— Somos um grupo. Vários bruxos e sangues-raros, como a gente — adicionou Amelinha, foi até um armário e tirou um papel dobrado da gaveta.

Colocou-o na mesa e o abriu. Era a gravura de Clara. Eu no meio, rodeado por gente fantasiada e os seres vermelhos, deformados e desproporcionais, como se desenhados por uma criança pequena.

A bruxa apontou para os personagens carnavalescos.

— Esse é nosso grupo. Não tamo sozinho, somos um exército.

— Quer se juntar a nós? — perguntou Amelinha.

Confirmei com a cabeça. Eu queria.

Então a guerra deixou de ser eu contra mim mesmo.

CAPÍTULO 15

Me senti revigorado depois da sopa. Amelinha devia ter percebido meu bem-estar, pois comentou:

— Nada como uma boa sopa pra manter o sangue aquecido.

— Eu quero conhecer grupo de vocês — declarei, recolhendo os pratos para lavá-los.

Queria conhecer os sangues-raros, gente que estava livre, como elas, e que não estivera na prisão, como eu. Talvez eu sentisse a segurança de enfim pertencer a um lugar. Queria ver como viviam, o que pensavam daquela situação toda, se sentiam tanta raiva e angústia quanto eu.

Enquanto lavava os pratos, lembrei dos livros da escola sobre a ditadura militar e da professora de história falando que muita gente era alienada e não ficava sabendo dos crimes que os militares cometiam, pois a mídia era controlada. Ou apenas escolhiam não se informar, por comodidade. E se ali acontecesse a mesma coisa? E se os sangues-raros não soubessem sobre o que eu havia passado no batalhão, e se não tivessem a mesma chama que queimava dentro de mim, e se não quisessem sair da zona de conforto para lutar pelos semelhantes? Ou, pior, e se me julgassem por tudo que eu tinha passado?

Fomos para o lado de fora da casa, e Amelinha trouxe uma garrafa de cachaça.

— É bom pro sangue — disse.

CAPÍTULO 15

Brindamos e bebemos. Eu quis saber como estava o mundo ali fora. Quis saber notícias, atualizações, qualquer coisa que me inteirasse do que tinha acontecido enquanto eu estava *fora*. Elas não sabiam muito. Não tinham televisão nem internet. Ficavam escondidas ali, produziam na terra quase tudo o que precisavam, outras coisas trocavam com os amigos sangues-raros e bruxos. De vez em quando, Clara ia na feira trocar gravuras por coisas que elas não produziam, como cachaça e chocolate. Tinham alguns contatos *normais* (termo usado por ela) com quem às vezes trocavam artefatos enriquecidos com magia por informações, mas era perigoso. Bruxos e sangues-raros eram caçados. Mesmo com o enfraquecimento do governo.

— O que houve com o governo? — indaguei.

Amelinha deu de ombros.

— Estavam mais interessados nas próprias riquezas. Sugaram tudo até não sobrar nada pro povo. Nem dinheiro, nem sangue. Basicamente a gente ficou abandonado.

— Quando eu tava lá fora — comentei —, vi poucos soldados. Quando Jorge me tirou do batalhão, não restavam muitos homens lá. Acho que ele não teve muita dificuldade. E se foi fácil pra ele, sozinho, a gente também consegue. Seus amigos são quantos? Que tipo de magia possuem?

— A gente já foi em maior número — admitiu Clara, o rosto tomado por tristeza. — Hoje são uns vinte, entre bruxos e raros. A maioria tem alguma variação de poder de ocultação, disfarce, ilusionismo, proteção. Antes a gente era mais forte, uma resistência, a gente atacava centros de operações militares. Quase expulsamos os fardados daqui de Recife, mas teve um ataque, eles localizaram nossa base. É por isso que a gente se esconde na mata, agora. Há um feitiço de ocultação nas mangueiras. Tá difícil conseguir informação nos últimos tempos. O governo tá mais... secreto. Como se planejasse algo. Como se escondesse algo.

— Talvez tenha a ver com Luíza — sugeriu Amelinha, com o cenho franzido.

— Meu sangue poderia ajudar — opinei, olhando para as duas. Elas ficaram surpresas. — Algum de seus amigos talvez possa localizar ela. Me levem até eles.

— Amanhã a gente... — Clara começou a dizer.

Eu não queria amanhã. Já tinha esperado tempo demais. Depois de dez anos amarrado a uma maca, eu queria sair correndo, gritar, invadir batalhões, soltar prisioneiros, queria formar meu próprio exército de sangues-raros. Meu corpo ainda estava debilitado, sim, as olheiras ainda marcavam meu rosto, as costelas ainda eram aparentes, os braços não conseguiriam levantar muitos quilos, as maçãs do rosto ainda sentiam falta da bochecha. Ainda assim, eu não queria ficar parado.

— Amanhã não. Hoje — contrapus. — Eles sabem que Jorge tá por aqui, e com um sangue-raro. Devem tá me procurando. Não tinha mais nenhum sangue-raro no meu batalhão, só eu. O coronel Fagner tava lá, ele fugiu num helicóptero...

— O coronel não é visto faz muito tempo — interrompeu Clara, o rosto rígido, raciocinando. — Se ele tava lá, e se eles ainda não tinham te descartado esse tempo todo, então...

Balancei a cabeça. Tinha chegado à mesma conclusão que ela.

— Eu devia ser importante pro que eles estavam planejando. Fosse lá o que fosse.

Clara assentiu, calada.

— Hoje é dia de ensaio — informou Amelinha.

— Ensaio de quê? — perguntei.

— Maracatu.

— Não sei se vai ter carnaval esse ano — apontei.

Amelinha riu.

— Mas ensaiamos mesmo assim. Carnaval mantém o sangue vivo.

Enquanto eu estava preso, elas brincavam de carnaval? Quão injusto era aquilo!

— A gente disse que não ia pro ensaio hoje — informou Clara, enquanto seguia em direção à porta dos fundos da casa. — Ninguém sabe que tu tá aqui. Preciso avisar e pedir autorização pra te levar.

— Como, se não tem internet nem telefone? — questionei.

A bruxa virou-se para mim e, com um sorriso, revelou:

— O bom e velho *walkie-talkie*.

***

Enquanto Amelinha ficou em casa, cuidando de Jorge, que ainda estava desacordado, eu e Clara caminhamos pela margem do córrego, entre as bananeiras, a bruxa carregando o candieiro cuja chama, segundo ela, só era vista por quem ela quisesse. Havia sido um presente de um amigo bruxo.

CAPÍTULO 15

Chico, o cachorro, nos seguiu por um tempo, até que Clara o mandou voltar e ele obedeceu. O trajeto era cheio de lixo, lama, mato, e tive muita dificuldade para acompanhar o ritmo da bruxa. O coco de roda e a fuga da fazenda cobravam seu preço, e minhas pernas de poucos músculos começaram a doer. Eu precisava me exercitar, pois como queria invadir uma instalação do exército daquele jeito?

Chegamos a uma casa parecida com a delas, mas construída em taipa. Um rapaz estava sentado em uma cadeira de balanço, esculpindo um toco de madeira com uma faca. Levei um susto quando olhei para o lado dele e vi duas silhuetas enormes, gigantes, quase da altura do teto. Eram dois bonecos de Olinda encostados na parede, os braços pendendo como mortos, os rostos sorridentes copiando alguém que eu não conhecia.

O jovem, que aparentava não ter mais que dezoito anos, colocou a escultura de lado e apontou para mim com o nariz.

— É ele? — indagou, balançando a cadeira.

Ao contrário da casa das mulheres que me receberam, o terreno dele não tinha horta, nem plantas, era apenas um chão de terra batida.

— É. Caetano — informou Clara. — Esse é Pablo, o artesão que faz nossas fantasias.

Pablo vestia uma bermuda de tactel e uma regata branca. Tinha o corpo forte, o braço musculoso de quem se exercitava com frequência. Sua pele era clara, bronzeada. As mãos dele estavam feridas, cheias de *band-aids*.

— Seja bem-vindo, Caetano — cumprimentou ele, sem sair da cadeira. Tinha uma certa simpatia no tom de voz, mas permaneceu sério. — Aqui brincamos com fantasias, desejos e sonhos. A casa é minha, mas em noite de ensaio não tenho controle de nada. Cuida do teu sangue.

— Obrigado — falei, um pouco atordoado.

O menino era bem jovem, mas se comportava como um guru idoso. Era o líder deles? O que devia ter passado na vida para agir daquele jeito? Trauma, estresse pós-traumático, coisas piores. Perguntei-me o que as pessoas pensavam de mim. Teria eu trejeitos de bica?

— Melhor irem andando, já começaram — sugeriu ele.

— Tu não vai? — indagou Clara.

Percebi pelo jeito que ela falou que aquela era uma situação inusitada, como se não fosse comum a ausência de Pablo no ensaio.

Naquele momento, uma sombra se materializou ao lado do jovem. A sombra, aquela que parecia me perseguir. Era a silhueta de uma pessoa não muito alta, esguia, escura como se absorvesse a luz ao redor. Tentei não esboçar nenhuma reação, congelando a expressão para que não achassem que eu via coisas que não estavam ali. Talvez não quisessem alguém que alucinava como aliado. Só que aí Pablo se virou, voltando-se para o exato lugar em que a sombra estava, e ergueu a cabeça, olhando para onde deveria estar o rosto daquela coisa. Engoli em seco.

Pablo então me olhou. Tinha o cenho franzido como se só agora observasse alguma coisa em mim. Alguma coisa errada.

— Hoje não vou participar — anunciou.

Era por minha causa? Será que tinha visto quem eu era? Uma bica sebosa, que passou anos amarrado a uma maca, com uma fralda cheia de merda, escaras nas costas, infecção nas veias, usado para fins nefastos. Aquela sombra me acompanhava para me lembrar do que eu era, uma assombração, e agora outras pessoas também viam.

A meu lado, Clara assentiu para Pablo e colocou a mão nas minhas costas, guiando-me para a lateral da casa. Quando contornávamos a construção de taipa, ela se desculpou:

— Ele é meio temperamental. Passou por maus bocados.

— Sei bem como é.

Clara então revelou:

— Ele é como Luíza. Filho de dois raros.

Uau, pensei. *Quem diria?* Ele parecia tão... como eu. Contudo, se filhos de dois sangues-raros possuíam o sangue mais potente, o que será que ele conseguia fazer? Por que estava ali, sentado na cadeira de balanço como se não se importasse com nada?

— Tu disse que ele faz as fantasias — comentei, tentando entender o que acontecia ali.

— Se tornam real pra quem tá vendo — explicou Clara. — Bruxos e pessoas normais. Não afeta raros.

Raros. Tão mais agradável que *bicas*.

Clara disse que o ensaio acontecia nos fundos da casa. Estranhei o silêncio: além de nossos passos, tudo o que eu escutava era o barulho das folhas, das cigarras, das corujas. Vez ou outra, os fogos vindos do morro. Quando eu diminuía o passo, sentia um leve tremor no chão.

— Há uma proteção sonora — revelou ela.

O barulho me atingiu em cheio quando cruzamos uma cobertura vegetal que pendia de uma árvore feito uma cortina. Na mesma hora meu

CAPÍTULO 15

coração acelerou e me arrepiei todinho com a visão: no meio do terreno descampado havia uma árvore enorme, provavelmente de mais de vinte metros de altura, com uma copa que cobria a área inteira, e de onde pendiam os ramos que isolavam o perímetro. Ao redor do tronco um grupo de pessoas tocava maracatu.

Eram cerca de dez pessoas tocando alfaias, caixas, ganzás e agogôs, caminhando em círculo em torno da grande árvore. Parecia um ritual. Cercando-os, três caboclos de lança, com trajes suntuosos e muito coloridos dançavam e pulavam, brandindo a lança como se protegessem a banda, o solo revirado ornando-se de uma névoa de poeira avermelhada que envolvia todos.

Foi como se o restante do mundo sumisse. Não parecia que eu estava no meio de uma mata, escondido de uma ditadura de soldados e feiticeiros, nem que tudo lá fora estava ruindo. Era mágica, só podia ser.

O maracatu tinha aquela potência: quando as bandas cortavam as ruas da cidade, tudo vibrava (os pelos, a pele, a carne, o sangue, o concreto e os tijolos) e tudo se tornava vivo. Era como um trovão fazendo o mundo parecer pequeno em uma tempestade. O maracatu era criação de vida, e, naquela clareira, senti-me pertencido à roda, à árvore, à mata, como se fôssemos um só organismo vivo.

Clara me puxou para o lado e me deixou sentado em um tamborete, então pegou uma percussão encostada na parede da casa e se juntou aos amigos da banda. Eu estava hipnotizado, os olhos cheios de lágrimas (como eu era um chorão!), o coração acelerado, assistindo a tudo com um sorriso bobo, querendo também pegar alguma coisa para tocar com eles, mesmo que eu não soubesse como. Quis dançar, também, pular junto com os caboclos, mas parecia errado atrapalhar a dinâmica.

Quando a banda de repente parou, foi como se eu tivesse sido arrancado de um sonho. O terreno foi tomado por silêncio, então ouvi um farfalhar de folhas do outro lado da grande árvore. Todo mundo olhava para aquela direção, com os instrumentos ainda em mãos, mas eu não conseguia ver: de onde eu estava, o tronco central cobria minha vista. Vi Clara na roda cochichar no ouvido de alguém e então olhar para mim. Estava tensa. Ouvi um grito, e então três homens foram jogados no meio da roda.

Eram soldados, estavam de uniforme, e as pessoas que os trouxeram usavam máscaras de papangu. Os soldados olhavam para elas aterrorizados, gritando, contorcendo-se como se fossem monstros.

— Tragam o sangue! — gritou um dos papangus.

Fiquei de pé. Que porra era aquela? Olhei de novo para Clara. Ela conversava com alguém. Pareciam com raiva, brigando, mas sussurravam e eu não conseguia escutar.

Alguém entregou uma jarra de barro para o papangu e ele verteu um líquido vermelho e viscoso em cima das caixas da banda e dos soldados. Parecia sangue. *Era* sangue.

Os papangus se afastaram, deixando os soldados sozinhos no meio da roda, debruçados no chão, e a banda voltou a tocar.

Tum Tum Tum

O maracatu voltou potente. Vibração nos pés, no peito, nos pelos e, a cada batida na caixa, o sangue jogado ali esguichava para os lados e os soldados se contorciam e gritavam, como se sentissem dor. Não, *sentiam* dor. Os caboclos voltaram a dançar, os papangus juntaram-se a eles, e de repente aquele ritual parecia uma celebração. Uma festa. Comemoravam a morte dos soldados, que sentiam dor a cada batida da percussão.

De repente, eu me vi sorrindo.

Eles externavam tudo aquilo que eu tentava suprimir dentro de mim.

Aquela violência tinha sabor de liberdade. Como era carnal nossa magia! Doía e queimava, era sofrimento e angústia e, quando se libertava, era orgasmo.

Eu estava errado sobre o grupo de Clara e Amelinha. Não estavam apenas brincando carnaval, como supus, estavam lutando. Carnaval era guerra, também. Era batalha pelas ruas, reivindicação de corpos. E lá estavam eles, mesmo com as mortes de amigos, com os desaparecidos, com toda a perda que tiveram, ainda faziam algo. Sumiam com soldados. Torturando-os, matando-os. Dançavam, enquanto isso. Eram resistência. Maracatu era isso, afinal, um grito do povo.

Um papangu parou diante de mim. A máscara era assombrosa: olhos grandes e amarelos, uma boca enorme e retorcida, cabelos espetados e azuis. Lá no meio da roda, o primeiro soldado caiu morto, sangue esguichando da boca aberta. Um outro tapava os ouvidos, tentando em vão segurar o sangue que escorria dali feito cachoeira.

— Gostasse, né? — perguntou o papangu.

Tinha uma voz bem grave. Era o que tinha pedido a jarra de sangue.

— Gostei — respondi.

Não adiantava mentir.

CAPÍTULO 15

Queria participar. Queria ajudá-los a pegar mais soldados. Queria pular carnaval em cima do sangue deles. *Que horror*, pensei, ao mesmo tempo. *Que monstro eu me tornei.*

O papangu mexeu o pescoço, balançando a cabeça e o quadril. Seus pés bateram no chão, convidando-me para me juntar a ele, e deixei o sangue fluir por meus membros. A grandeza da música tinha se infiltrado em meu corpo, e eu era grandioso, poderoso, capaz de qualquer coisa. Fazia tempo que eu não me sentia tão bem. Balancei a cabeça, inflei o peito, sentindo o sangue ferver, e fechei os olhos, deixando a vibração do maracatu guiar meus movimentos.

Mesmo de olhos fechados, percebi que o papangu se aproximava de mim. O calor do corpo dele se juntava ao meu. A cada batida de pé, nossos corpos ficavam mais juntos. A cabeça dele estava do lado da minha. Sua voz soou grave de dentro da máscara, encostada em meu ouvido:

— Tu sabe quantos de nós foram capturados e mortos graças a esse teu sangue desgraçado? *Praga. Bica.*

Quando abri os olhos, o papangu deu um passo para trás. Havia um caboclo de lança do lado esquerdo dele e outro no lado direito. Uma dor intensa me atravessou na boca do estômago, e me curvei para a frente. Levei a mão para lá, e senti que havia uma coisa dura e pontuda saindo de minha barriga. Olhei para os lados, tentando entender o que acontecia. Era uma lança ali, atravessando-me, a dor tão forte que fazia meus pensamentos dispersarem feito uma nuvem de poeira. O silêncio dominava o local: os três soldados estavam mortos, a banda havia colocado os instrumentos no chão e todo mundo me olhava com raiva, como se me acusassem de algo. Não vi Clara.

Então entendi.

Era meu julgamento, aquilo. E eu tinha sido condenado.

Os caboclos ao lado do papangu ergueram as lanças e as enfiaram em minha barriga. Eram sérios, eles, com aquelas flores enfiadas na boca.

Não caí, eles me mantinham de pé com a força da lança, como se eu fosse um pedaço de carne preso em um espeto.

O papangu ia falar mais alguma coisa, mas um tiro irrompeu no quintal, e ele caiu para a frente, a cabeça estourando em sangue e o corpo despencando em cima de mim.

Os caboclos foram atingidos também, e, enquanto eu caía no chão, vi dezenas de soldados saindo da mata e atirando para todos os lados.

Tudo virou sangue, gritaria, poeira e dor.

Um urso parou diante de mim e me encarou nos olhos. Não um urso, uma La Ursa, a cabeça preta, os dentes de vampiro.

— Sou eu. — Pelos buracos da máscara, reconheci os olhos pretos de Jorge. — Calma, calma — repetiu, mas eu estava calmo.

Ele só podia estar dizendo aquilo para si mesmo.

Me deixa aqui, eu quis dizer, mas só saiu sangue de minha boca. Tossi, engasgado. Eu estava cansado. Não era o encerramento que eu esperava para tudo, mas talvez fosse a hora de parar de tentar sobreviver. Se até os meus semelhantes haviam me rejeitado, o que restava para eu lutar? Se nem eles aceitavam o que eu era, o que sobrava para mim?

Vi Jorge tirar a mochila de um dos ombros e mexer em alguma coisa lá dentro.

— Mastiga isso — ordenou o urso, *não*, Jorge, e enfiou uma pasta em minha boca.

Era fibroso, amargo, parecia fumo de corda. Mastiguei.

Jorge se retesou enquanto se esforçava para tirar as lanças de mim. Ele fez um movimento brusco e meu corpo inteiro estalou, como se tivesse quebrado um osso meu. Ele tinha quebrado a ponta da lança. O bruxo jogou o pedaço quebrado fora e inclinou-se para quebrar a segunda lança. Ao redor, tiros e gritos. Jorge quebrou a terceira lança e tirou a madeira de dentro de mim. Gritei, mas não consegui ouvir meu próprio grito. Ele colocou um braço atrás de meu pescoço e outro sob meus joelhos e se levantou, erguendo-me. Não senti dor, mas estava tonto, tudo ao redor girava. A máscara dele às vezes parecia um urso de verdade. Um urso de dentes grandes, vampiresco.

As árvores se aproximaram, e senti uma vertigem muito grande. Meu corpo amoleceu e a vista foi escurecendo, e minha cabeça tombou para o lado. Vi um soldado fuzilando alguém, algumas pessoas ajoelhadas. Vi Clara com os pulsos amarrados, chorando.

Os soldados não olhavam para Jorge, como se ele fosse invisível.

Só que Clara nos viu quando deixávamos o terreno e o bruxo me carregava nos braços para dentro da mata.

— Cadê Chico? E Amelinha?! — berrou, cuspindo baba avermelhada. — O que fizesse com ela? O que fizesse com Amelinha?!

Jorge não respondeu. O braço dele se enrijeceu em torno de mim. E desmaiei.

CAPÍTULO 16

Vi tudo em fragmentos alucinantes. Pássaros voando no céu. Prédios velhos, ferragens expostas. A mão de alguém tapando minha boca. Saudade de minha mãe. Um desejo excruciante de abraço. O colchão às costas. Um bruxo. A pele preta suada, os olhos tensos, as veias grossas descendo pelo braço até a mão. A mão suja de sangue. Um emoji amarelo balançando na frente da clavícula dele. Um fantasma me observando de cima. Eu apagava e acordava, sentindo dor. Muita dor. Gritava e a mão segurava minha boca. Fogos estouravam no céu. A mão segurava minhas tripas. A mão de Jorge, fazendo movimentos circulares em meu abdome. O sangue ia até os cotovelos. Ele enfiava os braços dentro de mim e revirava os órgãos. Um apartamento. Um buraco no gesso do teto. Uma cortina. Porta-retratos. Barulho de água corrente. Gaze. Álcool. O frio de um bisturi. O calor da mão. Jorge segurou minhas pálpebras e assoprou meus olhos. O ar era quente e tinha cheiro de juá.

Acordei, sobressaltado, sentando-me na cama. Jorge estava acocorado a meu lado, no chão.

Tateei a barriga, procurando os furos, a costura, o buraco que ficou quando perdi os órgãos, a dor. Não havia nada ali. Apenas minha pele lisa, as dobrinhas do abdome seco. Quanto tempo havia passado? Olhei, aterrorizado, para Jorge.

— Você tá bem — falou. — Foi uma ilusão.

Olhei para a barriga. Nenhuma cicatriz. Apenas o umbigo.

CAPÍTULO 16

— Não pareceu ilusão — contrapus, voltando a sentir a pele intacta.

Eu tinha sentido a dor, visto o sangue, as lanças me perfurando, Jorge tirando as lanças de mim e me carregando, cuidando dos ferimentos.

— É um feitiço muito forte. Só vi algo assim uma vez, mas não tão forte. Algo nas fantasias que faz as pessoas acreditarem até se tornar real — explicou. Lembrei de Pablo, o filho de dois sangues-raros, que confeccionava as fantasias. — Foi uma ilusão, mas se permanecesse nela, ia morrer assim. Sangrando, mesmo sem sangrar. Eu precisei fazer uma ilusão também, pra tu acreditar que tava sendo tratado.

Só que Clara tinha dito que a ilusão não funcionava em sangues-raros. Como aquilo tinha se tornado real para mim, então? Lá naquela casa, meu coração pulsava, quase explodindo, o maracatu fazendo tudo vibrar, os átomos, moléculas, células, hemácias. Teria a música potencializado a magia até ela fazer efeito em mim?

Eu não sabia muita coisa daquilo tudo, afinal. Muito do que eu sabia era das histórias que Paulinho me contava. Porém, muitas delas eu achava que eram lendas urbanas ou apenas exageros dele para me impressionar. Ele falava de coisas incríveis e assustadoras, de magia que eu sequer conseguiria imaginar. De gente que transmutava; que virava bicho; que lia a mente do outro; que causava doenças e curava males; gente que burlava as leis da física ao manipular sangue; feitiços para travar línguas, outros para soltá-las; magia de controle mental. Ele me contava também as coisas que os bruxos precisavam fazer para extrair, desvendar e manipular o sangue de alguém. Os bruxos eram sádicos, insensibilizados na escola, educados para serem psicopatas, e Paulinho queria que eu tivesse medo. Também me contava coisas ridículas como, por exemplo, que algumas pessoas da Confraria acreditavam que Jesus Cristo havia sido o primeiro sangue-raro.

Jorge se levantou e me deixou só. Aproveitei para olhar onde eu estava. Parecia um apartamento antigo. Pé-direito alto, piso de taco. Uma grande cortina na parede. Saí da cama e puxei o tecido, expondo um janelão com os vidros pintados de branco, que deixava a luz passar, mas impedia a vista de lá fora. Tinha uma cômoda no canto, com roupas dobradas em cima, e um espelho de corpo inteiro pendurado na parede. Tentei evitar olhar, mas meu reflexo me prendeu.

Eu estava com uma cueca samba-canção, um pouco folgada para mim. Ainda estava muito magro, os ossos da costela ainda apareciam, mas minha pele tinha recuperado a cor — não mais cinza, o tom negro claro voltara —, meu cabelo começara a crescer, uma penugem preta revestindo o couro cabeludo. Os lábios também não estavam mais ressecados e feridos, pareciam macios, rosados e carnudos. As olheiras tinham sumido, o que me fez sentir bem com aquela aparência. Eu não parecia mais doente, prestes a morrer.

Desdobrei as roupas que estavam em cima da cômoda. Era uma bermuda de algodão marrom, uma camiseta branca e um cadarço. Estavam cheirosas, um aroma fresco, floral, cheiro de casa.

A bermuda era um tamanho muito maior que o meu (perguntei-me se era de Jorge, mas onde ele arranjara aquelas roupas?), e usei o cadarço para mantê-la fixa na cintura. O pouco de autoestima que eu recuperara havia alguns segundos evaporara quando me olhei no espelho: o quadril nulo, a bunda seca. Eu precisava engordar, recuperar os músculos, as curvas. O corpo que também fora roubado de mim. Minha barriga roncou, e vesti a camisa, que ficou parecendo um vestido.

Abri a porta do quarto e um cheiro de fritura quase me fez desmaiar, crendo que estava em uma alucinação. Do corredor, escutei o barulho do óleo borbulhando.

Tateei a parede branca do apartamento. Ali o chão era revestido por azulejos antigos, cheios de ornamentos. Pareciam familiares. Passei por uma porta aberta (um banheiro com louças cor-de-rosa e paredes de cerâmica azul) e cheguei a uma sala com uma mesa de madeira redonda, três cadeiras, uma estante de madeira escura com uma televisão apagada e muitos porta-retratos empoeirados. Franzi o cenho. Era como se eu já estivesse estado ali.

Cais, a palavra rolou em minha cabeça.

Lembrei do feitiço fracassado de Jorge, quando fugíamos da fazenda. Ele usara o sangue da bolsa térmica para abrir um portal, e tive vislumbres daquele lugar, lembrava de alguns detalhes, do ventilador do teto, dos buracos no teto de gesso, da parede úmida, da janela pintada de branco. Ele havia tentado abrir um portal para aquele lugar, mas o sangue restante não fora suficiente. Que apartamento era aquele? Parecia um lugar importante para ele. Talvez ele morasse ali.

— Já, já fica pronto — anunciou Jorge, espiando de uma porta que eu supus ser da cozinha.

Assenti, um pouco atordoado. Ele estava fazendo comida. Algo muito cheiroso que fazia meu estômago se contorcer todo. Ele agia como se nada

CAPÍTULO 16

tivesse acontecido. Como se não tivesse me chamado de sangue-raro de merda, me sufocado. Ele tinha levado um tiro; eu o tinha abandonado para me juntar a um bando de guerrilheiros contrarrevolucionários que me traíram e tentaram me matar; ele apareceu lá com um bando de soldados...

Peguei um porta-retrato. Precisei tirar a poeira com a mão para ver a imagem. No primeiro, uma mulher negra de cabelo preto, com olhos castanhos, sorria para a foto. Era a mesma mulher da foto 3x4 que eu achara no bolso de Jorge. Marina, a mãe da menina desaparecida. Atrás dela havia árvores e um balanço de madeira pendurado em um galho. Tirei a poeira de outra foto; primeiro vi o perfil da mesma mulher, os olhos fechados e a boca fazendo biquinho para beijar alguém, esse alguém era Jorge. Parecia um pouco mais jovem, e sorria para a câmera, o braço esticado como se fosse ele que tivesse fotografado. Em outra foto tinha os três sentados na mesma sala, jogando baralho na mesa redonda. Duas taças de vinho e um copo de refrigerante entre eles.

Clara tinha dito que Jorge matara Marina. Uma morte cruel, ela dissera. E que Luíza não era filha dele. Então a menina fora levada pela Confraria, por culpa do bruxo. Vendo aquelas fotos, não parecia verdade. Parecia haver amor ali. Era uma família. Porém, se Luíza era filha de dois sangues-raros, Jorge não era o pai dela. Pelo menos não o biológico. O sangue era tão determinante, assim? De toda forma, ele estava procurando uma pessoa querida.

Era difícil saber em quem acreditar. Em quem confiar. De um lado, um bruxo violento, ríspido, que me tratava como se eu fosse um animal de estimação. O pirangueiro. Do outro, Amelinha e Clara, as mulheres que me acolheram com tanta proximidade e hospitalidade, me deram um lugar para me sentir seguro, entre semelhantes, para depois me apunhalarem pelas costas.

Talvez eu não tivesse opções, mesmo. Eu não tinha em quem acreditar, em quem confiar, em quem me apoiar. Eu estava sozinho. E tudo graças a meu sangue. Não era o sangue que deveria nos conectar com nossos ancestrais, nossos semelhantes, nossos próximos? Em vez disso, a coisa só me condenara ao isolamento.

Devolvi o porta-retrato à estante.

— Eu não pertenço a lugar nenhum — murmurei.

— Bem-vindo a meu mundo — disse Jorge atrás de mim.

Eu não tinha notado que o bruxo estava atrás de mim, segurando um prato cheio de bolinhos fritos.

Meus olhos encontraram os dele. Eram firmes, severos, escuros. Ali, vi meu reflexo. Jorge era apenas uma pessoa tentando encontrar alguém. Assim como eu, que tentava encontrar a mim mesmo. Era o que nos restava. Aquele era nosso mundo.

Sentei-me à mesa e dei uma mordida no primeiro bolinho. Era parecido com o que ele tinha feito na casa de Rita, mas mais saboroso. Estava bem quente e queimei a língua, mas, *foda-se*, era gostoso demais. Bem crocante por fora, macio por dentro e cheio de tempero. Aqueci o corpo e a alma.

— Bolinho de feijão macassar — revelou, com a boca cheia de comida.

— É comida ancestral. É bom pra...

— Se tu disser que é bom pro sangue eu jogo esse prato pela janela.

Ele fechou a boca e terminou de mastigar calado.

— Como tá a perna? — perguntei, quebrando o silêncio.

Ele demorou um segundo para entender minha pergunta, então afastou a cadeira para trás e esticou a perna. Ele estava com uma cueca samba-canção como a minha. Exceto que nele o tamanho era correto. A minha era estampada com naipes de baralho, enquanto a dele era listrada branco e azul claro. As cores faziam um belo contraste na pele escura. Não havia nada por baixo da vestimenta; eu via o volume do pênis e do saco pendurado entre as pernas. Ele levantou um pouco um lado da cueca e mostrou uma cicatriz pequena na coxa. Um queloide que não passava de uma bolinha rosada, com uma textura frágil, um tanto mais alta que a pele.

— Amelinha é uma boa curandeira — afirmou ele.

A imagem de Clara gritando pela esposa, ajoelhada e com um fuzil de um soldado apontado contra a cabeça, me veio à mente.

— Tu matou a mulher? — indaguei.

Jorge bateu o pé.

— Óbvio que não.

— E Chico?

— O cachorro? Fugiu. Tu acha mesmo que eu seria capaz de matar um cachorro?

Ergui a sobrancelha. Preferi não responder. Não sabia se ele estava sendo irônico.

— E aqueles soldados? — questionei. — Como chegaram lá ao ensaio? Como tu sabia que iam me atacar?

CAPÍTULO 16

Jorge pegou dois bolinhos e os enfiou inteiros na boca. Mastigou por alguns segundos. Devia estar ganhando tempo, pensando no que me revelaria.

— Eu tava ferido, mas não sou estúpido. Eu conheço aquelas duas há muito tempo. Eram amigas de Marina. Aquela da foto que tu tava olhando. A gente tinha um relacionamento — confessou ele.

Peguei mais um bolinho. Fosse lá qual fosse o poder dos ancestrais, estava deixando Jorge falante. E me deixando revigorado.

Era bom deixá-lo falar, assim eu não ficava sozinho com meus pensamentos autodepreciativos. Eu não queria pensar no papangu me chamando de praga, de bica. Tinha medo de concordar com ele.

— Elas não gostavam de mim — continuou o bruxo. — Diziam que eu era uma má influência pra Marina. — "Ela foi morta cruelmente. Jorge, o bruxo que te tirou do batalhão, a matou", a voz de Clara soou em minha mente. — Amelinha me deu um sedativo forte, mas fui treinado pra resistir a certas drogas. Eu não ia ficar desacordado na casa delas. Escutei a conversa de vocês, escutei o que ela falou no *walkie-talkie*. Clara confiava em tu, ela queria encontrar Luíza também, mas os outros do grupinho dela tavam pouco se fodendo. Queriam teu sangue, como vingança.

Abaixei a cabeça, sentindo-me mal.

— Foi minha culpa. Tanta gente morta por minha causa.

— Foda-se — exclamou Jorge. Olhei para ele, espantado. — Os milicos te sequestraram, te doparam e roubaram teu sangue. Não é tua culpa, porra. Aquele grupo de Clara? Eram uns otários se fingindo de heróis. Segui vocês até lá e fiz uma denúncia. Enviei a localização pro exército. O resto tu já sabe.

Enfiei o último bolinho na boca. Já estava sem fome, mas quis uma desculpa para não falar nada. Jorge era um monstro. Um *matador*, como falaram. Destruiria tudo e todos que ficassem no caminho para conseguir o que queria. Luíza tinha sorte. Queria que alguém tivesse me procurado assim.

— Elas falaram que Luíza é especial. Filha de sangues-raros. É ela que tu tá procurando, né? O que tu quer com ela. Qual o poder dela?

Jorge pareceu se irritar com minha pergunta.

— Luíza é filha de Marina, mas ela é como uma filha pra mim, também. Eu não tô atrás do *poder* dela. Eu quero *salvar* a garota.

Clara queria usar a menina para destruir o exército, mas Jorge não a usaria como ferramenta. Ainda assim... ela possuía alguma importância para os militares. O sangue dela devia significar alguma coisa.

— Ela abre portais, como a mãe — revelou Jorge, lambendo os dedos melados de óleo. — Mas sem precisar de feitiço, nem de bruxo. Filhos de dois sangues-raros são praticamente impossíveis de acontecer. No geral nascem mortos, ou sem poder, mas, quando acontece, conseguem controlar o próprio sangue. Era um segredo da Confraria, o exército descobriu isso faz pouco tempo. Foi quando foram atrás dela.

Quase caí da cadeira impactado com a informação. Controlar o próprio sangue, sem bruxo? Eu jamais sequer tinha cogitado aquilo ser possível. Agora eu entendia a importância da menina. Não era o poder do sangue, mas as possibilidades que aquilo gerava. O exército não precisaria mais de bruxos, nem de feitiços, nem de tirar o sangue das pessoas por tubos. Fariam qualquer coisa para ir atrás dela e escondê-la. Reproduzi-la. Ela não era uma ferramenta, era a arma.

— Clara disse que tu matou Marina — revelei.

Jorge não pareceu surpreso.

— Ela tá certa.

O bruxo se levantou, pegou o prato e levou para a cozinha. Ele precisava se curvar para não bater a cabeça no vão da porta. Ouvi o barulho dele lavando a louça.

Quem era Jorge? Eu não conseguia entender. Matara a mulher que amava e agora procurava a filha dela? Ele era um bruxo, afinal, incompreensível. Não adiantava eu tentar colocar lógica nas ações de um psicopata. Não adiantava fazer perguntas, esperando sinceridade. Ele era um assassino, no fim das contas.

No entanto, apesar de tudo, eu acreditava que ele queria salvar Luíza.

Dentro de mim, o coração pulsava, parecia ter vida própria, e queria chamar atenção, batendo cada vez mais rápido, fazendo o sangue esquentar, as mãos pinicarem, a nuca arrepiar. Acontecia quando eu estava muito consciente do líquido amaldiçoado que corria dentro de mim. Eu me sentia inteiro, recuperado, meu sangue pronto para fazer magia.

— Quero que tu use meu sangue — declarei, entrando na cozinha.

— Tudo bem — respondeu ele, enxugando as mãos em um pano de prato encardido e se virando para mim, olhando-me com curiosidade como se eu fosse um cachorro recém-nascido de três cabeças.

— Agora. Já tô recuperado. Pega meu sangue, faz o que precisa fazer. Salva Luíza.

Era melhor arrancar o band-aid de uma só vez.

Fui até ele. Havia uma faca no escorredor. Peguei a faca e encostei braço. Se o pecado fosse rápido, talvez o pecador não fosse visto.

— Pega uma panela, tigela, sei lá, vou tirar o sangue.

Ele me olhou como se eu estivesse fora de mim. Tinha razão, estava. Não era assim que tirava o sangue. Não o meu. Havia rituais, protocolos. E eu torcia, todos os dias desde que Jorge me capturara, para que aquele bruxo não desvendasse meu sangue. Que ele não soubesse o que Paulinho havia descoberto: com prazer e dor misturados, funcionava melhor. Se não fosse assim, precisaria de uma quantidade maior de sangue. Eu desconfiava de que fosse aquele o motivo para o exército extrair tanto sangue meu, ao ponto de eu quase morrer. Eles não haviam descoberto o segredo de Paulinho, e por isso precisavam de tanto. E eu não revelaria aquilo para o bruxo diante de mim.

— Não, não é a hora — argumentou Jorge, olhando-me dos pés à cabeça.

— Preciso sair. Vou atrás de mantimentos. Comidas e outras coisas de que a gente precisa. Dessa vez, fique aqui. Por favor. Na volta, a gente vê isso.

***

Uma porra.

Eu não mais ficaria esperando os outros decidirem meu destino.

Ouvi-o girar a chave do lado de fora da porta ao sair e me tranquei no banheiro com a faca.

Havia uma dúvida pinicando minha cabeça desde que Jorge mencionara sangues-raros que conseguiam fazer magia sozinhos. Eu tinha uma hipótese e não custava nada tentar. Eu sentia, de certa forma, que meu sangue *queria* aquilo. Borbulhava dentro de mim, querendo sair. *Pedindo* para sair.

Era hora de enfim me ouvir.

Acima da pia tinha um espelho empoeirado. Tirei a blusa, limpei o espelho e me olhei. Passei a mão para sentir o cabelo que crescia. A última vez que sentira os fios tinha sido dez anos antes. Meu cavanhaque também voltava a crescer: uma sombra no queixo, que era redondo e pequeno. Dei um passo para trás, para ver o torso. Não via mais os ossos do peito e nem as costelas. Os bolinhos de feijão macassar eram mágicos? Senti-me mais forte, mais bonito. Tirei a bermuda e me sentei na privada.

Paulinho dizia algumas palavras quando usava meu sangue. Ele me falava que as palavras não tinham importância em si, mas era a vibração que causavam no ar. *Serpiente de sangre* (ele falava aquelas com um sotaque arrastado, mexicano, dizia); *sapó* (aquela eu não sabia o que significava, ele também não. Dizia que era indígena, tupi, mas sem muita certeza). A última palavra era em inglês: *ghost*. Bruxaria era praticamente receita de bolo. Paulinho dizia que as linhagens de bruxos eram especiais, que eles tinham certa conexão com sangues-raros, por isso podiam manipular o sangue e pessoas normais, não, por mais que tentassem replicar os rituais. Porém, o sangue era meu. Quem teria a maior conexão com ele do que eu mesmo? Eu sabia como era o ritual. E filhos de sangues-raros nem precisavam desse protocolo todo. *Foda-se essa merda*.

Pensei de novo em Paulinho. Pensei em Marcelo, também. O corpo dele, grande, agarrado ao meu, dançando, eu sentindo o suor dele, o calor dele, a dureza debaixo do short que roçava minha perna. Trinquei os dentes, arrepiado, mais uma coisa que eu não sentia havia muito tempo. Passei a ponta da faca no peito, lembrando das unhas pontudas de Paulinho, e como me arranhavam. Lembrei do pau dele deslizando dentro de mim, e ele mordendo meu braço, fazendo-me gritar ainda mais, o sangue escorrendo por cima dele, enquanto deixava de me encarar e fechava os olhos, gemia enquanto se enfiava dentro de mim, e falava *serpiente, serpiente, serpiente*, quase não conseguia falar as outras, tão extasiado e entregue a mim estava, e se lambuzava com o sangue, lambendo o vermelho que tingia seus lábios, e eu segurava seu cabelo loiro e suado, para fazê-lo continuar, e ele gozava dentro de mim quando falava a última palavra, esquecendo-me, pois já devia estar pensando na pessoa desaparecida que precisava encontrar, e eu caía de lado, ainda com a porra dele em mim, exausto, sangrando, às vezes chorando, e desmaiava.

Meu pau estava duro, pensando em Paulinho, pensando em Marcelo. Teimoso, meu pensamento escapava para Jorge. A perna dele, longa, lisa, a coxa musculosa, a pele brilhante e macia, a queloide marcando o ponto em que a bala lhe atravessara. Tentei desviar o pensamento daquilo, mas sempre voltava para as mãos dele, grandes, o braço comprido, firme, segurando bandagens e ervas amassadas, segurando-me com delicadeza, apesar do aspecto bruto que tinha, cuidando de meus ferimentos como se eu fosse precioso, o cheiro de juá do hálito dele.

Cortei a mão com a faca, o sangue escorrendo entre os dedos, pelo antebraço, pinguei-o em cima do pênis e me masturbei. Eu precisava encontrar Luíza, mas não conseguiria pensar na menina naquela situação. Tentei não

CAPÍTULO 16

pensar em Jorge, então meu pensamento escapuliu para a mulher dele. Só havia um jeito descobrir a verdade sobre a morte de Marina, afinal. Pensei nela sorrindo, beijando a bochecha dele. Onde estava, quando morreu? Qual foi a última vez que viu a filha? Quando beijou Jorge pela última vez? Qual era a textura da pele dele? O cheiro, o gosto? *Qual foi a última vez que ele te segurou pelos braços e te fez gozar?*

— *Serpiente* — falei, entre um gemido que escapou desesperado da garganta. — *De sangre*.

Eu me sentia uma serpente, lambuzada de sangue, deslizando no chão, na lama, na água, entre as colunas de um prédio, perfurando o solo, como se fosse raiz, *sapó*, absorvendo a água, os nutrientes, as lembranças da terra, espalhei-me pelo chão, deslizando pelas camadas de história, pelas tumbas dos ancestrais, pelo tempo, como um espírito, um fantasma, procurando por ela, cadê, onde está você, onde, onde, onde onde onde

Ghost

CAPÍTULO 17

Mulher parada na frente do espelho. Os olhos castanhos brilham diante da chama da vela. Ela ajeita o cabelo preto pensando nele. Alguém que faz o peito dela bater mais forte. Passa a mão pelo corpo. Acabou de sair do banho, mas o suor já escorre. Está cada vez mais quente no apartamento. A mão toca a cicatriz no ventre. Lembra do choro da menina, da dor, do sangue, do medo. Medo, medo, medo, muito medo. O bebê ensanguentado nos braços da velha. A idosa sorri, o bebê está vivo, ela sorri também. Só que faz tempo, já.

Ela está sempre assustada, com medo de perder a filha. Alguém quer pegar a filha dela. Contudo, também está cansada.

Cansada de mentir, de se esconder, de ficar brechando pela janela. Não aguenta mais os códigos, as desculpas, os dias trancada dentro de casa para que não achem a filha.

Ele parece um alívio.

Como uma fresta de sol aparecendo no céu após uma tempestade.

CAPÍTULO 17

Sinto o coração dela se agitar ao pensar nele. Um sorriso aparece no espelho. Vejo pelos olhos dela. Sinto a carne dela. Sou ela?

Um bebê grita. É ela, agora. A mulher de cabelo preto. É ela bebê, saindo do ventre da velha. A velha agora é jovem. O bebê grita assim que passa pela vagina. É escandalosa, ao contrário da filha, que vai ficar ensanguentada e calada nos braços da velha muitos anos depois. Nara, é esse o nome dela, guarda o cordão umbilical da filha em um pote. Marina, a velha-jovem sussurra no ouvido do bebê de olhos verdes.

É esse o nome dela? Ou meu nome? Marina chora muito. No hospital, no táxi, em casa. "Há algo estranho em Marina", afirma Nara em voz alta. Só que não existe palavra para o que a bebê tem. Ainda não.

Marina cresce.

Marina dá o primeiro passo. Nara sorri, a filha é linda e forte. Porém, ainda sente que há algo errado com ela. Dentro, no sangue. "Leva pra Zélia", sugere alguém. Nara vai ao quilombo procurar por Zélia, com Marina nos braços. Zélia usa branco, é mãe de santo. Os búzios se espalham na mesa. A menina tem sangue raro, escuta Nara. Não sabe o que é. Nunca ouviu o termo. Eu sei. O que estou fazendo aqui? A mãe de santo olha para mim. Nara olha para trás, seu olhar me cruza, não me nota. Zélia a orienta a tomar cuidado com a filha, a menina é especial e gente ruim pode querer usá-la. As duas vão morar lá, no quilombo, são acolhidas naquele mesmo dia. Zélia diz para ela levar o cordão umbilical de Marina no manguezal.

Uma pessoa de rosto tatuado sorri e assente quando Nara enterra o cordão umbilical da filha na lama sob as raízes aéreas de um mangue. Deslizo pelas raízes, sentindo o cheiro do sangue. Sou uma serpente.

Há muitas palavras para o que Marina é, e Nara resolve ignorar todas. Cria a filha como se ela fosse comum. Seus vizinhos respeitam a decisão, ali são todos uma grande família. Marina cresce sem saber o que há de errado dentro de si. Marina sente algo estranho. Eu já senti, também. É fervura, é vapor, é ardência que sobe pelo corpo e quer escapar. Só que não sabe o que é o formigamento, o fogo que queima dentro das veias. Não sabe por que as pessoas a olham estranho, por que nem todas as crianças querem brincar com ela, por que quando caiu e se ralou, todo mundo correu com medo ao ver o sangue escorrendo pelo joelho. Ela fica sozinha brincando com uma hello kitty velha que achou no lixo. É sua única amiga. Alguém fala que a mãe da hello kitty fez um pacto com o diabo, por isso a boneca não tem boca nem umbigo. Marina se assusta, tem medo da amiga, devolve-a ao lixo.

Tem um menino que é diferente. Marina é adolescente, ele também. Sou apenas uma nuvem pairando sobre os dois quando se beijam pela primeira vez, na sombra de uma mangueira. Sou uma serpente de sangue que abre caminhos entre as raízes daquela árvore. Sou um espírito, um fantasma que se alimenta de lembranças. Marina gosta dele, está apaixonada, e feliz demais. Antes, achava que ele era viado. As pessoas comentavam da estranheza dele. Ela também sentia que ele era diferente. Assim como ela. Assim como eu. "Tu é?", pergunta ela.

Tento fechar os olhos na noite em que Marina tem a primeira vez. Não quero ver, mas não tenho olhos. Sou tudo que envolve Marina. É o aniversário de dezessete anos dela, e Filipe lhe deu um buquê das rosas que ele mesmo plantou. Zélia morreu na semana passada, e todos estão tristes. Marina, não. A mãe de santo não aprovava o relacionamento de Marina e Filipe, mas nunca dizia o motivo. Nara também não, e Marina está com ódio da mãe. A família de Filipe quer separá-los. Os dois fazem amor nessa noite para provar que estão todos errados.

Dissolvo-me no tempo, pois sou nuvem. Poeira no vento. Água que corre entre raízes. Sou a umidade

CAPÍTULO 17

infiltrando-se na terra, cavando espaço entre grãos e rochas. Sou sangue percorrendo capilares. O genoma que se infiltra de sangue para sangue. Marina e Filipe se encontram em segredo, beijando-se entre as raízes do manguezal. O sangue dos dois arde, sinto queimar. Estão pensando em fugir. Marina coloca a mão no ventre e diz que está grávida.

Filipe diz que ninguém pode saber. Que conhece uma bruxa fora do quilombo que pode tirar o bebê. Marina sente uma dor no peito e vomita. Segura o choro, com raiva. Não quer tirar o bebê. Quer criá-lo com Filipe, mas percebe que isso nunca acontecerá.

O sangue pulsa.

O sangue está vivo, células e magia vermelha, fluido quente que lava por dentro, é lava, é fogo, vulcão adormecido esperando a erupção. Há um vulcão no interior de Marina, acordado, mexendo-se, crescendo, ascendendo à superfície.

Ela se arruma toda, pois Filipe disse que vai levá-la para um passeio especial. Está contente, acha que ele mudou de ideia sobre o aborto. Agora ela vê um futuro em família com ele. Também está aliviada em sair de casa, tem ficado difícil esconder os enjoos da mãe.

Ela perde o chão quando chega ao destino do passeio com Filipe. A casa da bruxa fede, é cheia de animais mortos e ervas mofadas. Lá fora, o cheiro do manguezal a deixa enjoada, parece ovo podre. Filipe diz que querem tirar o bebê, mas a bruxa não diz nada, apenas sorri e dá uma fungada na direção de Marina, como se a farejasse. Marina se treme inteira, tem medo, sente o xixi quente escorrer pelas pernas. Lembra da hello kitty que nasceu sem boca porque a mãe fez um pacto com Satanás.

— Raro, raro, raro, raríssimo... — É tudo o que a bruxa diz.

As cicatrizes do rosto dela se contorcem com o sorriso.

Marina se vira para sair dali quando a mão de Filipe a puxa com força.

— Tu vai tirar o bebê — ordena ele.

Marina balança a cabeça e puxa o braço. Está assustada, o bebê se retorce na barriga.

— Ou tira por bem, com ela, ou por mal — exclama Filipe, tirando uma faca do cós da calça e apontando a lâmina para o bucho de Marina.

A ponta corta. Dói. O bebê protesta.

— Não — declara Marina.

Vira-se para sair dali e não vê o namorado erguer a faca para apunhalar suas costas. Eu vejo. Quando ele movimenta a mão para tirar o bebê à força, Marina escuta o tiro. A explosão a deixa moca, o ouvido zumbindo, e o rapaz cai no chão, um buraco vermelho na cabeça, a poça de sangue no cimento queimado. A bruxa segura uma arma.

A mulher vai falar alguma coisa, mas uma sombra preta aparece por cima da cabeça dela. Um círculo se abre, como uma porta para outro lugar. Um lugar que não é ali. Duas coisas saem do buraco. Coisas que não são desse mundo. Parecem tentáculos, pretos, são feitos de milhões de besouros. Os tentáculos seguram a bruxa pela cintura, e a mulher grita e larga a arma, o corpo da mulher é puxado para a porta flutuante, e o círculo se fecha depois que ela passa para o lado de lá. Marina cai no chão, aterrorizada. Também sinto medo. Olho para os lados; não há mais nada ali. Só silêncio e o corpo de Filipe. Marina sai correndo.

— Eu sei que tu tá prenha — diz Nara para Marina, quando mãe e filha tomam café. — Cadê Filipe?

Marina dá de ombros e começa a chorar. É difícil mentir. Diz que Filipe a largou e fugiu quando ela disse que estava grávida.

A mulher grávida grita. Sente dor. Muita dor. Nunca sentiu tanta dor na vida. Há várias mulheres do quilombo ao redor, sorrindo, emocionadas.

CAPÍTULO 17

Algumas sentem medo. Quando o bebê sai, ninguém tem coragem de pegar, pois está coberto de sangue.

— Marina, tua filha é especial — declara Ana.

Não sei quem é Ana, Marina também não. Marina está no terraço da casa, é noite, balança a pequena Luíza, a menina tem dificuldade para dormir, está quente, ela fica mais calma com o sereno da noite, ouvindo o grito das rasga-mortalhas. As roupas de papangu e La Ursa balançam no varal, no mesmo ritmo de Marina na cadeira. As fantasias estão suadas, é carnaval, e os meninos do quilombo passaram o dia brincando e pedindo dinheiro na cidade. Ana sai do matagal, passa pelas roupas coloridas que Marina ajudou a costurar, e vem direto para Marina como se a conhecesse.

— Luíza é sangue proibido — fala Ana. — Filha de tu e teu homem, dois sangues-raros. Pra eles é abominação, é perigo, vão vir aqui exterminar este lugar e incinerar a tu e o bebê.

Marina assente, acredita. No fundo, já sabe disso. Sente que tem alguém a procurando, procurando Luíza, farejando seu sangue que é especial, que borbulha, queima, arde, tem vida própria, querendo sair.

Eles quem?, pergunto no ar. Nem Ana nem Marina me escutam. Acho que Luíza escuta, pois abre os olhos e começa a chorar.

— Tão aqui — informa Ana.

Então sentimos o cheiro de fumaça. Depois, os primeiros gritos. Quando Marina se levanta, assustada, os tiros ressoam pelo quilombo.

Marina confia em Ana. Ou sou eu que confio?

— Clara e Ame... — começa a dizer Ana, mas é interrompida por um tiro que perfura seu peito.

Ela cai no chão, e Marina corre para dentro de casa. Luíza chora.

— Mainha! — grita Marina, indo em direção ao quarto da mãe, apertando o bebê entre os braços.

Uma bola de fogo entra pela janela de vidro e a casa explode. Marina cai para trás, e tudo dói, sinto o fogo queimando nossa pele. O braço arrancado da mãe cai no meio dos escombros. Fico todo rígido, sangue queimado e coagulado, serpente assada, fantasma de cinzas. Um círculo se abre ao lado de Marina, um círculo escuro, por onde a luz do fogo não passa, é uma porta, ela percebe, já viu uma dessas anos atrás, quando foi levada para a bruxa tirar o bebê, e Marina pula dentro da porta: é melhor do que ser queimada viva. Eu a sigo, deslizando pelo tempo.

Besouros voam por todos os lados.

O horizonte é translúcido, furta-cor, o cheiro é de massapê, o vento é quente.

O barulho é atroante, um bilhão de moscas voando.

Um ser gigante lá na frente, braços quilométricos, como tentáculos.

O ser se abaixa e se desfaz, é feito de besouros.

A porta se abre, Marina sai.

E me perco no tempo.

***

Um homem se mudou para a casa ao lado. Marina já o viu algumas vezes, não para de pensar nele. Está pensando no dia anterior, quando ele estava sem camisa limpando o capim do quintal. A casa vizinha estava desocupada havia anos, tem mato por todo canto. Até que enfim, pensa Marina, não aguento mais os mosquitos e ratos e escorpiões que vêm do terreno.

Já faz sete dias que o homem trabalha sem parar, cuidando da casa que comprou. Marina gosta de vê-lo trabalhar. Os músculos retesados enquanto ele enxuga o suor da testa e ofega. Percebe as costas largas, tenta não encarar o abdome. Ele sorri para ela e Marina finge que está estendendo roupa. Ela é costureira, está fazendo roupas para o carnaval que se aproxima.

CAPÍTULO 17

Ele olha, curioso, para as fantasias coloridas, as máscaras de La Ursa de papel machê secam no sol. Ela pergunta se ele quer água. O homem aceita. Às vezes oferece suco, café. Um dia, oferece cerveja. Ele aceita a latinha e toca os dedos nela. Ela sente um formigamento nas pernas. Ela o chama para tomar cerveja no quintal dela.

Luíza sai da casa, e Marina fica puta. A menina tem seis anos e está ficando impossível mantê-la escondida. A criança é curiosa, quer ver o mundo, Marina tem medo de colocá-la na escola e ela mesma a ensina. Tem medo de que percebam que Luíza é diferente. Que Marina também é. Luíza usa uma roupinha de La Ursa muito fofa. Tinha feito para elas saírem escondidas naquele carnaval. Marina sente falta da farra.

O homem sorri para Luíza, e me arrepio inteiro. Sei quem ele é. Reconheço o sorriso. Tento me lembrar o nome dele. Tem olhos muito pretos.

— Quem é essa princesa?

— Luíza! — grita a menina, tirando a máscara, sorrindo e pulando.

Acho que é a primeira vez que vê uma pessoa diferente da mãe. Está animada.

Marina fica com vergonha de colocar a filha para dentro de casa, e cede:

— Esse moço é nosso vizinho, filha.

— Meu nome é José — diz ele, mas sei que é mentira. Marina não sabe. — Prazer, majestade.

Eles se veem todos os dias. Marina lava os tecidos antes de costurar, e quando vai estender sempre encontra o homem no quintal dele. Conversam muito; ele é charmoso e encantador. Agora também acho isso, sinto isso. Meu coração também bate mais rápido quando o vejo, minhas mãos também suam, também sinto o frio na barriga de Marina. Afinal, também sou ela. Ele quis comprar uma máscara de La Ursa, mas ela deu de presente. A mais bonita que já fez. É preta, como a pele dele, com detalhes brancos e vermelhos. O urso não sorri, esse ela fez bem sério, para combinar com Zé. Também adicionou dentes de vampiro. Ela gosta de variar um pouco as figuras tradicionais.

Marina beija o vizinho numa noite, no quintal, separados pela cerca de arame que divide os terrenos. Ele é alto e ela fica de ponta de pé, seus braços longos e fortes a ajudam a passar pela divisória, atravessando fronteiras que ela achava serem proibidas. Está nos braços de um homem, sua filha dorme sozinha no quarto, o sangue de Marina ferve e o homem sorri, beija seu pescoço, cheira seu cangote, morde o seu ombro. Marina geme, e reconheço o cheiro de José. O nome dele é Jorge, está tão mais novo. Marina se esforça bastante para ter autocontrole. Afasta o homem e volta para casa. A filha dorme. Ela não consegue dormir.

É outra noite. Mais uma vez ela tem problemas para dormir, ansiosa, pensando nos beijos do vizinho. Zé. Não sabe o que fazer. Escuta um barulho dentro da casa, vindo do quarto da filha. Levanta-se com um mal pressentimento e corre até lá. A filha dorme tranquila, com um sorriso no rosto. Marina se amolece inteira. Como ama aquela menina. É sua maior riqueza.

Vai até a cozinha, tira seis latas de cerveja da geladeira e as coloca numa sacola. Passa pelo quintal, pula a cerca e bate na porta dos fundos da casa do vizinho. Ele não demora a abrir.

Ela se surpreende um pouco. Nunca o viu daquele jeito. Tem o cabelo desgrenhado, os olhos inchados, vermelhos. Parece triste, como se tivesse acabado de chorar. Ele segura a máscara de La Ursa que ela fez. Ela mostra as cervejas, e ele sorri. Ele deixa a máscara cair no chão e dá um beijo nela. E outro. E outro. A tristeza se dissipa com avidez. A cerveja esquenta. Eles também.

Enquanto se entrega por cima do corpo dele, Marina não sabe que o homem é um bruxo.

CAPÍTULO 17

Tento fechar os olhos, não quero ver essa cena, não quero ver os corpos deles se misturando em suor e vapor. Só que não tenho olhos, meus olhos são os de Marina.

Aí sumo, viro fumaça, espalho-me naquele quarto quente, Marina dorme com a cabeça apoiada no peito de Jorge. Ele fala o verdadeiro nome e pede desculpas. Ele diz que é bruxo.

Luíza aparece correndo, grita e sorri. Fez um colar de miçangas para a mãe e uma correntinha para os óculos de Jorge. Marina ri, a filha está obcecada por aquelas bolinhas coloridas.

Luíza diz que ele parece um professor.

Vejo a mesa redonda de madeira, os porta-retratos, o banheiro de azulejos azuis. Jorge faz tranças nagô em Luíza, e a menina corre pela casa cheia de orgulho. A televisão está ligada. Tão familiar...

Marina deixa a filha com Jorge e vai visitar as amigas. Clara e Amelinha falam de um grupo de pessoas poderosas que matariam a família dela se soubessem que Luíza existe. Pessoas para quem Jorge já havia trabalhado. As amigas dizem que Marina devia pegar a filha e fugir com elas. Elas têm um grupo que se ajuda. Ana, a mulher que tentara ajudá-la no quilombo, era desse grupo.

Marina sonha com o bruxo, sonha com os feitiços, e Luíza aparece e acorda os dois. Ela é adolescente, agora, e está ranzinza e impaciente, deseja que Jorge continue as aulas.

Nem Marina nem a filha sabem onde estão. Marina às vezes fica olhando para a paisagem de frente para a casa onde agora moram e se pergunta que lugar é aquele.

— É melhor que vocês não saibam — explicou Jorge uma vez.

São foragidos, os três. Marina sente falta de Clara e Amelinha. Sente falta do apartamento no centro de Recife, da vista para o rio.

Jorge está sentado no chão com Luíza, na frente deles há dezenas de frascos de vidro. Poções, ervas, sangue. Jorge está com aqueles óculos pequenos que o deixam tão sério. Parece um professor sexy. Marina vê a cordinha colorida que Luíza fez, pendurada atrás do pescoço dele e ri. Sexy e bobo. Marina passa o dedo no colar que a filha fez alguns anos atrás. Sempre usa, como um amuleto.

Marina está sentada no sofá, bebericando o chá, e pensa na história de Jorge. Vejo as noites insones, as conversas cochichadas para a criança não ouvir, os beijos trocados. Vejo Jorge chorar e dizer que está apaixonado por ela. Vejo Marina perguntar por que ele chora. Vejo Jorge dizer que está ali para matá-la e levar Luíza. Só que faz tempo isso, já.

— Levar pra quem? — indagou Marina naquele dia.

— Pro meu chefe — respondeu Jorge.

Jorge conta da Confraria. Com os ouvidos e olhos de Marina, presto atenção. Chorando, Jorge fala do ataque ao quilombo. Ele estava lá. Estava caçando, diz que era o trabalho dele. Caçar sangues-raros, é um farejador. Sentia o cheiro de Luíza. Conta do coronel Fagner. O exército quer Luíza, o bebê proibido.

— A Confraria diz que sangues-raros não podem ter filhos juntos. Que o bebê nasce morto, deformado, doente. São aberrações e devem ser proibidos. Sangue-raro com sangue-raro é o maior dos pecados. Os bebês que nascem vivos são caçados e mortos. Não dizem isso pra gente, Marina, mas eu sei. Eu sinto o cheiro do sangue. Os bebês são poderosos demais, assustam a Confraria. Luíza é especial por isso. E o coronel está desconfiado disso, também. Por isso agora ele está atrás de filhos de sangues-raros. Não pra matar, mas pra estudá-los. Eu quero ensiná-la.

— Ensinar o quê? — pergunto.

Marina também pergunta.

— Dizem que... Há um boato. Que bebês filhos de dois sangues-raros conseguem manipular o sangue sozinhos,

CAPÍTULO 17

sem feitiço, até sem sangrar. O que a gente aprende na Confraria, na escola, eu posso ensinar a Luíza. Já a vi abrir portais. E sei que tu também. São muito fortes, mais fortes do que os que eu abro com teu sangue.

Marina lembra do outro mundo, que visitou quando fugiu do quilombo. O ser de tentáculos gigantes, feitos de besouros.

— É, mas ela abre sem querer — argumenta Marina, ponderando por alguns instantes. — Se ela aprender a controlar, pode acabar com eles. Então a gente pode parar de fugir, parar de se esconder.

— Sim.

— Ensine.

***

— Marina, acorda, a gente tem que fugir.

Marina sente o colchão afundar embaixo de si. Faz tempo que não precisam fugir. Já está acostumada àquela casa. Luíza acabou de fazer dezesseis anos, está aprendendo a controlar os poderes.

Desta vez há algo errado. Jorge parece muito preocupado, assustado.

— O que foi? — pergunto.

— Eles têm um sangue-raro rastreador — revela ele e me mostra um papel.

É uma gravura, deve ser de Amelinha. Nunca entendo os desenhos, mas confio em minhas amigas.

— Como assim? — volto a perguntar, mesmo já supondo a resposta.

Com o coração acelerado, pulo da cama e olho para os lados, sem saber o que fazer. Coloco no pescoço o colar que Luíza fez para mim. Eu me sinto protegida com a peça.

— Eles conseguem rastrear qualquer pessoa com o sangue dele. Vão achar a gente em qualquer lugar.

— Então pra onde a gente vai? — grito, choro, corro para o quarto de minha filha.

Luíza já está acordada, ouviu tudo, e a abraço. Meu bebê, está tão crescida. Ela não merece isso. Não merece essa vida.

— Mainha, fica calma — diz Luíza, confiante. Sinto orgulho dela, está tão calma, diferente de mim. Aprendeu isso com Jorge, claro. — Se eles vierem, eu mando todo mundo pra...

Acontece tão rápido.

Primeiro um clarão, e um barulho infernal. Fico desorientada, largo minha filha e cambaleio para os lados. Vejo Jorge se agachar e tapar os ouvidos. Meu amor, penso, eu te amo tanto. Ele olha para mim, como se lesse meus pensamentos, e com os olhos fala o mesmo.

— Mainha, o que é essa sombra do teu lado? — questiona Luíza e depois desmaia.

Tem uma agulha enorme enfiada no pescoço dela, tento berrar, mas meu peito dói muito.

— Não! — grita Jorge, olhando para mim.

Coloco a mão no peito, está molhando, queimando. Vejo minha mão ensopada de sangue. Oxóssi me proteja. Tem um espírito pairando a meu lado. Um egum.

A porta da frente da casa explode, várias pessoas entram.

Sinto dor, muita dor.

Como dói.

Jorge continua a gritar, parece um animal selvagem, as presas à mostra, querendo matar. Seguram-no pelos braços, ele se debate, consegue se soltar e quebra o pescoço de um deles apenas com as mãos. É um animal, um monstro, amansado em minha presença. Ele me encara com os olhos cheios de lágrimas.

Não chora, meu amor.

Entra mais gente no quarto. Colocam uma coleira em Jorge.

CAPÍTULO 17

Dois homens carregam Luíza.

Os braços de minha filha estão amolecidos, caídos ao lado do corpo.

Desejo que demônios levem aqueles homens, mas nada acontece.

Quero sangrar, quero dar meu sangue para Jorge, que ele abra um portal e nos tire daqui, como sempre fez.

— Que desperdício — comenta uma voz atrás de mim.

Acho que é o fantasma, mas é um homem. É o coronel Fagner, reconheço da televisão.

Jorge grita. Catarro escorre do nariz dele. Ele cospe, baba, espuma, se debate, é horrível. Seus olhos não desgrudam dos meus. Desejo que ele olhe para o outro lado. Não quero que ele veja.

Uma mão puxa meu cabelo para cima.

Sinto a lâmina na nuca.

Então, o corte.

As miçangas se espalham pelo chão.

smiley face. amarelo. coraçãozinho rosa. maçã. azul-bebê. estrelinha. bolinha amarela. bolinha azul. coraçãozinho vermelho. hello kitty

Minha cabeça separa do corpo. Minha alma se parte em duas.

Desmancho, fluo entre as paredes. Sou sangue, sou água, sou ar. Sou raiz que perfura o solo, sou maré, subindo e descendo, molhando e secando, sou a lama seca do mangue, sou o sangue seco da pele, sou tudo e sou nada.

Morro.

***

— Caetano, caralho!

Pisquei. Jorge estava bem em minha frente, o rosto bem próximo ao meu. Suado, pálido. Uma mochila pendurada no ombro. *Quem é Caetano? Meu nome é Mar... Meu nome é Marin...* Ele deu uma tapa em meu rosto e resmunguei alguma coisa. Senti o chão gelado às costas. Jorge pegou um copo de água gelada e jogou em minha cara. O mundo pareceu se fragmentar ao redor. Então ele pegou meu braço e o enfaixou com gaze. Senti vontade de chorar, queria abraçá-lo, dizer que o amo, que senti sua falta. Cadê... Cadê... Onde tá minha filha? Por que não me lembro do nome dela?

Jorge colocou uma coisa em minha frente. Quem é esse que me olha?

— Um espelho, Caetano, isso é um espelho — informou ele.

Pisquei de novo. O rosto em minha frente também piscou. Era eu. Sou eu!

Sou eu, Caetano.

CAPÍTULO 18

Jorge me fez ficar encarando o espelho por não sei quanto tempo. Tempo demais. Quando eu desviava os olhos, ele me mandava olhar de novo para o reflexo. E enquanto eu me encarava, ele me fazia perguntas. Qual era meu nome, várias vezes. Qual o nome de meus pais, onde nasci, quantos anos eu tinha. No início tudo parecia confuso demais, às vezes me perdia e não sabia as respostas. Depois comecei a saber tudo de cor e as perguntas repetidas me irritaram.

— Pode me falar por que tô fazendo isso? — perguntei.

Daquela vez, ele não devolveu com outra pergunta, não quis saber pela milésima vez qual era meu nome. Estava com os óculos no rosto, os olhos enormes atrás das lentes, concentrados em mim como se eu fosse um enigma. A cordinha de miçangas jogadas atrás do pescoço. Uma veia estava saltada, ali, tensa, a cabeça da hello kitty bem em cima.

— Tu quase se matou fazendo isso sozinho — grunhiu ele.

Estava agachado ao lado da cama, os braços apoiados nos joelhos.

— Isso o quê?

Ele pegou o porta-retrato e jogou a meu lado, na cama.

— Tu foi atrás de Marina, mas sozinho tu nunca ia conseguir sair do sangue dela. É preciso um bruxo pra manipular sangue.

— Eu vi... — balbuciei. Sentia que havia algo preso na garganta. — Eu vi a vida dela inteira. Eu fiquei quanto tempo... fora?

CAPÍTULO 18

— Uma hora no máximo. — Então desviou os olhos. Encarou as próprias mãos, e entrelaçou os dedos. — Tu ia morrer com ela.

Lembrei da cabeça de Marina rolando pelo chão. Dos berros de Jorge.

— Não era pra ser assim. Paulinho... — falei, trêmulo. O nome de meu ex-namorado entalou na garganta. Senti que vomitaria. — Eu fiz o que Paulinho fazia, e ele conseguia achar a pessoa. Eu não sabia se ia funcionar.

Olhei, com discrição, para o meu próprio corpo. Eu estava de camisa, o short com o zíper fechado. Jorge tinha me vestido.

— Se não souber dosar o sangue, em vez de saber o último paradeiro da pessoa, tu vê a vida toda dela. *Vive* a vida toda dela. Vira a pessoa. Morre com a pessoa — explicou ele.

— E como tu sabe disso?

— Lá no batalhão eles tinham os protocolos de todo sangue que usavam. Estudei teu arquivo.

Arrepiado, pensei quantas pessoas o exército devia ter localizado com os milhares de litros que tiraram de meu sangue. Lembrei de Luíza sendo levada.

— Luíza abre portais... pra *outro mundo*? — concluí, horrorizado, lembrando da visão que Marina havia tido.

O monstro feito de besouros, num portal aberto por Luíza dentro da barriga da mãe. Pensei nos seres deformados da gravura de Clara. Era o inferno? Meu Deus.

Ele tirou os óculos. Achei que ele não tinha feito aquilo porque estava cansado do grau, mas para ver as miçangas. Ficou rolando uma bolinha entre o indicador e o polegar.

— Isso. Marina abria portais normais, pra este mundo — frisou Jorge. Achei curioso o uso do termo *portais normais*. Não parecia nada normal abrir um portal mágico. — Já Luíza... O alcance dela foge de minha compreensão. Nunca vi o que ela é totalmente capaz de fazer, só tive alguns vislumbres. Na mão de Fagner...

Senti o sangue borbulhar, vendo a tristeza evidenciar as finas rugas do rosto de Jorge. Ele apertava uma bolinha da corda dos óculos, uma rosa, e a ponta do dedo dele ficou esbranquiçada pela força. Eu o vira pelos olhos de Marina, o sorriso dele, cheiro dele, o gosto dele. Engoli em seco, sentindo as bochechas ruborizarem.

— A gente precisa tirar ela de lá — afirmei.

— Só mais alguns dias.

A voz dele fez meu sangue arrefecer. Lembrei das tardes em que nos balançávamos juntos na rede, sentindo a brisa úmida da mata, e ele fazia cachinhos em meu cabelo, e dizia que queria roubar meus olhos, pois pareciam pedras preciosas valiosas demais para eu ficar andando com elas por aí como se não valessem nada. Eu mordia a orelha dele, e falava para ele deixar de ser bobo, e... *Meu deus*. Não eram minhas lembranças. Meus olhos não eram ágata.

— Eu trouxe algumas coisas da rua. Vai te ajudar a melhorar — prosseguiu Jorge.

Ele ainda estava agachado ao lado da cama e se levantou para me deixar só.

***

Ouvi Jorge dar uma risadinha lá dentro e achei que eu estivesse sonhando. Quando ele apareceu no quarto sorrindo e segurando uma garrafa de cachaça, dois copos de dose e uma barra de chocolate eu definitivamente achei que estivesse em um sonho.

— Roubei a cachaça de Amelinha. Soube que tu gosta.

— E o chocolate?

— Peguei numa feira hoje.

Ele jogou a barra de chocolate para mim. Enquanto eu abria e arrancava um pedaço para comer, ele se sentou no chão, de pernas cruzadas, e encheu os dois copinhos de vidro.

Revirei os olhos enquanto mastigava o chocolate, deixando um gemido escapar. Fazia quanto tempo que eu não sentia *aquele* prazer?

— Valeu — murmurei, soltando outro gemido quando o sabor do chocolate anuviava a mente.

Aquilo devia ter custado caro. Eu não merecia. O que eu merecia?

— Obrigado por... ter tentado encontrar Luíza — agradeceu ele. — Mas não faça isso sozinho. Na verdade, não faça nada quando eu não estiver por perto. De preferência fique imóvel, só respirando.

Parecia estar fazendo uma piada, mas ele tinha razão. Todas as vezes que fiquei sozinho e tentei fazer algo por conta própria, acabei sendo quase morto. E ele me salvara todas as vezes.

— Eu não tava tentando encontrar Luíza — admiti. Ele ergueu a sobrancelha. Vi de novo meu reflexo nos olhos grandes escuros dele, e me

CAPÍTULO 18

constrangi. — Eu queria ver como Marina morreu. Precisava saber se tu a matou.

Eu teria ficado abalado se alguém desconfiasse de mim sobre algo assim, mas ele apenas balançou a cabeça.

— Justo — concluiu e me entregou um copo.

— Tu não a matou. Por que disse que matou?

— Foi minha culpa.

Ajeitei-me na cama, cruzando as pernas como ele havia feito. Só que eu estava na cama, no colchão, vendo-o de cima. Eu me senti grande.

— Foda-se — repeti as palavras dele. Ele se surpreendeu, erguendo as duas sobrancelhas e entreabrindo a boca. — Pode ter sido tua culpa. Pode ter sido inevitável, mas tu não a matou. Eu vi.

— Pra mim, foi como tivesse sido.

Balancei a cabeça, compreendendo. Para mim, foi como se eu tivesse pessoalmente sequestrado e matado todas as pessoas que meu sangue ajudara a localizar. Entendia a culpa. Entendia a raiva que vinha da culpa, também.

Ergui o copo e brindamos.

Jorge parecia uma boa pessoa, afinal. Pela primeira vez, tive vontade de agradecer por ele ter me tirado do batalhão.

— Como tu me achou? Naquela noite... — Foi o que acabei falando. Ele me olhou sério, lambendo os lábios molhados de cachaça. Minha boca ficou seca e tive vontade de beber mais. Estiquei o braço e ele encheu meu copo vazio. — Naquela noite tu disse a Marina que eles tinham um sangue-raro que conseguia encontrar pessoas. Era eu?

— Era. Eu tava escondido, mas havia boatos. Tinha outros bruxos escondidos, sangues-raros também. O grupo de Amelinha e Clara. Não me aceitavam lá, porque trabalhei muito tempo pra Confraria, mas elas tentavam me tolerar por conta de Marina. Uma das gravuras de Clara revelou que eles estavam com um sangue-raro com poder de localização. A gente não sabia que era tu.

Eu me arrependi de ter feito a pergunta. A resposta implicava em muitas coisas. Sobretudo que eu tinha sido responsável pela morte de Marina.

Virei o copo, deixando a cachaça rasgar a garganta. Jorge me imitou. E então serviu mais dois copos.

— Por quê? — perguntei

— Por que o quê?

— Por que tu fugiu da Confraria?

— Porque quando me enviaram pra caçar Luíza, vi que mentiram pra mim. Ela era filha de dois sangues-raros, mas não era uma aberração. Ela era perfeita. Ela é perfeita. Luíza me mostrou que os monstros são eles, não nós. Eu desertei e me apaixonei por Marina, mas isso tu já deve saber. — Quando ele disse isso, desviei os olhos, constrangido.

Virei o copo na boca para disfarçar, mas o copo estava vazio. Ele encheu para mim.

Talvez tenha sido a bebida, mas fiquei triste, sentindo-me culpado. Quantas vítimas eu tinha feito?

Tomei mais uma dose para aplacar a dor. Agora, a cana nem mais ardia, descia feito água.

— Sinto muito — falei, por fim.

— Eu também. Demorei muito pra conseguir te encontrar, peste.

Tentei não parecer incomodado com o xingamento, mas ele não pareceu ter usado como algo ruim.

— Jorge... faz quanto tempo que Luíza foi levada?

— Cinco anos.

Jorge aproximou a garrafa de meu copo, mas recusei.

Cinco anos. Por cinco anos eles fugiram do regime ditatorial, enquanto eu estava preso, meu sangue servindo ao interesse dos militares. Só que não foi o suficiente. Uma hora, meu sangue os encontrou. Marina foi morta, Luíza levada e ainda fiquei mais cinco anos preso, enquanto Jorge me procurava para ter uma mínima chance de encontrar a menina.

Estava calor ali, e enxuguei o suor que escorria da testa.

Ele copiou meu movimento. Estava suado também, a testa molhada. Então tirou a camiseta e se enxugou com ela. Depois a jogou no chão, distante de nós.

— Marina sempre falava que este apartamento era quente demais.

— Jorge — prossegui, o coração ribombando no peito. — Tu acha que Luíza tá viva mesmo? Digo, faz cinco anos... Eu fiquei preso dez anos por sorte. A maioria não aguentou isso tudo. Eu vi meus companheiros de cela morrendo um por um.

Ele suspirou fundo. Então respondeu:

— Eu conheço o coronel Fagner. Ele consegue sugar tudo feito um parasita, mas sabe o que é preciso pra ele.

— Como assim?

CAPÍTULO 18

— A Confraria sempre foi uma organização muito secreta e reclusa. Criavam e reproduziam bruxos nas poucas instalações deles por aí. Institutos, como chamavam. Tinham poucos sangues-raros, porque dependiam dos farejadores pra encontrá-los, mas aí chegou Fagner. Ele era um cientista militar, interessado em esoterismo. Descobriu a Confraria e os intimidou. Foi Fagner que desenvolveu a técnica pra testar o sangue. Ele basicamente obrigou a Confraria a se aliar com o exército e juntos deram o golpe.

Jorge contou aquilo tudo olhando para o chão, evitando encontrar meus olhos. Mentia ou tinha vergonha. Provavelmente tinha participado de tudo aquilo.

— Tu era um farejador — acusei. Era estranho falar *farejador*, um termo tão desumanizante, animalesco. — Depois que inventaram esse teste, não precisavam mais de tu, né?

Ele assentiu, então me encarou. Senti um arrepio quando aqueles olhos pretos me envolveram por completo.

— Só consegui fugir com Marina e Luíza por conta disso. Com as testagens, não precisavam mais dos farejadores. Virei dispensável, e ninguém notou minha ausência por um tempo.

Ele não falou aquilo com ressentimento. Não era uma pessoa triste por ter sido demitido de uma empresa. Ele parecia aliviado, livre de um agouro. Aquele homem colocava em xeque minhas concepções de que bruxos eram monstros insensíveis, crianças que sofriam lavagem cerebral até virarem adultos sem alma.

— Era um acordo perfeito, né? — concluí.

Jorge ofereceu mais uma dose, e daquela vez aceitei. O álcool afrouxava a língua.

— Com as testagens em massa, o exército capturou os sangues-raros e extraiu o sangue deles, tomou conta do país, construiu bases pra bruxaria, industrializando o que era arcano. Eles tiveram controle e poder absoluto nas mãos — explicou.

— O que deu errado?

Jorge deu um riso. Ficava bonito quando sorria, os risquinhos no canto dos olhos, os dentes da frente um pouco separados, a gengiva escura. Os lábios carnudos estavam ressecados, tinha um pequeno corte no lábio inferior. Perguntei-me quantos anos ele deveria ter. Parecia jovem, mas cansado. Entre trinta e cinco e quarenta, talvez? Como Marina. Uma gota de suor escorreu pelo meio do peito dele e se perdeu nos pelos da barriga.

Ele pigarreou, e me voltei para seus olhos. Lá estava eu, refletido naquele espelho escuro, como o mar à noite, iluminado pela lua: curvado, diminuto, perdido. Ajeitei a postura.

— Errado pra quem? — perguntou, ainda com o sorriso me prendendo.

— Pro exército, ué. Lá no batalhão, os prisioneiros foram morrendo, não chegavam mais sangues-raros, até o número de soldados foi diminuindo também. Quando saí, vi a desgraça que tá aqui fora. Tudo se acabou.

— Pro coronel Fagner e pros apoiadores dele deu tudo certo. Sugaram tudo e dividiram os espólios. Pro resto, não sobrou nada — prosseguiu Jorge. — Fagner tinha uma visão muito cientificista da magia. Ele automatizou tudo pra aumentar o rendimento. Não é assim que funciona. Pras pesquisas dele, talvez sim. Com o tempo ele foi deixando de se importar com os batalhões, já tinha o que queria. Não precisava mais de tanto sangue. Acho que o progresso e melhora do país não estavam nos planos dele, afinal. Talvez no início, pra conquistar o apoio do povo. Se fosse um projeto a longo prazo, o jeito que armazenaram as bicas teria sido outro. Durariam mais, renderiam mais sangue e feitiços pra ele.

"Projeto. Armazenaram. Durariam. Renderiam. Bicas." Ele falava como se fôssemos objetos.

— Não gosto quando tu usa essa palavra.

Levantei-me da cama, sentindo-me estúpido. Lá estava eu, dando conversa para um bruxo, achando-o atraente, lutando para não ficar olhando o torso nu e suado dele. "Jamais confie em bruxos", dissera Paulinho. Caralho, como eu sentia falta dele. Cambaleei para o lado, meio tonto. A cachaça bateu toda de uma vez quando fiquei em pé.

Jorge segurou meu pulso. Ele ainda estava sentado no chão, e olhei para baixo. Senti o quarto ao redor perder a materialidade. O bruxo olhava para cima, fazendo-me refém de seus olhos. Permaneci em pé, meu pulso entre os dedos dele.

— Bica? Eu sei porque tu tem tanto medo dessa palavra. Palavras têm poder, né? Tornam as coisas reais.

— É. Eles usam como uma coisa ruim. Eles acham que somos uma coisa ruim.

— E não são? Monstros, invólucros do mal, coisa ruim, uma ameaça ao país, à família, uma abominação na sociedade.

Puxei a mão.

— Vocês, bruxos, que são uma raça desgraçada — vociferei.

CAPÍTULO 18

Ele riu, ar saindo do nariz em deboche.

Depois, ele se levantou e ficou diante de mim. Agora, era eu que tinha que olhar para cima. Ele tinha o cenho franzido e as narinas expandidas, respirando com fúria. Ainda me segurava. Senti-me mal por ter dito aquilo. Éramos pretos, os dois, e pareceu cruel dizer aquilo. Entretanto, o álcool me deixou prepotente. Não me desculpei. *Culpa do álcool*.

— Tu não sabe de nada, porra — rebateu ele, dando um passo em minha direção, meu rosto quase encostando no peito dele.

Não tive medo. Pelo contrário, quis brigar também.

Dei mais um passo à frente. Meu pé encostou no dele. Agora eu precisava inclinar a cabeça para cima. Meu pescoço doía naquela posição, mas fiquei firme. O bruxo havia me deixado puto.

— Eu não sei de nada? Sei que fiquei dez anos em péssimas condições de *armazenamento*. Sei que minha única alimentação era uma bolsa de soro, minha única companhia era uma enfermeira maldita, meus companheiros de cela foram morrendo um por um e fiquei sozinho tendo pesadelos com as pessoas perseguidas por vocês, bruxos. Psicopatas. Desculpa se não rendi o suficiente ou se o bruxinho aí perdeu o emprego porque desenvolveram um teste de farmácia.

Ele me empurrou com o peito. Minha única reação foi rir. Era só o que me faltava, ficar enclausurado com um homem que gostava de arrumar briga quando ficava bêbado.

— Tu não sabe de nada, caralho — repetiu Jorge. — Sangue-raro de... — Ele parou de falar.

Mordeu o lábio inferior.

A visão da carne espremida entre os dentes brancos me fez baixar a guarda.

Cruzei os braços.

— O que é que eu não sei?

— Tu não sabe o que a gente era obrigado a fazer nas escolas — bradou ele com um rosnado.

Virou-se de costas e se sentou na cama, em meu lugar. Tinha os punhos fechados e tremia. Os olhos pareciam mais escuros. Como se a lua tivesse sumido, deixando o mar no completo breu.

— Sei. Paulinho me contou.

— Quem porra é Paulinho?

— Ninguém — rebati.

Ele não tinha o direito de saber.

Ele não insistiu. Estava pouco se fodendo para Paulinho.

— A Confraria não é feita por bruxos — explicou Jorge. A voz voltara a ficar calma. Tentava controlar a raiva; era visível pela respiração forçada e os punhos ainda rígidos. — Foi criada e gerida por gente *muito* rica. Europeus. Eles descobriram os bruxos muito tempo atrás e nos controlam até hoje. Alguns bruxos têm privilégios, porque fazem favores especiais pra eles. Principalmente se forem brancos, cis, hétero, tu sabe, a lista de sempre. Pros outros, ou obedece, ou perde a cabeça.

Ele ficou em silêncio. Havia dor no olhar dele, e também senti. Senti a dor de minha cabeça rolando no chão. Da cabeça de Marina. Que horror eu havia dito.

— Desculpa — falei, e me agachei para encher os copos.

Entreguei um a ele e bebemos juntos. Depois, eu me sentei ao lado dele. Sentia o corpo pesado, dormente, o sangue descontrolado debaixo da pele, o peso de Jorge afundando o colchão e me fazendo me inclinar na direção do bruxo, um sol sugando um planeta com a gravidade, e me encostei na parede.

— Tu tá certo. Somos monstros. Aprendemos desde criança a desprezar sangues-raros. A tratar vocês não como gente, mas como um utensílio pra fazer um feitiço. Eu sou um filho da puta, um *matador*, como Clara e Amelinha me chamavam.

— Não foi o que eu vi. Pelos olhos de Marina.

Ele pareceu enrijecer com a menção do nome da mulher que amava.

— Ela não viu muita coisa.

— Viu o suficiente. — Tentei apaziguar a tristeza dele.

Senti como Marina confiou nele e o amou. O restante não importava para ela. E agora, para mim, também não. Queria que alguém sentisse isso por mim, também.

Ele ergueu a sobrancelha e se virou para mim, os lábios curvados em um sorriso pequeno.

— Obrigado. Droga, tô ficando bêbado, mas vou falar. Tu precisa parar de se diminuir, visse? Parar de ter medo da palavra bica. Por que tu se detesta tanto? Tem tanta coisa aí. — Ele pontuou a última frase com um aceno, apontando o nariz para mim.

— Não tem nada aqui. Nunca teve. Desde antes, nunca fui ninguém. Nunca fui tratado como gente. Eu só queria ser normal, não uma bica.

CAPÍTULO 18

Achei que ele fosse rir. Estava sempre debochando de mim. Eu me senti ridículo falando aquilo em voz alta. Maldito álcool.

— Eu rodei o país pelos último cinco anos procurando Luíza, seguindo boatos, pistas, qualquer resquício de informação. Todo batalhão que eu chegava tava abandonado, ou com poucos soldados e nenhum sangue-raro. Descobri que o desgraçado que tinha localizado a gente (eu, Marina e Luíza) ainda tava vivo. Achei que era mentira. Nenhum sangue-raro tinha durado tanto tempo. Dez anos? Piada. Continuei procurando. Queria matar aquele puto — admitiu, provocando um arrepio em mim. — Queria me vingar. Queria arrancar a cabeça dele que nem fizeram com Marina. Queria vingar a morte dela, o sequestro de Luíza. Aí me falaram uma coisa. Que Fagner tinha um novo objetivo. Que ele tava fazendo um experimento novo, alguma descoberta que revolucionaria o governo dele. Era algo mais importante e poderoso que os bruxos, que os sangues-raros, por isso que nos últimos cinco anos largou o país sem se importar com a destruição de tudo.

— Luíza — concluí, desencostando-me da parede.

A adrenalina disparou em meu sangue. Jorge me olhou de cima a baixo, como se tivesse sentido aquilo. Farejado. Por que ele contava aquela história?

— É o que eu acho — concordou. — Então, continuei procurando o sangue-raro desgraçado que me encontrou. Eu duvidava que ele tivesse vivo. As chances eram zero. Aí soube que num quartel em Pernambuco ainda tinha muitos soldados. E que Fagner tinha sido visto lá. Só podia ser o lugar de um dos últimos sangues-raros. Quase não acreditei quando te vi lá, parecendo mais morto que vivo, mas vivo. Dez anos, porra. Tu é forte pra caralho.

— Isso é um elogio? *Parabéns pelos dez anos de cativeiro.*

Ele olhou para mim e riu. O mau humor parecia ter dissipado. O som da risada dele era muito gostoso e fez meu peito retumbar. Depois ele se curvou para pegar a garrafa no chão. Bebeu direto do gargalo. Entregou-me a garrafa.

— É. Parabéns pelos dez anos de cativeiro, mas também o que eu quero dizer é: se só te restou o monstro, seja monstro com orgulho. Seja a aberração que eles quiseram que tu fosse.

Ri, afinal era a única coisa que eu podia fazer, e bebi na garrafa. Ser monstro? Orgulhar-se disso?

— Quanto tempo... — interrompi o silêncio que de repente se instalara no quarto. — Pra tu conseguir usar meu sangue?

— Um dia, dois? Alimentando-se bem, teu corpo logo vai estar cem por cento.

— Não sei não — respondi, olhando para os próprios braços, e então passando a mão no peito. — Ainda tô fraco, sem músculos. Devo tá subnutrido.

— Ainda bem, senão não teria conseguido te trazer nos braços daquela mata até o centro da cidade.

Arregalei os olhos. Eram vários quilômetros.

— Tu veio esse caminho todo me carregando? — questionei, e ele assentiu. — A pé?

Enquanto dava mais um gole na cachaça, pensei no que ele tinha dito. "Um dos últimos sangues-raros." Óbvio, tinha que ser em Pernambuco o lugar de um dos últimos sangues-raros. O mundo podia ter se acabado, mas eu continuava bairrista. Afinal, era a cidade com a avenida em linha reta mais longa da América Latina, a mesma pela qual ele devia ter andado comigo nos braços, enquanto eu delirava e achava que tinha sido empalado por três lanças de caboclos do maracatu, afogando-me em um sangue imaginário.

Ri sozinho e ele perguntou do que eu estava rindo. Parecia querer rir também, os olhos brilhavam, as pálpebras estavam meio caídas, e o peito subia e descia devagar. Olhei de novo para a barriga dele, tinha pelinhos encaracolados que desciam até depois do umbigo...

— Paulinho era meu ex — soltei a primeira coisa que me veio à mente. *Ridículo.*

— Era um bruxo, né? — rebateu ele, sorrindo.

Um sorriso irritante, presunçoso.

— Como tu sabe?

Jorge se ajeitou na cama, virando-se de frente para mim. Seu joelho entocou no meu, e tive o impulso de me afastar, mas não me mexi.

— Tu fica muito confortável perto de mim. Qualquer pessoa teria medo de ficar na mesma cama que um bruxo. Especialmente um sangue-raro.

— Bom, sabe o que dizem... — falei, e depois me toquei da merda que havia dito.

Arregalei os olhos, arrependido, e ele riu. O que diziam era que bruxos e sangues-raros tendiam a se atrair. A natureza do mal. Mal atraía mal. Agora que já tinha me ridicularizado, só restava a humilhação. Deixei o álcool falar por mim:

— Jorge, tu sabe como usar meu sangue?

— Sei. Eu fervo e inalo, junto com uma oração. A oração é pra entrar em transe. O sangue precisa ser dado. Se houver dor, ou falta de

CAPÍTULO 18

consentimento, a magia é mais fraca. Não ensinavam isso na Confraria, a gente tinha muito sangue disponível.

— Ferver, numa panela? — perguntei, ignorando a parte do "muito sangue disponível". Ele assentiu. — Não era assim que Paulinho fazia.

Ele cruzou os braços, cético.

— Eu já estudei teu sangue. Já senti o cheiro. Sei como funciona. Ele precisa estar agitado. Em fervura. Faziam assim no batalhão.

Virei a garrafa e bebi, constrangido. Quando estava com Paulinho, meu sangue parecia ferver dentro de mim.

Jorge pegou a garrafa de minha mão, os dedos encostando nos meus. Ao verter o líquido, um filete de cachaça escorreu pelo queixo. Enxugou com o dorso da mão, e meu sangue queimou. Ferveu. Tirei a camisa, agoniado, o tecido estava ensopado. Joguei-a no chão, e a peça caiu ao lado da de Jorge.

— Ele fervia de outra forma — revelei.

Jorge franziu o cenho e deixou a garrafa de lado.

— Paulinho era um canalha — comentou ele.

A mão estava em cima da coxa. Tinha uma curva bonita, ali, do músculo, e ele tamborilava os dedos bem em cima, perto da cicatriz do tiro.

— Por quê? — perguntei, forçando-me a encará-lo nos olhos.

Só que aquela escuridão me deixava zonzo.

— Bruxaria não precisa de contato físico. Só se precisa do sangue e das regras. Não precisa do sangue-raro, da pessoa em si — explicou, e pensei nas bolsas de sangue que andavam com ele. Eram sangue de Marina, magia de portal. — Mas a escola, o treinamento, quebram alguns de nós. Psicopatas, como tu falou. Eles criam monstros. Alguns ficam com compulsões. Fetiches, por assim dizer. Gostam de violência, de causar dor, de fazer sexo com sangue, orgias. São como vampiros. Mordem e bebem. Enganam sangues-raros pra conseguirem o que querem. A Confraria tentava acabar com isso. Eles tinham uma visão *purista* da coisa. Um bruxo se divertindo? Jamais. Era mais vantajoso que sentíssemos nojo e ódio de vocês, e não atração. O medo é mais fácil de controlar. Por isso o exército mecanizou tudo. Bruxos bem longe de sangues-raros.

— Pode ser que Paulinho não soubesse — intervi. — Que dava pra ferver o sangue na panela.

O bruxo riu. Mangava de mim, o desgraçado.

— Até parece. Ele te enganou direitinho. Sabe o que dizem? Nunca confie...

— Num bruxo — completei. Então me ajeitei na cama, afastando-me dele. Entretanto, a distância evidenciou que nossos joelhos se encostavam até então. Afastar-me foi como tocá-lo ainda mais. Estiquei o braço para pegar a garrafa que estava escorada na perna dele e bebi. Faltavam só quatro dedos de cachaça para se esvaziar. — E o que eu tô fazendo confiando em ficar aqui contigo?

Ele estreitou os olhos, senti que apontava uma faca contra mim. Havia alguma intenção oculta naquele olhar.

— Não vou fazer nada que tu não queira — afirmou Jorge, com delicadeza.

Tateando algo que tinha medo de quebrar.

Meu coração acelerou. Fiquei nervoso, a boca seca. Quis beber mais cachaça.

— Eu tô bêbado. Não sei o que quero — falei.

Era mentira. Eu *nunca* soube muito bem o que queria. Agora, eu sabia.

— Tudo bem — disse ele, sorrindo.

Porém, foi um sorriso curto, sem separar os lábios. Eu quis ver os dentes dele, de novo.

Suspirei.

— O que eu quero... — comecei. — É encontrar Luíza. Encontrar onde Fagner tá. Eu quero... eu quero matar todo mundo, Jorge. Eu quero ser um monstro. Quero me vingar do que fizeram comigo. E contigo, e com Marina. Eu quero o sangue deles.

Jorge pegou minha mão e a aproximou da boca. Meu coração batia tão forte que chegava a doer. O que ele estava fazendo? Quase puxei a mão, mas, em vez disso, eu me concentrei para não tremer. Não queria parecer um menino assustado. Por um segundo, achei que ele fosse me beijar, mas o que ele fez foi cheirar minha pele.

— Teu sangue — disse ele, a voz meio rouca. A boca dele estava entreaberta, e agora eu via a fenda entre os dentes. Ele parecia um gato farejando um inseto com o qual queria brincar. — Tá fervendo. Era assim que teu namorado usava teu sangue?

— Não — respondi, minha mão esquentando entre as mãos dele. — Precisava estar mais quente.

O pomo de adão dele era pronunciado. Bem alto, pontudo, dava para ver mesmo sob a barba que crescia pelo pescoço. Vi aquela bola subir e descer e tive vontade de lamber aquele ponto. Então percebi quão alterado

CAPÍTULO 18

estava. Embriagado, em descontrole. Provavelmente ainda sob efeito da viagem que tive na vida de Marina. Era a única explicação que eu tinha para estar tão atraído por Jorge. E por que ele parecia tão atraído por mim, também? Eu não tinha nada para oferecer, além do sangue.

Ele soltou minha mão, encostou-se na parede e enxugou o suor da testa.

— Rapaz, acho melhor eu ir buscar água pra gente — disse ele, fazendo força para sair da cama.

Parecia nervoso. Será que sentia o mesmo que eu? Ele sabia que eu já o tinha visto pelado, pelos olhos de Marina?

Lógico que sabia. Ele tinha me visto sem roupa, também. E ainda assim, não sentia repulsa por mim.

Segurei o braço dele. Estava suado, o músculo tenso, as veias saltadas em contato com minha pele.

— Não. Não quero ficar só.

— Não sei se sou a melhor companhia — rebateu ele.

— Nem eu, mas só temos um ao outro, né?

— É — conjecturou Jorge, e voltou a se encostar na parede, olhando para mim.

Ficamos em silêncio, nos encarando. O olhar dele era intencionado, e o meu também, mas eu não sabia se as intenções dele eram as mesmas que as minhas. Eu estava com vontade de sentir o que Marina tinha sentido, mas agora com meu próprio corpo, aí fui desviando o olhar, criando minha própria impressão dele, vi que ele engolira saliva de novo, ia falar alguma coisa, e reparei de novo nos lábios secos. Não estava doendo, aquele corte no lábio? Talvez devesse buscar água, mesmo.

Coloquei o dedo lá. No lábio inferior. Ele ficou imóvel, os olhos congelados, e me perguntei o que aconteceria se eu mergulhasse naquele mar de noite sem lua. Ele separou os lábios (eram tão carnudos!) e deslizei o dedo para dentro.

Jorge fechou os olhos e suspirou. Depois mordeu meu dedo devagar e, devagar, foi o tirando de dentro da boca, pressionando os lábios em minha pele quente. Senti sua secura.

— A gente tá bêbado — avisou Jorge.

Estávamos falando coisas óbvias, então?

— E meu sangue é raro. E tu é um bruxo. Um assassino. E eu também. O mundo se acabou, eu fui torturado por uma ditadura mágico-militar. Eu desperdicei a vida inteira me sujeitando a regras que só me foderam.

Eles me usaram como bode expiatório de ódio e medo, e acreditei. Também senti ódio e medo de mim mesmo. Eles venceram, por muito tempo. E agora tô com raiva, planejando uma matança. Tô procurando a filha de uma mulher cujo corpo possuí como se fosse um fantasma. Eu fui quase morto várias vezes, e tu me salvou todas elas. Eu nem sei direito onde eu tô, e nem me importo, porque eu não tenho mais pra onde ir. Eu tô enlouquecendo, Jorge, com vontade de gritar e sair correndo na rua. Eu tô sentindo o sangue borbulhar, como se fosse explodir. Eu tô com tesão. Tem mais absurdos nessa lista, quer que eu continue?

— Não.

Ele se rendeu e se inclinou por cima de mim, beijando-me e me empurrando contra o colchão.

Deitei-me, deixando-o pousar sobre mim. Jorge me tocou com delicadeza, parecia com medo de me machucar, como se eu fosse um bem precioso, e coloquei a mãos nas costas dele, puxando-o para mais perto. Ofeguei quando senti o peso dele, a força de sua pélvis me pressionando, o ar saindo quente de minha boca, o vapor encontrando a língua dele, que buscava espaço dentro de mim. Eu explodiria, tinha certeza, o sangue queria expandir, e entrei em agonia, as mãos arranhando as costas suadas e retesadas dele, querendo rasgá-lo. Eu o prendi com as pernas, puxando-o ainda mais, e ele gemeu, as línguas enroscadas.

— Eu vou explodir — grunhi, entre arquejos.

Jorge afastou o rosto do meu, a cara um pouco preocupada, as sobrancelhas franzidas. Tinha uma gota de suor no nariz dele, e ele se aproximou e deu uma cheirada em meu pescoço.

— A gente tem que acalmar esse sangue — sussurrou ele, os lábios roçando meu pescoço, e gemi, arqueando as costas, fazendo-o sentir a dureza entre minhas coxas.

Eu devia estar enfeitiçado pelo bruxo, pois sentia-me descontrolado, agarrei a bunda dele, puxando sua bermuda, e aquele algodão esfarrapado rasgou com minha fúria, enquanto ele movia a pelve cada vez mais forte contra mim, fazendo a cama ranger sob nós.

Jorge me fez largá-lo, e colocou meus braços acima da cabeça. Contorci-me, tentando me soltar, e ele me apertou ainda mais. A dor se misturou com o prazer, podia ser a qualquer momento a ruptura da pele, e tudo explodiria em fogo e sangue. Ele riu perante minha agonia, meu corpo se debatendo sob o peso dele.

CAPÍTULO 18

— Eu não tô aguentando — implorei.

Jorge colou o rosto ao meu. Mordeu minha orelha, depois disse:

— Nem eu.

Os lábios do bruxo deslizaram por minha nuca, seguindo os rastros de suor pelo peito, e encontrando o mamilo, e ali se demoraram.

O bruxo continuou com as feitiçarias, possuindo meu corpo como se fosse um demônio, proferindo blasfêmias, profanando minha carne, transformando meu sangue raro em devassidão. Quando ele me soltou, não fugi, deixei que ele puxasse minha bermuda e cueca com os dentes cerrados, atacando-me com os lábios, fazendo a barba que crescia roçar entre minhas pernas.

Ele se afastou e saiu da cama, e tirou o restante da roupa. Ofegava e suava, os olhos pretos desejosos e brilhantes. Puxou minhas pernas para fora da cama, deixando-me de bruços contra o colchão e os joelhos no piso de taco desgastado. Ele se agachou atrás de mim, e me fez gemer outra vez com os movimentos da língua.

Maldito sangue, maldita carne, a língua dele era uma serpente de fogo, abrindo espaço entre minhas raízes, condenando-me. Sangue-raro e bruxo, uma das maiores blasfêmias, seríamos condenados ao inferno, mas se ali meu sangue fervia daquele jeito, no fogo das fendas abissais, eu seria o rei dos piores demônios.

Jorge ficou de pé e me fez sentir um pouco do que queria enfiar inteiro em mim. Só que eu não queria ficar submetido a um bruxo daquela forma. De quatro, de costas, abaixo. Levantei-me e o empurrei na cama.

Ele deixou-se ser vencido, como se não fosse mais forte que eu, como se não tivesse duas vezes meu tamanho, como se não possuísse poder sobre meu sangue, e ficou sentado na beira da cama, olhando-me de baixo como se fosse a presa. Como se fosse um devoto.

Sentei-me em cima de Jorge, e ele colocou uma mão em minhas costas, pressionando-me em seu corpo macio e suado. Com a outra mão inclinou minha cabeça para trás e mordeu meu pescoço. Enquanto se fazia de vampiro, enfiou-se todo dentro de mim, e quase gritei, fazendo com que ele soltasse minhas costas e tapasse minha boca com a mão.

— Cala a boca, caralho — resmungou ele, e ficou de pé, minhas pernas agarrando-se em sua cintura, seu pau ainda dentro de mim, e me jogou na cama, agora colocando-me de bruços, empurrando minha cabeça contra o colchão, me calando, me fodendo com uma violência embriagada, estocadas movidas a álcool, movidas a sangue, movidas pelo desejo de vingança, movidas pelo desejo um do outro, que era mais forte que aquele sangue raro que ensopou a cama inteira.

Olhei, assustado, para a poça de sangue embaixo de mim. O lençol que forrava o colchão estava encharcado. Jorge notou na mesma hora, os dois despertos do mesmo transe.

Ele saiu de dentro, de cima de mim, e pegou minha mão. O corte de minha palma, que eu havia feito no banheiro, havia aberto e o sangue escorria pelo antebraço, tão quente que queimava a pele.

— Vou pegar um curativo — exclamou ele, fazendo menção de sair da cama.

— Não — ordenei, puxando-o de volta para perto de mim e fazendo-o sentar-se no colchão, em cima de meu sangue.

Encaixei-me entre as pernas dele e, antes que ele reclamasse, tapei sua boca com a mão, calando-o, fazendo-o sentir o gosto, o cheiro e o poder de meu sangue. Ele suspirou fundo, revirando os olhos, o líquido vermelho descendo pelo queixo dele, pescoço, peito, misturando a nós dois. Jorge me abraçou, me apertou tanto que senti os ossos estalarem, gemeu em meu ouvido e um arrepio percorreu meu corpo à medida que ele explodia dentro de mim.

Meu corpo enfim amoleceu, enfraquecido, o sangue arrefecendo, tudo escurecia e se dissolvia ao redor. Os olhos de Jorge estavam completamente brancos, e fechei os meus, assustado, e apaguei.

CAPÍTULO 19

O livro de São Cipriano estava aberto dentro de uma cúpula de vidro. Uma vela preta de chama vermelha estava acesa em cima, e a cera escorria pelas páginas velhas. Olhei para a estante cheia de cacarecos dos pais de Paulinho, tive medo daquelas estátuas de satanás e santos desconhecidos e segui para a sala. O sofá estava vazio e a televisão desligada. Sentei-me e abracei uma almofada.

— Paulinho? — sussurrei.

Não sei por que, mas tive medo de falar mais alto. Como se tivesse alguma coisa dormindo ali que não deveria ser acordada.

Foi ali naquele sofá que demos o primeiro beijo. Sorri, de repente mais tranquilo com aquela lembrança boa. Ouvi o barulho de correntes. Então o chão tremeu. Algo havia acordado.

— Bom dia — cumprimentou Jorge. Estava parado na porta, nu, segurando uma xícara de café, um prato com uma tapioca e a barra de chocolate que eu havia começado a comer na noite anterior. — Faminto?

Balancei a cabeça, ainda atordoado com o sonho. Eu só tinha estado na casa dos pais de Paulinho uma vez, mas a lembrança parecia tão vívida.

Jorge me entregou a bebida e o prato e se sentou no chão, abraçando os joelhos dobrados. Ficou calado, observando-me comer.

— Desculpa por ontem — suspirou ele, meio tímido, envergonhado.

CAPÍTULO 19

Eu também estava despido, com cheiro de suor. Havia me acostumado àquele tipo de exposição, afinal, os dez anos anteriores eu passara sujo e de fralda na frente de enfermeiras e soldados, mas a timidez de Jorge perante meu corpo me deixou desconfortável. Tínhamos feito algo errado? Os dois bêbados, imprudentes, cedidos à tentação da carne. Do sangue. Ele se arrependera? Não tinha certeza de se eu me arrependia. Tinha sido bom e, se ele quisesse, eu não pensaria duas vezes antes de me entregar aos braços dele de novo.

— Usou meu sangue? — perguntei, sentindo-me mal.

Sujo.

— Usei — respondeu.

Ainda envergonhado. E triste.

Coloquei o prato de lado, ansioso. Não vinha uma notícia boa.

— E?

— Ela tá viva — revelou o bruxo. Suspirei, aliviado. — Mas há um bloqueio em torno dela, como se soubessem que estou procurando. Depois que ela foi levada lá de casa, tudo ficou embaçado ao redor de Luíza. Tentei localizar Fagner, também, mas vi a mesma coisa. É estranho, nunca vi algo assim. Parecia que ele sabia que eu tava lá, procurando.

Franzi o cenho. Enquanto futricava a vida de Marina, algumas vezes tive a sensação de que eu era notado. Como se minha presença durante aquela viagem fosse física. Como se pudessem me ver, me sentir, me rastrear.

— Talvez seja melhor a gente sair daqui — ponderei. — Não sabemos que feitiço é esse. Talvez eles tenham te visto. Talvez saibam que tu tá comigo, aqui, procurando Luíza.

Jorge massageou o ossinho do nariz.

— Podemos ficar mais um tempo aqui — argumentou ele, indo até a janela. Ele tinha a bunda redondinha e peluda, muito bonita, e duas covinhas na lombar. Quis que ele se deitasse comigo na cama de novo. Ele abriu a cortina como se tivesse esquecido de que o vidro estava pintado. — Este apartamento era abandonado. Os donos morreram junto com a família inteira; tem muitos assim por aí. Não vão me rastrear com facilidade, mas posso pensar em outro esconderijo.

Peguei a tapioca e dei uma mordida. Tinha margarina e coco ralado. Estava perfeita.

— Não. Vamo procurar Luíza. Se meu sangue não serve, a gente tenta outra coisa. Chega de fugir e se esconder. Não vou a deixar passar o que passei.

Jorge sorriu, o rosto todo iluminado, belo. Ele tinha covinhas nas bochechas, também. Eu não tinha reparado antes ou ele ainda não tinha sorrido daquele jeito?

— Gostei da atitude — admitiu, dando uma mordida na tapioca que ofereci. — Mas só somos dois.

— Tu não é o matador? — provoquei. — Eu vi o que tu fez no batalhão, quando me resgatou.

O pirangueiro.

— Foi só um batalhão, e eu sabia que tu tava lá. E eu tava bem equipado e armado.

Coloquei o café de lado.

— A gente pode tentar de outro jeito — considerei, já sentindo um arrepio na nuca.

— Que jeito?

— Tu disse que não matou Amelinha. Ela deve ter sido capturada. Não devem ter matado uma sangue-raro. Vamo rastrear a mulher, talvez a tenham levado pra onde estão os outros sangues-raros. Pra onde tá Luíza.

— Eu usei todo teu sangue. — Ele parecia cauteloso.

Com medo de pisar fundo e afundar na lama de um manguezal. Sabia aonde eu queria chegar.

— Pega mais — arrisquei dizer.

Ele mordeu o lábio.

**

Quando acordei, Jorge já tinha colocado tudo do que precisávamos na mochila. Ele me fez comer o resto da barra de chocolate antes de sairmos e me deu novas roupas. Disse que o sol era mais agressivo do que eu me lembrava, por isso vestimos calça de tactel (a minha, amarrada na cintura com um cadarço) e ele me deu uma camisa de mangas compridas que me fez parecer um boneco de posto. Suspirei quando ele vestiu uma regata, pois ela evidenciava seus ombros e peitoral largos, a cintura, os braços bonitos. Antes de sair, ele colocou um boné em minha cabeça, com abas de tecido que protegiam o pescoço, e vestiu um chapéu de palha enorme, que o fez parecer um *bruxo*.

CAPÍTULO 19

Ao contrário do apartamento, o corredor do prédio estava bem iluminado por conta dos cobogós abertos no alto da parede. O lugar estava abandonado, cheio de poeira, coisas velhas acumuladas nos cantos. As portas do corredor estavam todas fechadas. O bruxo disse que o prédio inteiro estava vazio, por conta da maré.

A cada degrau que eu descia, sentia um cheiro crescente de esgoto. De sal, maresia. As paredes ficavam cada vez mais úmidas, com infiltrações, cobertas por lodo. Os primeiros andares estavam todo sujos de lama, uma crosta marrom cobrindo paredes e teto, cracas e mariscos encrustados nas quinas. Escorreguei duas vezes nos degraus enlameados e desci os últimos degraus me segurando no braço de Jorge.

Meu pé afundou no primeiro passo que dei fora da escada, encharcando de lama o tênis velho que o bruxo havia me dado. A porta do prédio estava escancarada, e lá fora encontramos a rua na mesma situação: coberta de lama, vegetação, cracas, como se a cidade tivesse sido tomada por um manguezal. Os prédios antigos, de quatro ou cinco andares, estavam cheios de rachaduras, com árvores crescendo nos topos, alguns parcialmente caídos, uma mancha de lama marcando os primeiros andares.

Ele havia dito uma palavra quando tentou nos teletransportar na fazenda, antes de perder a bolsa de sangue. *Cais*. Eu reconhecia aquele lugar, claro, era o Cais de Santa Rita, no centro do que um dia tinha sido Recife; eu tinha tantas lembranças ali. Tinha pegado tantos ônibus no terminal. Também me recordei das lembranças de Marina, de quando ela morou naquele prédio. Fui até onde deveria ser o rio, mas não havia mais rua, calçada, parapeito, ponte; era tudo lama, mangue, destruição.

— Vamo logo antes que a maré suba — apressou ele.

— O que aconteceu aqui?

Jorge deu de ombros, como se fosse óbvio.

— A Pica de Brennand foi derrubada, e protegia Recife do mar. — Ele se referia ao apelido da escultura fálica que ficava no quebra-mar que cercava o centro da cidade, a Torre de Cristal. Arregalei os olhos, impressionado com aquilo. Ele então riu, mangando de mim. — Ou foi só o colapso ambiental inevitável frente ao capitalismo tardio, mesmo.

Atravessamos a ponte em direção ao continente com muita dificuldade. Por incrível que parecesse, a construção estava de pé, apesar de cheia de rachaduras e coberta por lama e mato. A maré já estava bem alta, e logo o rio alcançaria o guarda-corpo da ponte e invadiria as ruas. E, enquanto a ilha de onde saímos parecia desabitada, exceto pelas garças pousadas nas árvores, e pelos caranguejos e ratazanas que disputavam o asfalto enlameado, com os prédios quase todos comprometidos pela água e pelo sal, encontramos gente do outro lado da ponte, na Boa Vista.

Ali, a sensação de colapso da cidade parecia ainda mais intensa. As pessoas andavam apressadas, de galocha e camisas com proteção UV, resolvendo os corres antes da maré cheia. Os primeiros andares dos prédios estavam lacrados. Haviam passado cimento e tijolos por onde a água poderia entrar, e o povo se aglomerava nos últimos andares. Em vez de carros estacionados, havia embarcações pequenas e precárias amarradas em troncos enfiados no solo.

Segundo Jorge, lá na frente tinha uma feira do rolo. Aquela era a melhor hora, logo antes de a água tomar conta da rua, os vendedores tiravam dos esconderijos os itens ilegais, que era o que procurávamos: armas, informações, itens enfeitiçados. Na bolsa, o bruxo carregava três ampolas de sangue. Não meu, pois ele se recusara a tirar mais de mim, e usara o próprio sangue. *E se descobrirem que não é raro?*, perguntei, e ele disse que sairia de lá antes que percebessem. E confiei, pois como duvidaria daquele sorriso meio psicopata que garantia a morte de qualquer pessoa que encostasse o dedo nele?

Caminhamos pela Conde da Boa Vista, a avenida cercada por prédios velhos e muito altos que um dia fora a principal da cidade. Vi um prédio caído, uma pilha de escombros servindo de cenário pós-apocalíptico nos quais nasciam árvores, e um outro todo preto, marcado por algum incêndio.

Muitas bandeiras penduradas em todo lugar: amarelas, com um pentagrama vermelho no meio. País de ouro, sangue e magia.

Um bando de homens armados passou do outro lado da rua, e com o canto do olho vi Jorge abaixar a cabeça e continuar a andar normalmente, e o imitei, sem olhar para os lados, nos cantos das calçadas cheias de mato e merda de cachorro e gente.

Mais na frente, vi em um poste um papel escrito: "Trago de volta seu amor em dois minutos". Embaixo, letrinhas miúdas explicavam: "Sangue-raro com poder de fazer qualquer pessoa te amar". Passei a andar olhando os postes e muro à procura de cartazes e informações.

"Procura-se sangue-raro."

"Vende-se sangue-raro."

CAPÍTULO 19

"Esta mulher é uma bruxa, recompensa generosa para quem trouxer sua cabeça."

"Vizinho fazendo festa? Denuncie no posto militar mais próximo."

"Juntos, fazemos o Brasil mais forte. Aliste-se e ajude a livrar o país do mal."

"Tragam de volta o carnaval", uma pichação em um muro dizia. Alguém, com outra letra, havia complementado: "Eu quero é botar meu bloco na rua".

Vi uma bandeira de Pernambuco pendurada, não balançava, estava suja de lama. Aquela era a nação da tristeza.

Tudo era triste, silencioso, morto. Senti falta dos carros, das buzinas, dos vendedores ambulantes, das placas coloridas, dos ônibus lotados, das caixas de som. Lembrei da voz de Ney Matogrosso cantando *Eu quero é botar meu bloco na rua*, e fiquei surpreso por ainda conseguir lembrar do ritmo, pois havia dez anos que eu não a ouvia.

Um grito aterrorizante ressoou pela rua, e senti um arrepio pela coluna. Parei, esperando algo acontecer. O barulho vinha de algum lugar ali perto, e parecia alguém sendo brutalmente assassinado. Quando o grito cessou, o silêncio tomou conta de tudo. Quando Jorge percebeu que eu tinha parado, voltou e me pegou pela mão.

Enquanto caminhávamos de mãos dadas, minha mão gelada e trêmula na dele, firme e quente, vi uma mulher na calçada do lado oposto empurrando um carrinho de bebê, depressa, olhando para baixo. Ela se virou na primeira esquina. Ouvi um barulho de motor, e um carro enorme do exército cruzou a rua. Tive vontade de chorar, o medo tomando conta de meu sangue, a boca seca, o coração pulsando no ouvido, e Jorge apertou minha mão, em silêncio dizendo *calma*, e apressamos o passo.

A avenida era uma grande reta plana, e de longe avistei a feira. Várias barracas de lona e papelão, tecidos estendidos no chão, muita quinquilharia, barracas que pareciam feitas para dormir encostadas na parede do... *shopping*?

Eu lembrava que aquele grande bloco quadrado de concreto era um shopping, mas não havia mais placa, nem pintura, e as paredes que antes eram lisas e sem nenhuma janela agora estavam todas quebradas, com buracos que serviam de janelas. Vi roupas penduradas em varais amarrados do lado de fora dos buracos e entendi que a construção tinha sido convertida em um residencial.

— Espera aqui — sussurrou Jorge, quando passávamos por uma esquina erma. — Essa feira é bem perigosa, não quero te levar lá.

Dei uma olhada de relance para a feira. Havia muita gente por ali, vagando, sentada nas calçadas, deitada em papelões, esquentando panelas de alumínio em fogueiras feitas com pneu velho, gente cheirando cola, injetando coisas no braço, cagando na sarjeta.

O bruxo levantou a regata e tirou uma faca do cós da calça.

— E eu vou ficar aqui sozinho? — exclamei, nervoso, pegando a arma.

Jorge colocou as mãos em meus ombros, encarou bem firme meus olhos e disse:

— Lembra que teu sangue é raro, mas também é raiva.

Ele não me deu tempo para responder, deu um beijo em minha testa, virou-se e foi em direção à feira. Dei um passo para trás e entrei na rua que cortava a avenida, saindo do campo de visão. Toquei na pele que ele tinha beijado. Estava quente e fez meu coração arder. Fiquei na sombra de um muro, segurando a faca como se minha vida dependesse dela (e dependia) e olhando para os lados, alerta. Tentei repetir na cabeça o que ele me havia dito: *Meu sangue é raro, meu sangue é raiva*. A respiração rápida, ansiosa, foi acalmando à medida que eu me concentrava na raridade da raiva que corria dentro de mim, deixando-me empoderar pela fúria. E, se antes eu me via com medo de ser atacado por alguém, agora eu desejava que alguém me atacasse para eu poder direcionar a ânsia por vingança.

Senti um cheiro estranho, bem ruim, de coisa estragada. Desencostei-me de onde estava e olhei para trás. A parede era de cimento, tinha algo escrito nela. "Um dia seremos felizes de novo." A tinta era vermelha e parecia sangue, com pedaços escuros, coagulados, nos cantos das letras. Achei que o cheiro fosse do lixo acumulado na calçada, e me afastei. Então vi. Atrás do muro tinha uma pessoa enforcada, pendurada em um poste, o corpo em decomposição e a roupa toda rasgada.

Apertei a faca que segurava. Ouvi o choro de uma criança e olhei de novo para a avenida. Um jipe do exército como o que havíamos visto antes estava parado ao lado da feira. Dois soldados tinham descido do veículo. Estavam de costas para mim, um deles batia em pessoas aleatórias com um cassetete enquanto o outro ria, apontando uma metralhadora para eles. Jorge estava contra uma parede, junto a outros homens, com as mãos atrás da cabeça, ajoelhado.

CAPÍTULO 19

Engoli em seco, tentando segurar o vômito que subiu pela garganta. *Acabou*, foi a primeira coisa que pensei na hora. Aquilo não fazia parte do plano. Ele trocaria o sangue por armas, bala, granadas, material militar que fora encontrado por aí por catadores, e juntos invadiríamos a instalação na qual ele havia detectado Amelinha. Era um plano simples, mas que não envolvia uma ronda militar na feira, nem muito menos ele rendido, prestes a ser metralhado e eu, sozinho, prestes a ser capturado e levado de volta para uma cela.

Levei a mão à garganta, sem ar, o tremor quase me fazendo largar a faca, pensando nos anos de cativeiro, a corrente que me prendia à maca, o tubo grosso que saía das veias e levava o sangue para a parede, o silêncio, o escuro, as visitas das enfermeiras, a solidão, o desejo de morrer. Caralho, eu não podia voltar para aquele lugar. E não podia voltar a ser apenas uma fonte de sangue. Olhei para a faca, a lâmina afiada brilhando sob o sol. Eu tiraria minha vida, mas não os deixaria me capturarem outra vez.

Fechei os olhos e respirei fundo.

"Teu sangue é raro, mas também é raiva."

Corri na direção da feira, os passos abafados pelo choro das crianças e grito dos homens e mulheres espancadas, pela gargalhada do soldado e pelo ruído do cassetete quebrando ossos, e quando estava a uma distância próxima o suficiente, dei um pulo e aproveitei o impulso para enfiar a faca na nuca do soldado que segurava a metralhadora.

Os tiros dispararam por acidente, acertando a parede contra a qual Jorge estava enquadrado. Lascas de reboco e tijolo explodiram para todos os lados, à medida que as balas faziam um risco que subia até o céu. Gritei.

O outro soldado, que segurava o cassetete, mal teve tempo de reagir. Jorge se levantou em um pulo, desarmando-o e aplicando um mata-leão que fez o homem cair amolecido no chão. O bruxo tirou um canivete da lateral do tênis e o enfiaria no pescoço do homem, quando segurei a mão dele.

— Não! — exclamei. — A gente pode conseguir informação com ele.

Jorge sorriu e guardou o canivete.

— Quem é o matador agora? — brincou ele, e olhei para as minhas próprias mãos, sujas de sangue, desejosas por torturar um homem, e me assustei.

Quando olhei para o lado, vendo meu reflexo no vidro do veículo militar, mal me reconheci. E, lógico, lá estava ele: o fantasma.

CAPÍTULO 20

Jorge dirigiu o jipe militar até uma construção abandonada. Devia ter sido um ginásio escolar, mas estava tão tomado por mato que quase parecia uma estufa (entretanto, o teto, em vez de vidro, era de alumínio, todo esburacado).

O soldado começava a acordar. Jorge desceu no veículo e o puxou pela porta traseira. Eu ainda estava sentado no banco de passageiro. Depois que a adrenalina tinha passado, eu tremia feito vara verde, dando-me conta de que tinha matado um soldado e, se não fosse por isso, Jorge provavelmente estaria morto e eu, capturado. E se eu não tivesse conseguido apunhalar aquele homem? Se ele tivesse me escutado, se virado ou... Eu tinha matado um homem. Mais um crime e pecado para a lista.

— Melhor tu não ver isso — alertou Jorge, do lado de fora do carro, segurando a máscara de La Ursa que tirou da bolsa e o canivete.

Olhei para ele, sem entender, até que vi o soldado lá atrás, amarrado em uma viga de metal, nu.

Certa vez, conversando com Paulinho sobre culpa cristã, ele disse que era ridículo quando eu ficava mal por fazer algo que achava errado, ou quando hesitava cometer mais um pecado. "O que é um peido pra quem tá cagado?", perguntava ele. No momento, a frase fazia cada vez mais sentido. Se toda minha existência era um pecado, por que eu ainda me importava? Aliás, por que eu ainda acreditava em todas aquelas leis construídas para me oprimir?

— Quero ver — retruquei.

CAPÍTULO 20

Ele me encarou por alguns segundos, parecia preocupado, mas não disse nada.

De dentro do carro, observei-o virar-se de costas para mim e colocar a máscara na cabeça. No mesmo instante, o soldado começou a gritar.

O homem se debatia e chorava, seus movimentos eram tão desesperados que a pele em contato com a corda feriu e sangrou. Ele se babava inteiro e, quando Jorge se aproximou mais, o soldado se mijou. Perguntei-me por que ele tinha tanto medo e, intrigado, saí do carro.

O homem se engasgou com os próprios gritos e, em um acesso de tosse, acabou vomitando. Eu nunca tinha visto uma pessoa tão aterrorizada, mas Jorge não tinha feito nada, apenas se aproximava sem pressa, os passos lentos, o canivete ainda dobrado na mão. A máscara de La Ursa.

Entendi. Eu já tinha visto aquele feitiço antes.

O bruxo expôs a lâmina afiada, mas ele não precisava daquilo. Com o coração na boca, eu me aproximei e tomei a arma dele. Pelos buracos da máscara, vi os olhos questionadores de Jorge. Só que se ele falasse, a fantasia seria quebrada.

Coloquei a mão no peito de Jorge, fazendo-o parar, e encostei a ponta do canivete no pescoço do soldado.

— Onde Fagner tá? — indaguei, a voz alta e clara.

O soldado desviou os olhos arregalados de Jorge e me encarou. Chorava, o vômito escorrendo pelo queixo e pescoço. Tinha se cagado também.

— Onde Fagner tá? — repeti. Então apontei a lâmina para Jorge. — Não me faça mandá-lo atacar.

Jorge grunhiu atrás de mim. O soldado fechou os olhos e chorou. O urso era real para ele.

— N-não sei! — balbuciou ele. — Tá fazendo um experimento novo. Descobriu alguma coisa, parece. — A última descoberta daquele homem tinha sido os testes rápidos de sangue. O que seria agora? Eu tinha medo de saber. — Ele tá escondido em algum lugar. Faz dias que ninguém sabe dele.

Jorge deu um passo à frente. Mesmo de olhos fechados, o soldado se tremeu. De repente, senti o urso: o peso da criatura fazendo o chão vibrar. O cheiro selvagem dos pelos. O hálito de carniça, com fome. Contudo, olhei para o lado e lá estava Jorge, com uma máscara de papel machê.

Voltei-me para o soldado.

— Descobriu o quê?

O soldado abriu os olhos.

— Parece que descobriu alguma coisa com a menina.

Olhei para Jorge.

— Que menina? — Apesar da pergunta, eu sabia que era Luíza.

— Não sei... não sei! Só sei que é algo que deixou os ricões empolgados. Disseram que é algo que vai salvar o país, fortalecer o exército. Eles querem expandir o território. — Claro. Não havia mais nada ali, agora só restava ir atrás das terras dos outros. — Mas... o povo tá falando de soldados ressuscitados e demônios.

Notei que ele estava com medo. Medo de mim e Jorge, mas algo mais. Os boatos que ele tinha ouvido falar sobre os experimentos de Fagner eram mais aterrorizantes que a gente. E ele não apoiava, por isso falava com facilidade.

Eu já tinha visto soldados ressuscitados antes, mas demônios? Só podia ter a ver com Luíza. Os portais para outro mundo. Os seres vermelhos na gravura de Clara. Porra, aquilo era assustador.

Antes que eu fizesse outra pergunta, Jorge tomou o canivete de minha mão.

Ele saltou sobre o homem amarrado, os braços estendidos como se fossem patas dianteiras. Tive outro vislumbre do urso, vendo-o melhor agora: era gigantesco, as patas enormes, o pelo preto e reluzente, os olhos em fúria, as presas à mostra. O rugido foi tão alto que tropecei para trás e caí de bunda no chão. O urso meteu a pata no rosto do homem, as unhas afiadas rasgando a pele, dilacerando o pescoço, sangue jorrando pela besta.

Pisquei, e Jorge estava de volta. Não havia urso, nem presas, nem garras. Apenas a máscara na cabeça de um homem e um canivete enfiado no pescoço do outro. O bruxo jogou o canivete de lado, limpou as mãos na calça e me ajudou a levantar.

— Tira a roupa — comandou Jorge, removendo a máscara.

Ele estava muito sério, os olhos injetados e a boca semiaberta, mostrando os dentes, como se na mente ainda fosse um urso.

Hesitei àquela ordem, e dei um passo para trás. Veio à minha mente a lembrança da mão dele apertando meu pescoço. "Bica de merda." Demorei para lembrar do plano que havíamos discutido no caminho (eu ainda estava em choque, afinal).

As coisas já pareciam reais demais. Antes, tudo estava no campo da imaginação, do desejo, da esperança. Até onde eu conseguiria chegar? Até onde precisaria ir? Eu não sabia se conseguiria continuar aquilo tudo.

CAPÍTULO 20

Só que eu não tinha tempo para pensar.

Jorge apontou para as roupas do soldado, jogadas ali do lado, livres de sangue.

Despi-me e vesti o uniforme militar. Jorge fez o mesmo, com a roupa do soldado que eu havia matado. Aquele soldado era maior, e fiquei feliz de não precisar usar a vestimenta do homem que matei.

***

Entramos no carro em silêncio. Jorge dirigiu, concentrado, no caminho, lembrando-se do que tinha rastreado de Amelinha. O rádio do veículo falava coisas que eu não entendia, provavelmente códigos militares. O uniforme era muito quente, e logo fiquei ensopado.

— O que é que tu tem? — perguntou ele.

— Nada.

— Tá amuado. Diz logo. Não se faz missão com problemas na cabeça.

— Tu se arrepende... do que a gente fez?

Torci para que ele entendesse. Para que não perguntasse e eu tivesse que dizer "trepar".

— Não me arrependo de nada que eu faço. As coisas são como são. — Ele ficou olhando para a frente por um instante e depois virou-se para mim. — Por quê? Tá arrependido?

Eu queria me enterrar. Talvez pular do carro.

— Não. É que às vezes eu acho que tu me detesta. É por que sou sangue-raro?

— *Pff*. Tá de brincadeira, né? — rebateu ele. Quando percebeu que eu estava sério, continuou: — Por que tá perguntando isso?

— Lá na mata, na fazenda, o jeito que tu apertou meu pescoço. Me chamou de bica de merda. Me chamou de bica várias vezes. Se tu detesta tanto...

— Cala a boca. Eu fiz isso pra tu cair na real. Pra ver se tu parava de ficar se lamentando. Tu é a porra de uma bica, Caetano! Isso não é uma coisa ruim, é incrível! Olha a porra do poder que tu tem, cara! Pega esse nome que te deram pra te ofender, e faz dele teu. Eu sou a porra de um bruxo! Me criaram pra ser detestável, violento, instável, psicopata, e eu sou tudo isso. Vou ser o terror deles. E não vou me desculpar por ter te machucado. Olha só o que já fizeram contigo a vida toda, e tu aí choramingando por conta de um apertinho no pescoço e um xingamento? Quando eu tava te fodendo ontem à noite tu não reclamou.

— Tudo bem, entendi! — exclamei, morrendo de vergonha. Ele tinha razão. Ele não era meu inimigo. — Sou uma bica de merda.

Passamos por mais ruínas na cidade, tendo que desviar o caminho várias vezes por conta de pneus queimados fechando a rota ou ruas alagadas. Quase parecia a Recife de sempre.

— De onde vem esse nome Pirangueiro?

— O grupinho de Clara inventou — explicou, cheio de desdém. — São obcecados por coisas de carnaval. Não percebeu?

Ri de nervoso. Percebi, até demais. Peguei a máscara de La Ursa que ele tinha deixado no banco de trás e a analisei. Tinha uma mancha de sangue no formato de uma mão bem pequena, como de criança, na parte de dentro.

— Esse feitiço na tua máscara é igual ao das fantasias de Pablo — observei.

Em um muro, vi uma pichação que dizia: "FESTA DO MORRO = FESTA DA MORTE". Franzi o cenho, sem entender. A Festa do Morro era uma comemoração tradicional em homenagem à santa que nomeava o Morro da Conceição. O lugar onde agora moravam os ricos.

— Quem é Pablo?

— O artesão do grupo de Clara e Amelinha — contei. — O sangue dele enfeitiçou as roupas, o feitiço da lança do caboclo que me feriu.

Vi um lambe com uma caricatura de Fagner com as calças arriadas, sendo empalado pelo cu com a Torre de Cristal de Brennand. O cartaz estava com marcas de tiro e várias manchas de sangue. Alguém tinha sido fuzilado ali.

— Qual a idade desse Pablo?

— Jovem. Dezoito, dezenove? — supus.

Ele franziu o cenho. Calculava alguma coisa na mente.

Na praça, por onde passávamos, eu tinha sentado muitas vezes ao lado da estátua de Clarice Lispector, lendo, quando era mais jovem e fazia de tudo para passar menos tempo em casa, em contato com meus pais. No momento, não tinha mais estátuas, apenas um estandarte enorme com uma fotografia de Fagner sorrindo impressa em um tecido. Era uma foto de quando ele era mais jovem, ou talvez retocada e cheia de filtros, pois eu lembrava dele calvo, e não com o cabelo cheio como aquele, de lábios finos e uniforme mal-amanhado. Aquele homem havia passado por uma

CAPÍTULO 20

edição. Era uma pessoa importante. Ele havia criado o nome bica. Enfiei uma faca na mão dele, um dia. Parecia um sonho, de tão distante. Ainda esmurraria a cara dele.

"Salvador da pátria", dizia embaixo da foto. Ao lado, tremulavam duas bandeiras amarelas, com um pentagrama no centro. A bandeira da nação unificada, liderada por Fagner, que havia substituído o antigo presidente militar, assassinado por envenenamento em um caso sem suspeitos. A elite Pernambucana queria um lugar ao trono, e lá colocaram seu candidato. Clara e Amelinha me contaram tudo aquilo.

Só que o povo não estava feliz. Se aquela bandeira estava inteira ali, era porque devia haver soldados por perto. Estávamos chegando.

— Eu o conheci, acho. — Jorge me resgatou dos devaneios, falando de Pablo. Ele tinha passado um bom tempo calado, pensando, e me assustei com a quebra do silêncio. — Muito tempo atrás, num lugar que Luíza me levou.

— Levou, tipo, num portal?

Ele afirmou com um movimento lento da cabeça.

— Era onde Fagner mantinha as cobaias. Esse menino, Pablo, era uma delas.

— Talvez Luíza teja lá — sugeri.

— Não sei onde era. Luíza não tinha controle dos portais. Talvez aquele lugar nem fosse neste mundo.

Ok, enfim chegara a hora de confrontar aquilo que eu vinha matutando havia um tempo.

— Quando tu diz outros mundos, o que quer dizer? — perguntei, cauteloso.

O carro deu um solavanco quando Jorge passou por cima de algo. Nenhum de nós olhou para trás para ver o que era.

— Outros planos — respondeu o bruxo.

— Tipo... *fantasmas*?

Jorge deu de ombros. Era um assunto que nem ele compreendia. Se tinha outros mundos, talvez existisse inferno mesmo. E se o inferno era real, todo o resto também era? Era para lá que eu iria quando morresse? Contudo, se existisse um portal, talvez Luíza pudesse me tirar de lá. Eu seria uma alma penada? Nada fazia muito sentido, aí resolvi ficar calado, e olhei pela janela. A cidade meio abandonada passava ligeiro, as pessoas apressando o passo ou entrando nas casas e barracas quando passávamos, e, quando meu olhar bateu no retrovisor, vi uma sombra no banco de trás do carro. Tive um susto, e Jorge notou.

— Que foi?

— Acho que vejo fantasmas.

O bruxo lançou um olhar descrente para mim. Devia pensar que eu estava tirando onda com ele, mas quando percebeu minha seriedade, riu.

— É sério — insisti. — Às vezes vejo uma sombra. Antes achava que era algum tipo de alucinação, por conta de fraqueza. Só que continuo vendo, e é como se tentasse se comunicar comigo. — Fiz uma pausa, esperando que ele comentasse alguma coisa. Como não disse nada, continuei: — Ela tá aqui, agora, no banco de trás.

Ele olhou pelo retrovisor, então virou-se. Como eu esperava, ele não viu nada.

— Quando isso começou? — Ele estava preocupado.

Como um médico que tentava entender qual a causa da morte lenta e horrível do paciente.

— Na primeira vez que te vi. — A sombra sumiu. Senti uma presença muito forte, alguém tentando me tocar. Alguém de um outro plano. — Será que é Luíza, tentando se comunicar de alguma forma? Lá na fazenda, quando tu foi capturado, tu disse que *algo* te soltou...

— Luíza não é um fantasma. E provavelmente tu tá alucinando — ralhou ele, cansado da conversa, e voltou a se concentrar no caminho. — A gente tá perto.

À medida que adentrávamos no bairro, as ruas iam ficando cada vez mais estreitas. Não vimos mais pessoas. Se por medo do carro no qual estávamos camuflados ou se preparando para a cheia da maré no fim da tarde, eu não saberia dizer.

Jorge parou o carro.

— Amelinha tava naquele prédio quando a rastreei.

Ele apontou para uma construção antiga mais para a frente na rua, já na esquina. Era um casarão de quatro andares, com as janelas lacradas com tijolo e uma barricada de sacos de areia no térreo, protegendo a porta das enchentes.

Quando coloquei a mão na maçaneta para sair do carro, ele segurou minha perna.

— Tem certeza de que quer ir? — perguntou.

— Quero — respondi sem pensar.

CAPÍTULO 20

Não pensar era sempre melhor.

Ele me olhou por uns instantes, depois tocou meu rosto, afagando-me de leve. Senti seus calos na pele.

— Tudo bem se não tiver. Se quiser, fica no carro.

O que tinha acontecido com o bruxo insensível e violento? Não era sua natureza, como ele mesmo tinha pontuado? Eu deveria aceitar que era impossível entender o que se passava naquela cabeça tão imprevisível. Coloquei a mão em cima da dele e a afastei de mim. Encarei bem nos olhos dele, para que visse que eu tinha certeza daquilo. Eu já tinha fugido demais de meus próprios demônios.

— Não, eu vou.

Ele estalou os dedos e coçou a nuca. Estava enrolando.

— É perigoso. Pode ser que...

— Jorge...

Ele segurou minhas mãos. Percebera que eu tremia. Eu estava gelado, o calor dele foi um choque térmico. Ele beijou a pele fina do dorso de minha mão e suspirou fundo, sentindo o cheiro de meu sangue que se aquecia sob os lábios dele.

— Certo. — Ele se resignou. — Então bora.

O bruxo pegou o canivete dele de volta (parecia ter algum tipo de apego emocional ao objeto), deu-me a faca do soldado (muito bonita, brilhante e ameaçadora) e uma lanterna e se equipou com munições, uma pistola e a máscara carnavalesca.

A praça na qual fora gravado o filme *Lisbela e o Prisioneiro* não parecia nada como eu me lembrava. Antes, cheia de bares, mesas e gente bebendo, no momento assolada por um silêncio sepulcral e lama subindo pelas paredes decrépitas. No meio do pátio haviam cravado quatro mastros, três deles com cadáveres amarrados, apodrecendo, as roupas puídas. O quarto mastro exibia a bandeira de uma nação que não era a minha e, em cima dele, estava pousado um carcará, guardando sua carne.

Não havia sinal de soldados, o que era muito estranho, considerando que deveria ter uma base militar ali. Fiquei nervoso, pensando nas possibilidades. Talvez já tivesse sido transferida para outro lugar, talvez soubessem que estávamos vindo, talvez fosse uma armadilha. Olhei ao redor, paras as janelas que cercavam o largo, mas estava tudo fechado, sem ninguém.

A porta do prédio em que Jorge vira Amelinha estava trancada por fora com um cadeado enferrujado. O bruxo se aproximou e deu um chute que quebrou a madeira fofa ao redor da fechadura e fez a porta se abrir para dentro.

Quando eu ia me chegando para entrar, ele esticou o braço e me barrou.

— Tá enfeitiçada — alertou ele, e vi as marcas de sangue que contornavam a esquadria da porta.

Perguntei-me o que teria acontecido se eu tivesse passado.

Um cadeado por fora, impedindo o que estava dentro de sair. Uma proteção de sangue, para impedir que entrassem. Era uma prisão. Estávamos no lugar certo.

Jorge escarrou no chão e com o pé espalhou o cuspe sobre o sangue, limpando a marca e quebrando o selo.

Ao entrar, ele vestiu a máscara de La Ursa. O bruxo foi na frente, arma em punho, a lanterna em riste.

O térreo era um grande vão. Sem móveis, sem divisões de cômodos, sem gente, apenas as colunas que sustentavam os andares acima e uma escadaria lá nos fundos. No outro andar, não precisamos das luzes, pois os buracos no telhado deixavam o sol entrar. Lá em cima, apenas um corredor cheio de portas fechadas. Ouvimos murmúrios, gemidos e choro por trás das portas, e girei a maçaneta de uma delas apenas para confirmar que estavam fechadas.

Dei um passo para trás e, copiando os movimentos de Jorge, chutei a porta com toda a força. Não causei dano à madeira, apenas a meu quadril, que latejou por alguns minutos. Dentro do cômodo, gritos assustados. Olhei para Jorge, e ele estava com um pequeno riso na boca.

Daquela vez, ele arrombou a porta com uma ombrada, e quando as pessoas que estavam presas lá dentro o viram, foi gritaria generalizada. Estavam vendo um urso maníaco.

Não eram sangues-raros. Era gente comum.

Jorge retirou a máscara da cabeça e a guardou na mochila. A ilusão se desfez, e passei na frente dele.

O lugar era uma sala imunda: poças de água da chuva que caía pelos buracos do telhado, poças de mijo e baldes cheios de merda. As janelas estavam trancadas com ripas de madeira e as pessoas estavam em estado deplorável, algumas nuas, outras cobertas por trapos, todas cheias de hematomas e ferimentos. Estavam soltas, e algumas se abraçavam, encolhidas nos cantos. Eram homens e mulheres adultos.

Não vi sinal de Amelinha.

CAPÍTULO 20

Havia portas demais naquele corredor. Possivelmente não teríamos tempo, antes que quem quer que vigiasse aquele lugar retornasse.

— Onde estão os sangues-raros? — perguntei.

As pessoas se entreolharam confusas, assustadas. Devia ser inconcebível uma pessoa entrar ali apenas para fazer uma pergunta. Estavam acostumadas a pessoas entrando ali para fazer outras coisas.

— Isso aqui é outro tipo de lugar. — O homem que me respondeu ficou de pé.

O abdome dele estava todo roxo.

Virei-me para Jorge.

— Foi aqui que tu viu Amelinha?

— Vi até o carro em que ela tava estacionar lá na frente.

Quando nos viramos para sair da sala e irmos abrir as outras portas, alguém me segurou pelo braço. Virei-me, e vi uma senhora baixinha, com alguns tufos de cabelo na cabeça e os dois olhos bastante inchados.

— Tu é... — ela começou a dizer, e depois baixou a voz, sussurrando a última parte como se tivesse medo daquela pronúncia: — *um deles?*

Achei que ela estivesse se referindo aos soldados, e estava pronto para negar. Quando ela continuou, as lágrimas descendo dos olhos, entendi que ela quis dizer *uma bica*:

— Meu filho também era. Fui eu que o denunciei. Achava que o mundo ia melhorar. — Ela abriu um sorriso. Os dentes que restavam eram amarelos e pretos. O bafo dela era horrível: infecção, fome. — E melhorou! Mas depois vieram atrás de gente normal também. Obrigada, meu anjo, por ter vindo nos salvar.

Puxei o braço, livrando-me da mão imunda.

— Não vim por vocês.

Virei-me de costas para ela e desisti de abrir as outras portas. Que eles se virassem. Desci a escada, e Jorge me seguiu, calado.

CAPÍTULO 21

Andei, apressado, pelo térreo em direção à porta, ansioso para sair daquele lugar. Precisava de ar puro, sentia que as paredes dali estavam se encolhendo, meus pulmões falhando em captar oxigênio. Não queria voltar a ver aquelas pessoas, não queria imaginar o que elas tinham passado. O que tiveram que passar para se arrependerem de...

No momento que pisei à luz do sol, uma saraivada de tiros maculou o silêncio da praça. Senti balas zunindo em meus ouvidos, e vi o chão pipocando à frente. Os cadáveres apodrecidos pendurados nos mastros sendo destroçados. Jorge me puxou pela gola da farda e me jogou de volta dentro da casa. Ele ficou agachado de um lado da porta, e eu, jogado no chão do outro lado.

— Tem um atirador na torre da igreja — confirmou ele.

Assenti, posicionando-me. Consegui ver pela brecha da dobradiça da porta a torre da igreja. Antigamente tinha um sino ali, mas no momento vi apenas um soldado deitado, com um fuzil apontado em nossa direção.

Ouvi um barulho vindo de trás, e me virei para ver o que era: as pessoas que havíamos libertado desciam a escada.

Olhei para Jorge e ele retribuiu com um olhar sério, questionador.

Se alguma daquelas pessoas saísse pela porta, viraria alvo do atirador e Jorge aproveitaria a distração para neutralizá-lo.

Nos primeiros anos da ditadura, eu me preocupava com todas as pessoas, não só com os sangues-raros, mas os familiares também, que

CAPÍTULO 21

ficavam para trás. Em Arco Verde, com Paulinho, ajudava aquela gente a encontrar o que o exército tinha tirado delas. Haviam tirado muitas coisas. No cativeiro, eu fantasiava com me libertar, soltar meus companheiros de cela, colocar os militares na cadeia. Eu me via como um salvador, e pretendia melhorar a vida de todos, porque se um sofria, todos sofriam.

Contudo, aquela gente também tinha me caçado. Fui alvo de pessoas *normais* como aquelas. Eles todos tinham sangue raro nas mãos.

A mulher que havia denunciado o filho vinha na frente.

— Caetano? — questionou Jorge quando fiquei de pé.

Corri para fora, almejando chegar a um poste de iluminação torto que tinha um pouco mais à frente. Os tiros vieram rápido. Um, dois, três, quatro, cada vez mais perto de meus pés. O sexto tiro me acertou. Senti uma queimação intensa na panturrilha. O sétimo tiro não foi direcionado a mim. E antes mesmo de eu alcançar o poste, o oitavo tiro não veio. Parei no meio do caminho e olhei para a igreja. O soldado caía da torre.

O bruxo saiu do casarão, soltou ar pelo nariz (como se tivesse estado prendendo a respiração aquele tempo todo) e exclamou para mim:

— Não faça mais isso. Arriscar tua vida por conta desses merdas? — bradou ele, apontando para o povo que saía do prédio.

— Não por conta deles, mas apesar deles. Não vou os deixar decidirem mais nada.

Jorge me olhou como se eu não batesse muito bem. O que era irônico. Nenhum de nós dois batia muito bem.

— Ela deve estar na igreja — sugeriu ele, deixando-me de lado.

Antes de segui-lo, agachei-me para olhar o ferimento na perna: a bala havia passado de raspão, mas abrira um pequeno corte que ainda sangrava. Não tínhamos tempo de cuidar daquilo no momento.

O bruxo avançou, meio agachado, passos ligeiros e olhares alertas. Movia-se como um soldado treinado. Um assassino criado. Acostumado à guerra, a violência era sua zona de conforto. Olhei para trás; as pessoas que libertamos não davam a mínima para nós. Ninguém foi ver se eu estava bem, se meu sangramento apresentava algum risco à minha vida. Foram embora tão rápido quanto saíram do casarão.

Enquanto Jorge avaliava os arredores, aproximei-me e peguei o fuzil que caíra da torre. Era pesado, e eu queria saber usar. Queria segurar com firmeza e sair atirando por aí. Talvez eu me sentisse mais poderoso e capaz com aquilo. Entreguei a arma à Jorge, e ele atirou na porta de madeira da igreja, esfacelando-a. Quando entramos, dois soldados correram em nossa direção. Não tinham armas — deviam ter esgotado as balas — e avançaram, segurando facas. O bruxo atirou nos dois.

Os sangues-raros estavam no presbitério da igreja, acorrentados ao altar. Eram cerca de oito, entre eles Amelinha e outros que vi no ensaio de maracatu. Reconhecia todos eles, exceto um homem careca, que estava bem no meio, e parecia pior de saúde que os demais. Ele era muito magro e a pele branca estava descamando, cheia de manchas. Os olhos fundos denunciavam que ele estava ali havia muito mais tempo. Era o sangue-raro que os soldados originalmente guardavam ali, antes de chegarem os outros que Jorge havia denunciado.

O bruxo também devia ter percebido aquilo, pois foi para o careca que se dirigiu:

— Cadê os bruxos que usam o sangue de vocês?

Olhei ao redor, percebendo que não havia mais ninguém ali. Não fazia sentido os soldados terem um monte de sangues-raros sem nenhum bruxo para utilizá-los.

O careca riu como se Jorge tivesse falado uma bobagem.

— Não resta mais muito sangue por aí — contou o homem. Ele tinha a voz bem alta e clara, que contrastava com o aspecto físico. — Eles só têm um bruxo agora, o Cão, que anda com Fagner. O resto eles matam.

Jorge empalideceu quando o sangue-raro mencionou o Cão, como se soubesse de quem se tratava. Eu sabia: era o bruxo que usava uma máscara de cachorro e que tinha ido com Fagner no batalhão, no dia que mataram as enfermeiras. Só podia ser ele.

Ninguém falou nada. Os sangues-raros do maracatu choravam, alguns silenciosos, outros com soluços que preenchiam toda a igreja com tristeza. "O resto eles matam." Aquela frase era dolorosa até para mim. Éramos descartáveis todos, inclusive os bruxos. E isso implicava que os parceiros daquelas pessoas, casais abomináveis entre sangues-raros e bruxos, tinham sido todos assassinados, incluindo Clara.

— E onde tá Fagner? — questionou Jorge.

O careca deu de ombros.

— E eu lá sei? Aquela maricona desgraçada. Deve tá escondido no canil fodendo o cãozinho dele. Não me surpreende ter perdido a moral com os soldados. Agora aqui cada grupamento cuida dos seus.

Olhei para Amelinha, e ela tentava enxugar as lágrimas que escorriam pelo rosto, mas as correntes que prendiam suas mãos a impediam.

CAPÍTULO 21

Fui até os soldados mortos e achei um molho de chaves pendurado no bolso de um deles.

— Obrigada — murmurou Amelinha quando a soltei. Depois de enxugar as lágrimas e massagear os pulsos, olhou para minha canela e disse:
— Deixe eu olhar isso aí.

Sentei-me em um banco de madeira da igreja. A maioria dos bancos fora reposicionada, empilhados nas janelas como se servissem de barricadas, mas alguns ainda estavam na posição original, voltados para o altar e o homem crucificado no alto, o sangue escorrendo das feridas. Ri, lembrando que Paulinho dissera que Jesus era um sangue-raro. Minha mãe desmaiaria com tamanha blasfêmia.

— Tá rindo de quê? — indagou Amelinha, enquanto levantava a barra de minha calça.

— Do absurdo da vida.

Ela balançou a cabeça.

— Precisa de curativo — concluiu Amelinha ao analisar meu ferimento. — Acho que eles não têm nada aqui.

— Jorge tem na mochila.

Apontei para o bruxo. Ele estava sentado em um banco mais à frente, parecendo muito mal. Desolado e cansado.

Quando Amelinha se aproximou dele e pegou a mochila, ele nem sequer olhou para ela, continuou com o olhar vazio, encarando o chão. Foi quando pensei que talvez ele tivesse desistido. Nosso plano consistia em rastrear Amelinha e consequentemente achar onde os outros sangues-raros estavam, junto com Luíza. Agora, eu não sabia o que mais poderíamos fazer.

Amelinha pegou a máscara de La Ursa com cautela, analisando-a com curiosidade, depois estalou a língua e murmurou algum xingamento quando viu que os saquinhos com ervas dentro da bolsa de Jorge eram dela, roubados de sua casa. Aplicou-as em mim e enfaixou o ferimento com gaze.

— Era melhor uma folha de bananeira, mas vai servir.

— Obrigado — falei, e ela se levantou e se sentou a meu lado.

Vi que os outros sangues-raros perambulavam pelo local, mexendo em caixas e armários e encontrando comida e água, dividindo entre si. Com o canto do olho, percebi Amelinha tirar algo do bolso.

— Isso é teu.

Ela me entregou um pedaço de papel dobrado e úmido de suor.

Quando o abri, vi que era a gravura que Clara tinha feito. Eu segurando uma máscara de La Ursa, pessoas dançando maracatu. Três caboclos de lança a meu redor. Não era uma festa, era um funeral. Atrás de mim, havia uma sombra em que eu não tinha reparado antes.

— Eles tentaram me matar — ralhei, amassando o papel e jogando-o em minha frente.

A bolinha rolou e bateu no pé de Jorge.

— Eu e Clara éramos contra, mas tudo era feito com o voto da maioria — argumentou ela, defendendo-se.

Eu quis a mandar tomar no cu. Queria perguntar: "E onde tá essa maioria agora?", queria esfregar a contagem de mortos na cara dela. Contudo, ao mesmo tempo, eu os entendia. Meu sangue tinha sido responsável por achá-los no passado, por matar maior parte do grupo. E, agora, eu e Jorge tínhamos sido responsáveis por acabar com o que tinha restado. Monstros.

— Isso é Lia. — A voz de Jorge sobrepujou-se ao silêncio da igreja.

Ele tinha desamassado a gravura de Clara e a observava com olhos alarmados. Levantou-se e veio em nossa direção, mostrando o desenho e apontando para uma pessoa alta, de cabelo curto e tatuagens nos braços, no canto da imagem, no ponto em que raízes de manguezal ocupavam o branco do papel.

— A bruxa do mangue? — questionou Amelinha a meu lado. — Não passa de uma lenda.

— E por que tá na gravura? — rebateu Jorge.

Amelinha deu de ombros.

— Nem tudo das gravuras de Clara dá pra compreender. Algumas coisas são apenas ruídos. Interferências de outros vislumbres, de sonhos, de pensamentos. Tipo esses monstros aqui. Obviamente são coisas que não existem.

— Bruxa do mangue? — questionei.

Aquela figura tatuada me era familiar. Como em uma lembrança distante, ou um sonho, ou alguma história que eu ouvira alguém contar, mas de que esquecera com o tempo. *Lia.*

— É uma história pra assustar criancinha — esclareceu Amelinha. Jorge trincou os dentes, irritado. — Pra gente não sair de casa e ir brincar sozinha na rua, nossas mães contavam a história de uma bruxa cruel que enterrava bebês sangues-raros na lama e o sangue dessa pessoa fluía pelo tronco do mangue que nascia.

CAPÍTULO 21

Ah.

Eu lembrava.

— Não é lenda, é verdade — afirmei. Tanto Amelinha quanto Jorge me olharam, surpresos. — A mãe de Marina enterrou o cordão umbilical dela lá. Eu vi, essa bruxa tatuada tava lá, no mangue. Lia.

— Na escola também contavam essa história — acrescentou Jorge. Falava "escola" como se fosse um ambiente educacional normal, com crianças brincando no recreio, mesas coloridas e cartolinas coladas na parede, e não uma seita de feiticeiros. — Só que não era uma lenda pra gente. Lia era uma heroína que admirávamos em segredo. Era uma bruxa selvagem, como chamavam os bruxos soltos, e a Confraria não admitia esse tipo de coisa.

— Na escola, você diz, o centro de treinamento pra pequenos assassinos? — provocou Amelinha.

Achei que Jorge rosnaria e viraria a cara, mas ele respondeu:

— Eu não tive escolha.

— Clara também não, mas mesmo assim conseguiu fugir e se tornar uma pessoa decente. Não virou uma assassina a serviço de milionários — contrapôs ela, olhando-o de cima à baixo.

— Você não sabe minha história — ralhou Jorge.

Parecia prestes a avançar nela.

Levantei-me, querendo encerrar o assunto.

— Vou atrás dessa Lia — anunciei.

Jorge franziu o cenho e me olhou.

— Vai o quê?

— Clara disse que a gravura fala de caminhos, do futuro. De passos que a pessoa deve trilhar — expliquei.

— Perda de tempo — bradou o bruxo, rasgando a gravura diante dos meus olhos e jogando os pedaços de papel no chão.

Amelinha deu um gritinho e observei, calado, o homem se virar e caminhar para os fundos do altar.

Fui atrás dele.

Jorge entrou no corredor que ficava por trás da parede na qual Jesus estava crucificado e empoeirado, e entrou em uma sala, batendo a porta atrás de si. Entrei logo depois, e o encontrei nervoso, caminhando de um lado para o outro, parecendo que esmurraria alguma coisa a qualquer momento. Ele me olhou com fúria. Talvez me esmurrasse.

— O que foi isso? A bruxa do mangue pode ser uma pista.
Ele riu, depois revirou os olhos.
— Pista de quê? A gente tá andando em círculos. *Eu* estou andando em círculos. — Ele parou de andar, percebendo que estava sendo literal. A sala tinha uma mesa de metal virada em um canto e algumas estantes com livros antigos. Bíblias. Deveria ter sido o escritório do padre, algo do tipo. Os olhos dele estavam muito pretos, e demorei a perceber que estavam marejados. — Preciso ir atrás de Luíza *agora*, já perdi tempo demais. Não vou atrás de gravura, de bruxa, de porra de manguezal nenhum. Luíza deve estar naquele lugar que me levou quando era criança, onde ficavam as cobaias. Era uma porra de subsolo, com um monte de merda de ocultismo, livro de São Cipriano e o caralho de asa. Cheiro de mirra e aquelas malditas espadas de São Jorge que o povo acredita que se usa pra bruxaria.

Senti o coração pulsar no pescoço. Jorge percebeu meu susto e parou de vomitar palavras. Fui até ele e segurei seu rosto com ambas as mãos.

— Espadas de São Jorge? — questionei.

Cheiro de mirra. Ocultismo. São Cipriano.

— É, que tem? — indagou Jorge. — Uma planta verde comprida que...

Balancei a cabeça, fazendo-o calar. Dei um beijo na boca dele, e senti o gosto salgado da lágrima que tinha descido ali. Então falei:

— Eu sei onde Luíza tá, porra.

CAPÍTULO 22

Euforia. Dei um pulo, gargalhei, montando uma imagem na cabeça, unindo as peças de um enigma. Estava pronto para pegar foices e tochas e marchar em direção àquela porra de morro!

— Ahá!
— Devo me preocupar?

Ele estava de braços cruzados, olhando-me como se o parafuso que unia as partes de meu cérebro tivesse se soltado.

— É a casa dos pais de Paulinho! — gritei, alto demais. — Tem isso tudo lá! As plantas, as estantes cheias de coisas bizarras, livros. Nunca fui ao porão, mas quando eu tava lá eu escutei alguma coisa vindo do chão. Só pode ter sido do subsolo! Eu lembro de ter achado que eram correntes, mas fiquei achando que era coisa da minha imaginação.

— Bruxos não têm casa, Caetano, muito menos mansões. A gente morava em alojamentos que a Confraria chamava de Institutos.

Foi como se ele tivesse jogado um balde cheio de gelo em mim, mas... fazia sentido, não? A festa no morro, os ricos em comemoração de alguma descoberta de Fagner. O porão dos pais de Paulinho, no alto do Morro da Conceição. Era lá, Luíza só podia estar lá.

Só que se a casa não era deles, eu tinha entendido tudo errado. Minha empolgação murchou, e me escorei na mesa derrubada. Beco sem saída de novo.

CAPÍTULO 22

Jorge ficou calado olhando para mim. Aqueles olhos pretos divagaram por um instante, as sobrancelhas se uniram. Ele descruzou os braços e colocou as mãos na cintura. Tinha uma faísca ali no rosto dele, e sua boca se curvou um milímetro. Era um sorriso?

— Fagner é interessado por ocultismo — soltou ele por fim. — Sempre foi; foi assim que descobriu a Confraria. Antes ele era apenas um cientista militar frustrado, com interesse no oculto. Essas coisas que tu viu na casa dos pais de Paulinho deviam ser dele. A casa *era dele*. Os pais do teu namorado deviam ser lacaios. Caseiros.

Um murro doeria menos do que aquilo. Depressa, antes que a sensação ruim tomasse conta de meu peito (a tristeza, o amargor da traição, a fissura provocada pela mentira descoberta), deixei que a raiva tomasse conta de tudo.

Ainda tentei racionalizar, negociar comigo mesmo. Jorge poderia estar errado, mas..., mas... Paulinho nunca parecia à vontade na própria casa. A casa não era dele. Então... ele tinha mentido para mim aquele tempo todo?

— Eu não acredito que fui tão estúpido.

— Tu era um pirralho. — Jorge tentou remediar. Deu um passo em minha direção, mas não se aproximou demais. — E bruxos, tu sabe, podem ser uns desgraçados tabacudos.

— É, *nunca confie num bruxo*. Tô quase tatuando esse bordão.

— Ai! — exclamou ele, colocando a mão no peito e fazendo uma cara de dor bem teatral.

Ergui a sobrancelha.

Ele se aproximou devagar até ficar a um palmo de distância de mim.

Balancei a cabeça com aquela bobagem. Não queria me distrair. Precisava focar. Estávamos ali por uma razão. Coloquei a mão no peito dele, quando ele começou a se inclinar para tocar a boca em mim.

— Vamo pro morro, então. — Cortei a excitação dele. — Agora sabemos onde Fagner tá.

Estava pronto para sair correndo, subir aquelas ladeiras e escadarias que eu não via fazia tanto tempo, talvez até passar por minha casa no caminho, sabia aquele trajeto de olhos fechados, e arrombaria o portão da casa que não era de Paulinho com um chute e eu mesmo quebraria as correntes que prendiam Luíza e daria uma pisa em Fagner. Depois tocaria fogo naquela bosta de mansão cafona do caralho.

— E tu planeja entrar lá como, bonitão? — Jorge me deu outro banho de água fria. Além de bruxo, era sádico. Pessimista compulsivo.

Derrotista inveterado. Era algum *modus operandi* dos bruxos assassinos? Imaginar o pior cenário possível sempre? — O morro é praticamente uma fortaleza. O lugar é muito protegido porque a elite mora lá, mas se Fagner também tá lá, então a situação é mais crítica do que eu imaginava. Vai ser impossível entrar sem uma magia de portal, pelo menos. O que não temos. Além disso, Luíza deve tá bem vigiada. Somos só dois.

— Não somos só dois — rebati, dando as costas para ele.

Os sangues-raros ainda estavam espalhados pela nave da igreja, sentados no chão, nos bancos, encostados nas paredes, choramingando, cabisbaixos. Achei que àquela altura já tivessem ido embora. Porém, talvez não tivessem para onde ir. Jorge tinha destruído o último esconderijo deles. Vi que entrava água pela porta. Logo estaríamos com os pés na lama da maré alta.

Sentei-me ao lado de Amelinha.

— Teus parceiros tentaram me matar lá no ensaio de maracatu. Aliás, é blasfêmia chamar aquilo de maracatu — declarei. Ela desviou os olhos e encarou o chão enquanto eu falava. — Tu sabia, né? Por isso tu não quis ir. Não foi pra ficar cuidando de Jorge. Pablo era contra, também, imagino.

Ela arrumou coragem para me olhar.

— Alguns estavam muito ressentidos contigo. Tivemos várias perdas por conta do feitiço de rastreamento. Tentei argumentar que esse ódio ia levar à nossa ruína. Muitos concordavam comigo, mas Vinícius é muito convincente. Foi ele que teve a ideia de usar o sangue de Pablo contra tu. É um feitiço de ilusão, mas, dependendo da intensidade, a ilusão se torna real.

Ela nem precisou dizer, mas eu tinha certeza de que Vinícius era o homem com máscara de papangu que primeiro me acossou.

— Se não fosse por Jorge, eu teria morrido — prossegui. Tentei arrefecer o tom irritado. — Mas eu sinto muito pelo que aconteceu. Aquelas mortes. Não precisava. Era pra gente tá junto. Jorge não tinha o direito de denunciar...

Amelinha ficou pálida. Antes de falar, ela engoliu em seco. Então confessou:

— Não foi Jorge. Fui eu. Eu não o dopei o suficiente de propósito. Não queria que ele apagasse. Queria que ele escutasse tudo. — Ela soluçou, prendendo o choro que subiu. — Menti pra Clarinha. Eu sabia que Jorge faria de tudo pra impedir que te matassem. Eu percebi o jeito que ele olha pra tu. Que tá sempre te rondando como uma sombra. Há preocupação

CAPÍTULO 22

legítima ali. Algo que vem daqui. — Ela botou a mão no peito. — Ele gosta de tu. Como eu sabia que ele gostava de Marina. Então eu dei um empurrãozinho. Eu não tinha como saber que as coisas aconteceriam do jeito que aconteceram, mas... a gente tá numa guerra, não é? E a gente tem que lidar com as consequências dos nossos atos. Não só eu, como Clara, como Vinícius e todos os outros. Eu não teria como fazer isso sozinha, por isso usei Jorge. Tenho muita coisa contra esse bruxo. O que aconteceu com Marina e Luíza foi por causa dele, mas eu sei que ele amava as duas. Do jeito dele. O amor que vem da bruxaria pode ser muito destrutivo, menino, mas eu sei que Jorge vai fazer o possível pra achar Luíza. Tu e ele são nossa maior esperança.

Pisquei, atordoado com aquilo tudo. Olhei na direção da sala do padre, procurando Jorge. Eu e ele, sangue e bruxaria. Uma união destrutiva. Aquilo soava gostoso em minha cabeça. Ao mesmo tempo, me apavorava. Suspirei fundo, ergui o queixo e falei:

— Não. A gente precisa de vocês também. Juntos a gente pode não só salvar Luíza, mas destruir aquele morro. Matar Fagner, acabar com esse regime, libertar todo mundo.

Amelinha deu um sorriso meio irônico.

— Tu tá falando como Jorge. Ele gosta de destruir tudo.

— Eu passei dez anos preso, Amelinha. Tudo o que eu fiz nesse tempo foi sonhar com destruição.

Ela anuiu.

— Então vocês dão certo juntos, mesmo.

— O que tu quer dizer com isso?

— A compatibilidade sagrada entre bruxo e sangue-raro. Eu e Clara vimos o mundo ser destruído aos poucos nos últimos dez anos. O futuro da gente foi tirado pouco a pouco, pedacinho por pedacinho. Meu sangue junto com a magia dela era o que nos dava um pouco de esperança. As gravuras eram uma espécie de guia, que nos dava um caminho pra onde seguir. Já Marina era uma garota que gostava de construir coisas. Artesanato, máscaras, família, lar. Ela não era compatível com o poder destrutivo de Jorge. Um bruxo precisa encontrar seu sangue-raro e vice-versa, qualquer coisa fora isso tende ao fracasso.

— Então... é disso que eu queria falar. Preciso do sangue de todos vocês.

Os nãos que recebi ao contar o plano foram muito intensos. Os sangues-raros estavam sentados nos bancos de madeira, e eu de pé como se fosse um padre. Jorge optara por ficar lá atrás, em pé, de braços cruzados e encostado na parede, observando-me com uma expressão enigmática e indecifrável. O único a topar ceder o sangue foi o sangue-raro careca, que já estava ali aprisionado antes dos demais, acostumado a ter o sangue usurpado. Para o restante, dar o sangue a um bruxo que não era um parceiro romântico era uma abominação. Eles pareciam membros de uma seita. Ou era eu que estava criando uma seita ali mesmo?

— Essa Luíza, que o rapaz aí tá querendo salvar. — O sangue-raro careca de repente se pronunciou, depois de muito tempo calado, apontando para mim e depois se virando para a *congregação*. — É conhecida aqui nas ruas como *a menina*. Filha de sangues-raros. Dizem que a mãe abria portais e o pai falava com espírito. Por isso ela é também conhecida como *a porteira*. Ela abre porta pra outros planos. Tem uma história que circula por aí, que os milicos morrem de medo. Certo dia *a menina* abriu uma porta pro inferno no meio de um grupamento, e um demônio engoliu mais de cinquenta soldados de uma vez só. Dizem que Fagner tá fazendo um exército de demônios, de seres monstruosos de outra dimensão. Ele quer estender o regime pro mundo todo. Por isso o covarde tá sumido. Agora vou dizer. Sem ofensa. Se vocês tão se recusando ajudar esse rapaz bonito aí a resgatar Luíza, usando uma desculpa esfarrapada de monogamia mágica, vocês são um bando de abestalhados.

Todo mundo permaneceu em silêncio, ruminando o que ele tinha falado. Eu, particularmente, estava arrepiado com a história dos seres monstruosos de outra dimensão. Não podia ser verdade. Deveria ser um boato. *Certo?*

— Qual teu nome? — perguntei ao careca.

— Regi.

Limpei a garganta. Estufei o peito.

— Regi tem razão. Sei que vocês têm seus motivos pra não doarem sangue a um desconhecido. Ainda mais pra Jorge. Porém, aqui temos magia de proteção, de camuflagem, de persuasão, de cura. Somos um exército. Muito mais poderosos do que qualquer arma. Meu sonho, quando tava preso, era me soltar daquelas correntes, arrancar o tubo que roubava meu sangue, soltar todo mundo que tava preso comigo e viver escondido, ser normal. Agora, o que eu quero é destruir tudo que eles ergueram às custas da nossa ruína pra que a gente não seja mais raro, e sim abundante. Essa é a nossa chance de salvar uma pessoa. De salvar o nosso sangue. Não é dar

CAPÍTULO 22

algumas gotas de sangue que vai acabar com a vida de vocês, é não fazer nada que vai. Nosso sangue é raro, mas também é raiva.

Vi Jorge dar um riso com o canto da boca lá atrás. Meu coração palpitou.

— E como a gente vai entrar no morro? — questionou alguém. — É protegido, parece uma fortaleza. Deve ter muito feitiço de barreira.

— Não vamos passar pela porta — respondi. — Nem pular o muro. Vamos abrir um portal bem onde Luíza tá.

— A gente não tem magia de portal — argumentou outra pessoa.

Era a hora de revelar o plano todo. Jorge se aproximou, querendo saber o que se passava em minha mente. Daquela vez, eu não me deixaria abalar com o balde de água fria que ele jogaria em mim. Falei com a voz bem firme:

— Nara, a mãe de Marina, enterrou o cordão umbilical da filha nas raízes de um manguezal. A bruxa do mangue tem o sangue dela nas árvores.

Jorge pigarreou, desviando a atenção de todo mundo, e atravessou depressa o corredor entre os bancos, chegando até mim e segurando meu braço.

Lá vem.

— Uma palavrinha, por favor — cochichou ele nem meu ouvido, olhou para as pessoas que nos encaravam, e me puxou para longe. Quando estávamos de volta à sala do padre, ele fechou a porta e continuou: — Perdeu a cabeça? Ir atrás da bruxa do mangue? Ela é um ícone entre os bruxos por um motivo. É uma pessoa cruel e perigosa. Acha que ela vai dar o sangue de Marina só porque pedimos, bonitão?

— Ela parecia ser uma boa pessoa quando vi com os olhos de Marina.

— Marina era um bebê! E outra: onde é que tá essa bruxa? Tu não sabe *onde* ela tá, porque Marina não sabia. Já disse que ela era um bebê?

Virei-me de costas para ele e comecei a revirar o local, abrindo gavetas e armários. Não queria ficar ouvindo sermão de um bruxo. Jorge me observou por alguns instantes.

— Tá procurando o quê? — inquiriu ele, segurando minha mão para que eu parasse de bulir nas coisas do padre.

— Alguma coisa pra ferver meu sangue — respondi, olhando para ele. — Pra tu achar onde tá essa bruxa.

Jorge me puxou, levando-me para perto dele. Senti suas coxas contra minhas pernas, o quadril me empurrando contra a parede, meu peito contra sua barriga, e olhei para cima, ofegante.

— Não temos tempo pra isso — vociferou ele. — Tá vendo algum fogão aqui? Vai ter que ser do outro jeito.

Arregalei os olhos.

— Tu quer... — gaguejei. O aperto dele em mim estava me deixando nervoso e de repente fiquei com medo. Ele queria *transar*? Em uma *igreja*? — Eu não...

— Eu sei outras formas de fazer teu sangue ferver — insinuou ele, olhando-me de cima.

Engoli em seco, e ele soltou minha mão. Antes que eu pudesse me livrar dele, Jorge empurrou meu peito, jogando-me na parede. Continuou com o pescoço ereto, obrigando-me a curvar a cabeça para cima para encontrar seus olhos. Manteve o olhar no meu: ele não piscava, era firme, prendia-me como se enfeitiçado. Como um prisioneiro. Vestido como ele estava, tive vontade de chorar. Flashbacks inundavam minha mente (a voz ríspida dos soldados, o nariz empinado, o barulho das botas, o olhar frio e disciplinado, os gritos de ordem, a violência). O bruxo colocou a mão em meu pescoço, mas não apertou. Mesmo assim, o ar sumiu dos meus pulmões. Ofeguei, já não enxergava nada, cheio de lágrimas na vista. Eu estava me afogando em um mar escuro, profundo e infinito. Com a mão livre, ele tirou a parte de cima do uniforme militar, ficando apenas com a regata branca. Observei o peito dele subir e descer devagar.

— Olha nos meus olhos — ordenou ele.

Com medo, obedeci. Desviei o olhar do peitoral dele, acompanhei a veia que pulsava no pescoço, observei a mandíbula, ali em que a barba crescia, os lábios carnudos, o ossinho do nariz, largo. Nenhum soldado tinha chegado perto de mim daquele jeito no batalhão. Tinham medo e nojo. Quando enfim encontrei aquele mar noturno, ele apertou mais meu pescoço. Seus dedos quase davam uma volta inteira em mim.

Tentei engolir, mas Jorge apertou ainda mais. Eu sentia meu coração bater contra a mão dele, e deixei um gemido escapar quando o vi segurar uma faca. Eu tinha prometido a mim mesmo que daria um murro na cara dele se ele me tratasse daquela forma de novo.

— Tu tem medo de mim, né, sangue-raro? Responde.

Confirmei com a cabeça, e minhas lágrimas se derramaram. Por que ele estava fazendo aquilo? Eu não tinha forças para revidar.

— Abre os olhos — comandou outra vez.

O bruxo soltou meu pescoço, e obedeci. Ele tinha um sorriso no rosto, e a lâmina da faca tocava o ponto que antes ele apertara. Prendi a respiração; se eu ofegasse, a faca perfuraria o pescoço.

CAPÍTULO 22

Ele ficou mais perto de mim, engolindo-me com os olhos. O quadril se atracou ao meu, e sentir um ardor no pescoço quando ele me cortou.

Meu sangue pulsava forte, ardendo em todos os pontos em que o sentia contra mim. A sensação era a mesma de sempre: uma explosão iminente, uma represa prestes a ruir. Sentia as veias e artérias inchando, pegando fogo; eu era um cometa entrando na atmosfera. Uma raiz procurando espaço na terra batida.

Jorge sorriu e aproximou o nariz de meu rosto. Farejando.

— Tá fervendo — murmurou ele em meu ouvido, os lábios roçando com suavidade a pele e me fazendo tremer inteiro.

Um gemido escapou de minha boca, e senti os lábios dele se abrirem em um sorriso.

Fechei o punho, pronto para quebrar a cara dele.

— Desgraçado — bradei com um rosnado. — Eu vou te mat...

Ele se inclinou e lambeu meu pescoço, bem no ponto que tinha cortado, sorvendo meu sangue e murmurando alguma coisa que já estava bem longe de minha compreensão.

***

Raízes. Raízes por todo lado. Cheiro de podre, carniça. Um siri azul subindo na madeira. Uma craca borbulhando. Marisco, ostra, sangue. Um bebê morto. Um cordão umbilical. Uma bruxa com lama nas canelas. Sou uma sombra, um fantasma flutuando no rio. O rio seco, parado, fedido. Lixo pendurado nos galhos. Peixe morto. Sou uma raiz que penetra o lamaçal, buscando ar na terra e no céu. Tem uma casa em cima de um morro. A bruxa desce a ladeira, descalça. O pé forrado de lama.

Na mão tem uma peixeira. Vem direto a mim, mas não sou nada, sou uma nuvem, uma poeira, uma sombra de árvore.

— Esperei muitos anos por esse reencontro — declara a bruxa.

Para mim?

Mas quem sou? Tenho olhos? Tenho boca? Olho ao redor, vejo minha sombra. Lembro do corte no pescoço, da mesa do padre virada ao lado, do cheiro do hálito do bruxo. Meu nome é Caetano, recordo. E aquela bruxa é Lia.

Mas como ela me vê? Como fala comigo? Tento abrir a boca, mesmo sem boca. E falo, mesmo sem cordas vocais:

— Estou te procurando. Como te encontro?

— Já encontrou — responde a bruxa e vai até a beira do rio.

Passa por mim, e me arrepio todo. Desfaço-me, fumaça que se esvai com o vento. A bruxa atravessa o rio: é riacho, seco, água na altura da coxa. Ela nem levanta o vestido, deixa molhar mesmo.

Ergue o facão e mete no tronco de uma árvore. O mangue sangra; a seiva é vermelha.

Lia mete a mão no sangue do mangue, volta para a margem e faz um círculo vermelho no chão.

— Mangue — sussurra ela para a lama.

Uma porta se abre em cima de mim e passo por ela.

CAPÍTULO 23

Olhei para trás, procurando Jorge. Até um segundo antes, ele estava agarrado em mim, chupando meu pescoço. E eu queria matá-lo. No momento, eu estava sozinho, sentindo a brisa da natureza no rosto, o cheiro desconcertante da lama, a bruxa tatuada de pé em minha frente.

Lia tinha a pele escura. O cabelo era quase raspado, espetado, os olhos retilíneos e pequenos, a boca grande. Achei que ela fosse muito mais velha. Pelas histórias, imaginei-a como uma idosa. Só que não aparentava ter mais do que quarenta anos. As tatuagens cobriam toda a cabeça, desde o couro cabeludo, até a orelha e pescoço. O olho era tatuado também, a parte que deveria ser branca era tingida de preto. Tinha ornamentos na testa e ao redor dos olhos e boca, adentrando nos lábios. Os desenhos permanentes desciam pelo peito reto e fechavam todo o braço. As unhas dela eram pretas, sujas de lama e eu tinha certeza de que, por baixo da lama que cobria as pernas e pés, também havia tatuagens. Eram floreios, curvas, linhas, símbolos, talvez sigilos mágicos, runas, um monte de coisa que eu não conhecia. Eu sentia que não só ela, mas todo aquele lugar era mágico. Tinha algo pulsando nas entranhas do manguezal, uma vibração que vinha das raízes e subia por minhas pernas.

— Cadê os outros? — questionei, pensando em Jorge, Amelinha, os sangues-raros, a igreja, a cidade. — Onde eu tô?

— Tu tá na minha casa — informou ela, como se fosse óbvio. — Não sabe? Achei que tava me procurando.

CAPÍTULO 23

— Eu... — Olhei para trás, para os lados. — Eu não tava sozinho. Cadê...

— Minha casa, minhas regras. E tu já invadiu demais. Agora me diga, o que quer?

— Eu... Eu...

— *Eu eu eu* — ironizou. — Quanta enrolação. Avoa, que eu não tenho tempo pra perder.

— Eu tô procurando o sangue de uma pessoa.

Lia cruzou os braços, franziu o cenho e balançou a cabeça.

— Marina. Filha de Nara. Tudo faz sentido agora.

— O que faz sentido?

Só que Lia se virou, rindo, pensando em outra coisa. Olhou para mim muito intrigada.

— Por que tu quer o sangue dela, mesmo?

— Eu tô procurando a filha dela. Preciso de um portal. Como esse que a senhora abriu.

Pela primeira vez ela pareceu não estar achando graça.

— Senhora não! — exclamou, ofendida. — Nem senhor, nem senhora, nem bruxo, nem bruxa, nem bicho, nem bicha! Querem me chamar de muitos nomes, mas eu sou tudo isso, e nada disso.

— E eu te chamo como?

Ela deu de ombros.

— De Lia.

Assenti, tomando um tempo para me recompor. *Calma. Foco. Sem demonstrar medo.*

— Lia, a filha de Marina, Lu...

Lia abanou a mão, como se dispersasse minhas palavras.

— Luíza. Eu também tô atrás dessa menina. Por isso tu tava rondando por aqui, não é? Que benção! Eu tinha os meios, mas não fazia ideia de onde ela tava. E agora tu chega aqui com a localização dela! Depois de o quê, trinta, quarenta anos? Só pode ser providência, rapaz!

Nada daquilo fazia sentido para mim; ela não falava lé com cré. Como assim eu estava rondando? Quarenta anos antes?

Parecia a idade de Marina.

Quando a mãe dela enterrou o cordão umbilical do bebê. E eu estava lá. Rondando. Feito um fantasma.

Lia me viu. Quarenta anos antes e agora. E assim abriu um portal e pegou minha *sombra*.

— Tu pode me ajudar? Com o sangue de Marina, vou atrás da filha dela.

— E é, como? — perguntou elu com muita ironia. Devia fazer pouco caso de mim. Baixinho, magricelo, assustado. *Merda.* — E qual teu interesse nela?

— Tenho ajuda. Eu só preciso… eu só preciso voltar pra onde eu tava, encontrar o pessoal. Eu não tenho interesse nela. Eu só quero ajudar. Eu já fiquei preso, também.

Lia me lançou um olhar enviesado. Ponderava algo.

Então apontou para a peixeira jogada no chão perto delu e para a árvore que havia cortado para abrir o portal.

— Eu acabei de sangrar o mangue. Precisa cicatrizar. Agora só amanhã.

Era como uma pessoa. Quando tiravam muito sangue meu no batalhão, esperavam um ou dois dias para poder tirar mais. O manguezal era prisioneiro de Lia?

Segui-e até a casa no alto de uma inclinação do terreno, que a protegia da cheia do rio. Era uma casa de campo, de fazenda, telhas vermelhas, paredes brancas, janelas de madeira e um terraço que a contornava, com vasos de samambaia pendurados nas colunas.

— Me chamavam de índia, de cabocla, de encantada do mangue — explicou elu enquanto subíamos a leve encosta. Parecia uma pessoa solitária, ansiosa por falar com alguém. — Moro aqui há muito tempo. Traziam oferenda e deixavam na margem da mata, mas não sou entidade, não. Fui criade pra ser bruxe. Me sequestraram dos meus pais e me levaram pra Europa, mas lá não era lugar pra mim, não. Quando aprendi o que tinha pra aprender, dei no pé. Aqui posso ser eu. — Lia gesticulou, apontando para os arredores. Uma garça passou voando por cima de nós. — Essas coisa de feitiço, magia de sangue e o escambau? É coisa que inventaram, pegaram de nós as mandingas, os encantos, o saber da mata, e fizeram deles.

— Marina trouxe o cordão umbilical da filha dela pra enterrar aqui, né? Por quê?

— Ah, era coisa que se fazia naquela época — respondeu Lia, com um sorriso saudoso no rosto. — Acreditavam que eu cuidava das almas. Tentei até explicar no começo, mas acabei desistindo. Apenas deixei. Aí traziam o cordão, o feto, até resto de aborto. O que eu fazia mesmo era enterrar o sangue perto da raiz do mangue. Ele absorve, não a alma, mas o poder. É coisa que se aprende depois de muito tempo na mata.

CAPÍTULO 23

— Tu faz isso há quanto tempo?

Elu me olhou com desconfiança.

— Tá querendo saber minha idade, é? Isso é lá coisa que se pergunte, rapaz.

Calei-me. Lia estava do mesmo jeito que vi com os olhos de Marina. Não envelhecera. Elu também era uma lenda antiga que se contava na escola que Jorge estudara. Havia magia ali. Na pele, no cabelo, no sangue, na lama.

Aquele lugar era encantado, mesmo. E me senti preso, deslocado do resto do mundo, parado no tempo e no espaço. Onde estavam os demais? Os sangues-raros, Amelinha, Jorge. Ele deveria estar preocupado.

— Preciso ir. — Tentei falar, mas elu não pareceu me dar ouvidos.

Entrou na casa com os pés sujos de lama.

Eu, que ainda estava com a roupa ridícula do exército, tirei a bota, a jaqueta, e entrei.

Lia foi até um armário boticário, e lá passou os dedos pelos inúmeros frascos, retirando os que achava necessário.

— Não há saída neste manguezal. Só com portal. Tu vai precisar esperar até amanhã.

Pensei em Jorge, que tinha ficado lá na igreja. Provavelmente eu sumira diante de seus olhos. O que será que ele achava que tinha acontecido? O que faria, agora? Viria atrás de mim? Mas como?

— Agora essa tua roupa tá me dando nos nervos. Vai tirar, tem muda de roupa naquele quarto ali. Eu costuro. Me preparei pra tua visita. Aquele fantasma? Há-há, eu sabia que ia voltar pra me assombrar.

Entrei no quarto que elu indicou. Era bem simples. Uma cama, uma mesinha de cabeceira, uma cômoda e uma grande janela. Estava aberta, com uma tela de proteção contra mosquitos. O sol começava a baixar, o amarelado da tarde tingia a paisagem lá fora, a melancolia entrando aos poucos na casa.

Lia apareceu na porta do quarto quando eu terminava de vestir a camisa de botões. Parecia um pijama. Era de algodão natural, da mesma cor que o short. Fresco e muito confortável.

— Tô vendo que tu tá muito fraco, menino. Precisando de sustância. Onde tava, esse tempo todo?

— Preso.

Elu chiou e abanou a cabeça.

— Tá explicado. Mufino, desnutrido, anêmico. Depressivo?

Lia voltou para o boticário, e fui atrás. De lá, tirou mais coisas. Em seguida, foi até a cozinha. Escutei a geladeira abrindo e fechado. Depois, Lia chegou com uma caixa. Quando a abriu, vi várias ampolas de sangue.

— Não vou tomar sangue — adiantei-me.

— É seiva de mangue vermelho, menino chato. E deixa de reclamar que tu tá parecendo um sibito baleado. Vou fazer uma mistura poderosa. E tu vai virar gente em dois tempos, tu vai ver.

Elu pegou um pilão de madeira e jogou nele vários punhados de ingredientes, dos fracos que tirara do boticário. Pedaços de folhas, raízes, pós coloridos, flores secas, sementes. Algumas coisas pareciam sal, farinha, areia. Por cima da mistura pingou seiva vermelha de várias ampolas diferentes. Pilou tudo de olhos fechados, murmurando algo que soava como música de ninar.

— Mastiga até sumir — orientou elu, fazendo uma bolinha com a massa que resultara da mistura e me entregando. — Não engole, visse?

O bolo tinha gosto de mato e farinha de mandioca. Minha boca ficou seca como caatinga em estiagem, e mesmo se quisesse engolir aquele troço, não conseguiria. Mastiguei com dificuldade, a massa grudando nos dentes e no céu da boca. Parecia que não ia terminar de mastigar aquilo nunca, os músculos da mandíbula começaram a latejar, cansados. Então, de repente, senti algo formigar dentro da boca, e a maçaroca foi diminuindo, como se estivesse sendo absorvida pela mucosa. De imediato, fiquei melhor. Mais forte, nutrido.

— Logo, logo, tu recupera o que perdeu nos anos de prisão.

— Tem coisa que não dá pra recuperar.

Elu colocou as mãos na cintura, ergueu as sobrancelhas e me olhou por longos segundos.

— Eita, que drama. Tem que coisa que se perde pro bem.

Abaixei a cabeça.

— Eu não diria que o que fizeram com meu sangue foi pro bem.

— Ah, agora pronto. Tu fosse usado, menino — frisou Lia, pegando em meu braço e apertando a pouca carne. — Tu é especial, visse? Teu sangue é muito bom. Deixa desse abestalhamento que eu não tenho paciência pra chororô, não.

Um sorriso escapou. Lia era uma figura. Fazia tudo parecer simples e bobo. Tive vontade de abraçá-lu, sujar-me na lama que cobria o corpo delu, mas não ousei.

CAPÍTULO 23

Era difícil acreditar que tudo era bom.

"Teu sangue é muito bom."

— Disseram isso antes de me capturarem.

— Não digo nesse sentido, besta. Eu quero que tu abra essas tuas buticas de olho, e deixe teu sangue correr. Feito tromba d'água em lajedo.

Lá vinha elu, sem lá nem cré.

— Como assim?

— Tem uma veia aberta aqui. — Lia gesticulou a mão entre nós, como se a veia passasse bem em nossa frente, no chão, um rio. — O sangue flui nessas terras. Tu precisa aprender a sentir esse fluxo. Tipo um avião, que acha o fluxo do vento, se acomoda, e voa. Tipo um barco. Uma raiz de mangue, que acha o próprio espaço nesse emaranhado todinho.

Agachei-me e toquei no piso sujo de lama seca. Era estranho. Senti cócegas nas pontas dos dedos. Um descompasso no coração. Parecia que fluía algo por ali mesmo.

Lia colocou a mão em minha cabeça e declarou:

— Tu não precisa de ninguém pra usar teu sangue.

Olhei para elu. Não precisava, eu tinha provado aquilo para mim mesmo. Só que quase tinha morrido.

— É preciso um bruxo pra controlar...

Elu me interrompeu, abanando a mão no ar.

— Baboseira de gringo. Confraria, rituais, livros de feitiçaria? Tudo conversa pra boi dormir.

— Luíza é filha de dois sangues-raros — lembrei. — Ela consegue controlar o próprio sangue, sem feitiço. Tentei sozinho uma vez, e quase morri. Se não fosse por...

— Sangue-raro — debochou Lia. — Mas que nome ridículo. Escuta aqui, Caetano, tu precisa se conectar com tuas raízes. Parar de ouvir essas histórias que vieram lá de outro continente. Essas histórias são amarras. São concreto no chão, que impedem as raízes de se espalharem. Eles criaram a Confraria há muito, muito tempo, e se espalharam pelo mundo tentando cortar todas as raízes, da natureza, da cultura, das pessoas, pra que elas perdessem a identidade e pudessem ser controladas com mais facilidade. A Confraria chegou aqui se apropriando da magia que já existia, criando regras, criando normas, destruindo o fluxo do sangue rico que corria em todos nós. Inventaram isso de bruxo e de raro, e nos escravizaram. Bruxaria, Caetano, é coisa deles.

O que a gente tem aqui é mais poderoso. É conexão com as raízes. Nós somos rizoma, visse?

***

    Caminhamos em silêncio no entorno da casa. Ao redor, o manguezal se erguia como uma muralha. Marrom, verde-escuro, o branco das garças, as cores dos siris. Parecia um cenário muito antigo, que existia ali desde sempre. O tempo ali não passava, ou era magia para impedir os efeitos da passagem do tempo?
    Eu estava descalço, como Lia, e logo meus pés ficaram cobertos por lama. Não havia mais dor no ponto em que a bala passara de raspão, e quando senti um formigamento no local, tirei o curativo e, surpreso, constatei que a pele estava intacta, sem nenhum resquício de ferida nem cicatriz. Era uma magia de cura poderosa, e me perguntei como elu podia ser uma figura heroica para os bruxos. Por que não seguiam o exemplo e usavam o poder que tinham para o bem? Por que insistiam em chamá-lu de *bruxa*, ignorando a identidade delu? Lia era muito mais que aquilo.
    Havia outra coisa ali naquela lama, também. Não era magia, mas eu sentia na planta do pé. Um formigamento poderoso, maior do que o que eu havia sentido nos dedos, dentro da casa. Uma energia. Algo que se comunicava com os capilares e subia pelas veias até a cabeça. Lia percebeu que eu sentia algo. Virou-se quando estava mais na frente e olhou para mim enquanto eu mexia os pés, curioso, tentando entender o que havia naquele chão.
    — Essa terra é muito antiga — enunciou elu, agachando-se e enfiando a mão na lama. — Há muito poder embebido aqui.
    — Sangue? — presumi.
    As terras todas não eram embebidas de sangue? Daquela cidade, daquele estado, daquele país. Sangue de gente que já vivia ali quando as terras foram invadidas. Sangue dos que foram arrancados dos lares e levados para morrer naquele chão. Sangue de tantos outros que viriam. Sangue meu, sangue nosso. Uma terra vampira que não parava de sorver o líquido vermelho e quente da vida e da morte.
    Lia riu. Sorriso de quem dizia que eu não sabia de nada. Senti o chão estremecer, mas não era o chão: era eu, uma força misteriosa que tentava extravasar da carne.

CAPÍTULO 23

— Muito tempo atrás descobri essa capacidade da terra de absorver a história do sangue. Então comprei essas terras; na época era fácil assim. Ridículo, né? Só precisei me disfarçar de homem branco, com um encantamento. Tá sentindo esse formigamento nas veias? Uma ânsia por expansão. Esse manguezal é poderoso porque eu o encharquei de "sangue raro" durante muitos anos, alimentando as árvores com magia. E eu também tenho essa força porque me alimento de todo o sangue incrustado nas raízes, nos troncos, nas folhas, nos bichos que comem tudo isso, no ar que entra e sai das árvores. Esse manguezal transpira magia de sangue. Tu não sente isso?

Sinto. Era como se tudo que eu havia sentido na vida e tudo que me fizeram sentir por ser daquele jeito (a dúvida, a angústia, o medo, a vergonha, a insegurança, o autodesprezo, o desejo de ser outro) não importasse mais. Não era nada. E eu era tudo. Meu sangue não era porra nenhuma de raro, meu sangue era abundante que só.

Lia se aproximou de mim e enxugou minhas lágrimas com a mão suja de lama. O poder emanava daquela lama: era o sangue de todas as pessoas que vieram antes de mim, e de todas que viriam depois.

— Vai ficar tudo bem agora — garantiu elu.

E me abraçou.

***

Estava começando a escurecer quando voltamos para a casa. Lia segurou minha mão para me guiar no caminho, pois eu estava inebriado. Se elu me soltasse, talvez eu saísse voando por aí. Parecia que a magia do lugar embriagava. Uma picada dolorosa na perna me fez parar de repente. Quando olhei, vi um mosquito do tamanho de uma moeda chupando minha pele.

— As mutucas preferem sangue rico — explicou Lia.

Dei um tapa no bicho, e olhei, horrorizado, a quantidade de sangue que ele tinha roubado de mim. Então pensei que aquilo não tinha sido um roubo. O sangue não era só meu. Era de todos, de tudo. Éramos um grande organismo vivo, e eu, uma artéria. Pedi desculpas. Lia riu.

Não consegui dormir naquela noite. Como conseguiria? Depois de jantar um pratão de macaxeira que Lia preparou, recolhemo-nos. Elu se isolou em um quarto nas entranhas da casa e eu me deitei em uma rede na sala. Quando perguntei se poderia armar a rede no terraço, elu disse que só se eu quisesse ser comido vivo pelos mosquitos, então preferi ficar no abafado daquele cômodo com cheiro de erva, lama seca e móvel velho.

    Tentei balançar a rede, mas tive medo de que o rangido do armador incomodasse Lia, então fiquei encolhido encarando as ripas de madeira e as telhas mofadas do teto. Por algum motivo, que eu não saberia dizer na hora, a mutuca que me mordeu ficava voltando à minha cabeça, dividindo minha insônia às outras preocupações:

    Jorge. Onde ele estava? Procurava por mim? Que sentimento absurdo era esse que fazia meu coração se apertar quando eu pensava nele? Nos toques dele. No cheiro. Na língua em meu pescoço. No gosto do suor dele. No que ele havia feito antes de eu ir parar ali. Aquilo me machucara de um jeito diferente. Havia sido cruel, mas por que eu esperava tanta bondade dele? Era um bruxo, porra. *Ele é um bruxo, ele é um bruxo*, fiquei repetindo como um mantra. Talvez fosse verdade aquela história que sangues-raros e bruxos tendessem a se atrair. Imaginei Jorge arrombando aquela porta, segurando um facão e uma metralhadora, destruindo a casa de Lia, matando-e, tocando fogo no mangue e me resgatando. Não, porra, eu não queria aquilo. Não queria ver Jorge nunca mais. Maldito. Que direito ele achava que tinha para me tratar daquele jeito? *Ele é um bruxo, ele é um bruxo, ele é um...* Queria voltar. Bater nele. Dar um soco na barriga do desgraçado. Fazê-lo se arrepender do que tinha feito. Queria beijá-lo, também. Ele tinha feito aquilo porque precisávamos. Tínhamos pressa. Precisávamos chegar ao morro logo.

    O Morro da Conceição. Afastei a mente de Jorge e pensei nas festas para a santa que frequentei desde criança. A comunidade cheia de gente da cidade toda, luzes penduradas nos postes, barraquinhas de comida, música, eu me divertia tanto. Os ônibus chegavam lotados. E meu coração pulava quando os fogos explodiam lá no alto. Meu sangue já era raro naquela época? Lembrava de quando um amigo segurou minha mão para a gente correr atrás da procissão que subia com a imagem da santa, e quase vomitei de nervoso com o toque. Era o sangue, manifestando-se? Se o maracatu ativava o poder sanguíneo, talvez aquela devoção toda também. Era muita energia circulando. Por isso tinham proibido aquelas manifestações da população. Por isso a magia enfraquecera.

    Os fogos de artifício. Os ricos estavam em festa, mas o que comemoravam? Fagner era um cientista. Estudava sangues-raros? Uma filha de dois sangues-raros era um espécime raríssimo. Tinha descoberto algo? Algo que os ricos almejavam? O que mais poderiam querer? Tomaram até o morro. Limparam até a última gota de sangue. Filhos da puta. No dia seguinte, eu entraria naquele lugar. Como será que estava? Tinham derrubado as casas e erguido mansões? E as ruas, estreitas, íngremes, cheias de ladeiras e escadarias quase impossíveis de subir? Será que haviam colocado esteiras rolantes, elevadores e teleféricos? Eu imaginava assim.

O poder. Eu começava a sentir que não precisava dos demais (de Jorge e os outros sangues-raros) para invadir o lugar. Eu me sentia poderoso assim. Lia por certo era poderose assim, com todo o sangue que fluía pelas árvores. Sangue que não era delu.

Sangue-raro. Bica. Sangue rico. Sangue. Bicha. Viado. Tantas palavras.

Luíza. Como será que estava? Viva? Amarrada, com as pernas e braços atados, com um tubo enfiado na goela e outro no braço? A descoberta de Fagner a envolvia? Algo a ver com os portais para outros mundos? Havia feito um pacto com Satã e pegado emprestado alguns demônios para compor o exército? O que ele daria em troca? E se ele tivesse descoberto outro mundo, um mundo melhor, com riquezas inexploradas, pronto para ser invadido e destruído assim como o nosso? E se eles já tivessem partido e nos deixado apodrecer ali? Nunca encontraríamos Luíza, assim. Caralho, eu precisava encontrar Luíza. Sentia-me obrigado, como se devesse a Marina, por ter invadido a privacidade de suas lembranças mortas.

Marina. Ela estava morta, mas parecia viva ali. Seu cordão umbilical enterrado na lama, seu sangue replicado nas árvores, fluindo pelas raízes e pelo ar, dentro de mim. Eu já tinha sido Marina. A lembrança já era distante, como em um sonho borrado, mas Marina nunca chegara a conhecer Lia. Só quando era bebê, e sua mãe a levara ali para enterrar o cordão umbilical. O bebê estava inquieto, como se sentisse o desconforto da mãe. Alguém havia dito a Nara que a filha era amaldiçoada e a mulher fazia de tudo para salvar a alma de Marina, incluindo ir ao meio do manguezal onde diziam que uma bruxa salvava almas e aprisionava maldições. Não eram amigas, Nara tinha medo da bruxa, fora ali apenas como mais um sacrifício para tentar curar o que achava que havia de errado com Marina.

Como Lia sabia que Luíza estava desaparecida?

Lia. Nem homem, nem mulher. Nem bruxa, nem sangue-raro. Uma pessoa que transitava entre tudo, vivendo entre o rio, a mata e a lama. Era como uma mutuca, alimentando-se do sangue dos outros. O que elu queria, com tanto alimento? Por que queria me ajudar? Percebi que elu não tinha me perguntado onde estava Luíza, quando falei que sabia onde poderíamos encontrá-la. Elu confiava em mim daquele tanto, ou apenas não se importava? Não era Luíza que elu queria, era outra coisa.

9.

Não, 9 já foi.

10.

Não. Chega. Números demais.

Levantei-me da rede devagar e, no silêncio absoluto, o armador rangeu como uma besta acordando de uma hibernação milenar. Prendi a respiração e fiquei imóvel. Nenhum barulho vindo lá de dentro. Eu só escutava os batimentos cardíacos no ouvido.

Eu sabia que a porta emperrava, vi quando Lia abriu-a mais cedo. Era de madeira e pesada, e estava inchada de umidade. Segurei a maçaneta e fiz um impulso para cima, levantando a parte da porta que arrastava no chão. Então a puxei devagar.

O frio do cimento do terraço foi como um beijo delicado em meus pés descalços. Meus olhos estavam acostumados ao escuro e eu conseguia discernir algumas formas: os degraus, o descampado ao redor da casa, o riacho lá embaixo, as árvores além. O céu estava sem nuvens e cheio de estrelas, com uma lua pálida e redonda ajudando a iluminação.

Respirei fundo, deixando entrar o cheiro do manguezal. Antes, eu me incomodava com o odor intenso de putrefação, de folhas molhadas, de lama cheia de matéria orgânica, de água parada. No momento, sentia magia no cheiro. Era cheiro de sangue.

Lia disse que meu sangue era forte. Que ali, naquela terra, era ainda mais forte. A maré estava bem baixa, e sentei-me no chão, ao lado de uma árvore, pernas cruzadas, mãos na lama, e fechei os olhos. Esperava que elu estivesse certe, pois meu plano dependia daquilo.

Ê done daquelas terras tinha me visto quando eu prescrutava a vida de Marina. E isso significava que minhas visitas não eram um passeio pela memória de quem eu procurava, era uma viagem física pelas raízes do tempo. Eu tinha estado ali, de fato. E elu não só me viu como conseguiu me puxar por um portal, quando era Lia que eu procurava, porque ali meus poderes ficavam exacerbados.

Por todos os meus ancestrais, por todos os meus contemporâneos e por todos os meus descendentes, que eu esteja certo. Que estejamos certos.

CAPÍTULO 23

Passei a mão em uma raiz cheia de mariscos e cracas e feri a palma. Deixei o sangue escorrer pela lama.

Lia era ume colecionadore. Não. Talvez não. Elu não tinha nenhum intuito nostálgico de preservação de nada. Elu era ume coletore. Sedente por poder. Por que mais motivos alimentaria o manguezal com sangue de outras pessoas? Sangue que não lhe pertencia. Elu não deveria ter o direito de acumular e guardar aquilo só para si.

Pensei em Jorge. Na cor dos olhos dele. Pretos, muito escuros, parecidos com aquela noite. Frio e pegajoso, pujante como aquele cheiro. *Jorge, cadê tu?*

Se eu estivesse certo, eu conseguiria fazer o feitiço sozinho. Pois o sangue era meu, a magia estava em tudo, aquela lama era poderosa. Se eu estivesse certo, Jorge me veria. Pois não seria apenas um vislumbre de seu paradeiro, seria uma visita aonde quer que ele estivesse e, por meu sangue estar intensificado, talvez eu conseguisse me manifestar fisicamente.

Que seja verdade.

Talvez eu conseguisse falar com ele. Dizer onde estava. Pedir socorro.

Se eu estivesse errado, estaria fodido. Cairia nas mãos de Lia, ê coletore de sangue-raro.

Mas se eu estivesse certo...

CAPÍTULO 24

Sangue
Sangue sangue sangue
Há muito sangue
Cheiro de sangue, ferroso, viscoso,
molhado, delicioso
Saliva na boca
Engole
O nariz coça, afoito, fareja, há magia no cheiro
Plasma
Hemácias
Leucócitos
Plaquetas
Hormônios Drogas?
Algo mais
É intenso, é muito, é raro
— O que é isso? Tem vários deles aí — diz a mulher.
Pisco. Não. Não eu, ele.
É Jorge. O cabelo em longas tranças. O rosto fino. Ele é jovem, tem um viço de pele bem cuidada, olhos de noites bem dormidas, mãos sem calos. Ele sorri e afaga o cabelo do homem agachado a seu lado.

CAPÍTULO 24

Sou fumaça, flutuo no ar. Sou Caetano, preciso me lembrar, para que o vento não me leve. Porém, por que estou aqui?

— Melhor ainda. Talvez a gente consiga um final de semana de folga — sugere Jorge.

— Não sei, não — retruca a mulher.

Só que eles não têm muita escolha. Estão caçando. Há presas ali naquela casa. Presas demais, uma quantidade que nunca viram de uma vez só.

Doze, quinze, vinte sangues-raros em um só lugar?

— Tá na hora — sussurra Jorge na orelha do homem agachado.

O homem se arrepia todo, Jorge sabe que ele gosta quando faz aquilo. Jorge sempre faz tudo para deixar a equipe animada antes das missões. É o que resta para eles, tentar ao menos se divertir. Sem problemas nas missões, só prazer. O nome do homem é Céu, e ele coloca a língua para fora e começa a babar. Jorge sorri, gosta da saliva daquele homem. A transmutação começa.

Céu verte uma garrafinha na mão, é sangue, e o espalha na língua. Seus olhos se reviram, e quando voltam para a posição normal, estão diferentes. O nariz dele cresce. Jorge olha para Xênia, ela está virada para o outro lado. Não gosta de ver o companheiro deles se transformando em um cachorro.

Céu lambe a mão de Jorge e balança o rabo. Parece um lobo, mas se comporta como labrador. Xênia dá uma palmadinha na bunda do homem-cachorro. Estão prontos para caçar sangues-raros, agora.

São a melhor equipe da Confraria. Trabalham muito bem juntos: Jorge, Céu e Xênia. Jorge tem muito orgulho disso. Xênia não, está cansada. Jorge percebe isso cada vez mais. Céu faz o que eles querem, é um cachorro mesmo quando é homem. Jorge diz que eles têm muita sorte por serem bons no que fazem, e que deveriam se orgulhar. Caçam e entregam sangues-raros sempre que a Confraria os envia em missões. Nunca falharam. Têm regalias por conta disso. Comem bem, têm um quarto só para eles. Uma cama grande e confortável para dividirem. Céu às vezes gosta de dormir no chão, mas basta uma ordem para ele voltar aos braços de Xênia e Jorge.

A casa é em uma fazenda, no meio de um vale. Eles estão escondidos atrás de árvores. A noite está bem escura e quente. Céu vai primeiro farejar o local de perto, disfarçado, como sempre. Xênia e Jorge aguardam o sinal. Um uivo. Só que o sinal não vem, demora demais. Jorge começa a se perguntar o que aconteceu. Escutam um ganido. Cachorro ferido. Silêncio.

Xênia ignora o combinado nos treinamentos deles e corre. Sempre tem quebrado protocolo nas últimas missões. Ela passa sangue nos braços e tira o canivete do bolso. Jorge corre atrás dela.

Sigo voando pelo declive do vale, sou puxado pelas árvores, respirado pelas folhas. Passo pelas raízes, pelo solo, e entro na casa. Vejo os soldados armados, os sangues-raros amarrados. É uma emboscada, e Jorge já sabe disso. Vejo Fagner, também. Ele está atrás de um soldado, ansioso. Usa um jaleco branco. O soldado aponta a arma para a cabeça do cachorro, que chora baixinho. Xênia arromba a porta e arranca o braço de um soldado que tenta detê-la. Fagner grita para não atirarem, mas não o obedecem. Um tiro na coxa de Xênia derruba a bruxa. Jorge se rende, assustadíssimo. Nunca viu os companheiros sob perigo daquela forma. Quer levá-los de volta para casa, dar banho neles, beijar-lhes a testa e dizer que vai ficar tudo bem. Quer segurar as mãos deles e levá-los para a cama. Quer amá-los.

Os três são amarrados em cadeiras de ferro no quarto dos fundos da casa. Estão um de frente para o outro, e cada um é torturado por um soldado. Fagner

CAPÍTULO 24

observa tudo de longe, e vez ou outra se aproxima e faz uma pergunta.

Quem são vocês? Para quem trabalham? Como encontraram esse lugar? Como conseguem detectar essas pessoas especiais? O que sabem? O que fazem com elas?

Céu só faz chorar e uivar. Esqueceu de que é homem e se mijou inteiro. Rosna e tenta morder o soldado. O militar golpeia a boca de Céu com uma marreta, seus dentes voam no chão, o nariz quebra para o lado.

Xênia permanece séria. Está nua, as pernas abertas e amarradas. É o que fazem com as mulheres. Humilham-nas de forma perversa. O soldado que a acompanha segura um rato pelo rabo, o bicho enorme se debatendo, abocanhando o ar com os dentinhos pontudos. A bruxa fecha os olhos, e Jorge vê as lágrimas escorrendo pelo rosto branco dela.

— Confraria. Somos da Confraria — confessa Jorge.

Xênia e Céu olham para ele, horrorizados. Jorge acabou de cometer o pior dos crimes. Aquele nome não se fala.

Fagner sorri. Ordena que os soldados soltem Xênia e Céu, devolvam suas roupas e os libertem. Xênia deixa para trás o canivete que sempre usa, o com o X marcado na lâmina.

— Temos muito o que conversar — afirma Fagner.

Ele usa um uniforme militar por baixo do jaleco.

A maré sobe e desce. Sou levado para longe, junto com as baronesas floridas que boiam no rio.

Nado contra a correnteza. Quero ver. Quero entender porque estou aqui. Seguro-me em Jorge, para não ser levado, e ele olha para o lado. Sentiu algo. Uma pressão no braço, no ponto em que o segurei. Só que sou uma sombra, e ele não me vê. Porra.

— É uma seita, então — concluiu Fagner. — E vocês são bruxos que trabalham para eles.

Jorge massageia o braço e assente para o cientista.

— Utilizamos sangues-raros.

— É assim que chamam?

— Há séculos.

Uma onda me leva, um peixe-boi me engole. Eu me reviro nas entranhas do bicho. Ele me regurgita, e estou no meio de crianças.

Elas riem de Jorge, que não entende muito bem o que está acontecendo. Ele usa um uniforme que nem às outras, uma camisa polo cor de vinho e uma bermudinha preta de um tecido grosso canelado. É bem quente, e ele se coça. Ele corre dos colegas de turma e tropeça na terra. Corta o joelho e rasga a bermuda. Fica triste; o ancião vai bater nele por isso. Bruxos não podem ser desleixados. Jorge não quer ser bruxo, mas seus pais são, e ele deve ser também. Está destinado.

Ele descobre logo em seguida que seus pais morreram. O joelho ainda arde. As crianças correm ao redor do pequeno, apontando para ele, rindo, cuspindo, jogando terra em seu cabelo crespo. As cabeças dos pais dele estão espetadas em duas lanças na frente do Instituto. O ancião pega Jorge pela gola da camisa e o leva para ver as cabeças dos pais. A pele deles está acinzentada, os cabelos assanhados e sujos, os olhos arregalados, inchados. É feio demais.

Jorge sai correndo. Vai pagar caro por isso depois, mas não se importa. Xênia o encontra no banheiro. Ela dá um beijo no joelho dele e o corte se fecha. Jorge vê que ela usa um batom de sangue e sorri. Ela é a melhor da turma. Os dois veem algo no espelho e gritam. Acham que é a loira do banheiro, mas sou eu. Sou uma nuvem. Disperso-me. O vento me arrasta por raízes aéreas que se parecem com tentáculos de monstros.

Jorge caminha ao lado de Fagner. Dois soldados os escoltam. Estão em um laboratório. Jorge já entende tudo, e eu também. Fagner diz que sempre

CAPÍTULO 24

foi fascinado por feitiçaria. Estudava livros antigos, ocultismo, bruxaria, alquimia, era obcecado por aquele mundo mágico e inacessível desde criança. Sua pesquisa na universidade envolvia provar a existência daqueles conhecimentos antigos. Foi ridicularizado, perseguido, perdeu o financiamento para pesquisa, abandonou o ambiente acadêmico e seguiu o caminho do pai: entrou para o exército, ascendeu na hierarquia, conquistou espaço e respeito com o sobrenome que herdara. Usou a estrutura que o blindava para prosseguir com a pesquisa. Investigou casos paranormais de curandeirismo, exorcismo, feitiçaria, mediunidade, descobriu pessoas com capacidades especiais no sangue. Só que precisava descobrir como usar o sangue. Leu livros, enciclopédias, visitou bibliotecas milenares na Ásia, Oriente Médio, Europa. Ouviu falar de uma seita antiga que treinava bruxos para manipular esse sangue especial. Bolou um plano. Rastreou boatos e reuniu pessoas que possuíam tal característica. Atraiu caçadores. Descobriu com Jorge o nome sangue--raro e a Confraria.

Jorge quer acabar logo com isso. Quer voltar para o Instituto, encontrar Céu e Xênia, dizer que está bem, beijar a boca deles.

***

— Jorge! — O ancião volta a gritar.

Há uma gota de sangue na mesa de Jorge. Ele não quer fazer o que o mestre manda. Olha ao redor. Os outros alunos o encaram com sorrisos maliciosos. São adolescentes e cruéis. Jorge odeia todos eles. Quase todos. Encontra o olhar de Xênia e se acalma.

Ela ergue as sobrancelhas, incentivando-o.

Jorge respira fundo e coloca o dedo na gota de sangue. O homem amarrado na frente da sala de aula urra. Os alunos comemoram. Jorge arrasta o dedo, espalhando o sangue pela mesa. O homem amarrado se debate. Jorge coloca três dedos no sangue. O homem cospe as entranhas e cai duro no chão.

— Muito bem. — O ancião dá um tapinha no ombro de Jorge. — Quem é o próximo?

Todos os alunos levantam o braço, empolgados.

O ancião faz um gesto, e todos se calam. O professor está apreensivo. Olha para o homem morto. Depois para os alunos. Jorge sente algo ruim dentro do estômago, tem medo dos anciões.

— Há algo nesta sala — anuncia o professor. — Alguém conjurou algo?

Os alunos balançam a cabeça. O professor olha em volta, procurando-me. Sumo.

Sangro. Viajo pelo rio. Rio é artéria, e circulo pelo corpo. Preciso encontrar o órgão certo, o momento certo, o Jorge certo. Não tenho muito tempo.

Erro de novo.

Jorge está em pé, encostado em uma parede de pedra. Suas tranças estão enroladas no topo da cabeça. Ele tem cheiro de alfazema. E é tão bonito.

O conselho superior da Confraria está sentado a uma grande mesa de pedra verde. Esmeralda. São pomposos. Homens idosos, brancos, de terno. A maioria força o sotaque estrangeiro de origem, apesar de viverem no Brasil há décadas. Há dois anciãos também. Bruxos quase nunca são chamados para as reuniões com o conselho, mas aquela é especial. Jorge nunca entrou nesta sala antes.

O conselho escuta Fagner falar. Ele está acompanhado por três soldados. É a primeira vez que uma pessoa de fora da Confraria anda livremente pelo Instituto. Há uma revolução acontecendo aqui, pensa Jorge. Ele quer sair da sala, ir para os dormitórios, procurar Céu e Xênia.

Fagner disserta algo sobre formar uma aliança.

Mergulho no rio. Viajo no vento. Sou seiva, sou maré.

CAPÍTULO 24

Sou Caetano.

Meu sangue é raro e abundante. Enfio a mão na lama. Sangro.

Choro.

Jorge Jorge Jorge

Cadê tu, homem?

Vejo tudo vermelho

Bruxo desgraçado

Tua língua tem gosto de sangue

Sabia?

— O nome dele é Céu — fofoca Xênia entre uma baforada e outra. — Gatinho.

Estão fumando escondidos nos fundos do Instituto, onde tem uma pequena construção para guardar ferramentas de jardinagem. Se forem pegos, o ancião corta a língua deles. Ou arranca os lábios. Jorge dá um pega. Não gosta, mas quer impressionar Xênia. Ela sempre inventa aventuras. Eles estão olhando escondidos o menino novato. Ele tem cabelo liso e preto, a pele branca, os olhos azuis.

— Filhinho de papai.

Jorge torce a boca, mas não nega que o garoto é bonito.

Céu é filho de bruxos do alto escalão, trabalham diretamente para alguém do conselho. Por isso não foi criado ali no Instituto. Aprendeu magia de sangue em casa, mas a hora chega para todos. Agora é um deles.

Naquela mesma noite, Jorge e Céu batem punheta juntos, no banheiro.

Céu é um farejador também. Ele, Jorge e Xênia são colocados na mesma turma. Formam uma equipe. Dão um beijo triplo. Têm a primeira vez juntos. Declaram amor ao mesmo tempo. Encaram o olho um do outro e prometem que vão sair dali juntos. Que vão parar de obedecer àqueles velhos malditos. Que vão morar em uma floresta no interior da Finlândia, mesmo sem saber onde fica.

Eles matam juntos. Banham-se de sangue juntos. Arrancam cabeças, drenam corpos, tocam fogo em casas, transam em cima das cinzas, cadáveres e coágulos.

Xênia faz um X em tudo que é dela. Grava em objetos, rasga a pele na bunda dos rapazes. Céu tem o olho azul claro, que nem... o céu. Jorge fantasia com eles três livres, selvagens.

São enviados para uma missão: um bebê nascido de dois sangues-raros. É um monstro. Um perigo para a humanidade, para a Confraria, para o mundo. Eles vão sem questionar. Aprenderam a viver assim. O quilombo fica na periferia de Recife, uma vila de casas simples com um grande quintal cheio de árvores e varais de roupa. A comunidade inteira escondeu o bebê, então todos merecem ser punidos. Enquanto Xênia e Céu se encarregam de queimar os corpos e limpar as evidências, Jorge vai atrás do bebê e da mãe, que se escondem em uma casa. Tem um vislumbre da mulher de cabelo preto encaracolado passando pela porta. Quando ele entra, há cheiro de magia. De sangue. Só que nenhum sinal dela e do bebê. Um portal foi aberto ali, mas sem bruxaria. Jorge não entende.

Uma explosão me leva para longe.

Fagner é um desgraçado e um cientista cheio de descobertas. Jorge está banido da Confraria. Não pode mais pisar no Instituto por conta da barganha que fizera com o exército. Jorge não vê Céu e Xênia há muito tempo. A dor da ausência deles é tão forte que agora ele se sente dormente. O conselho rejeitou a aliança. São conservadores, querem manter a magia para si, a ideia de expandir o poder, apresentada por Fagner, pareceu-lhes absurda.

Jorge agora caça sangues-raros para o doutor. Pelo menos está vivo. Pelo menos sabe que os companheiros estão vivos, mesmo sem vê-los há meses. Jorge entrega as vítimas caçadas para soldados em um ponto de encontro nas margens de um rio. Ele não sabe para onde são

CAPÍTULO 24

levadas. Nem o que Fagner faz com elas. Experimentos, é o que deduz.

Caio no fundo do rio. Há ostras ali, e elas me filtram.

Viro água. Viro rio. Lá em cima, chove. E a cada gota na água vejo Jorge. Cada respiração dele é um respingo. Cada passo, cada palavra, cada pessoa que captura e mata. Ele é um monstro, mesmo, um matador. Ele faz de tudo para continuar vivo. Para conseguir o que deseja, rever Céu e Xênia, as únicas coisas boas que já teve na vida.

Às vezes ele se lembra da cabeça arrancada dos pais. Sonha em arrancar a cabeça daqueles velhos do conselho. Sonha em tocar fogo no Instituto, com todas as crianças monstruosas dentro.

Fagner lhe dá uma oportunidade. O cientista descobriu um modo de detectar sangues-raros. Não explica a Jorge como isso aconteceu, mas o bruxo sabe que foi com as cobaias que ele ajudou a capturar. Fagner volta à Confraria. Quer muito o acesso ao conhecimento daqueles velhos estrangeiros. Sonha em ser um deles. Jorge o despreza. Despreza a todos eles. Jorge está na sala com Fagner, é o guarda-costas dele, e assiste a votação. A maioria diz sim à formação da aliança. Os que votam não, Jorge mata. Mata com as próprias mãos: usou um feitiço de bestificação. Virou uma besta raivosa. Arranca tendões com os dentes, tora músculos com as mãos, separa a cabeça do corpo com o pé, e depois chupa os dedos sujos de sangue comum. Depois da matança, vai para o corredor procurar Xênia e Céu. Porém, Fagner o chama. Tem trabalho a fazer.

Há um golpe militar à espreita.

Pairo sobre Jorge e sinto sua angústia. Ele não se importa com nada daquilo, mas acompanha Fagner em algumas missões. Muitas vezes não sabe onde o militar está. Confabulando, experimentando, mentindo, conspirando. O poder do militar é cada vez maior, agora que tem acesso à magia da Confraria. Só que ainda não pode andar livremente pelo Instituto, não pode ver os bruxos, nem consultar a grande biblioteca, e isso frustra o cientista. Jorge sabe que ele está tramando algo.

Os militares derrubam o governo.

Fagner passa o tempo criando novas leis.

Festas são proibidas. Fagner confessa a Jorge que sangues-raros despertam em momentos de muita excitação. Jorge não sabia disso; a Confraria os ensina que o sangue raro é uma maldição divina que cabe a eles dominar. Fagner explica que Jorge foi manipulado a vida inteira para ser um mero lacaio. Jorge lembra como, depois de muitos carnavais, eles sempre tinham muitas missões. Fagner diz que a farra acabou. Chega de sangues-raros nascendo a torto e a direito, é preciso ter um certo controle, e a Confraria não tinha culhões suficientes para isso.

Uma nova bandeira é hasteada. Pentagrama vermelho, sangue e magia. O amarelo é o quê? Desespero, dor? Riqueza. Ouro. O ouro vermelho é o sangue.

Jorge acredita que Fagner está prestes a derrubar a Confraria. Quer estar ao lado dele quando isso acontecer. Derrubar os portões do Instituto e correr para os braços de Céu e de Xênia. Pedir perdão pela demora.

Um dia, Fagner pergunta a Jorge sobre os filhos entre sangues-raros.

— São abominações. A Confraria nos envia para caçar e matar os bebês e grávidas.

A Confraria tem mandamentos. O primeiro deles é: filhos de dois sangues-raros devem ser erradicados. Jorge fez muitas missões dessas. Afinal, era um farejador. Os bebês (às vezes crianças, dependendo da demora para serem localizados) eram assassinados, o

CAPÍTULO 24

sangue drenado e colocado em uma vala na terra, para ser incinerado. Os pais eram capturados e castrados.

— Chega desse absurdo — decreta Fagner.

Jorge percebe que foi enganado a vida inteira. Fagner fecunda uma sangue-raro com o esperma de outro sangue-raro. O bebê, segundo o doutor, tem um sangue que pode ser utilizado sem bruxos.

— Por isso a Confraria os erradica. É uma questão de domínio e controle. Com sangues-raros autônomos, a Confraria é obsoleta.

Jorge lembra da sangue-raro de cabelo encaracolado do quilombo, que sumiu sozinha em um portal misterioso. Naquele dia, ele foi dormir com um pensamento: Há algo que eles não contam para nós.

Fagner o explica o plano para invadir o Instituto.

A Aliança é quebrada.

Bruxos tentam matar Fagner com feitiçaria.

Falham.

Jorge derruba o portão do Instituto. Ele vai na frente dos soldados, e mata mais que as metralhadoras, fuzis e granadas daqueles homens.

Procura por salas e dormitórios.

Encontra Xênia na prisão. Está de camisola, em uma cela imunda. É onde prendem pessoas comuns que serão usadas nas aulas. Ela está muito magra, com olheiras, a pele machucada e uma barriga muito grande e redonda. Grávida. Jorge perde o chão. Sinto uma dor pontiaguda no peito, é horrível, quero ir embora, mas o vento ali está parado, as raízes não passam por aquelas paredes grossas, a maré não alcança a terra cimentada e enfeitiçada. O bruxo cai de joelhos e segura a grade gelada e enferrujada.

— O que aconteceu? — indaga Jorge.

Ele chora.

Xênia demora para reconhecê-lo. Parece estar em estado de choque. Ela tenta lembrar o que aconteceu.

Flutuo em torno da cabeça dela, e ela me espanta como se eu fosse uma mosca.

— Eles precisam de mais bruxinhos. — Ela dá de ombros. — E eu me recusei a engravidar.

Jorge grita e puxa a grade. As barras entortam, mas não quebram.

— Cadê Céu? — Jorge esgoela-se.

— Ele preferiu virar um cão — balbucia a grávida.

Jorge não entende. Acha que a mulher está delirando. Grita mais uma vez e força as barras de ferro. O ferrolho estoura. Jorge abre a grade. Corre para Xênia e a levanta. Segura o braço dela para tirá-la dali, mas a mulher o dispensa. Pode andar sozinha.

Ela olha muito séria para ele. Jorge sente um arrepio. Eu também. Por um momento, viro Jorge. Estou dentro da pele dele. É tão pequeno aqui dentro. Escuro e frio. Fora parece tão grande e quente.

Não gosto quando Xênia fica sombria desse jeito. Penso em tudo que ela não me contou. Misteriosa desde que a conheci, pirralha e piolhenta, com dentes tortos. São tortos até hoje.

— Foge, Jorge — orienta ela.

Faço uma cara feia. Ela gosta quando faço cara de brabo. Céu também, adora se fingir de obediente, feito um cachorrinho. Até balança o rabo. Rebolando aquela bundinha redonda, às vezes marcada com o X de Xênia.

— Bora logo — ordeno.

Ela gosta que eu a morda todinha, tire sangue e a faça gritar, que a deixe toda roxa como se ela fosse mais fraca que eu. Só que não acho que seja o momento para isso.

— Foge, Jorge — repete Xênia. Percebo que ela está falando sério. Sinto um calafrio estranho. Às vezes ela fica assim, depois de missões. Parece cansada, parece querer desistir. — Foge disso tudo.

— É só o que eu sei fazer.

CAPÍTULO 24

Viro-me para a porta da cela. Vamos embora dali. Foda-se o que essa desequilibrada está falando. Depois de um bom banho e uma bela dormida, ela volta aos eixos, como sempre. Ponho a mão na barra da calça para pegar o canivete e sair dali. O feitiço de bestificação já passou. Não encontro o canivete. Percebo o que aconteceu.

Viro-me depressa. Xênia já enfiou duas vezes o canivete na barriga. Fez um X enorme. Não consigo segurá-la a tempo antes que ela dilacere o próprio pescoço. Chego tarde demais.

Jorge cai no chão, gritando o nome da mulher morta. Abraça o cadáver por muitas horas. Eu me espalho pelo sangue dela.

★★★

A filha da sangue-raro parece uma criança normal. Exceto que a mãe não a deixa sair de casa. Porém, vejo a menina saindo escondida às vezes: é uma criança, quer brincar, correr entre as árvores, debaixo das roupas que a mãe pendura no quintal. Quero entender o que ela é. Por que a Confraria queria matá-la e por que Fagner quer replicá-la. Fazer um feitiço sozinho até um sangue-raro normal consegue, por mais malfeito que seja, se souber o ritual certo. Deve ter algo mais ali.

Capino o quintal sem camisa. Sou alto, tenho músculos e sei que a vizinha me acha bonito. Ela é bonita também. A Confraria nos proibia de tocar em sangues-raros dessa forma, mas a Confraria não existe mais por aqui. Matei aqueles desgraçados.

Meu plano dá certo e ela puxa conversa.

Marina. Luíza.

— Esse moço é nosso vizinho, filha.

— Meu nome é José — minto.

Faço-as se sentirem especiais. Quero ver o que fazem quando não estão desconfiadas de tudo.

Vejo Luíza abrindo um portal. O portal é visível, diferente de tudo que já vi. É como uma porta, e vejo o outro lado. Parece uma irrealidade, algo fora deste mundo. A porta fecha tão rápido quanto abriu, a menina não sabe controlar, faz sem querer.

Vou levá-la para Fagner. Ela parece perigosa. Poderosa demais. Era disso que a Confraria tinha medo?

Sinto medo, também.

Marina me dá uma das máscaras que faz de presente. Sinto um borbulhar na boca do estômago. É o que eu sentia por Xênia e Céu quando os conheci. Quero beijá-la, colocá-la nos braços, fazê-la se sentir pequena e protegida.

Vou levar Luíza hoje. Fico estranho. Inseguro, incerto. Nunca senti algo assim em uma missão. Olho-me no espelho e pareço Xênia, tenho aquele olhar sombrio dela. "Foge, Jorge. Foge disso tudo." Tem algo de errado comigo. Algo bizarro dentro de mim. É como se eu não fosse eu mesmo. Como se não soubesse quem sou. Quem sou eu? Jorge.

Caetano. Sou Caetano. Preciso encontrar Jorge. Só que ele não me vê, não me escuta. Estamos distantes demais. Não tenho mais tempo, sinto o manguezal me decompor.

Hesitar é morrer, pensa Jorge. Coloca a máscara na cabeça, cansado de ver o medo na cara. É melhor, assim Luíza também não o verá. Prefere não ver o olhar dela ao reconhecer quem está a levando embora.

Estou no quarto dela. Jorge também. Ela dorme profundamente, ressonando alto. De pé ao lado da cama, o bruxo começa o feitiço para apagá-la por completo. Está quase terminando e a menina abre os olhos. Junto com os olhos dela, uma porta que não estava ali também se abre, e algo nos empurra para lá. Somos levados pelo portal.

É um porão. Percebo pela umidade, o ar parado, as janelas bem pequenas e gradeadas no alto das paredes.

CAPÍTULO 24

Jorge não faz ideia de onde está, mas sei que é no subsolo da casa dos pais de Paulinho. Aliás, na casa de Fagner, a quem os pais de Paulinho serviam.

É um laboratório, também, mas parece um açougue, um matadouro. Sangue fresco escorrendo pelas mesas, entrando pelo rejunte do piso. Sangue seco encrustado nas ranhuras da parede de pedra. Há defuntos dispostos nas mesas. Corpos mutilados, dissecados, decepados. Há vários cadáveres de grávidas. Fetos em potes como nas embalagens de cigarro. Celas com paredes de acrílico como se fossem vitrines. Quase todas estão vazias, exceto por uma, na qual se encontra um menininho assustado e encolhido no canto da parede.

Jorge pensa em Luíza. Logo, logo ela estará ali, quando ele a levar. Pensa em Xênia na cela da Confraria. "Foge, Jorge." Pensa em si mesmo, aprisionado e torturado quando recebia algum castigo por coisas que nem sabia que tinha feito errado. A porta de acrílico abre fácil, basta um empurrão com o ombro. Jorge ainda acha que está fora de si, como se alguém tivesse tomado possessão de seu corpo. Contudo, está errado, age sozinho, não estou mais dentro dele. Jorge pensa em como a própria infância foi tirada de si. Não quer que Luíza pare de brincar no quintal, correndo entre os lençóis estendidos, com o cheiro fresco de amaciante. Aquele menino ali merece uma vida normal, também. Era isso que Xênia queria para Jorge, quando o mandou fugir? Era isso que ela queria para si mesma, quando ficava sombria após as missões que detestava cada vez mais?

O portal ainda está aberto. Pela porta que flutua no meio do matadouro, Jorge vê Luíza fingir que dorme. Um sorrisinho maroto no canto do lábio.

O sorriso some e ela franze o cenho. A porta desaparece e reaparece. Pisca, oscila; ela está perdendo o controle. Jorge se apressa, tira a máscara da cabeça e coloca o menino nos braços. Ele abraça Jorge e agradece. Jorge sente o coração quente.

Vai correr para o portal quando escuta um latido.

A porta do laboratório está aberta. Um homem entra. Veste calça preta, arreio de couro preto no peito, máscara de cachorro na cabeça, deixando aparecer os olhos azuis. Luvas em formato de patas na mão. Na cintura, um cordão com várias ampolas cheias de sangue penduradas. Seus dentes são caninos.

— C... Céu? — gagueja Jorge, os olhos se enchendo de lágrimas.

Céu responde com um rosnado. "Ele preferiu virar um cão."

Era o cão de guarda de Fagner. Estava ali, marcando o território que Jorge nunca foi autorizado a pisar.

O cão pega uma ampola e cheira o sangue. Vai fazer algum feitiço. Jorge está com as mãos ocupadas. Com uma segura o menino, com a outra a máscara que Marina lhe deu. Não tem como atacar o cão, e não quer ferir Céu. Pensa em jogar a máscara nele, pelo menos assim ganhará tempo.

Quando ergue a máscara, o menino a pega. Jorge olha para ele, confuso. O menino morde o lábio e sangra. Lambe a mão e carimba o interior da obra de Marina com o sangue.

— Bota — diz o menino.

Céu pinga três gotas de sangue no chão e começa a murmurar uma canção. Fumaça sobe das gotas.

Jorge coloca a máscara na cabeça. O menino é filho de sangues-raros, percebe. É fruto de algum experimento. E enfeitiçou a La Ursa.

O cão late e fica de quatro quando olha para Jorge de máscara. Se tivesse um rabo, estaria entre as pernas. O homem dá um ganido e sai correndo pela porta de onde veio. Teve medo do urso.

Jorge segura o menino com força e pula pelo portal.

CAPÍTULO 24

Cai no meio do quarto, bate a cabeça na parede. Dói e chora. Soluça, baba escorrendo pela boca, catarro pelo nariz. Nunca chorou tanto. Chora tudo o que guardou a vida inteira. Quase sou levado pela correnteza de lágrimas.

Está sozinho. O menino sumiu. O portal também. A máscara está jogada no chão.

Vai para o chuveiro e toma um banho frio. Sou água salgada, sou lágrimas, desço pelo corpo de Jorge e o acaricio. Sinto amor por ele e o beijo. O coração desacelera, os olhos secam. A boca também. Sente vontade de beber e de ser amado. Alguém bate à porta.

Ele se veste e pega a máscara. Tem medo de que seja o cão. Tem medo de que Fagner o encontre, que pegue a vizinha e a filha dela. Tem medo de que arranquem sua cabeça.

Abre a porta.

É Marina, com uma sacola cheia de cervejas geladas.

Jorge sorri.

Marina também.

E eu, junto com eles.

***

Pulam de casa em casa. É cansativo, mas é prazeroso. Família é isso, então, Jorge aprende.

Uma hora as coisas ficam mais calmas. Caralho, como é bom. Aquele apartamento na beira do rio vira um lar. É péssimo, cheio de infiltrações, com risco de desabamento, vivem ilhados por conta da maré, mas o prédio é todo deles, não há vizinhos, aquela área da cidade foi abandonada. Ninguém os importuna. Há meses não escuta nada sobre o exército, sobre a Confraria. Vivem ali no mundo deles. Jorge, Marina, Luíza; ama a menina como uma filha.

Luíza aprendeu a abrir os portais, mas não os abre mais. Tem medo. Temos medo. Vimos coisas que não deveriam existir, e preferimos esquecer. Abismos infinitos, olhos gigantescos, mundos de fumaça, lugares em que não existem leis da física, universos em que as sensações se misturam, em que os seres devoram vida, em que os mortos comandam, em que a dor é onipresente.

Jorge percebe que Marina está cansada de viver fugindo e se escondendo. Às vezes sai para a casa das amigas Amelinha e Clara. Jorge se preocupa. Não é seguro lá fora, e aquelas duas têm ideias perigosas.

Elas têm uma espécie de guerrilha, matam um soldado aqui e ali. É inútil, não fazem diferença prática nenhuma. Fazem isso para se sentirem bem consigo mesmas. Jorge briga com Marina. Discutem feio, quebram coisas. Ela quer se juntar àquele grupo. Luíza chora. Um dia, a guerrilha de Amelinha e Clara é atacada. Muitos morrem. Foram denunciados. Marina pergunta a Jorge se foi ele que denunciou. Jorge fica puto, esmurra a parede ao lado da cabeça dela. Marina segura Luíza e diz que vai deixá-lo. O exército navega nas ruas alagadas.

Eles fazem as malas. Durante a noite, fogem.

Jorge faz um feitiço para que as duas adormeçam. Não diz para onde as leva.

Viaja até não ver mais as bandeiras amarelas.

***

A cabeça de Marina rola pelo chão. Jorge grita como nunca gritou antes. Sente uma dor profunda dentro do corpo, como se a Morte tivesse entrado ali para arrancar suas entranhas e levá-lo para o inferno. Pede para que ela o leve. Implora. Que a morte o arraste junto com Marina. Debate-se, deixa a besta que criaram ali dentro desde que ele é criança, e que Marina o tinha ensinado a acalmar, soltar-se. Não pode morrer, apesar de querer muito, mais do que tudo. Levaram Luíza.

CAPÍTULO 24

Contorce os braços até que os ombros desloquem. Ignora a dor. A dor é sua amiga, sua companheira de longa data. A dor é a sensação que mais conhece. Escapa dos dois brutamontes que o seguram. Puxa o braço de um, arranca a arma do coldre dele, e atira na cabeça do outro. Torce o braço do homem que está segurando, assiste o osso furar a pele e o uniforme militar. Segura a cabeça do soldado para escutar os gritos.

Outros soldados aparecem na porta. Miram em Jorge, e ele usa o homem como escudo. Joga o corpo em cima dos três soldados, e pula. Coloca os ombros de volta ao lugar. Pega a arma de um e atira cinco vezes na barriga dele. Dá um soco no rosto de outro. É bom demais sentir o afundamento do crânio nos nós dos dedos. O terceiro vai correr. Jorge atira nos joelhos dele. Não é assim que fazem com os sangues-raros?

O homem cai no chão e grita. Jorge enfia as mãos na boca dele e a arreganha, rasgando a pele, quebrando a mandíbula. Deixa o homem vivo, agonizando, a língua pendurada. Corre para fora quando escuta um helicóptero. Está com uma arma e atira para o alto. O helicóptero escapa. Perde Luíza. Perdeu Marina. Jorge cai de joelhos e grita, uiva, geme, parece um bicho, uma besta, um urso.

Corre de volta para a casa. Pega uma mochila, os óculos com as continhas de Luíza, a máscara de La Ursa.

***

Viaja pelo país deixando um rastro de corpos, de ruínas, de cinzas, de sangue. Descobre a iminência de uma guerra. A Confraria ainda está firme e forte no Velho Mundo. Querem consertar o que houve no Brasil. Jorge está pouco se fodendo. Caça soldados, invade fortes, tortura gente em busca de informações. Luíza está viva, sabe disso. O desgraçado de Fagner prepara algo. Deve estar desenvolvendo alguma coisa para fortalecer o exército, para derrotar a Confraria de uma vez por todas. Jorge não poderia se importar menos. Só quer Luíza.

Um soldado torturado confessa que há um sangue-raro rastreador. Tudo se explica. Foi assim que encontraram sua casa. Foi assim que encontraram a guerrilha das amigas de Marina. Eles brigaram por conta daquilo. Sangue-raro de merda. Vai matá-lo. Fazê-lo sofrer tudo o que ele mesmo sofreu. Pior até. Tem muitas ideias. É muito criativo na arte da dor.

***

Lógico que não tem coragem. Quando o encontra no batalhão em Pernambuco, a situação do desgraçado é deplorável. Jorge se compadece, estúpido como é. Culpa de Marina, óbvio, que amoleceu o coração dele. Em outros tempos, seria prático. Tiraria uma ou duas bolsas de sangue do pobre coitado, o mataria, e depois iria embora atrás de Luíza. Porém, o que Marina pensaria disso? O que diria a Luíza, quando a encontrasse?

Assim, levou o sangue-raro consigo. Só não esperava que aquele magricela infeliz fosse lhe dar tanto trabalho.

***

É estranho me ver. Estou deitado em uma cama, todo fodido, com um soro na veia. Eu estava mal assim? Marina está morta, Luíza desaparecida, e Jorge está sentado a uma mesa mexendo em poções. Faz algo para me fortalecer. Flutuo ao lado dele. Na cama, acordo e me vejo. Arregalo os olhos e desmaio.

***

CAPÍTULO 24

Seguro uma tesoura para matar Jorge. Não sou eu, pois sou uma sombra flutuando no quarto, mas sou eu também. Não entendo direito. Jorge finge que dorme. Sabe que quero matá-lo. Sabe que não pode me culpar, faria o mesmo. Só que não tem jeito com palavras. Queria que fosse Marina ali no lugar dele. Ela saberia falar com o sangue-raro, convencê-lo a ajudar a procurar Luíza. Tratá-lo direito, feito gente. Jorge estava aprendendo a ser gente com Marina e Luíza. Caetano vai matar Jorge, mas sou sombra e sussurro em meu ouvido: Não faz isso. Caetano se vira para trás, assustado, e Jorge me segura.

***

Rita fala um monte de coisa que Jorge não dá muita atenção. Está preocupado com os dois sangues-raros sozinhos lá no quintal. Jorge odeia dever favores para essa mulher, mas precisou do esconderijo para que eu me recuperasse. É por isso que vai matar o homem que ela lhe deu o nome.

Jorge olha para a sala, mas não consegue me ver pela janela. Eu me estico, sou uma sombra que se arrasta dele, passa pelas brechas, atravessa as árvores. Eu me vejo comendo a pitomba. Depois, Jorge também vê.

***

É noite. Jorge comeu um monte das pitombas. Entendeu o que fiz. É esperto, o sangue-raro, afinal. Jorge não sabe o que Rita e Amaro estão fazendo em si, mas Rita é uma desgraçada traficante de sangues-raros e, de uma forma ou outra, vai tentar colocar as mãos em Caetano. Então faz o feitiço de foto na porta. Poderia ir embora naquela noite mesmo, mas o homem que Rita deseja que ele mate é um rival dela, um concorrente, outro traficante. Jorge quer matar esses miseráveis.

E vai se divertir fazendo isso. É por isso que me estico, sou fumaça fluida, derrubo a foto na porta e me liberto do feitiço dele.

***

É bom matar. Aplaca um pouco a raiva que tenho dentro de mim. Arrancaram minha empatia quando eu ainda era menino. Lá na escola, quando levavam os sangues-raros e nos obrigavam a fazer feitiços. Não eram gente, eram como os ratos que dissecávamos na aula de ciências. Ninguém tinha pena. E, se tivesse, levava surra dos coleguinhas. Era bom caçar sangues--raros, depois, com Céu e Xênia. Era adrenalina, tesão, recompensa. Gosto de matar. Eu achava que só sangues-raros, mas não. Fagner me provou o contrário. Foi bom matar aqueles velhos do Conselho, os bruxos. Os soldados, também. Marina e Luíza me tiraram um pouco a vontade de matar. Era tipo um cigarro, um hábito sociável para aplacar a ansiedade e a solidão. Achava bonito, também, os ossos quebrados, o sangue, o grito, a fagulha de vida se apagando. Não sentia muita vontade de matar quando eu estava com Luíza e Marina. Depois delas, a ânsia voltou dobrada. Eita raiva desgraçada. Vontade de enfiar os punhos em um peito e rasgar a caixa torácica. Destroçar um pescoço com os dentes. Gritar gritar gritar até o grito virar uivo. Como é bom vestir a máscara de La Ursa e virar uma besta nos olhos da vítima. Gosto quando eles se mijam de medo. O traficante se mijou todinho, deixou de lado a pose de macho alfa. Desgraçado, prefiro não saber o número de sangues-raros que ele já drenou para vender o sangue. O covil dele tem cheiro de morte e sangue coagulado. Agora tem sangue fresco. É bom estourar cabeças com o pé. Um pisão, estoura feito uma melancia. Às vezes o crânio quebrado arranha minha bota. Foda-se. Desgraçados. Mato dez esta noite, e

CAPÍTULO 24

que noite boa. Vou voltar, agora, atrás daquela alma sebosa de Rita. Caetano vai me ver assim, todo coberto de sangue. O que será que vai pensar? O que é aquilo ali? Fumaça? Vem da casa de Rita. Porra.

***

Jorge escolhe vegetais no barco pensando em mim. Couve, espinafre, grão de bico, lentilha. Coisas para eu ficar forte, mas não só isso. Ele quer que eu goste. Ele pensa no sorrisinho que dei quando experimentei o bolinho de feijão que ele fez.

Algo duro cutuca as costas dele e Jorge sabe que é o cano de uma espingarda. Sente algo quente no pescoço e sabe que é sangue. Um dedo desliza por sua nuca, desenhando um símbolo, e Jorge sabe que é um feitiço de paralisia. É tarde demais para reagir. Agora está deitado no barco, enrolado com uma lona, e é levado para uma casa na fazenda, e lá o amarram em uma cama. Tem uma mancha preta horizontal na parede ao lado dele; parece que alguém foi queimado ali.

— É melhor fazer tudo que eles mandam — afirma a mulher em pé ao lado dele.

Ela ainda está com a ponta do dedo suja de sangue.

— Não vou fazer porra nenhuma — fala Jorge para a bruxa.

Ela dá de ombros.

— Eu deixei todos os protocolos anotados no livro de feitiços, como eles mandaram. Boa sorte não fazendo nada. Depois faça uma visita ao sangue-raro capturado deles, o que fazem com bruxos desobedientes é bem pior. Adeus.

Ela dá duas batidas na porta e sai. Logo depois, Jorge ouve um tiro. Ele é o substituto dela. Ele pensa no sangue-raro que a bruxa mencionou. Pensa em mim.

Está pensando demais em mim.

Penso em mim, também, lá na feira, dançando coladinho com um macho como se uma hecatombe não ocorresse ao redor. Estico até lá, fluidifico, pego carona nas raízes que agonizam sob o solo moribundo. E lá estou eu, prestes a dar um beijo em Marcelo, e quero dar uma tapa na cara desse estúpido, não Marcelo, mas Caetano. Saí daí, porra, vai atrás de Jorge, vai soltá-lo, tu não quer ver aquele sangue-raro! Puxo Caetano pelos ombros, e ele me olha com cara de abestalhamento. Não entende quem sou, ainda.

Então volto. Volto para Jorge. Sou sangue e pulso nas veias dele. Eu o faço ir até a porta e sou líquido, infiltro-me na madeira. Aquela porta já trancou tanta gente. Tem gosto de morte, tem sangue ali naquela sala, muitos mortos debaixo daquele chão. Bruxas, bruxos, sangues-raros, todos mortos e inquietos. Apodreço a porta com minha dor. O objeto se desfaz, Jorge corre dali, mata um homem e fica com tesão. Quer matar mais. E o guio para me encontrar.

***

Marcelo está caído no chão. Vai, digo. Mate esse desgraçado. É bom matar, aprendi com Jorge. Canaliza a raiva. Caetano precisa aprender, também. Preciso aprender. Ter coragem, matar como Jorge. Agora sei. Sei de tudo. Entendo o que ele passou e entendo o que precisa ser feito. Mato Marcelo. Sou a sombra.

***

Pablo me vê, lá no maracatu. Jorge se esconde na floresta, o exército chegará a qualquer momento. Está ansioso, com medo de que eu me fira. Que eu morra. Não só porque isso vai dificultar a busca por Luíza, mas também por outro motivo que ainda não entende direito.

CAPÍTULO 24

Os olhos de Pablo parecem me chamar, e flutuo por dentro do artesão. Reconheço o sangue dele. Sei quem ele é. É o menino do laboratório de Fagner. O menino que Jorge resgatou e que melou de sangue a máscara. Que enfeitiçou a máscara. Pablo fala comigo lá dentro do corpo dele. Diz onde posso encontrá-lo. É poderoso o sangue dele. Pablo me dá uma gota do próprio sangue. Ele me ensina a ser visto.

***

Jorge bebe cachaça. Tenta se controlar, mas é difícil pra caralho. Quer lamber aquele rapaz inteiro. É cheiroso, tem um sangue ardente, olhos bonitos, um sorriso que o encanta como se fosse bruxaria de lábios. Sabe que não deve fazer isso. Estão bêbados. O rapaz não está acostumado a beber. Só que por que o rapaz parece lhe provocar? Caralho. O sangue dele está em ebulição. Faz tempo que não sente uma atração tão grande. Sente vergonha por ter um dia desejado matá-lo. Sente vergonha de si. Que monstro ele mesmo é. Devia se afastar. Tem medo de machucá-lo. Caetano já se machucou demais. Quer que ele se sinta bem. Quer beijá-lo. Beija, porra, ordeno.

***

Estão no carro. Sente-se mal por usar uma roupa de soldado. Caetano está estranhamente calado no banco ao lado. Arrepende-se do que fizeram na noite anterior? Jorge engole em seco, devolvendo a mágoa que quis subir. Tinha sido um erro transarem? Só que não pareceu errado. Foi bom. Queria fazer de novo, se pudessem. Queria que tudo fosse diferente. Que merda de vida. Quis esmurrar o volante. Gritar, quebrar tudo, matar alguém. Virar urso. Marina dizia que ele tinha aprendido a reagir a tudo com violência.

Caetano começa a falar de fantasma. Jorge está com pena dele. É o choque, está perdendo a sanidade. Já viu isso acontecer antes. Quer levá-lo para uma cama, aninhá-lo no peito, afagar seu cabelo que agora já está bem grandinho até que ele adormeça.

***

    Por que ele precisa ser tão bonito e charmosinho? Sangue-raro desgraçado. Bica de me... Não. Caetano disse que não quer que ele lhe chame assim, caso contrário vai lhe dar um murro. Hum talvez não seja uma má ideia levar um murro daquele magrelo. Tenta se controlar. Jorge odeia perder o controle das emoções. Faz de tudo para contradizer os planos de Caetano, é perigoso. Quer trancar Caetano em um cofre e ir sozinho atrás de Luíza, mas o infeliz é insistente. Tem aquele olhar ferino irritante e atraente ao mesmo tempo. Sei lá, parece um gato arisco. Pequenino e raivoso. Devia botar uma coleira nele e mandar ficar sentadinho a meu lado. Ele está certo, agora. Precisamos do sangue. Queria comê-lo aqui mesmo, morder o pescoço dele como Caetano achava que era preciso. Feladaputa aquele ex-namorado. Como era mesmo o nome? Paulinho. Risos. Se eu pudesse esmurrava aquele desgraçado até o rosto virar uma poça de bloody mary. Só que Caetano não parece muito bem. Está ansioso. Com medo. Será que se sente mal por ter matado aquele soldado? Descuidei, fui otário. Não posso deixar isso acontecer de novo. Agora vou ter que arriscar algo. Não temos tempo. Vou ter que assustá-lo. Sei que o sangue dele vai ferver. Espero que ele me perdoe depois. Espero que me dê um murro.

    — Não, não, não, não! — grito, esmurro a parede.

    Ele estava bem aqui. O que aconteceu? Que merda de portal foi esse? Senti o cheiro de mangue, de lama.

CAPÍTULO 24

Vi a bruxa lá do outro lado. Ela levou Caetano. Merda. Por que continuo fazendo tudo errado?
Tiros lá fora.

***

Jorge está ofegante no banheiro. Lava as mãos. Acabaram de ser atacados na igreja. Dois sangues-raros morreram, mas conseguiram matar todos os soldados. Eram poucos, só seis, mas precisam sair o mais rápido possível dali. E não sabem para onde. Por isso ele demora a lavar as mãos, quer pensar. Está preocupado. Cadê Caetano? Não para de se perguntar isso. Sente minha falta, acha que fez tudo errado. Que merda. E se a bruxa do manguezal o tiver capturado? Nunca vou me perdoar. Sou um fracassado, um inútil, um bruxo de merda.

— Ei — grito, pelo espelho.

Jorge se treme inteiro, quase se caga. Acha que vai infartar e coloca a mão no peito. Vê uma sombra atrás de si no espelho e se vira. Vê meu rosto disforme flutuando na porta, como se me visse no fundo de um poço.

— Caetano? — balbucia ele. — Que porra é essa?

— Me encontra no Morro — digo, depressa. Não tenho tempo. O manguezal me reivindica. Já perdi muito sangue, não me resta mais. — Leva ajuda. Leva Pablo. O menino da máscara.

Jorge arregala os olhos, tenta falar algo, mas não encontra palavras. Ele quer me abraçar, sinto o aperto no coração dele.

— Cadê tu? Eu vou te buscar, magrelo. Me diz onde tu tá! — exclama ele, está chorando, o nariz vermelho.

Olho para o lado.

Pablo está sentado em uma sala. Em uma poltrona do papai. Ele parece minúsculo nela. Quando me vê, sorri. Há outras pessoas em torno dele, e eles olham em volta, tentando entender por que o artesão está rindo. São bruxos, os do maracatu. A maioria deles, pelo menos. Vejo Clara lá. Está ferida, mas bem. Escaparam dos militares, entendo. Chico, o cachorro, late para mim. Balança o rabo.

— Amelinha sabe… — Pablo começa a dizer.

— Amelinha sabe onde encontrar Pablo. — Termino de dizer, agora virado para Jorge, no banheiro. — Clara tá com ele. Conseguiram escapar, Chico emboscou os soldados e devorou todos. Tão em algum esconderijo que Amelinha conhece.

Jorge entende que consigo ver tudo. Consigo ver todos os lugares. Consigo trafegar entre artérias, viajar no sangue do mundo.

— E Luíza? Tu consegue ver a garota?

Ele está afoito, o coração quase pulando da boca. Olho para o lado, procurando Luíza.

— Não — respondo com um tom de lamento. — Há uma força poderosa em torno dela. A gente precisa chegar mais perto. Me encontra no Morro, lá dentro, por favor não demorem.

— Estarei lá - garante ele.

Eu me aproximo. Quero tocá-lo. Quero sentir o calor da pele dele. Cansei de ser fluido. De ser sombra.

***

ACORDA
Alguém grita em meu ouvido. Dentro de mim.
Eu mesmo.
ACORDA
ABRA OS OLHOS
AGORA

Lia estava de pé a meu lado. Tentei me mover, mas algo pesado e úmido me prendia. Lia ergueu a pá e jogou mais lama em cima de mim. Uma sombra flutuava ao lado delu. A sombra gritava comigo. Mandava-me abrir os olhos, me mover, sair dali. Só que eu estava imóvel, enfeitiçado,

CAPÍTULO 24

os membros enrijecidos feito pedra. Meu rosto foi coberto por lama, e tudo ficou escuro. Lia terminou de me enterrar, transformando-me em alimento para o manguezal de sangue.

CAPÍTULO 25

Tentei falar alguma coisa, mas entrou lama por minha boca.

— Desculpa, meu querido — ouvi a voz de Lia vindo da superfície —, mas preciso do teu sangue. Preciso de mais, entende? Preciso de todos os sangues. Preciso do sangue *dela*.

Fechei a boca e os olhos. Elu queria o sangue de Luíza, afinal. Por isso não me perguntara a localização dela, pois em breve Lia teria o poder de meu sangue. Senti mais uma camada de lama em cima de mim. Já não conseguia respirar.

***

Mas não preciso de ar.

Não tenho pulmões.

Sou fumaça, sou sombra. Lembra?

Seguro-me nas raízes debaixo da terra e nas aéreas também.

Lia tinha outro nome quando nasceu, mas não escuto. O nome é fantasma. E eu também. Espingardas estouram e Lia chora nos braços da mãe. Estão em uma rede, elu, mainha, painho. A rede tora. A mãe cai morta no chão, o pai também. Lia rola pela serrapilheira. Os brancos pegam a criança nos braços.

CAPÍTULO 25

Falam inglês e holandês, não consigo entendê-los, mas posso senti-los.

Colocam Lia em um navio, dentro de uma caixa de madeira, junto com animais e outras crianças como elu. Há um bruxo na frota, um farejador; ele é solto naquelas florestas selvagens e obrigado a voltar com aquelas criaturas de sangue impuro.

Lia é criade em um Instituto. Um castelo escondido no miolo de uma floresta fria, de árvores espaçadas, de animais que nunca viu. Aprende o costume daquele povo de pele branca. Aprende os idiomas, aprende que seu corpo é um território invadido. Aprende que seu sangue é moeda de troca, riqueza roubada, como o ouro, que vem da terra. Elu veio da terra, também. Sabe disso. Nunca esquecerá, pois sente no sangue.

Aprende a palavra bruxaria. Aprende a palavra feitiçaria. Aprende sangue-raro, também. Era tudo coisa que já tinha visto, na mata, mas não chamavam por esse nome. Era tudo diferente. Ali, faziam coisas proibidas, coisas com as quais seus parentes jamais ousariam mexer.

Há pessoas de pele preta ali também. Como Lia, foram levadas pelo sangue, e elu vai juntando conhecimentos como uma coleção particular de artefatos. Igual aos brancos, que saem roubando tudo do mundo e juntando nos museus como se fossem deles. Lia cria um museu particular, só delu. Dentro da cabeça, dentro do sangue.

Descobre os costumes de sangue do mundo todo. Aprende a criar a própria bruxaria, termo que os brancos usam. Formula uma teoria, como os brancos falam.

Mata os colegas com quem divide a cela embaixo do castelo. Faz o feitiço sozinhe, pois descobriu que com muito sangue derramado a magia é mais poderosa.

Finge-se de homem branco. Uma ilusão. Aprende os costumes da Confraria. Visita escolas e institutos. Conhece os brancos do mundo todo. É uma sociedade secreta, muito mais poderosa que impérios e reinados, agindo no subterrâneo. É magnífico.

Lia quer criar o próprio império. Uma Confraria de uma pessoa só.

Volta para casa, mas já não há mais mata.

Percorre o rio no qual tanto sangue foi derramado. Dos parentes dela. Do povo preto. De tantos outros. De tanta gente que ainda virá. Elu lambe os beiços, deliciando-se com o poder. Há tanta esperança ali. Há tanta vida e tanta morte.

Fixa-se em um chão encharcado. De água e de sangue. Aprende com as raízes a se fixar e a absorver. São árvores velhas, e Lia também aprende a durar pelos anos.

Com o tempo, cria a própria Confraria. Seu exército. Sua biblioteca. Seu museu feito de mangue. Lia bebe tudo, mas a sede nunca passa. Elu ri quando pensa naqueles homens brancos, que sugaram tudo esperando ficarem fortes, mas são fracotes. Patéticos. Precisam se esconder atrás de bruxos e sangues-raros.

Pois que se fodessem. Esses homens e essas mulheres. Esses bruxos e sangues-raros, elu estava acima do binarismo tosco.

Devoraria todos. Sorveria tudo.

***

Flutuo por cima de minha cova, enrosco-me na pá que me enterra, seguro o braço de Lia e o torço e puxo. Aprendi com Jorge. Elu grita quando o ombro desloca.

— Ai, mizera! — urra elu, largando a pá e se contorcendo no chão.

Penetro a terra e viro lama. Disperso, espalho, abro. Volto a mim mesmo. Levo embora o veneno que estava dentro de mim.

Aprendi o que Lia aprendeu, também. Agora sei tudo. Transformo, transfiguro, transiciono entre vida

CAPÍTULO 25

```
e morte, entre um lado e outro, entre cima e baixo,
copa e raiz, mar e terra, sangue e água. Sou como Lia,
tudo e nada, maldade e bondade, sabedoria e burrice,
pego as dualidades e mastigo tudo, destruo o sim e o
não, a existência e a não existência, a dicotomia, o
maniqueísmo, o binarismo, sou tudo, porra.
```

* * *

Levantei em um sobressalto e segurei o pescoço, buscando ar. Precisei limpar os olhos depressa para conseguir enxergar. Estava coberto de lama. Vi Lia começando a se levantar, apoiando-se no ombro bom. Elu olhava para a pá, pronte para me atacar de novo.

Quando consegui sair da cova, Lia já tinha alcançado a ferramenta, mas ainda não tinha se levantado, o rosto se contorcia com a dor no ombro. Foi lá que mirei: chutei o ombro torcido, fazendo-e cair e largar a ferramenta.

— Tu é bobo por confiar nos outros — lamuriou elu, gemendo. — Tu seria bem mais forte sozinho.

Elu estava errade. Eu me senti bem mais forte quando estava com Jorge e os outros sangues-raros na igreja, planejando a invasão ao morro. Senti-me bem mais forte quando me conectei a meus ancestrais de sangue, que estavam enterrados ali naquela terra.

— Tu tá só, Lia. E não vejo força alguma — provoquei.

Elu sorriu, mostrando os dentes vermelhos, cheios de sangue. Não sabia dizer se era de um ferimento ou se era algum feitiço, então fiquei alerta.

— Eu não tô sozinhe. Tô com todo esse sangue que peguei pra mim — retrucou Lia, enfiando a mão no solo.

Senti a magia fluindo da terra para as veias delu.

— Pois eu vou devolver tudo pra lama — vociferei.

Ao mesmo tempo, ergui a pá e enfiei a ponta no peito delu.

O corpo de Lia *explodiu*.

Como um cadáver construído com efeitos práticos de filmes de terror *trash* dos anos 1980. O corpo delu se desfez em pedaços, e tinha tanto sangue dentro de Lia que a explosão criou uma onda cujo impacto me arremessou para longe. A pá ficou cravada no ponto em que eu a tinha enfiado, no meio do peito delu, e lá não parava de jorrar sangue, como se eu tivesse descoberto um poço de petróleo vermelho.

Enojado, corri para o rio. Mesmo com a água suja, cheirando a esgoto, preferi me limpar do sangue de Lia. A maré estava bem baixa, e logo vi que formou-se um riacho no cadáver, de onde o sangue não parava de brotar. Uma nascente vermelha. A maré carmim alcançou o rio marrom, as cores misturando-se feito aquarela. A altura da água subiu depressa, também, como se potencializada pelo sangramento. Lembrei das histórias que mainha me contava, de quando, na infância dela, chovia muito e o açude da cidade sangrava. Todo mundo fazia festa e ia mergulhar no açude cheio, e eu só conseguia imaginar o povo se banhando em sangue.

Saí da água antes que a nova cor do rio tocasse minha pele. Puxei a pá do cadáver destroçado de Lia e fui até a árvore na qual o cordão umbilical de Marina fora enterrado.

Desviei das raízes aéreas e pedi licença para tocá-la.

— Desculpa — pedi, antes de fazê-la sangrar com a pá.

Coletei o sangue de Marina e vasculhei as lembranças dela e de Jorge. Eu sabia como abrir um portal. E ali, com tanto poder circulando dentro de mim, eu era sangue-raro, bruxo, era tudo. Era abundância, feito um manguezal, cheio de exageros orgânicos.

Então conjurei o local em que eu queria estar:

— Conceição.

CAPÍTULO 26

Nada ali se assemelhava ao Morro da Conceição de que eu me lembrava. Onde estavam as casas apinhadas e pintadas de azul, as escadarias, o comércio da rua principal, os fios emaranhados nos postes? As pessoas na rua, sempre movimentada, gente indo e voltando do trabalho, escola, do mercadinho, da igreja, do terreiro?

Eu estava em um lugar alto. Pela altura da ladeira que se estendia abaixo de mim, eu deveria estar em algum ponto próximo ao topo do Morro, no ponto em que ficava a santa. Só que ao redor, ao contrário do que era antes, tinha ruas largas, calçamento com pedras arrumadas e muito bonitas, calçadas bem cuidadas e niveladas, casas enormes, mansões de dois a três andares, com jardins frondosos, verdes, cheios de flores e árvores pequenas, com bandeiras amarelas penduradas nas janelas e nas varandas. Não tinha muros por ali, só cercas feitas de plantas, algumas casas nem isso, era tudo exposto, muito livre, muito seguro. Assim, percebi que as mansões estavam todas vazias. Muitas tinham as janelas abertas, cortinas recolhidas, e eu conseguia ver o interior: amplitude, móveis caros, lustres gigantes pendurados. Contudo, não tinha ninguém, como se todo mundo tivesse viajado. Embora os carros estivessem na garagem.

Lembrei dos dias de festa, quando todo mundo se encontrava nas ruas, e as casas ficavam vazias.

Aí pensei nos fogos, na comemoração dos ricos, na descoberta de Fagner.

CAPÍTULO 26

Eu só precisava descobrir *onde* era a festa.

Tomei o caminho que parecia mais lógico: o de cima. No topo do Morro ficavam a casa de Paulinho e o santuário de Nossa Senhora da Conceição.

Comecei a encontrar gente algumas centenas de metros acima.

As pessoas caminhavam para um mesmo lugar. Estavam tão animadas e afoitas que não notaram a presença estranha: eu todo mal amanhado, com a roupa toda suja de sangue e de lama, rasgada e fedida. Enquanto isso, eles estavam muito arrumados, roupas brancas como se fossem a um Réveillon, calça, blusas sociais, sapatos finos. Cabelos penteados e perfumes cheirosos. Os fogos pipocavam lá em cima.

Um grupo logo à frente de mim conversava com muita empolgação sobre algo, e acelerei o passo para acompanhá-los. Queria escutar o que falavam.

Quando cheguei bem perto, devem ter sentido meu cheiro, pois três deles olharam para mim. Preparei-me para correr, mas um dos homens sorriu e parou, puxando-me para perto de si e colocando um braço em cima de meu ombro. A roupa impecável dele sujou-se de lama e sangue.

— Olha, gente, ele já foi! — exclamou ele, quase chorando.

O resto do grupo me olhou com admiração, olhos arregalados, bocas incrédulas.

— E aí, como ela é? — questionou alguém.

— Quem? — perguntei, confuso.

Eles gargalharam, como se eu tivesse contado uma piada.

— A Santa! — gritaram. — A Santa Vermelha!

Mas... Nossa Senhora da Conceição não tinha vestes azuis? Era a cor da festa. Azul. Não vermelho.

Alguns do grupo tocaram em minha roupa imunda e passaram as mãos sujas nos próprios trajes. Em seguida, aceleraram o passo, deixando-me para trás.

Olhei para o céu, tentando encontrar o sol. Não tinha ideia de que horas eram, mas queria ter uma noção de quanto tempo se passara desde que eu falara com Jorge. Eles precisavam chegar logo.

As pessoas, afinal, caminhavam para o santuário. A imagem da Nossa Senhora da Conceição tinha sido removida, mas mantiveram a base de pedra. Demorei para entender o que acontecia ali em cima. Era uma imagem complicada para o cérebro processar.

Havia *algo* no lugar da santa.

Parecia um corpo, mas não exatamente. Uma pessoa, mas as proporções eram todas erradas, como uma criança de membros muito compridos, as mãos na altura dos pés. O corpo era retorcido, como se desse uma volta em si mesmo, e eu não enxergava o rosto, pois era tudo em carne viva, como aqueles esquemas de livros didáticos que mostravam os músculos do corpo humano. O sol começava a se pôr, e luzes foram acesas para iluminar o local. Foi quando percebi que aquele ser sangrava, fios muito finos de sangue descendo pelo corpo deformado e pela base de pedra, escorrendo em bicas até o povo que se aglomerava ao redor, clamando pela Santa Vermelha, tocando no líquido vermelho e passando-o no corpo.

Ela era como aqueles seres deformados que caminhavam no meio do carnaval, na gravura de Clara.

A Santa Vermelha estava viva. Mesmo com o barulho dos fiéis que berravam e choravam, eu escutava o murmúrio dela lá no alto. Era uma espécie de gemido que misturava dor e raiva, mas ela não tinha boca, e o som parecia sobrenatural. Arrepiei-me inteiro. A Santa estava amarrada a um mastro, a corda que a prendia pela cintura estava toda vermelha, molhada, entrava na pele dela, que parecia carne crua de açougue. Na testa tinha certa marca em formato de cruz, vermelha, destacando-se do resto dela porque o sangue parecia seco.

Um degradê de cores formava-se na multidão. A praça estava abarrotada de gente, e eu observava tudo de longe, em pé em um banco de madeira. À medida que se aproximavam da Santa viva amarrada no mastro, as roupas deixavam de ser brancas e iam ficando rosadas até virarem vermelhas do sangue sacro. Quando mais lambuzadas, as pessoas também pareciam ficar mais transtornadas. Gritos de arrebatamento, pedidos para que a Santa os levasse, preces para que ela os purificasse, e reviravam olhos, escancaravam bocas, mordiam línguas, arrancavam cabelos e se debatiam no chão.

Que merda era aquilo tudo?

Um rosnado me fez olhar sobressaltado para o lado. Um homem de calça preta, arreio de couro no peito musculoso e uma máscara de cachorro estava com os braços esticados em minha direção, segurando algemas. Engoli em seco, o coração acelerado.

— Coloque — ordenou, a voz abafada pela máscara.

A palavra soou estranha, como se ele tivesse falado com água dentro da boca. Então vi o sangue escorrendo por baixo da máscara, tingindo o

CAPÍTULO 26

pescoço e o peito dele. Ele tinha sangue enfeitiçado na língua, e meus ouvidos foram tocados pela magia. Meus músculos, controlados pelo bruxo, obrigaram os braços a obedecerem. Coloquei as algemas, fiquei de costas para o Cão, e ele me segurou, empurrando-me para que eu andasse.

Atravessamos a praça, o povo em transe abrindo caminho para que passássemos. Também temiam o cachorro.

Que porra é essa, que porra é essa, que porra é essa, era só o que se repetia em minha cabeça, observando as pessoas caindo no chão e se contorcendo, gemendo e uivando como se tivessem um orgasmo cataclísmico. Havia muito sangue escorrendo pela praça, tanto que meus pés chafurdavam naquela mistura de sujeira do chão com o líquido que vazava da Santa em carne viva, escorrendo pela sarjeta, acumulando em buracos, penetrando os canteiros. Senti o impulso de rezar, mas a magia na qual eu acreditava já era outra.

— O que é isso? O que tá acontecendo? — gritei para o Cão, porém ele apenas rosnou e apertou meu braço, apressando os passos e quase me fazendo tropeçar.

Gritei de novo, daquela vez de medo. Eu não queria tocar em nada daquilo.

Fechei os olhos, tentando me concentrar. Talvez eu conseguisse manifestar meu sangue, como eu tinha feito com Lia, e derrubar o Cão. Ou então localizar Jorge, pedir ajuda, pedir para que se apressassem. E se eles ainda estivessem tentando achar Pablo, o artesão?

Meu sangue estava estagnado, como se tivesse coagulado dentro das veias. Uma dor de cabeça horrível me fez gritar. O coágulo tinha atingido meu cérebro? Eu estava tendo um AVC?

— Acho melhor você não tentar fazer isso aqui — recomendou alguém, e abri os olhos.

Fagner estava bem em minha frente, com um sorriso enorme. Era um homem baixinho, de minha altura, mas bem atarracado. Usava roupa preta, como o Cão, ao contrário de todas as outras pessoas ali. Era a primeira vez que eu o via sem uniforme militar. Porém, o que me assombrou nem foi o coronel ali à frente, e sim o que tinha atrás dele: a casa de Paulinho. A mansão em estilo neoclássico era a única coisa que permanecia a mesma, desde que eu estivera no morro havia dez anos.

Fagner estava atrás do portão, onde Paulinho me recebera tantas vezes, mentindo que era a casa dele. A mansão estava da mesma forma: as paredes pintadas de branco, o gramado bem cortado, as árvores podadas.

Só então vi o soldado parado ao lado do muro. Ele tinha os lábios azulados e uma cera preta cobrindo os olhos. Com movimentos mecânicos, como o morto-vivo que era, abriu o portão para que eu e o Cão passássemos. Senti o cheiro do cadáver em putrefação emanar do soldado morto enfeitiçado.

— Finalmente, meu sangue mais precioso. — Fagner continuou a falar quando entramos nos domínios da mansão, olhando para mim como se eu fosse um pedaço suculento de carne. Ele deu um beliscão em meu braço. — Ótimo, bem alimentado. Acho que o ar fresco te fez bem, né? Mas já estava na hora. Meu estoque acabou faz tempo.

— Tu não vai pegar meu sangue de novo — respondi entredentes, grunhindo.

Debati-me, tentando me soltar, mas o Cão arrochou o aperto.

— Claro que vou. Se não fosse por teu sangue e pelo de Luíza, eu nunca teria encontrado a Santa. E você tá me devendo — rebateu ele, erguendo o braço e mostrando o dorso da palma direita.

Lá, tinha uma fina linha branca entre os tendões do dedo do meio e do indicador (um dedo que era torto, permanentemente rígido). A marca da facada que eu lhe dera tanto tempo antes.

— Onde tá Luíza?! — gritei, levando outro apertão.

— Calma, garoto, sem pressa. Vocês ainda vão trabalhar muitos anos juntos. — O coronel estalou os dedos. — Céu, leva o rapaz.

O Cão ganiu com alegria, e tive certeza de que ele abanou o rabo atrás de mim.

***

Não fui vendado quando o Cão me levou para o lugar mais importante e secreto das pesquisas de Fagner. Aquilo era preocupante, pois significava que eles tinham certeza de que jamais eu conseguiria sair dali. A magia que protegia o lugar era poderosa: eu sentia dor nas veias, algo tentando suprimir meu poder, destruir minhas células. Fui guiado pelo jardim e tive expectativas de ver a sala na qual eu e Paulinho nos beijamos pela primeira vez, o sofá grande e aconchegante, a estante cheia de artefatos de ocultismo, livros velhos com capa de couro e santos com três braços. As espadas de São Jorge estavam enormes, as folhas pesadas caindo para os lados, os vasos rachando sem aguentar o volume das raízes. O Cão me

CAPÍTULO 26

levou para os fundos da mansão, onde havia uma pequena porta, discreta entre arbustos, que dava para uma escadaria rumo ao subsolo.

Ele me empurrou lá do alto, e despenquei pelos degraus. Com as mãos algemadas atrás do corpo, não consegui amparar a queda. Primeiro caí com o ombro no chão, a dor me fazendo gritar quando o osso saiu do lugar. As pernas giraram por cima de mim, continuando o trajeto descendente, e bati o rosto na quina de um degrau, que era de cimento. Senti a mandíbula deslocar e o sangue encher toda a boca, e terminei descendo a escada naquela posição: o rosto e a cabeça batendo por repetidas vezes nos últimos degraus, até que meu corpo parou inerte no chão. Nem sentia mais dor, apenas uma fraqueza absoluta, uma dormência na ponta dos dedos e, enfim, fui tomado pela tranquilidade da inconsciência.

**

Quando acordei, estava sentado, a cabeça encostada em uma parede fria. Sangue pingava de minha boca, junto com um filete de baba grossa, formando uma poça no chão. Fiquei alguns segundos assim, desnorteado, observando o sangue escorrer por uma rachadura no chão de pedra e ser absorvido pela terra escura.

Tentei me mover, mas a dor no ombro foi paralisante. O barulho de correntes chamou minha atenção, então percebi que estava acorrentado. As argolas de ferro subiam até o teto, e lá estavam presas a um gancho. Puxei a corrente de novo, tentando ignorar a dor, analisando o barulho que faziam quando batiam no teto de madeira. Era o barulho que eu tinha ouvido dez anos antes, quando eu assistia a um filme de terror com Paulinho, logo ali em cima.

Em meu primeiro beijo, tinha uma pessoa acorrentada logo abaixo de mim.

Olhei para o chão outra vez, preocupado com a quantidade de sangue que eu perdia. Pensei em quantas pessoas tinham morrido ali naquele lugar. Quantas pessoas tinham sangrado. Uma náusea repentina fez tudo girar e o vômito subiu depressa, saindo da boca em jato, rasgando a garganta seca. Fechei os olhos, estava cansado demais.

— Ei! Não dorme!

Dormir. Parecia uma boa ideia. Senti os anjos do sono me abraçarem apertado e me enrolarem em um cobertor levinho e fresco. Também ligaram o ventilador, fecharam as cortinas, fizeram cafuné em meus cachos. Senti um cheirinho de lavanda à medida que aquele sono gostoso se apoderava do corpo inteiro. *Por favor não me acordem nunca mais*, pedi para os anjos.

— Acorda, gasparzinho!

Abri os olhos, confuso. Quem caralhos ousava atrapalhar meu sono tão merecido?

Tinha uma menina do outro lado do açougue. Não, não era um açougue. Um... laboratório? Eu já estivera naquele lugar antes, muito tempo atrás. Só que eu era trinta centímetros mais alto, mas como? Lembrei, com Jorge. Ah, não, eu *era* Jorge. Onde estava Jorge agora? Aquele gost...

— Ei, abre olhos! Bateu a cabeça, não pode dormir.

Pisquei. O que era que aquela pentelha queria? A menina estava de pé, toda descabelada, as mãos espalmadas em uma parede transparente. Acrílico. Uma cela. Igual a minha. De novo, uma cela? Por que faziam tantas celas? Por que só queriam que eu existisse entre quatro paredes?

— Me deixa quieto — resmunguei e senti algo mole dentro da boca.

Cuspi. Vômito, saliva, sangue, um dente.

A náusea atacou de novo, encostei-me na parede. Apoiei a mão no chão. A pedra estava fria, molhada, mas senti algo emanando calor por baixo. Como se a terra estivesse quente. Onde estavam os anjos de antes? Queria voltar a dormir, *voltem aqui!*

— Bora, Gaspar. Acorda, boy!

Que porra de Gaspar era essa? Olhei de novo para a menina. Era jovem, cara de insuportável. Deveria ter sido uma adolescente arengueira que aperreia os pais, revoltadinha. Muito familiar ela. Tinha a pele negra clara e o cabelo preto encaracolado igual ao da mãe.

— Luíza? — questionei.

Ela confirmou com a cabeça.

— Meu nome não é Gaspar. É Caetano.

Toda vez que mexia a boca, parecia que minha mandíbula explodiria. O constante gosto de sangue era desconcertante e o pior era ter que me manter imóvel, senão as correntes puxavam meu braço e faziam o osso deslocado do ombro machucar o músculo, como se uma faca cega me perfurasse. Tudo doía. Muito.

Luíza riu. A risada dela era exatamente como eu me lembrava: os olhos fechados, os lábios repuxados, mostrando a gengiva de cima. Eu tinha visto

CAPÍTULO 26

por meio de Marina e Jorge, mesmo assim a risada aqueceu algo dentro de meu peito.

— Eu te via desde que era criança — explicou ela. — No começo eu achava que era um fantasma. Chamei de Gasparzinho, como no filme. Depois achei que fosse algum Egum me protegendo. Demorei pra entender.

— Era eu.

Bisbilhotando a vida da mãe dela e a de Jorge, mas por que só Luíza me via? Algo a ver com o sangue dela?

— Quando fui levada, e mainha... É... — Ela parou de falar por um segundo, e o olhar divagou para longe, mas logo voltou a si. — Parei de te ver. Achei que o espírito tinha me abandonado. O Cão é bem esquentadinho, sabe, se pressionar ele do jeito certo, ele se irrita fácil e acaba fazendo besteira. Um dia o irritei, e o Cão acabou me falando que tinha protegido o local contra um feitiço de localização. Foi quando entendi. Tu tava me procurando, nera? Me vendo pelos olhos de outra pessoa. Por quê?

Ela era esperta, como Jorge lembrava. Ele se orgulharia.

— Tem alguém te procurando. Ele me resgatou de um batalhão pra usar meu sangue. Jorge.

Foi como se aquela menina estivesse morta até agora e voltasse à vida naquele momento. Ela abriu a boca, tentou falar algo, não conseguiu, depois sorriu, então começou a gargalhar e logo em seguida desabou em prantos. Eu entendia. Fiquei assim quando me vi fora do batalhão pela primeira vez. Ela nutria uma esperança agora. Era provável que aquele tempo inteiro Luíza achasse que Jorge tivesse morrido, junto com a mãe dela.

— Cadê ele? — perguntou ela, ansiosa, olhando para os lados.

O laboratório estava vazio. Tinha o teto baixo, paredes brancas e piso de pedra. No meio, várias macas de inox sujas de sangue, como em um necrotério, uma mesa com vários computadores e uma bancada com equipamentos que eu não conhecia. Junto a uma parede, uma estante com livros e artefatos que deveriam ser mágicos, como os que tinha na sala da casa, lá em cima. Três grandes geladeiras zuniam em um canto, e preferi não pensar no que havia nelas. As celas ficavam nas extremidades, a minha de frente para a de Luíza. A adolescente, que não estava acorrentada como eu, tentou balançar a parede transparente, como se pudesse derrubá-la.

— Não sei — admiti.

Olhei para cima, com uma esperança ingênua de ouvir os passos pesados de Jorge, o bruxo usando a máscara de La Ursa e devorando quem se metesse no caminho dele.

— A gente tem que sair daqui logo. Fagner, ele quer que...

A porta do laboratório se abriu e o Cão entrou.

Luíza se encolheu e foi para o canto da cela. Não olhava para o bruxo, tinha medo.

— Estou cansado de vocês falando — vociferou o Cão.

Antes, eu só o tinha escutado falar pelos ouvidos de Jorge. A voz dele era rouca, molhada, como um cachorro raivoso.

Ele tirou uma ampola de sangue do bolso e jogou o conteúdo em meu rosto. Era pouco, apenas algumas gotas, mas eu sabia que era algum tipo de feitiço e me assustei.

Depois ele tirou uma agulha de outro bolso e começou a costurar o ar.

— Não! — berrou Luíza, antes que eu entendesse o que aconteceria.

Primeiro senti um formigamento, depois minha pele começou a pinicar muito ao redor dos lábios. Quando percebi o que ele fazia, senti a dor. Cada agulhada que ele dava no ar era como se fosse em minha boca, senti o metal perfurar a pele, a linha passar pelo buraco, a puxada do ponto, o nó, meus lábios costurados por magia.

— Cão de merda, vira-lata, submisso! — gritou Luíza do outro lado. Arregalei os olhos, tentei falar para que ela se calasse, senão ela seria a próxima, mas meus lábios já estavam metade emendados. De início o Cão não deu ouvidos a ela, até que a menina disse: — Teu mestre é um tabacudo, desgraçado, come o Morro todinho enquanto tu tá aí comendo ração mole, corno sarnento de quatro patas!

O Cão largou a agulha e voltou-se para ela. Latiu e deu uma porrada no acrílico. Ele tremia, enfurecido, e começou a vasculhar as ampolas de sangue. Faria alguma coisa com Luíza, algo pior do que tinha feito comigo, e eu precisava impedi-lo, mas como?

Se ao menos eu conseguisse me materializar, como havia feito contra Lia. Só que aquele laboratório era protegido, e não era o manguezal. O manguezal me fortalecia porque tinha muito sangue enterrado na lama. Ali eu estava no subsolo, *debaixo* da terra. Dentro da terra. Cercado por ela de todos os lados.

Olhei para o chão, no ponto em que o sangue havia escorrido e adentrado nas rachaduras da rocha. Foi absorvido, meu sangue e o de sabia-se lá quantas mais pessoas. Aquela terra ali era encharcada, amaldiçoada de mortes tanto quando o manguezal, talvez até mais. Não. Com certeza mais. Eu sentia, agora. Era o calor que emanava debaixo da pedra fria, querendo passar. Querendo algum vaso para ser canalizado. Fechei os olhos e abri as veias.

Deixei o poder do sangue fluir por mim.

Quando voltei a abrir os olhos, eu era fumaça.

***

Eu sou forte. Tão forte que até o Cão me vê. Começa a latir para o ar, correndo e encolhendo-se nos cantos, tentando se esconder atrás das mesas. É ridículo. Olho para a estante e pego o objeto que parece mais pesado. Parece um buda feito de pedra, exceto que ele não tem braços e, no lugar de olhos, tem duas bocas pelas quais saem serpentes. Arremesso o troço na cabeça do Cão, e ele desmaia. Flutuo ao redor dele, vasculho seus bolsos. Encontro o molho de chaves e depois encontro a mim mesmo.

***

Assim que abri minha cela, corri para libertar Luíza. Ela me abraçou apertado, como se me conhecesse. Tão pequena e baixinha, encostou a cabeça em meu peito. Respirei fundo. Meu sangue ainda estava agitado e não sentia mais as dores (o ombro deslocado, a mandíbula fodida, os lábios costurados).

— Não era pra tu ter vindo.

Luíza se tremeu inteira em meu abraço.

Afaguei o cabelo dela, como Jorge faria.

— Por quê? — murmurei com a metade da boca que não estava costurada, uma ansiedade desconhecida crescendo na espinha.

Luíza soltou o abraço depois de uma fungada e foi até um armário. Lá havia vários frascos, potes, caixas. Eram poções, percebi, e ela sabia o que tinha que ser feito.

— Senta aí — ordenou com a autoridade de uma enfermeira, e me sentei em um banquinho metálico giratório ao lado dela. Luíza colocou uma pasta gelada em meus lábios, e o alívio foi imediato. Os pontos mágicos foram se soltando um por um, o sangue maldito escorrendo dos buracos em que o Cão me costurou. Enquanto cuidava de meus ferimentos, Luíza explicou depressa: — Meu sangue abre portais. Pra qualquer lugar que tu imaginar. Ou não. Quando eu era pequena gostava de ficar passeando, visitando outros lugares, sem entender direito o que tava fazendo. Um dia encontrei este lugar aqui, esse laboratório. Tinha um menino aprisionado. Era Pablo o nome dele. Eu não tinha amigos, sabe? Não ia pra escola. Então eu ficava vindo visitar o menino, escondida. Viramos amigos. Aí eu fiz com que Jorge o soltasse.

— Eu sei — confirmei, com a boca livre.

Luíza franziu o cenho, olhando-me como se eu fosse um professor insuportável e inconveniente. Fechei a boca, tentando não gemer quando ela enfiou um pedaço de madeira afiado e muito fedorento em meu ombro.

— Enfim. Quando fui trazida pra cá, eles me obrigavam a abrir portais. Usam um feitiço pra me controlar. Ele gosta de ir pra lugares muito estranhos. Lugares que eu nunca tinha visto antes. Outros mundos. Vai doer — alertou. Antes que eu pudesse perguntar o quê, senti o ombro se mover debaixo da pele, procurando espaço entre os músculos, voltando para o lugar de origem. Ela esperou que eu terminasse de choramingar para continuar: — O coronel ficou obcecado com isso. Me fazia abrir portais e explorar outros mundos com ele. Todo dia. Eu já tava cansada, meu sangue perdendo o poder. Ele descobriu um jeito de usar teu sangue pra fazer uma espécie de mapa.

— Como assim?

Luíza apoiou meu braço e me ajudou a levantar. Girei o ombro para a frente e para trás, e não senti nenhuma dor.

— Não sei explicar. Ele mapeou os portais que abri usando teu sangue pra rastrear os lugares aonde queria ir. Começou a coletar coisas. Conhecimento, artefatos, outros tipos de magia. Poder. Foi assim que chegamos ao que eu chamo de Mundo Vermelho.

Pensei na Santa, vermelha, sangrando no meio da praça.

— O que tem esse lugar?

— É feito de sangue. Cheio de seres que parecem ser de carne viva. Sanguinolentos, semimortos, deformados, não sei — revelou ela. Eu sabia como era, tinha visto. — Fagner pegou uma amostra desse sangue e trouxe

CAPÍTULO 26

pro laboratório. Ele é cheio de propriedades, e o coronel começou a testar com as pessoas do morro.

— Eu vi. Elas pareciam em transe.

— Eu os chamo de mamulengos. Quem tem contato com o sangue fica se sentindo muito bem, feito uma droga. Fica mais forte também, e mais rápido, mas principalmente fica controlável, querendo mais, e Fagner sempre me fazia abrir o portal pra que ele pegasse mais sangue. Acho que era o plano dele, fazer um novo exército. Ele tem melhorado os feitiços de ressuscitação também, misturando esse sangue do outro mundo. Agora os soldados mortos ficam muito mais tempo em pé.

— Pra que ele quer outro exército? Ele já pegou tudo.

— Ele morre de medo da Confraria.

— Ele *destruiu* a Confraria!

Luíza balançou a cabeça.

— A Confraria daqui. Ele tem medo da Confraria verdadeira, a que vem de fora. São eles os poderosos mesmo.

— E por que eu não deveria ter vindo? — perguntei, tentando ignorar o que ela falara da Confraria verdadeira.

Se o que tivemos não era o pior, então eu não queria pensar *naqueles*.

Luíza não me respondeu. Em vez disso, colocou um curativo em minha bochecha e fomos para a saída. Dei uma última olhada no Cão. Ele continuava imóvel, caído ao lado da estante. Talvez estivesse morto.

Olhei outra vez para a cela da qual Luíza tinha saído.

— Tu ficou aqui trancada esse tempo todo? — perguntei.

— Não sempre. Ele me trancou porque sabia que tinha alguém me procurando. Eu ficava na mansão. Às vezes passeava no Morro. Com a porra do Cão me vigiando. Ele me usou como isca, Gasparzinho, ele precisa de tu.

Que ele se fodesse. Estávamos de saída, beijos.

— Depois tu me conta tudo. A gente precisa sair — interrompi, nos apressando.

— Não. Tu precisa me escutar — insistiu ela, parando de andar e segurando minhas mãos. Ela me encarou bem nos olhos e parecia muito assustada. — Os seres do Mundo Vermelho começaram a ficar violentos com nossas visitas, tentando nos expulsar. Aí Fagner pegou um deles e trouxe pra cá.

A Santa que não parava de sangrar. Como aqueles milagres que apareciam na TV. Era um milagre, sim. Feito com o sangue de outro mundo.

— A Santa Vermelha, eu sei — emendei, já me irritando com a matraca. Só queria que Luíza se apressasse e parasse de falar aquelas coisas macabras.

— O povo do mundo dela. Eles têm poder de sangue também — prosseguiu a garota. Eu não queria nem imaginar o que um poder de sangue em um mundo que era inteiramente feito de sangue conseguiria fazer. — E Fagner descobriu um jeito de controlá-los.

A porta se abriu naquele mesmo instante. Fagner apareceu no alto da escada com os braços cruzados e abanando a cabeça, com o ar de desaprovação de um pai decepcionado com as crias. Ao lado dele, dois soldados com os olhos de cera preta.

Ele não falou nada, apenas estalou os dedos e deu um assovio.

Olhei para trás depressa, pois aquilo era uma forma de se falar com cachorros.

O Cão estava atrás de nós, de pé, vertendo uma ampola na boca.

— Suma — ordenou o Cão para Luíza.

Luíza soltou minhas mãos, e os olhos dela ficaram todo brancos. Ela abriu a boca, e lá dentro, no fundo da garganta dela, vi uma janela. Era um portal que vinha de suas entranhas. O portal abriu e se expandiu, saiu da boca e a engoliu inteira, como se o corpo dobrasse de dentro para fora, virando-se pelo avesso. Tive um vislumbre muito rápido de algo distorcido que meu cérebro não conseguia processar. Algo diferente demais até para mim. Quando o vislumbre passou, Luíza sumiu diante de meus olhos.

Caí de joelhos no chão, gritando. Gritando muito. Até sentir o gosto de sangue.

CAPÍTULO 27

O Cão me deu uma porrada para que eu parasse de gritar. Quando despertei do desmaio, estava com a garganta ferida e uma dor de cabeça estratosférica. Luíza não voltou a aparecer — e tinha certeza de que ela estava perdida para sempre, agora, por culpa minha. Fiquei deitado provavelmente por horas, a cabeça caída na pedra, as pernas encolhidas entre os braços, o Cão de cócoras no meio do laboratório, de vigia. Ele tinha colocado uma coleira em mim; deveria ser algo para bloquear meu sangue, mas eu me sentia como ele, um cachorro.

— Tá rindo de quê? — perguntou.

Estava com aquela máscara canina, mas eu via seus olhos.

Eu pensava em Paulinho. De quando estávamos escondidos em Arco Verde, ganhamos uma televisão dos vizinhos e passamos a acompanhar os jornais. Quando o coronel Fagner aparecia dando pronunciamentos, ficávamos brincando que ele era pintoso. Que tinha jeito, que provavelmente era viado encubado. Nunca eu imaginaria que era verdade e que, além de tudo, Fagner tinha um bruxo escravizado com fetiche de se vestir com roupas de couro e máscara de cachorro. Com certeza era algo sexual, também. E naquele momento, pensando em retrospecto, Paulinho devia saber. Claro que deveria saber. Fagner era o chefe dos pais dele, morava na casa dele. Paulinho o conhecia. E fingia não fazer a menor ideia. Fingia brincar que achava que Fagner era gay.

Caramba, como eu tinha sido enganado.

CAPÍTULO 27

Então ri.
Ri porque era a última coisa que me restava.
Daquela vida maldita.
Daquele sangue maldito.
Daquele cachorro infeliz.

— De tu — respondi. Aquele era meu último plano. Minha última esperança. — Nunca vi cachorro falar.

Ele rosnou para mim e virou-se para o outro lado.
Voltei a provocá-lo.

— Deve ter sido um cão muito horrível pra Jorge te largar daquele jeito — continuei. O Cão não reagiu, permaneceu de costas para mim, mas eu sabia que ouvia. Se tivesse orelhas de cachorro, elas estariam em pé e apontadas em minha direção. — Ele te trocou por uma vida de mordomias, sabia? Foi atrás até de Xênia, mas nem se importou contigo, Céu.

Ele reagiu à menção ao nome. De quatro, correu até a parede de acrílico. Latiu para mim, saliva jorrando da boca animalesca. Ri ainda mais alto.

— E aquele tempo todo tu tinha virado cadelinha de Fagner, né? O que ele te prometeu, caminha acolchoada e ração *premium*? Sachêzinho duas vezes por dia? Petiscos? Se Jorge soubesse disso tinha te colocado na carrocinha. É por isso que tu não foi atrás dele, né? Tinha vergonha de ter aceitado a proposta de Fagner. Trabalhar pro coroné. Lamber os pés dele. Lambe os ovos, também?

O Cão se tremia todo. A boca espumava. Começou a procurar algo nos bolsos.

— Hein, Céu? Tu lambe as botas do coronel? Faz xixi nele também? Aposto que Fagner gosta, mas ele não gosta que tu vire cachorro de verdade, né? Deve ser triste não poder se transformar mais. Aposto que tu gosta de ficar zanzando por aí recebendo ordens daquele velho e abanando essa bundinha seca.

O Cão achou a chave da cela. Gargalhei. Precisava continuar a irritá-lo. Deixá-lo com raiva ao ponto de ele querer me matar. Aquela era minha única esperança. A única esperança de todos.

Luíza tinha me dito que Fagner planejava algo muito pior do que tudo que já tinha feito. Algo a ver com os outros mundos. Com os seres vermelhos. Comigo. Eu não deveria ter ido ali. Entreguei tudo, de mão beijada e esfaqueada.

Ele estava tentando enfiar a chave na fechadura, atrapalhado pelo tremor da raiva, e perguntei:

— Pra que tu quer meu sangue, vira-lata?

O Cão abriu a porta, mas ele não mais tremia de raiva. Em vez disso, sorria, mostrando todos os dentes, um fio de baba escorrendo bem no meio do queixo.

— Pra encontrar mais bicas, feito tu. Como que tu acha que Fagner desenvolveu o detector de sangue-raro? Tu fez uma doação de sangue um tempo atrás, foi quando ele te achou. Tem um feitiço de localização em cada teste feito, com teu sangue, e Fagner só precisou perguntar "onde estão as bicas?" pra magia funcionar. Então obrigado. Obrigado, mesmo. Por ter localizado todos eles pra gente. E agora vamos localizar todos os outros. Sabem quantos mundos cheios de bicas existem por aí? Muitos, muitos, muitos. E esses teus passeios por aí? Fingindo ser um fantasma? Agora a gente nem precisa ir a esses lugares pegar sangue. É só te obrigar a dar uma de, como Luíza dizia, Gasparzinho.

Não falei nada. Não conseguiria. Ele tinha me destruído da pior forma possível. Era tudo graças a mim, mesmo. E a melhor coisa que eu poderia ter feito para impedir aquilo, morrer, também não dera certo. O Cão não me mataria.

Em vez disso, preferiu me humilhar. Ele abriu o zíper da calça e colocou o pau para fora. Era um cachorro, e mijaria em mim. Marcaria território. Eu era dele. E de Fagner, por fim. E com meu sangue eles conquistariam mundos e sangues. Com soldados mortos-vivos e monstros escravizados. Nunca foi sobre magia. Sobre autoridade, ideologia, dinheiro, recursos. Era sobre poder. Sempre foi. Por isso não se importavam com tanta destruição. O importante era que a destruição fosse *deles*.

O Cão mijou em mim. A urina amarela, avermelhada, fétida e oleosa caiu quente em meu olho, ardendo, dizimando meu último resquício de dignidade. Ele ria enquanto fazia aquilo, ganindo feito um cão, e apenas fechei os olhos e selei a boca, esperando que ele terminasse logo. Eu queria morrer. Estraguei tudo, de novo. Eu merecia aquilo.

A porta do laboratório foi arrebentada com um estrondo. Abri os olhos, o Cão ainda nem terminara de mijar, vi a rola dele lançando urina na cela enquanto ele girava o corpo, de olhos arregalados.

Um urso enorme, preto e muito peludo, com os olhos em fúria bestial, a boca vermelha arreganhada, mostrando os dentes pontiagudos, desceu a escada, rugindo. Gritei, e o Cão também. O bruxo vestido de cachorro deu um pulo e tentou correr, aterrorizado, mas a besta o segurou pelas costas e o arremessou na parede, derrubando o armário cheio de poções.

CAPÍTULO 27

Corri e fechei a porta da cela, trancando-me, e me encolhi no canto da parede tentando não ser visto por aquele animal. *Que porra é isso?*, sussurrei para mim mesmo, os dentes batendo, o coração querendo subir em um vômito. O urso apareceu diante da parede transparente e rosnou. Gritei de novo. Meu grito saiu fraco, rouco, a garganta sem mais aguentar o esforço. Tinha furos no acrílico para passagem de ar e senti o cheiro de sangue que saía daquela boca enorme, e vi pedaços de carne, roupa e fios de cabelo presos nos dentes afiados. Ele tinha devorado gente, e eu era o próximo.

As patas do urso eram tão grandes quanto minha cabeça. Ele não precisaria de muito esforço para me esmagar. Com elas, o bicho esmurrou a parede e derrubou o acrílico inteiro, como se fosse uma cela cenográfica. Então o urso ergueu a mão e tirou a própria cabeça.

Pisquei bem forte, duas vezes. Reagi como Luíza: tentei falar algo, mas não saiu nada. Então ri, e depois comecei a chorar.

Jorge largou a máscara de La Ursa no chão e correu até mim. Ele me abraçou, e o repeli. Estava mijado. Estava todo sujo com o mijo daquele cachorro imundo.

Jorge percebeu o que tinha acontecido e tirou minha roupa. Levou-me até uma pia no laboratório e me lavou com uma toalha úmida. Segurei as costas dele e deixei o choro lavar o peito dele, em cachoeira.

— Calma, magrelo, eu tô aqui — assegurou ele, afagando meu cabelo. — Desculpa. Desculpa por tudo. — Então se afastou um pouco e me observou, preocupado. — O que tem errado contigo? O cheiro do teu sangue tá fraco.

— É isso aqui — respondi aos soluços, apontando para a coleira de ferro em mim.

Tentei arrancá-la, mas parecia fundida.

— Essa coleira era usada em nós, bruxos, quando éramos crianças e nos comportávamos mal. Pra nos impedir de fazer magia. Não funciona com adultos, só com feiticeiros iniciantes.

Jorge me soltou e segurou a coleira com ambas as mãos. Com um puxão, quebrou-a, depois alisou a pele debaixo, para ver se estava ferida.

— Desculpa pela demora — sussurrou ele.

Olhei para baixo e cobri o rosto com as mãos. Não tinha coragem de olhar para ele enquanto dizia:

— Eu perdi Luíza.

— Como? — indagou Jorge.

Estava calmo, para minha surpresa. Segurou minhas mãos e descobriu meus olhos.

— Obrigaram a garota a abrir um portal e a enviaram pra lá. Não acho que ela consegue voltar sozinha, tá enfeitiçada, mas... — Olhei em volta. O sangue no chão. Nas paredes. O Cão jogado no canto. Ouvi gritos lá fora. Tiros. Passei a mão no pescoço. Senti a artéria pulsar. — Posso achá-la. Meu sangue aqui fica mais forte.

— Eu sei. Tô sentindo, agora, mas deixa que eu faço isso, tu precisa descansar.

Sentei-me no chão e estendi o braço para Jorge. Ele foi até uma mesa buscar alguma coisa e o vi olhar de relance para o Cão. Perguntei-me se ele sabia que era Céu. Era provável que sim. Queria saber o que ele pensava.

O bruxo tirou meu sangue com uma seringa. Era a primeira vez que fazia algo assim comigo. Tão distante, tão clínico. Ele parecia um doutor, e não um feiticeiro. Fechei os olhos, deixei o sangue borbulhar na ampola. Fervia com a magia engrandecida.

Nem percebi o desmaio chegando.

***

Eu estava nos braços de Jorge, quando acordei. Ele subia a escada. Estava de noite lá fora. Muito escuro. As luzes da casa todas apagadas.

— Achou? — perguntei.

Ele deu um pequeno sorriso ao ver que acordei, mas logo voltou a ficar sério. Não a tinha encontrado.

— Ela tá longe demais. Fora de alcance. Pensei que aqui em cima talvez...

— Me coloca no chão — pedi. Ele hesitou um pouco, mas obedeceu. Fiquei de pé. Estava um pouco zonzo, então segurei no braço dele. — Não sou uma antena de rádio, Jorge. Não preciso subir pra funcionar melhor...

— É assim que tu me trata depois de te salvar pela décima oitava vez? Me chamando de bu...

Parei de escutar o que ele falava. Tive uma ideia. Parecia absurda, mas talvez eu devesse mesmo ir para o alto para pegar melhor. Interrompi o falatório dele:

— Me leva até a Santa.

CAPÍTULO 28

Pelo visto, a magia da máscara de Jorge só tinha me afetado no laboratório porque meu sangue estava enfraquecido com o colar de ferro enfeitiçado. Ali na praça do morro, já recuperado, a ilusão não funcionou quando ele vestiu a La Ursa. Não de todo. Às vezes, eu tinha vislumbres. A magia ali era bem forte.

Vi Pablo, Amelinha, Clara e todos os outros vestidos com as fantasias encantadas pelo artesão. La Ursa, Papangu, Monga, Caipora, gigante, demônio, onça, boi. Parecia um carnaval, mas era uma briga. Os devotos de branco, que Luíza chamava de mamulengos, sujos de sangue da criatura do outro mundo, contaminados e enfeitiçados, seguindo ordens de Fagner, atacavam os bruxos e sangues-raros, e vi um boi chifrar um homem, o chifre afiado e mágico abrir um buraco na barriga dele e jogá-lo metros à frente. Vi um caboclo atirar uma flecha que perfurou a cabeça de uma mulher, que caiu inerte no chão. Uma onça arrancar o pedaço da coxa de uma pessoa. Vi quatro mamulengos, eufóricos como zumbis famintos, pularem em uma Monga e arrancarem a máscara dela. A gorila virou mulher; era uma bruxa que eu tinha visto junto com Pablo, e as pessoas de branco a mataram a chutes.

Só que eu não podia ajudá-la. Não no momento. Jorge colocou o braço atrás de mim e correu comigo até o ápice da praça, e lá a Santa sangrava.

Soldados de olhos com cera preta guardavam o ser vermelho. Eles não se abalavam com a magia de Jorge e os ferimentos infligidos a eles não os

CAPÍTULO 28

impediam de continuar a guarda. Usavam fuzis e não tiveram tempo de nos atingir naquela curta distância, e consegui pular e derrubar a arma das mãos de um deles. Contudo, apesar de morto, ele era ligeiro, e logo segurou meu pescoço, erguendo-me no ar. Olhei para Jorge, e ele estava ocupado na própria luta. Abocanhara um soldado, arrancando um pedaço de carne morta do pescoço, mas o homem continuava a lutar, com as veias pretas e secas dependuradas pelo buraco. Três mortos avançaram para cima de Jorge, e eu perdia o ar aos poucos.

Debati-me, tentando alcançar alguma coisa com as mãos. A vista escurecia, e acertei o rosto do soldado, arranhando-o, como se assim ele fosse me soltar. Meus dedos acertaram a cera que cobria os olhos dele, e o pedaço de vela preta desgrudou da pele e despencou. Ao mesmo tempo, o corpo do soldando amoleceu, soltou-me e caiu.

— A cera no olho! — gritei para Jorge. — Arranca a cera do olho!

Ele demorou para entender, mas foi efetivo. Corri para ajudá-lo.

Havia tanto sangue ali que o solo não mais conseguia absorvê-lo, começava a inundar. Tentei não tocar naquilo, mas já sentia as botas úmidas.

Olhamos para a batalha que se desenrolava na praça. Muitos soldados haviam chegado de algum lugar e, de repente, fomos superados em número depressa.

— Preciso ajudá-los — alertou Jorge.

Os bruxos e sangues-raros ainda não tinham reparado na magia nos olhos dos soldados.

Estávamos perdendo. Eram muitos ali no Morro. E nós, raros.

Falei para Jorge me deixar sozinho, e me agachei, escondido, de olhos fechados. Precisava me concentrar. Precisava ignorar o pandemônio que rolava naquela praça. E, aos poucos, deixei o silêncio tomar conta da mente. Concentrei-me nos batimentos cardíacos. No barulho das válvulas do coração se abrindo e fechando. No *vush* do sangue que passava ligeiro, subindo e descendo pelo corpo. No sangue concentrado ali debaixo, no Morro, como se fosse uma bomba.

Bum

Explodiu.

***

Caralho. Tudo é vermelho aqui. Vermelho-carmim, vermelho-Borgonha, vermelho-cereja, vermelho-bordeaux, vermelho-coral, vermelho-marsala, vermelho-brilhante, vermelho-opaco, vermelho-vivo, vermelho-morto, vermelho-sangue.

Algo deve ter dado errado. Vejo tudo como se por uma lente colorida. Dói a vista, é difícil focar, diferenciar as coisas.

Estou parcialmente submerso em um mar infinito.

A água é quente e grossa, bate na altura do peito. Tem cheiro ferroso, é sangue. É um mar de sangue. Penso em nadar, mas não quero afundar o rosto nisso. Andar é difícil por conta da consistência, da viscosidade.

Percebo que não sou fumaça e, sim, corpo. Sou Caetano, mesmo tendo viajado até ali por meio da magia.

É o poder deste mar. É tudo feito de sangue-abundante.

Coisas se movem no sangue. Penso que são peixes. Que tipo de peixe viveria neste lugar? Sinto asco, desespero, desejo por terra firme, não vejo o que há abaixo do meu peito e tenho medo de que algo me pegue.

Este é o mundo da Santa Vermelha, da Santa que sangra, o Mundo Vermelho que Luíza descobriu.

Os peixes (e sei que não são peixes, mas prefiro chamá-los assim, pois tenho medo de admitir a verdade) nadam em uma só direção, e os sigo.

Lá na frente, há um rebuliço. Bolhas grandes e grossas estouram na superfície. O mar carmim se agita, e os seres emergem. Não são peixes, são semelhantes à Santa: pele em carne viva, braços longos, muito longos, ossos bordeaux afiados e quebrados nas pontas dos dedos, como unhas de fósseis, o rosto em constante sofrimento, como se os músculos derretessem, uma expressão deformada, retorcida, um gemido uníssono, que faz o sangue vibrar.

No meio deles, um grito.

CAPÍTULO 28

Cabelos ensopados. Mãos ao alto, lambuzadas, uma boca aberta, tentando conseguir ar.

Olhos arregalados, brancos.

É a primeira cor que vejo, que não é um tom de vermelho, e meu coração acelera.

— Luíza! — grito.

Os semelhantes da Santa se viram para mim. Alertas. Mergulham e desaparecem. Luíza ofega, tosse, grita meu nome. Gasparzin. Caetano. Corro até ela, mas não a abraço. Ela está coberta daquele sangue.

Vejo que há uma cruz vermelho-escuro na testa dela. Como a da santa. A santa no pedestal, canonizada, controlada. É sangue seco, percebo. Coagulado. Sangue-raro, enfeitiçado. Cuspo na mão e esfrego na testa dela. Limpo o feitiço do Cão, e Luíza escapa da magia de obediência. Volta a ser adolescente e rebelde.

Gosto dessa energia destrutiva, jovem. Nunca pude canalizar a minha. Destruir coisas, reclamar, fazer o que me der na telha, fazer merda, não me arrepender. Fui tolhido, encarcerado, drenado. Quero deixar o sangue correr livre, a veia aberta. Como a América Latina, minha terra, sangrada e drenada tantas vezes, agonizante, mas viva.

— Eles vão voltar quando perceberem que tu não é ameaça. Eles me querem — aponta Luíza.

— Não — discordo. — Não é tu que eles querem. Querem vingança, querem a Santa de volta.

— E agora? — questiona Luíza, preocupada.

Nem parece ela, impulsiva, inconsequente, irremediável. A criança que brincava de abrir portais, por diversão.

Quero devolver à Luíza o que Fagner roubou dela.

— Vamo abrir as veias.

CAPÍTULO 29

A praça parecia um carnaval do inferno.

Passei pelo portal, seguido por Luíza. Jorge estava acuado em um canto, tentando assustar uma horda de mamulengos, mas eles estavam tão em transe que não se importavam em serem dilacerados por um urso.
Os soldados jaziam no chão, os olhos descobertos, desencarnados.

Fagner gritava em um canto, ameaçando os fiéis, falando que o sangue sacro estava ameaçado, que estávamos ali para levar a Santa e que eles tinham que dar a vida para defendê-la. "Se querem mais sangue, lutem, matem, roubem, morram!". Parecia um pastor escandaloso manipulando o público, pedindo dízimo em troca de salvação.

— Deixa o portal aberto — instruí à Luíza.

— Tá maluco? Eles vão passar!

— Espero que sim.

Luíza olhou para o portal, vendo os seres se aglomerando naquele mar.

— Eles são violentos, vão destruir tudo! Eu vi o que a Santa fez antes de Fagner conseguir a amarrar — contrapôs.

Perfeito.

— Ótimo. Deixa que eles venham recuperar o que é deles. Que destruam tudo.

Luíza arregalou os olhos. A surpresa demorou alguns segundos, logo depois ela sorriu. Gostava do plano. Era o que faria antes de ser sequestrada e ensinada a conviver com o medo por cinco anos, nas mãos de Fagner.

CAPÍTULO 29

Os habitantes do Mundo Vermelho chegaram com uma onda. Uma onda carmim, bordeaux, cereja, borgonha, coral. O sangue se espalhou por tudo, e os seres, rastejantes, ficaram de pé. Eram muito altos, dois metros e pouco, e andavam arrastando a mão no chão, o osso vermelho das extremidades dos membros fazendo um ruído aterrador.

Não eram muitos, cerca de vinte, mas bastava um golpe com o braço comprido para tirarem as pessoas do caminho. Emitiam um ruído estranho, como uma caixa de som potente com o grave estourando. De início, parecia que não tinham boca, mas quando a abriam, eu via os dentes vermelhos muito escuros, quase roxos, e pontudos por toda a extensão da cavidade bucal, que abria de todo, como se não tivessem ossos, a cabeça caindo para trás para que a garganta dentada se abrisse.

Vi Fagner subir na base de pedra em que a Santa estava amarrada e injetar algo nela com uma seringa. Então a desamarrou.

Puxei Luíza para longe. Os seres dilaceravam e devoravam todo mundo que viam pela frente.

— O que Fagner fez? Ele injetou algo na Santa! — exclamei para Luíza, e apontei para Fagner, que andava com tranquilidade, seguido pelo monstro.

— É o feitiço de controle. A cruz na testa não basta nela, ele precisa injetar.

Percebi que os monstros iam na direção da Santa, sendo observados com expectativa por Fagner. Era uma armadilha.

— De quem é esse sangue, Luíza? Ele tem mais?

— Tudo que eu sei é que é do irmão dele.

Arregalei os olhos. Irmão?! Desde quando aquele desgraçado tinha um irmão? E um sangue-raro? Onde ele estava?

Enquanto seguiam a Santa, os monstros rasgavam músculos de quem cruzava o caminho, arrancavam órgãos e comiam pedaços de carne inteiros, de uma só vez, sem mastigá-los. Em seguida, vomitavam-os, como bichos ruminantes, uma massa de vísceras e pedaços de roupa e de ossos limpinhos, brancos, sem sangue algum.

— Eles tão pegando o sangue de volta — concluiu Luíza.

— É — concordei.

Aquele sangue fazia parte do mundo deles também. Recuperariam tudo o que Fagner tinha roubado deles. Inclusive a Santa.

Olhei para Jorge. Um vermelho tinha se desfeito dos fanáticos que o cercavam e agora ia atrás do bruxo. A roupa de Jorge estava ensopada de sangue (dele, do chão, dos mamulengos) e com certeza tinha fluido do Mundo Vermelho misturado ali também.

— Tire a roupa! — gritei. Então me virei para todos me ouvirem.— Eles querem o sangue! Tirem a roupa!

Jorge seguiu a ordem. Arrancou a camisa, depois a calça, e se jogou para trás, caindo de bunda no chão, e se arrastando para longe depressa. Observou, horrorizado, o monstro devorar sua roupa e cuspir as fibras limpas.

Fagner estava parado em uma extremidade da praça, observando tudo. Atrás dele estava a Santa, enorme, deformada e sangrando, parada como se fosse um guarda-costas. Ao lado do coronel, vários soldados mortos-vivos, os olhos cobertos de cera, as mãos com seringas cheias de sangue. Quando o primeiro Vermelho chegou até eles, um dos soldados avançou e se jogou no ser, injetando o sangue enfeitiçado nele. Fagner então se aproximou e fez uma cruz na testa do monstro amansado.

Merda.

Perto de mim, Clara, que era uma onça, arrancou com as garras a blusa suja de sangue e ficou só de top. Usava uma calça jeans apertada cujo zíper travou quando ela tentou tirar. Um monstro se aproximava dela, deixando um rastro de sangue, os braços compridos se arrastando na praça, o barulho dos ossos carmim chegando até onde estava. Amelinha estava perto e vestia um macacão verde brilhante, junto com uma máscara de papangu, e conseguiu se livrar das roupas sujas depressa. Correu até a amada, gritando. A bruxa estava prestes a ter as pernas arrancadas. Jorge segurou um mamulengo que passara correndo ao lado dele e o arremessou contra a criatura que tentava pegar Clara. O vermelho abriu os longos braços, feito uma preguiça, mas muito mais ágil, e retalhou depressa o corpo ainda no ar, engolindo os pedaços de uma só vez. Amelinha puxou Clara para longe e a ajudou a tirar a calça.

— Saiam todos daqui! — gritou Jorge.

Ainda havia muito do Mundo Vermelho ali. Muito sangue. Muita gente que tinha bebido e se banhado com aquele fluido.

Fluido.

Eu era fluido.

Sou fluido.

***

CAPÍTULO 29

Escorro pelo líquido da calçada, abrindo espaço feito raiz, adentrando a terra encharcada de vermelho, procurando o caminho. Há muito sangue aqui, sangue meu, sangue de próximos, sangue estranho. Sigo o sangue estranho; é diferente, o cheiro, a textura, as células, mas é sangue. Sangue é sangue em qualquer universo. E há poder nele. Navego nesse poder; é magia fluida, leucócitos enfeitiçados, plaquetas em forma de bruxaria, e os alcanço, entro neles, e tentam me expulsar, pois meu lugar não é ali. Não sou feito do que são feitos, sou forasteiro, mas sou amigo, também sou feito de sangue e poder, também sou alvo. Eles já perderam cinco. Sangue impuro, contaminado, misturado com o que Fagner está injetando neles. O que é aquilo? Sinto um gosto estranho, amargo, infectado, cancerígeno. Como raiz de trepadeiras, o sangue infesto abre espaço nas veias e na carne, controla as fibras e tendões, obedecem a ele, a Fagner, não, ao irmão de Fagner, que é tão parecido com ele. Só que cadê ele? Não o vejo, mas sinto, ali, com o coronel.

SAI SAI SAI

SAI

SAI

SAI DAQUI

Tentam me expulsar, mas estão fracos, já perderam oito. Trabalham em conjunto, são um só, um organismo de muitos corpos, os monstros, o mar, o planeta, um só sangue.

Ele vai drenar o planeta de vocês, digo dentro do sangue.

Sou o sangue.

E eles me deixam fluir.

Deslizo nas artérias estranhas, labirínticas, monstruosas, vermelhas demais, e sou uma resposta imunológica, fagocito o sangue ruim de Fagner, englobo-o com minhas projeções citoplasmáticas, dissolvo-o, degrado-o, sou apoptose, sou excreta, sou vômito.

***

Abro os olhos a tempo de ver os sangues-raros e bruxos obedecendo o comando de Jorge para saírem dali como se ele fosse um líder. Perguntei-me o que tinha acontecido entre eles em minha ausência.

Os seres controlados por Fagner vomitavam jatos de sangue preto. O cancro, sangue estranho e invasor. O coronel gritava para que os fiéis continuassem a proteger o reino da Santa, o monte ungido, pois quem derrama sangue, o direito ao vinho terá, e logo os abandonou, correndo.

Os devotos e os soldados ficaram para trás, e os seres, após expelirem o feitiço, devoraram-nos. Fagner tinha a expressão de desespero de quem tinha visto tudo que conquistou ruir diante de si. A camisa antes imaculada, já com respingos de sangue, ele tirou depressa, e desceu a ladeira desembestado.

Um caboclo de lança veio correndo em nossa direção. A roupa era grande e pesada, e ele não conseguiria tirar aquilo tudo sozinho. Tirei o chapéu da cabeça dele. Era enorme e muito pesado. Só então vi que era Pablo ali, pequenino debaixo da vestimenta volumosa. Luíza ajudou a tirar o resto da roupa. Por baixo, ele vestia uma regata e uma bermuda, como um menino comum.

— Guerreiro de Ogum — falou Luíza para ele, limpando do rosto de Pablo as manchas de sangue e as pinturas de urucum.

Pablo tirou o cravo branco da boca e falou para ela:

— Luíza. Quanto tempo!

Os dois se abraçaram. Eram amigos de infância, separados por uma ditadura e portais mágicos.

O monstro que vinha atrás de Pablo engoliu a roupa do caboclo. Quando engoliu a lança, foi perfurado pela ponta afiada. A criatura se liquefez, desmanchando-se no chão em sangue e vísceras molengas.

— Vambora, depressa — gritou Pablo.

Havia um barulho muito grande ao redor. Parecia vir do chão, como se tudo estivesse ruindo.

Jorge chamava os bruxos e sangues-raros para descerem o Morro também. Os seres começavam a cavoucar a terra, devorando calçamento, pedras, fios, árvores. Tudo que havia sorvido o sangue deles. Jorge olhou para um canto, e me virei para ver o que ele tinha visto. Fagner saía da praça, esquivando-se dos seguidores e dos monstros, pulando pilhas de corpos e membros ruminados. Jorge correu atrás dele. E bem atrás de Jorge, dois Vermelhos.

— Tira a garota daqui! Desçam o Morro — pedi para Pablo.

— E tu? — gritou Luíza.

O chão começava a tremer.

— Vou atrás daquele desgraçado — berrei de volta, peguei a lança do caboclo e corri na direção que Fagner e Jorge tinham ido.

***

CAPÍTULO 29

O coronel tinha corrido para a casa dele. Devia estar indo recuperar seus bens mais preciosos antes de sair dali. Era provável que tivesse um helicóptero, então apressei o passo. Jorge estava bem mais à frente, só de cueca, tinha jogado fora a máscara e a roupa, e o brilho do suor dele era tudo que eu via na escuridão.

Tomaram um caminho mais longo, pela rua, mas eu conhecia aquele Morro como a palma de minha mão, mesmo com as modificações. Tinha uma escadaria que cortava o caminho da rua. Era mais difícil subir, mas o caminho era bem mais curto. Na minha época, ficava escondida entre duas casinhas. Com sorte, talvez não a tivessem transformado em uma rampa para carros.

A escadaria estava lá.

Não se deram o trabalho de destruí-la. Colocaram grandes vasos de plantas na frente para ocultá-la. Era o que faziam com o que achavam feio: colocavam coisas bonitinhas na frente. Derrubei a porra dos vasos e subi a escada correndo.

O atalho dava na rua da mansão. Lá em cima, vi Fagner passando pelo portão e desaparecendo na escuridão do jardim.

Jorge corria vários metros atrás, subindo a ladeira. Ele passou em minha frente, mas não me viu. O Morro estava sem eletricidade e eu, oculto pelo muro das duas casas que cercavam a escadaria. Os Vermelhos rastejavam ladeira acima.

Preparei-me, firmando os pés no chão e posicionando a lança para emboscá-los.

Um latido humano me distraiu.

O Cão estava parado diante do portão da casa de Fagner, de guarda, impedindo a passagem de Jorge. Céu não usava máscara. Tinha o olhar raivoso, a boca espumando, o nariz torto, os dentes à mostra para o ex-parceiro. Ele rosnou e deu um passo à frente, em desafio. Jorge se retesou inteiro, pronto para a briga.

Escutei os gorgolejos sofridos dos Vermelhos, o ruído grave, fazendo o tímpano vibrar. Por que estavam indo atrás de Jorge?

Coloquei-me no meio do caminho entre eles e os bruxos. Ergui a lança. Estava suja de sangue. Sangue *deles*. O primeiro deu um salto, arreganhou a boca e devorou a lança. Aconteceu o mesmo com o que tinha devorado a roupa do caboclo: implodiu. Desfez-se em líquido e desmoronou em cima de mim, cobrindo-me de vísceras e sangue quente.

Que merda, foi a única coisa que pensei. O Vermelho que vinha atrás deu um pulo, a boca já aberta para me devorar. Então uma porta se abriu bem acima de mim, flutuando a cerca de um metro de altura. Vi o mar sanguinolento. O ser caiu dentro do portal, desaparecendo no Mundo Vermelho, e a passagem foi fechada.

Fiquei de pé, as entranhas do bicho pingando do cabelo, do nariz, escorrendo pelo braço. Luíza estava no meio da ladeira, erguendo um polegar para mim e sorrindo. *Teimosa*. Um jato d'água me atingiu, e me virei para ver Pablo no jardim de uma mansão segurando a mangueira que me lavava.

Gritos e rosnados.

Jorge e Céu se atracavam no chão. Tinha um pedaço aberto na bochecha de Jorge sangrando muito. Jorge mordeu a orelha do Cão e a arrancou com os dentes.

Então a horda de Vermelhos chegou.

Vinham de todas as direções. Muitos deles, muito mais do que eu tinha visto passar pelo portal. De todos os lados, das casas, das ruelas, da escadaria, dos bueiros e bocas de lobo.

Eles não estavam atrás de Jorge nem de Céu, afinal, pois passaram pelos dois sem dá-los atenção. Estavam indo para a casa de Fagner. Havia muita coisa que lhes pertencia ali.

Corri para ajudar Jorge, e Pablo me segurou pelos ombros. Um monte de seres passou em minha frente bem na hora, e se ele não tivesse me impedido eu teria sido pisoteado.

Jorge deu um chute no queixo do Cão e saltou para trás. Ficou de pé, e o oponente também. Jorge tinha uma mordida muito profunda no peito, além do corte na bochecha. O Cão estava em melhor estado e parecia mais disposto a continuar a briga, talvez tivesse mais a perder. Céu arreganhou os dentes caninos e pulou para cima de Jorge. Começou a esgoelar o ex-parceiro. O Cão era maior e mais musculoso, e Jorge não conseguia sair de debaixo dele. Foi quando vi um vulto alaranjado passar diante de meus olhos.

Um vira-lata caramelo avançou para cima de Céu, rosnando, mordeu bem no pescoço, derrubando o Cão para o lado, fazendo-o soltar Jorge.

— Chico! — gritei.

E o cachorro levantou as orelhas e abanou o rabo quando me viu. Com os pelos da boca sujos com o sangue do Cão, correu até mim.

CAPÍTULO 29

Jorge se levantou sem cerimônia. Estava todo empertigado. O corpo dele, seminu, era composto por linhas retilíneas, esguio e elegante. Respirava devagar, controlado, os olhos meio fechados, furioso. Sem nem piscar, segurou um Vermelho que passava ao lado.

O Cão, caído no chão, segurava o próprio pescoço, tentando estancar a mordida. Começava a se levantar quando Jorge segurou o Vermelho com ambas as mãos e o rasgou ao meio, como se fosse um travesseiro. Em vez de espuma, o sangue interno estourou para todos os lados.

Jorge jogou os restos mortais do Vermelho em cima do Cão, e observou com um olhar frio e escuro outras criaturas devorarem o ex-parceiro.

— Jorge! — gritei, para que ele visse.

Só que foi tarde demais.

Uma boca enorme se abriu ao lado de Jorge e abocanhou o braço dele. Quando o soltou, restava apenas um osso branco exposto quase na altura do ombro. Minha vista começou a escurecer, atordoado com a cena. Eu não estava pronto para ver aquele homem ser digerido em minha frente. Mal percebi Pablo correr com a mangueira na mão e lavar o corpo de Jorge.

Curvei-me para a frente e vomitei.

O chão estremeceu, e perdi o equilíbrio. Caí de joelhos no meu próprio vômito.

A casa atrás de mim desabou. Escutei o estrondo, aspirei a poeira, lascas de tijolo bateram em minha cabeça. Chico lambeu minha bochecha.

Amelinha e Clara apareceram correndo. Estavam só de calcinha e sutiã, e achei que estava sonhando. Aquele cenário não podia ser verdade.

Amelinha me ajudou a me levantar.

Clara carregava Jorge. Pálido, coberto de sangue, um pedaço de osso no lugar do braço direito. Com o outro braço, Jorge segurou minha mão.

A rua estava vazia. Os seres entraram todos na mansão. Ao redor, o solo se desmanchava. O Morro estava erguido sobre sangue roubado, e agora seu alicerce tinha sido levado embora para onde pertencia.

Luíza abriu um portal debaixo da casa de Fagner. A mansão se desfez em si mesma, dobrando-se para dentro como uma casinha de boneca. A terra a engoliu, os seres Vermelhos foram embora para o próprio mundo, e nós ficamos no escuro, sozinhos, pisando no chão que se desfazia.

A filha de Marina abriu um portal para que saíssemos dali.

Não sei o que houve, mas, enquanto cruzávamos a passagem enfeitiçada, tive um vislumbre.

Vi do que era feito o portal. Era composto por sangue, como nós. Como eu. E eu me conectava a ele, também, um só organismo irrigado por trilhões de capilares, de veias, de artérias. Na passagem, vi o poder do sangue. Vi todos os mundos, todas as realidades, todos os seres, organismos, corpos. Era tudo sangue. Era tudo artéria, raiz, seiva, linfa, água, lama, pus, porra, lava, mijo, cuspe, fluido, era tudo interligado e em desequilíbrio. Era caos. Era magia. Era vida, doença e morte. Por todos os lados. Era precioso. E mesmo em abundância, era raro, muito raro.

CAPÍTULO 30

A Calunga vai na frente, como deve ser. Segurando ela está a Dama do Paço, que é Luíza, um sorriso enorme, dançando, girando, vez ou outra lançando um olhar apaixonado para Pablo, que carrega o estandarte.

Está calor demais, e dou um gole na cerveja geladinha. *Hummm*. Delícia. Olho ao redor, procurando Jorge. Ele anda meio paranoico, preocupado. Sei que o incidente com o braço abalou a autoestima dele.

A banda sobe a ladeira tocando, e me deixo ser levado pelo empurra-empurra do bloco na rua estreita típica de Olinda.

Vejo no estandarte a gravura que Clara e Amelinha fizeram. Não de sangue, mas de tinta. Está lindo demais. Lá atrás, no alto da ladeira, em pé na escadaria da igreja, Jorge observa tudo de óculos escuros.

Corto a multidão e o alcanço.

— Cerveja?

Ele recusa.

— Que foi, chato? — insisto.

— Tu sabe, besta. Esse carnaval...

— O quê? — Bato o pé no chão. — Muito cedo pra festejar?

— Não, sempre bom festejar morte de fascistas, mas aqui tem muito bruxo, muito sangue-raro, tudo junto, o poder tá muito forte. Eu sinto. Tu sente. Todo mundo sente.

— E daí? É Fagner, né, que tais preocupado?

CAPÍTULO 30

— É. Não sabemos onde ele tá, magrelo. Nem esse tal de irmão, se é que ele tem mesmo um, mas ele com certeza tá aprontando algo. Pode se aproveitar do poder da festa.

Olho para uma Monga que corre entre as pessoas assustando as crianças. Sorrio, sei que é Clara. Amelinha está por ali também, vendendo acarajé. Chico do lado dela, implorando por migalhas. Clara quer que Amelinha volte a ser enfermeira, mas a baixinha não quer mais ver sangue. Está feliz cozinhando coisas comuns, magia apenas da culinária.

Vejo Pablo roubar um beijo de Luíza. A adolescente sorri, toda bobinha. Ela ama o carnaval, mas está ansiosa para que acabe. Ela tem uma teoria esquisita, de que na Quarta-Feira de Cinzas conseguirá abrir um portal para o mundo dos mortos. Disse que vai procurar a mãe. Jorge desaprova, é claro, mas ele é que não vai impedir a menina de fazer qualquer coisa.

— Ei.

Cutuco Jorge.

— Que é, chato? — resmunga ele.

Está massageando o ombro do braço amputado.

— Tive uma ideia.

— Lá vem...

Ele balança a latinha que segura e bafora o loló.

— Quando a gente se conheceu tu disse que eu só precisava dizer quem eu queria morto que tu me traria o sangue da pessoa. Lembra?

Jorge dá outra baforada. Então responde, os olhos meio caídos:

— Lembro, claro. E tu ainda não me respondeu.

A banda chega no alto da Sé. Os músicos vão descansar. Luíza corre de mãos dadas com Pablo. Chico abocanha um bolinho de acarajé. A Monga segura Amelinha por trás, e a cozinheira grita.

— Quero Fagner.

— Eu já tô o procurando.

Tomo o loló da mão de Jorge e jogo a latinha no chão. O bruxo me olha, emputecido.

— A gente tá no meio do carnaval, no alto da Sé, o maracatu ressoando aqui dentro de mim, pesando uma tonelada. O calor do sol agitando tudo. Tu não tá sentindo meu sangue? — Sorrio para ele. Ele sorri de volta, até que enfim. — Agora é a hora.

Jorge segura minha mão e me puxa, descendo a escadaria.

— Vamo pra onde? — grito.
Outro bloco começa a passar.
Ele para.
— Pra casa, ué.
— Não — respondo, mal-intencionado. — Precisa ser aqui e agora. Senão meu sangue pode esfriar. Ali naquele bequinho, ó.
Jorge ergue as sobrancelhas. A boca se abre um centímetro.
— Tu tá querendo transar aqui na rua?
— Tô. É carnaval.

EPÍLOGO

Nuvens. Uma paisagem quadrada. Lá embaixo, azul. Mar.
Fecha a janelinha. Não gosta de altura.
Tudo treme. Solavanca.
Deslizo pelo vento, acomodando-me no fluxo invisível. Sou invisível também.
Uma voz anuncia turbulência.
Pega a taça de champagne à sua frente e toma tudo de uma vez. É bem pouco doce, cheio de bolhas, delicioso.
Fecha os olhos.
Coça a barriga.
Odeia aviões.
E esse é tão pequeno, como consegue atravessar o oceano inteiro?
O pouso é no meio de uma floresta branca.
Quer fechar os olhos, mas a paisagem o prende.
A coisa na barriga dele se contorce. Quer ver, também.
As pontas de um castelo sobressaem no marasmo de neve.
O solavanco das rodas no chão.
— Monsieur Fagner?
O comissário de bordo toca no ombro dele.
Fagner assente e se levanta.

EPÍLOGO

Além dos tripulantes, só tem ele na aeronave. Ele e o irmão.

O comissário anda na frente, e Fagner saliva vendo a bunda do homem apertada na calça justa. O irmão, invejoso, se contorce dentro do abdome dele.

Três pessoas com túnicas vermelhas que arrastam no chão e um tecido de lã da mesma cor cobrindo o rosto o recepcionam na pista de pouso.

Gringos bizarros.

Eles o guiam em silêncio.

É levado para os aposentos.

Informam-no com um inglês maltrapilho que se ele quiser companhia para aquecer a cama, eles têm uma lista diversificada de bruxos prontos para servi-lo. Ou sangues-raros, se o gosto for exótico.

Fagner torce o nariz para a segunda opção.

Os bruxos, sim, gostaria de ver.

Faz tempo que não transa. Cansou de forçar as pessoas assustadas com a aberração em sua barriga. Os pedaços de couro cabeludo, os cinco dentes tortos, a lingueta pendurada, o pequeno cérebro dentro da bolsa de carne cheia de sangue-raro. Seu irmão.

Talvez os gringos não liguem tanto.

***

À noite, jantar.

Veste a túnica e se sente ridículo.

A mesa é enorme, e está todo mundo de vermelho.

Velas, taças, castiçais.

Ele se sente na Idade Média. Um nobre feudalista.

Tudo que sempre quis.

É grato por ter sido recebido assim.

Também são gratos a ele.

Mesmo sem querer, Fagner tirou uma pedra incômoda nos sapatos deles. A Confraria do Sul. Estava ficando poderosa e independente demais.

Agora eles têm planos maiores.

E com as descobertas de monsieur Fagner... Tudo ficava melhor.

Um grande jantar para celebrar.

Vinho tinto servido.

Taças erguidas.

O irmão se remexe. Quieto. Se eles soubessem...

O anfitrião, na ponta da mesa, tira o capuz e remove a máscara.

Todos vão fazer o mesmo, mas ele ergue a mão.

— Pas maintenant — declara ele.

Reviro-me por dentro tentando compreender.

Não é difícil. Sou ar, sou terra, raiz, vento, água, sou tudo e nada, sou linguagem e silêncio, sou palavras e riscos, barulho, sussurros, línguas, cordas vocais, lábios. Dobro e desdobro.

— Antes de começarmos — continua o anfitrião. Ele é bem velho, tem o cabelo branco feito a neve lá fora, e sobrancelhas muito grossas. Os dentes dele são dourados. — Vamos remover esse visitante indesejado.

Penso que ele está falando do irmão parasita de Fagner.

Só que o anfitrião olha para mim.

Engasgo-me, seguro no vento e tento me deixar levar, mas algo me prende.

— Caetano, n'est c'est pas? — O anfitrião fica de pé. — Um dia ainda vamos nos conhecer, mas pas maintenant.

Ainda não.

Ele bate palmas duas vezes. As portas em torno do salão de jantar se abrem de uma só vez. Pessoas de túnica preta aparecem pelas passagens. Abaixam os capuzes. Estão com os lábios molhados e vermelhos. Bruxos.

Todos eles sopram ao mesmo tempo em minha direção.

O vento me leva embora.

Para longe, para longe.

Passo por terras e cidades e mares e morros.

EPÍLOGO

Vejo o sol, a igreja, a festa da carne, o loló, o beco, eu e Jorge.

Bem longe, bem longe. Bem longe da neve, do castelo, das túnicas vermelhas.

Porém, sei que não por muito tempo.

AGRADECIMENTOS

Em tempos sombrios de mudanças climáticas, desvalorização da cultura, ameaças à democracia e caça aos direitos de grupos marginalizados, como a população LGBTQIA+ (em especial as pessoas trans), gostaria de agradecer à Naci por me ajudar a trazer esse livro ao mundo, uma história mirabolante (mas, ao meu ver, não muito distante da realidade) em que as pessoas são segregadas e têm seus corpos usados para enriquecer um sistema político autoritário. Precisamos lembrar o quão importantes e fortes somos. Precisamos lembrar que nosso sangue é raro, mas também é raiva. Lutemos.

Obrigade Bárbara Reis, Lui Navarro, Maria Beatriz, Gabriela Araújo e todo o time junto à Naci pelo trabalho primoroso em lapidar esse texto até ele brilhar e por tornar esse projeto real e muito lindo. Agradeço também a Victor Marques, Al Rodges e Matheus Monteiro pela leitura beta. Sem vocês essa obra não teria chegado até aqui, viu? E, claro, agradeço a todo mundo que leu, me apoiou e segue acompanhando minha jornada. Por favor, não deixem de falar desse livro nas suas redes e sempre que puderem deixem uma avaliação em sites, isso ajuda a fortalecer a banda e a manter o bloco tocando até depois do carnaval.
Sangue Raro foi contemplado por um edital público (Lei Paulo Gustavo) então também deixo aqui meu agradecimento ao Ministério da Cultura e à Secretaria de Cultura do Governo de Pernambuco.

Até a próxima!

Este livro foi publicado em março de 2025 pela
Editora Nacional, impresso pela Duograf.